Ursula Poznanski & Arno Strobel

Invisible

Ursula Poznanski & Arno Strobel

Invisible

Thriller

Wunderlich

1. Auflage April 2018
Originalausgabe

Satz aus der Arno Pro, InDesign,
bei Pinkuin Satz und Datentechnik, Berlin
Druck und Bindung CPI books GmbH, Leck, Germany
ISBN 978 3 8052 0015 8

Er war schon um halb sieben da gewesen, obwohl er wusste, dass man den Patienten erst um acht Uhr in den OP schieben würde. Auf den heutigen Tag hatte er seit Monaten hingefiebert – seit er die Bestätigung bekommen hatte, dass er das letzte Drittel seines praktischen Jahres an der Klinik für Herz- und Gefäßchirurgie des UKE Hamburg absolvieren durfte.

Ihm war klar, dass er unfassbares Glück gehabt hatte. Es gab jeweils nur zwei Plätze in dieser Abteilung; er hatte sich bereits ein Jahr vorher beworben, um seine Chancen zu erhöhen. Herzchirurgie war für ihn immer die Königsdisziplin gewesen und der Karriereweg, den er sich mehr wünschte als jeden anderen. Heute würde er seine ersten Schritte auf diesem Weg gehen.

Natürlich noch nicht wirklich, da musste er realistisch sein. Mehr als ein paar assistierende Handgriffe würden für ihn nicht drin sein, wenn überhaupt, aber er hatte vor, sich hier so unentbehrlich wie möglich zu machen. Vielleicht bot man ihm ja eine Stelle als Assistenzarzt an, wenn er sein Studium beendet hatte.

«Tim Marold?» Eine der Schwestern, klein und füllig, winkte ihn heran. «Wir legen dann los.»

Der Patient hieß Olaf Richter, war zweiundsechzig Jahre alt und bereits anästhesiert. Tim hatte die Krankenakte genau studiert: Mitralinsuffizienz, das hintere Segel schlug durch. Damit die Pumpfunktion des linken Ventrikels sich nicht weiter verschlechterte, würde Dr. Hilbrecht die Klappe rekonstruieren. Tim bekam seinen Platz zugewiesen und hatte direkten Blick auf einen der Bildschirme, auf den das Endoskop die Aufnahmen übertrug.

Hilbrecht genoss einen ausgezeichneten Ruf als Herzchirurg, er und Dr. Paul Bremer teilten sich die schwierigen Eingriffe. Routineoperationen wie diese nahmen sie nur selten selbst vor.

Entsprechend entspannt betrat Hilbrecht den OP, grüßte in die Runde und begann dann, an der Leiste des Patienten den Zugang für die Herz-Lungen-Maschine zu legen. Arterielles Blut schoss aus dem kleinen Schnitt, hellrot. «Sie sind unser Neuzugang, nicht wahr?», fragte Hilbrecht, ohne aufzublicken. «Herr …»

«Marold», kam Tim ihm schnell zu Hilfe. «Ich bin seit gestern hier, und ich hoffe, ich kann mich nützlich machen.»

«Aber sicher», antwortete Hilbrecht gutmütig. «So. Zugang sitzt. Heparin.»

Durch die Venenkanüle setzte eine der Assistentinnen die Injektion mit dem gerinnungshemmenden Mittel. Hilbrecht griff zu einem länglichen Instrument. «Sehen Sie, Herr Marold, jetzt dilatieren wir das Gefäß, damit wir die Kanüle für die Herz-Lungen-Maschine auch gut reinkriegen.»

Tim sah ihm zu, wie er die Arterie dehnte, dann den weißen Plastikschlauch einführte und das Gegenstück hineinsteckte. «Verbindung steht», verkündete er fröhlich. «Und, Herr Marold, was passiert jetzt?»

Tim hatte gestern noch seine Lehrbücher gewälzt, zum Glück. «Jetzt legen Sie einen Zugang zur Vene und schieben einen Draht bis in die große Hohlvene», sagte er nicht ohne Stolz. «Seldinger-Technik. Dann öffnen Sie den Thorax und sehen nach, ob die Lunge frei oder mit der Thoraxwand verwachsen ist.»

Der Chirurg nickte. «Ausgezeichnet. Wir gehen von der Seite rein, das klappt genauso gut, wie wenn wir das Brustbein aufsägen, erspart unserem Patienten später aber eine Menge Schmerzen.»

Ich weiß, lag es Tim auf der Zunge, aber er schluckte es hinunter. Sich gleich zu Beginn als Klugscheißer zu präsentieren, war vermutlich keine gute Idee.

Hilbrecht nickte der OP-Schwester zu. «Messer.» Damit meinte er kein Skalpell im herkömmlichen Sinn, sondern einen Kauter. Ein Stromskalpell gewissermaßen, das nicht nur den Schnitt setzte, sondern gleichzeitig die Gefäße verödete und so die Blutung stillte.

Fasziniert beobachtete Tim über den Bildschirm, wie Hilbrecht das Brustfell durchtrennte, feststellte, dass die Lunge nicht verwachsen war, seine Assistentin anwies, sie aus dem Weg zu schieben, und dann mit einem Retraktor die Rippen so weit spreizte, dass er Zugang zum schlagenden Herzen hatte.

Dass die Tür zum OP sich öffnete, nahm Tim nur nebenbei wahr.

«Guten Morgen.» Eine leise, verhaltene Stimme. Tim warf einen schnellen Blick über die Schulter. Ein weiterer Chirurg hatte den Raum betreten, wie alle anderen trug er einen Mundschutz. «Wie läuft's?»

«Paul!» Hilbrecht sah kurz hoch. «Was tust du denn hier? Es läuft gut, alles problemlos, sieht unkompliziert aus. Ist ja auch keine große Sache.»

Paul, das musste Dr. Paul Bremer sein, in Hamburg einer der Besten in Sachen Gefäßchirurgie. Tim beobachtete neugierig, wie er um den Instrumenten- und den OP-Tisch herumging. Merkwürdig langsam. Auf chirurgischen Abteilungen war das Tempo sonst ziemlich flott, jeder hatte es eilig.

«Ihr habt die Maschine noch gar nicht eingeschaltet?», fragte er.

Hilbrecht sah noch einmal auf. «Nein – kann sich aber nur noch um Sekunden handeln. Was ist denn los?»

Bremer stand nun hinter ihm. «Lass mich mal sehen.»

Tim kannte noch niemanden hier, aber er konnte deutlich spüren, wie befremdet alle Anwesenden waren. Was suchte Bremer überhaupt hier? Zog er Hilbrechts Kompetenz in Zweifel? Laut OP-Plan sollte er in fünf Minuten selbst am Tisch stehen und ein Wurzelaneurysma versorgen.

«Was denkst du denn, dass es hier zu sehen gibt?» Hilbrecht klang nun ungeduldig. «Es läuft alles wie immer, wenn man mal davon absieht, dass du es plötzlich für nötig hältst, dich einzumischen.»

Bremer antwortete nicht. Er warf einen Blick auf den Monitor, einen auf das Operationsfeld, einen auf Hilbrecht. Dann schob er seinen Kollegen grob zur Seite.

Tim sah etwas Silbriges in seiner Hand aufblitzen, begriff nicht, hörte nur die OP-Schwester aufschreien, und wich einen Schritt zurück, als Bremer die linke Hand auf den Brustkorb des Patienten legte.

Mit der rechten stieß er ein Skalpell in die Operationswunde, zwischen den gespreizten Rippen hindurch mitten in das offen liegende Herz.

Über den Monitor sah Tim jedes Detail. Wie das Skalpell den Herzbeutel durchstach und tiefer drang, wie das Blut herausschoss und wie Bremer weiterschnitt, bis in die Lunge hinein.

In dem Tumult, der einen Atemzug später ausbrach – eine Assistentin, die nach draußen rannte, um Hilfe zu holen; der Anästhesist, der sich auf Bremer stürzte; die OP-Schwester, die verzweifelt Unmengen von Blut absaugte; Hilbrecht, der versuchte zu retten, was nicht mehr zu retten war – standen nur zwei Menschen wie gelähmt im Raum. Tim, der nicht glauben konnte, dass wirklich passiert war, was er eben gesehen hatte.

Und Bremer, der fassungslos auf das Skalpell in seiner Hand starrte.

1

Daniel hat Pech gehabt, ich war diesmal einfach schneller. Als der Anruf des Herzzentrums um acht Uhr zweiunddreißig hereinkam, saß er gerade bei Magdalena Arendt im Büro und ließ sich für seine gute Arbeit im Fall Gerstner loben. Bis er sich losreißen konnte, hatte ich schon das Blaulicht aufs Autodach gesetzt und den Motor gestartet; nun leidet Daniel neben mir auf dem Beifahrersitz, demonstrativ eine Hand um den Haltegriff oberhalb des Wagenfensters geklammert, den Blick starr auf die Straße gerichtet.

Er hasst es, wenn ich fahre, obwohl dafür überhaupt kein Grund besteht, er pfeift oft genug selbst auf die Verkehrsregeln. Aber die Kontrolle abgeben – das ist nicht seine Sache. Schon gar nicht beim Autofahren.

«An der nächsten roten Ampel könnten wir tauschen», ächzt er.

«Dafür müsste ich aber stehen bleiben.» Ich umrunde einen Lieferwagen, der dabei ist einzuparken. In fünf Minuten sind wir ohnehin am UKE, bis dahin wird Daniel schon noch durchhalten.

Er gibt auf und schließt die Augen. «Sie sagen, es war einer der Chirurgen?»

«Ja. Ein Oberarzt, angeblich einer der Besten in der Abteilung. Er hatte mit dem Eingriff eigentlich nichts zu tun, das Opfer war nicht sein Patient.» Ich drücke mit aller Vehemenz auf die Hupe, damit der blaue Polo vor mir zur Seite fährt. «Das Team ist erschüttert, sagen sie, aber am fassungslosesten soll der Täter selbst sein. Sie bewachen ihn – nicht um zu verhindern, dass er abhaut, sondern damit er sich nichts antut.»

Am UKE angekommen, drossle ich mein Tempo. Die Klinik für Herz- und Gefäßchirurgie befindet sich in Gebäude O70, es parken schon zwei Streifenwagen davor. Obwohl ich jetzt wirklich zivilisiert langsam fahre, entspannt Daniel sich kein Stück. Er hat eine ausgeprägte Abneigung gegen Krankenhäuser, allerdings muss man das gelassen sehen, denn die Liste der Dinge, die Daniel Buchholz inakzeptabel findet, ist lang. Ich stehe darauf ganz oben.

Am Eingang empfängt uns der Chefarzt der Herzchirurgie, er ist bleich im Gesicht, und die Hand, die er mir reicht, zittert. «Nina Salomon», sagte ich. «Und das ist mein Kollege Daniel Buchholz.»

Er nickt, als hätte er das bereits gewusst. «Professor Doktor Holger Wiedmann», stellt er sich vor. «Ich muss gestehen, ich weiß gar nicht, was ich sagen soll. Ich kann immer noch nicht glauben, dass Dr. Bremer das wirklich getan hat.» Sein Blick wandert von mir zu Daniel und wieder zurück. «Wollen Sie … also, soll ich Sie zuerst zu dem Verstorbenen führen? Oder möchten Sie mit dem OP-Team sprechen? Oder mit Dr. Bremer?»

«Das alles», erwidert Daniel, «und genau in dieser Reihenfolge.»

Olaf Richter liegt noch auf dem Operationstisch, zugedeckt mit einer Art blauer Plane, unter der zahlreiche Schläuche herausführen. Der OP sieht aus wie ein Schlachtfeld, um den Tisch herum ist überall Blut. Verschmierte Fußspuren zeigen, wie hektisch das Team nach dem Zwischenfall herumgelaufen sein muss.

Hinter uns betritt ein großgewachsener Mann mit graublondem Haar den OP. Er muss während des Geschehens nah am Patienten gewesen sein, denn sein hellblauer OP-Kasack ist blutgetränkt, ebenso wie der Mundschutz, den er nach unten gezogen hat und nun um den Hals trägt. «Jochen Hilbrecht», sagt er leise und reicht erst mir, dann Daniel die Hand. «Sie müssen entschuldigen, ich bin noch nicht dazu gekommen, mich umzuziehen. Der Tote war mein Patient.» Hilbrecht schluckt, er ringt sichtlich um Fassung. «Ich frage mich die ganze Zeit, ob ich es hätte verhindern können, ob ich schneller hätte reagieren müssen – aber ich habe das wirklich nicht kommen sehen.»

Daniel geht langsam auf den Operationstisch zu. «Ich würde Herrn Richter gerne sehen.»

Hilbrecht nickt und zieht die Plane zur Seite. Der Tote ist noch an diverse Katheter und Schläuche angeschlossen; auf der rechten Seite der Brust klafft ein Loch, das von einer Art weißem Rohr offen gehalten wird.

«Bremer hat direkt ins schlagende Herz gestochen», murmelt der Chirurg. «Ich kann es immer noch nicht glauben. Er sagte: ‹*Lass mich mal sehen*›, das hat mich schon stutzig gemacht, weil es ein absoluter Routineeingriff war. Er ist überhaupt nicht der Typ, der sich für die Arbeitsweise von Kollegen interessiert. Wenn, dann sollen die von ihm lernen, nicht umgekehrt.» Hilberts angestrengtes Lächeln fällt auf halbem Weg in sich zusammen.

«War Herr Bremer denn in letzter Zeit anders als sonst?», frage ich. «Stand er unter besonders hohem Druck, gab es berufliche Schwierigkeiten?»

Hilbert denkt nach, bevor er antwortet, das finde ich sympathisch. «Der OP-Plan war in den letzten zehn Tagen sehr dicht», sagt er schließlich. «Das schon. Aber so außergewöhnlich ist das nicht. Und ja, Paul hat hin und wieder gereizt gewirkt. Vor zwei Tagen haben sich die Angehörigen eines Patienten beschwert, er habe sie ziemlich unfreundlich angefahren, als sie sich nach dem Ergebnis eines Eingriffs erkundigt haben.» Er zuckt mit den Schultern. «Das ist unschön, aber kein Drama, wissen Sie? Es gibt viele Kollegen, die fachlich toll, aber persönlich nicht gerade einfühlsam sind.»

Ich versuche, näher an den Patienten heranzukommen, ohne in Blut zu treten. «Hatte Dr. Bremer Streit mit Herrn Richter? Wissen Sie von irgendetwas, das die Tat ausgelöst haben könnte?»

Hilbert lacht auf, es klingt verzweifelt. «Nein, das ist ja das Groteske. Olaf Richter war nie Pauls Patient. Ich glaube nicht, dass die beiden je ein Wort miteinander gewechselt haben.»

Daniels Brauen bilden über der Nasenwurzel ein steiles V. «Ich möchte, dass wir gemeinsam den Ablauf der Ereignisse genau rekonstruieren. Es waren eine ganze Menge Leute anwesend, nicht wahr?»

«Richtig.» Der Chirurg weist auf die Bildschirme, die sich oberhalb des Operationstischs befinden. «Aber ich kann Ihnen außerdem eine Aufzeichnung des Eingriffs zeigen. Unsere Endoskope verfügen über Full-HD-Kameraköpfe, mit denen wir die Eingriffe auf die OP-Monitore übertragen. Meistens zeichnen wir die Operation damit auch auf, und wenn die Patienten das möchten, brennen wir ihnen den Film auf DVD. Manche finden das spannend.»

«Eine solche DVD hätten wir sehr gerne», erkläre ich. «Und ich denke, es ist jetzt an der Zeit, mit Dr. Bremer zu sprechen.»

Vor dem Untersuchungsraum, in dem Bremer wartet, steht ein Kollege in Uniform und spricht mit einer alten Frau, die sich an ihrem fahrbaren Infusionsständer festhält.

«... doch sehr komisch», sagt sie eben mit brüchiger Stimme. «Ich möchte wirklich wissen, warum die Polizei hier ist. Die beiden anderen Patientinnen in meinem Zimmer sind auch beunruhigt.»

«Dafür gibt es keinen Grund», sagt der Kollege freundlich. «Sie müssen sich keine Sorgen machen, legen Sie sich einfach wieder hin.»

Die Frau zögert, gibt sich dann aber geschlagen und schlurft mit kleinen Schritten davon.

Daniel tritt auf den Kollegen zu. «Ich bin Daniel Buchholz, und das ist Nina Salomon. Wir sind vom LKA.» Er hält dem Mann seinen Ausweis vors Gesicht. «Dr. Bremer ist da drin?»

Der Polizist nickt. «Ja. Aber Sie sollten wissen, er hat eine Beruhigungsspritze bekommen, und wir haben alle Gegenstände aus dem Raum entfernt, mit denen er sich eventuell verletzen könnte. Der Mann ist völlig verstört.»

Bremer sitzt auf der Untersuchungsliege, den Kopf gesenkt, die Hände auf den Knien ineinander verschränkt, als würde er beten. Wir treten ein und schließen die Tür hinter uns.

«Herr Bremer?», versuche ich es sanft. Auch er trägt immer noch OP-Kleidung, das Blut darauf ist größtenteils schon eingetrocknet. «Herr Bremer, wir möchten gerne mit Ihnen reden. Wir kommen vom LKA. Nina Salomon und Daniel Buchholz.»

Er reagiert nicht. Blickt einfach nur auf den Boden zwischen seinen Füßen, oder nach innen, oder ins Nichts. Vielleicht war das mit dem Beruhigungsmittel keine so gute Idee.

«Herr Bremer», versucht es nun Daniel. «Können Sie mich hören? Es ist wirklich wichtig, dass Sie mit uns sprechen.»

Immer noch keine Reaktion. Wahrscheinlich ist es am klügsten, wir nehmen ihn einfach mit und befragen ihn im Präsidium. Festnehmen werden wir ihn ohnehin, aber es wäre mir ganz recht, wenn er sich vorher noch waschen und umziehen könnte. Schon Daniel und seiner Schmutzphobie zuliebe.

«Ich hole jemanden von den anderen Ärzten, vielleicht dringen die eher zu ihm durch», schlage ich vor, und prompt hebt Bremer den Kopf.

«Meine Karriere ist vorbei», sagt er leise. «Ich habe nicht nur Olaf Richter getötet, sondern mich gleich mit.»

Ich ziehe mir einen Stuhl heran und setze mich ihm gegenüber. Er hat gerade ein Geständnis abgelegt – nicht, dass das nötig gewesen wäre, bei der Menge von Zeugen, aber es vereinfacht die Dinge.

«Warum, Herr Bremer? Was hat Sie dazu gebracht?»

Er schließt kurz die Augen. «Ich weiß es nicht genau. Gestern ... wurde er aufgenommen, und ich habe ihn zweimal gesehen. Seitdem wurde dieses Gefühl immer stärker. Es war, als könnte ich nicht mehr atmen.»

Ich sehe aus den Augenwinkeln, wie Daniel näher kommt. «Welches Gefühl, Herr Bremer?»

Der Arzt legt die Stirn in die Hände, als hätte er Kopfschmerzen. «Ich habe ihn so gehasst», flüstert er. «Ich kann es überhaupt nicht beschreiben.»

Daniel und ich wechseln einen kurzen Blick. «Verstehe», sage ich, obwohl davon keine Rede sein kann. «Also haben Sie ihn gekannt? Er war aber nicht Ihr Patient, soviel ich weiß.»

«Nein. War er nicht.»

«Aber Sie haben in gewisser Form trotzdem Kontakt gehabt?»

Bremer gibt ein Geräusch von sich, das irgendwo zwischen Lachen und Schluchzen liegt. «Oh Gott. Ich habe doch Familie. Meine Frau wird nie wieder ein Wort mit mir sprechen. Und meine Kinder ...»

Er beginnt zu weinen, wiegt sich vor und zurück, das Gesicht in den Händen verborgen.

Der falsche Zeitpunkt, um ihn darauf hinzuweisen, dass Olaf Richter vermutlich auch Familie hatte.

Ich räuspere mich. «Herr Bremer, also kannten Sie den Patienten doch? War er vielleicht zu einem früheren Zeitpunkt bei Ihnen in Behandlung?»

Erst denke ich, er will meine Frage ignorieren, doch dann atmet er durch, wischt sich mit dem Ärmel über das nasse Gesicht und hinterlässt dabei einen Streifen Blut auf Nase und Wange. «Er hat … es ist so lächerlich, ich möchte es eigentlich gar nicht aussprechen.»

Ich kann fühlen, wie Daniel neben mir ungeduldig wird. Wie sehr ihn die Ichbezogenheit des Mannes nervt, der uns gegenübersitzt. Er verschränkt die Arme vor der Brust. «Ich glaube nicht, dass Sie es schlimmer machen, wenn Sie uns einweihen. Was verbindet Sie mit Herrn Richter?»

Bremer blickt zur Seite. «Er hat vor ein paar Monaten eine negative Kritik über meine Privatpraxis auf einer Online-Plattform geschrieben. Man kann darauf Ärzte bewerten. Es war ein niederträchtiger Text und so besonders schlimm, weil Richter nie bei mir gewesen ist. Es war also reine Boshaftigkeit, aber natürlich trotzdem kein Grund für …» Seine Stimme versagt; er kämpft darum, sie wiederzuerlangen.

«Von dem Moment an war er … ich weiß nicht, wie ich es beschreiben soll. Hinter mir her, aber ohne sich zu zeigen. Wie ein Schatten, verstehen Sie? Wie ein unsichtbarer Stalker, der versucht hat, mir zu schaden, mich zu reizen. Alles Kleinigkeiten, aber in der Summe unerträglich.»

Einen Moment lang bin ich sprachlos. Das ist lächerlich, wie er selbst gesagt hat. Er hat sich verfolgt gefühlt? Von einem zweiundsechzigjährigen herzkranken Mann, der vermutlich kaum eine Treppe hochgehen konnte, ohne unter Atemnot zu leiden?

«Und seit gestern war es, als hätte ich ständig eine rote Wolke um mich herum», fährt Bremer fort. «Wut und Hass … ich konnte mich auf nichts anderes mehr konzentrieren. Es klingt verrückt, aber es war so. Trotzdem verstehe ich nicht – glauben Sie mir bitte, ich verstehe nicht, wieso ich dann etwas so Furchtbares getan habe.» Er hält inne. «Vielleicht bin ich krank.» Etwas wie Hoffnung schwingt in seiner Stimme mit. «Ich kann das überprüfen lassen, nicht wahr? Sie werden ein psychologisches Gutachten erstellen lassen, das ist doch üblich in solchen Fällen.»

Ich will ihm antworten, aber Daniel kommt mir zuvor. Ich hatte schon befürchtet, dass es mit seiner Geduld bald vorbei sein wird.

«Wir werden Ihnen ganz genau auf den Zahn fühlen, machen Sie sich da keine Sorgen.» Er baut sich vor dem Chirurgen auf. «Dr. Paul Bremer, ich nehme Sie fest wegen Verdachts des Mordes an Olaf Richter.»

2

Der Raum ist klein, fast winzig.

Ich trete vor Nina ein und stoße fast gegen den Schreibtisch, so überladen mit Akten und Papieren, dass es mich verrückt machen würde, müsste ich daran arbeiten. Dazwischen ragt der aufgeklappte Bildschirm eines Notebooks heraus, als hätte er sich seinen Platz mühsam erkämpft. Davor ein lederner Bürostuhl, an der Wand ein Aktenschrank, ein vollgestopftes Bücherregal und zwei psychedelisch anmutende Kunstdrucke in weißen Rahmen. Das war's.

Das Büro eines über die Grenzen Hamburgs bekannten Herzchirurgen habe ich mir anders vorgestellt.

Für die beiden uniformierten Kollegen, die uns begleiten, ist kein Platz mehr. Sie postieren sich draußen auf dem Flur neben der Tür.

«Warten Sie, ich zeige es Ihnen.» Bremer lässt sich auf den Stuhl fallen, schiebt mit dem Unterarm hektisch einen Stapel Dokumente beiseite und lässt die Finger über die Computertastatur huschen. Er wirkt nun trotz der Beruhigungsmittel, die man ihm verabreicht hat, fahrig und aufgepeitscht.

Ich trete mit zwei Schritten so nahe an ihn heran, dass ich eingreifen kann, falls er nach einem Brieföffner oder einem anderen Gegenstand greift, mit dem er sich selbst verletzen könnte. Nina rückt nach.

«Einen Moment noch … Hier, schauen Sie, da ist es. Sehen Sie?» Bremer dreht das Notebook so, dass Nina und ich den Bildschirm sehen können. «Das ist die letzte Mail, die ich von ihm bekommen habe. Das war gestern.»

Mein Blick fällt als Erstes auf die Zeile mit dem Absender.

Olaf.Richter2204@web.de

Eine kostenlose Mailadresse, die jeder eingerichtet haben kann. Wir werden die IP-Adresse überprüfen lassen, von der aus die Mail gesendet wurde.

«Jetzt verstehen Sie, was ich meine, nicht wahr?»

«Moment», sage ich und lese die Textnachricht.

Hallo Bremer, du Quacksalber,
ich habe langsam keine Lust mehr, die Menschen wieder und wieder vor dir zu warnen, während du weiter ungehemmt vor dich hin pfuschst und deine Patienten durch deine Unfähigkeit verstümmelst und tötest. Es ist an der Zeit, dafür zu sorgen, dass du ernsthafte Konsequenzen zu spüren bekommst. Leider muss das noch ein paar Tage warten, denn – welch eine Ironie des Schicksals – ich werde mich selbst einer Herzoperation unterziehen müssen. Du kannst dir denken, dass ich alle Hebel in Bewegung gesetzt habe, um von einem richtigen Chirurgen operiert zu werden, nicht von einem Idioten wie dir. Schließlich habe ich allen Grund, noch eine Weile weiterzuleben. Du verstehst, was ich meine, nicht wahr?
Also mach dich bereit, du Stümper. Morgen wird dein Kollege mich

operieren, danach werde ich dafür sorgen, dass dein Pfuschen ein endgültiges Ende hat.

Dein Richter
(Ist dieses Wortspiel nicht köstlich?)

Ich wechsle einen Blick mit Nina und wende mich dann an Bremer, der mich erwartungsvoll anschaut. «Wo sind die anderen Nachrichten?»

«Welche anderen … Ach so, nein, die habe ich nicht mehr.»

«Warum?», hakt Nina nach. «Haben Sie die etwa gelöscht?»

Der Arzt schüttelt heftig den Kopf. «Es gab zwar ein paar E-Mails, aber die finde ich nicht mehr. Ich weiß wirklich nicht, wohin sie verschwunden sind.»

«Das heißt, diese eine Mail ist alles, was Sie haben?»

«Ja. Aber Sie haben doch gelesen, was der Kerl mir geschrieben hat. Er wollte mich vernichten.» Nun klingt seine Stimme wieder verzweifelt.

Nach einem letzten Blick auf die Nachricht richte ich mich auf. «Wie praktisch, dass er Ihnen mitgeteilt hat, dass er heute Morgen ganz in Ihrer Nähe hilflos auf dem OP-Tisch liegt, nicht wahr?»

Bremer starrt mich an, als hätte er mich nicht verstanden. «Was?»

«Nun, finden Sie es nicht auch seltsam, dass ein Mann, der Sie so massiv bedroht, Ihnen mitteilt, wo Sie ihn in einer Situation absoluter Hilflosigkeit finden können? Und dann auch noch direkt an Ihrem Arbeitsplatz?»

«Ein Krankenhaus ist nicht einfach nur ein Arbeitsplatz.» Bremer schiebt das Notebook wie ein trotziges Kind von sich weg, was dazu führt, dass ein ganzer Stapel Dokumente über die Schreibtischkante rutscht und zu Boden fällt. Er beachtet es gar nicht. «Ein Krankenhaus ist …»

«Der ideale Platz für Sie, um Olaf Richter ganz einfach ermorden zu können», unterbricht Nina ihn scharf und nickt mir zu. «Ich denke, wir können die Vernehmung von Dr. Bremer auf dem Präsidium fortsetzen.»

«Da fällt mir noch was ein.» Bremer sagt es so ruhig, als würde er mit uns über einen medizinischen Befund sprechen. Diese extremen Stimmungsschwankungen erscheinen mir ungewöhnlich, selbst für jemanden in seiner Situation. «Richter hat auch Einträge in verschiedenen Internetforen gemacht, in denen er mich übelst verleumdet hat. Die kann ich Ihnen natürlich auch zeigen. Das heißt, sofern ich sie wiederfinde.»

«Das können Sie auch auf dem Präsidium», entscheide ich und klappe das Notebook zu. «Und das hier nehmen wir mit.»

Bremer erhebt sich und geht an mir vorbei, während ich mir das Notebook unter den Arm klemme. An der Tür dreht er sich noch einmal um und wirft einen langen Blick auf den Schreibtisch. «Ich habe so hart für meine Karriere gearbeitet, mein ganzes Leben lang. Und ich bin gut. Richtig gut. Richter hat dafür gesorgt, dass alles umsonst war. Er hat mich ganz bewusst dazu gebracht, etwas Furchtbares zu tun. Er wollte, dass ich ihn töte, wissen Sie? Er hat es darauf angelegt, da bin ich sicher.»

«Jetzt reicht es dann.» Nina macht keinen Hehl daraus, was sie von Bremers Gerede hält. «Sie haben einen vollkommen wehrlosen Mann getötet, weil er Ihnen böse Mails geschrieben hat. Daran hat niemand anderer Schuld als Sie selbst. Und jetzt los.»

Sie legt dem Arzt die Hand auf den Rücken und schiebt ihn an mir vorbei auf den Flur, wo die beiden Kollegen ihn in ihre Mitte nehmen.

Ich gehe an ihnen vorbei, Nina ist neben mir.

«Ich bestehe auf einem psychiatrischen Gutachten», sagt Bremer hinter uns, als wir gerade ein paar Schritte zurückgelegt haben. Wieder hört es sich an, als sei in Wahrheit er das Opfer in dieser Sache. «Und nur damit das klar ist, ich möchte den Arzt selbst aussuchen, der es erstellt. Ich bin ein erstklassiger Chirurg und lasse mich nicht von jedem dahergelaufenen Psycho-Fritzen begutachten. Außerdem habe ich ein Recht darauf, meinen Anwalt anzurufen. Hier geht es schließlich um mehr als einfach nur eine Verzweiflungstat, zu der man mich getrieben hat. Es geht um meine Karriere, mein ganzes Leben. Und das meiner Familie. Außerdem …»

Ich hole gerade Luft, um seinen Redeschwall zu stoppen, als Nina abrupt stehen bleibt und sich zu Bremer umdreht.

«*Sie* haben das Leben eines Menschen ausgelöscht. Einfach so. Was denken Sie, was Sie seiner Familie damit angetan haben? Also halten Sie jetzt endlich den Mund und hören Sie auf mit Ihrem jämmerlichen Selbstmitleid.»

Ich weiß nicht, ob ich jemals zuvor beobachtet habe, dass die Gesichtsfarbe eines Menschen so schnell von halbwegs normal in Dunkelrot wechseln kann, wie das jetzt bei Bremer geschieht. «Du kleine Polizei-Tussi möchtest mir den Mund verbieten? Mir? Ich habe schon Leben gerettet, als du noch zu Hause bei Mama und Papa nackt um den Weihnachtsbaum gerannt bist.» Mit einem wilden Ruck reißt sich Bremer von dem Griff los, mit dem einer der beiden Beamten ihn am Arm gepackt hat, und macht einen Satz auf Nina zu. Wir reagieren gleichzeitig. Während sie mit einem schnellen Schritt zurückweicht, stelle ich mich Bremer in den Weg und lasse ihn gegen mich prallen. Noch bevor er sich von seiner Überraschung erholt hat, packe ich ihn am Kragen und drücke ihn mit Schwung gegen die Flurwand. «Wagen Sie es nicht noch einmal, eine Polizistin anzugreifen», zische ich ihm zu. «Sonst könnte ich mich vergessen und Ihnen in Notwehr die Nase brechen.»

Jemand greift nach mir und zieht mich langsam, aber bestimmt zurück. «Herr Buchholz!» Die Stimme eines der beiden Uniformierten, nah an meinem Ohr. «Lassen Sie ihn los. Wir haben ihn unter Kontrolle.»

«Das sah aber gerade gar nicht so aus.» Widerwillig lockere ich meinen Griff, lasse Bremer schließlich los und wende mich ab. Ninas fragendem Blick weiche ich bewusst aus. Ich marschiere an ihr vorbei in Richtung Ausgang, aber Sekunden später ist sie schon neben mir. «Was war das denn?»

«Bitte, gern geschehen», antworte ich einsilbig, ohne sie anzusehen. Ich ärgere mich über mich selbst, weil es mir offenbar nicht gelingt zu verhindern, dass sich belastende private Dinge auf meinen Dienst auswirken. Oder besser gesagt auf die Art, wie ich meinen Dienst erledige.

«Komm, nun sei nicht blöd. Ich weiß ja, dass du mir helfen wolltest, und das finde ich auch wirklich nett, aber ‹*sonst könnte ich mich vergessen und Ihnen in Notwehr die Nase brechen*› ist echt keine typische Daniel-Buchholz-Reaktion, das musst du zugeben. Also: Was ist los?»

«Nichts, was hierhergehörte. Belassen wir es dabei.» Es klingt härter, als ich es beabsichtigt habe. Also füge ich freundlicher hinzu: «Es ist alles o.k. Ich hatte sein Gerede nur so satt, und als er dich dann auch noch angreifen wollte …»

«Also gut. Noch einmal: Danke, aber er hatte keine Chance.»

Sie hat recht, das ist mir klar. War es schon in dem Moment, als Bremer auf Nina losgehen wollte, und doch … irgendwie hat es gutgetan dazwischenzugehen.

Der Arzt wird mit dem Streifenwagen zum Präsidium gebracht, Nina steuert unseren Dienstwagen. Mir wird erst bewusst, dass ich sie hinters Steuer gelassen habe, als sie den Motor startet. Ich bin offenbar abgelenkter, als ich gedacht habe. Wir treffen gemeinsam mit den Kollegen und Bremer am Präsidium ein und warten am Eingang. Dort nimmt mich einer der beiden zur Seite und sagt leise: «Er hat davon geredet, sich wegen übertriebener Härte im Dienst über sie zu beschweren.»

Ich denke an Staatsanwalt Meierhofer und daran, dass das wahrscheinlich ein gefundenes Fressen für ihn ist. «Danke für die Warnung, aber das regle ich schon.»

Arendt ist nicht in ihrem Büro, also gehen wir direkt in den Verhörraum, in den Bremer gebracht worden ist, nachdem er seinen Anwalt angerufen hat. Er erklärt uns, dass er auf Anraten des Juristen bis zu dessen Eintreffen keine Aussagen mehr machen werde. Das könne allerdings noch über eine Stunde dauern, weil der gerade auf dem Weg zurück aus Köln sei. Wir wollen uns schon abwenden und den Raum wieder verlassen, als Bremer wieder zu jammern beginnt. Dass sein Leben komplett auf den Kopf gestellt sei und er letztendlich ganz alleine die Konsequenzen werde tragen müssen, obwohl ihn doch in Wahrheit nur eine Teilschuld treffe.

Wenn ich es mir recht überlege, gibt es da im Moment verblüffende Parallelen zwischen Bremer und mir. Das macht meine Sorgen nicht kleiner.

Mittlerweile ist Arendt von einer Besprechung mit Meierhofer zurück und hört sich unseren Bericht an.

«Hm ...», macht sie, als ich geendet habe. «Klingt nach einer einfachen Sache. Es gibt Zeugen für die Tat, der Mörder ist gefasst und geständig, er hat ein ... na ja, so was Ähnliches wie ein Motiv. Ich denke, den Fall können wir schnell abschließen.»

«Trotzdem ist das doch sehr seltsam. Ein bekannter, bisher unbescholtener Herzchirurg tötet kaltblütig einen Patienten, weil der ihn per Mail und im Netz diffamiert? Ich denke, wir sollten uns mal mit der Frau des Opfers und auch mit der des Arztes unterhalten. Vielleicht steckt doch mehr dahinter, als Bremer zugeben möchte?»

Arendt zuckt mit den Schultern. «Die Frauen sind schon von den Kollegen Janning und Müller vernommen worden, aber wenn es Sie besser schlafen lässt, bitte. Das ändert allerdings nichts an den Tatsachen: Der Fall ist geklärt.»

Das ist wahr, rätselhaft bleibt er trotzdem, also beschließen Nina und ich, die Zeit bis zum Eintreffen von Bremers Anwalt zu nutzen und uns mit einer der beiden Frauen zu unterhalten. Unsere Wahl fällt auf Richters Witwe Luise, weil ihr Haus um einiges näher am Präsidium liegt als Bremers.

Die Frau erscheint mir recht gefasst, als sie die Tür öffnet und uns hereinbittet. Ich schätze sie auf Ende fünfzig, sie ist mollig und sieht uns mit verletzlich wirkendem Blick aus geröteten Augen entgegen.

Die Einrichtung des Hauses passt zu dem Bild, das ich mir von der Frau mache. Konservativ, vielleicht sogar etwas bieder, aber sicher nicht billig. Alles ist blitzsauber und aufgeräumt.

«Frau Richter», beginne ich, nachdem wir uns im Wohnzimmer an den runden Esstisch gesetzt haben. «Bitte entschuldigen Sie, dass wir Sie so kurz ...»

«Schon gut», unterbricht sie mich mit sanfter Stimme. «Das muss ja sein.»

«Ja, leider. Wir versuchen, so viel wie möglich über die Hintergründe der Tat herauszufinden. Kennen Sie Dr. Paul Bremer?»

Ihre Augen füllen sich mit Tränen. «Nein, den kenne ich nicht. Und Olaf hat ihn auch nicht gekannt.»

«Sind Sie da ganz sicher?», fragt Nina und legt dabei eine Wärme in ihre Stimme, die ich so bisher selten von ihr gehört habe.

«Was ist denn schon sicher?» Luise Richter zieht ein Stofftaschentuch aus dem Ärmel ihrer Strickweste und tupft sich damit die Augen ab. «Aber er hätte den Namen bestimmt mal erwähnt, wenn er den Mann gekannt hätte. Ich verstehe nicht, was einen wildfremden Arzt dazu bringen konnte, meinen Mann umzubringen. Ich wüsste überhaupt niemanden, der einen Grund gehabt hätte, Olaf zu töten. Er war ein herzensguter Mensch, der nie ein böses Wort über jemand anderen verloren hat.» Sie putzt sich die Nase, bevor sie fortfährt. «Olaf war so glücklich, seit er vor einem Jahr in den Ruhestand gegangen ist. Er hat seinen Elektromontagebetrieb aufgegeben und sich endlich seinen großen Traum verwirklicht. Er hat sich ein Segelboot gekauft, das war sein ganzer Stolz, wissen Sie. Und jetzt …»

Zehn Minuten später verabschieden wir uns von Luise Richter und machen uns auf den Rückweg. Wir haben Olaf Richters Computer dabei, den seine Witwe uns bereitwillig mitgegeben hat.

«Das hat uns nicht wirklich weitergebracht», stellt Nina fest, als ich losfahre. Es tut gut, wieder am Steuer zu sitzen – wenigstens hier. Ninas Fahrweise macht mich einfach nervös. «Wahrscheinlich hat Arendt recht, und wir sollten den Fall einfach schließen …» Als ich mit den Achseln zucke, fügt sie hinzu: «Aber ich habe trotzdem ein ganz komisches Gefühl.»

Das habe ich auch. Und nicht nur, was diesen Fall angeht.

3

Wenn Bremer wirklich so naiv gewesen ist zu denken, dass er mit dem Mord an Olaf Richter jegliche Kritik an seiner Person zum Verstummen bringen würde, dann hat er sich geschnitten. Seit drei Tagen stürzen sich die Medien mit einer Heftigkeit auf den Fall, die einerseits zu erwarten war, Daniel und mich aber trotzdem immer wieder aus der Fassung bringt. Zum Beispiel gibt es ein hübsch gephotoshopptes Titelbild, das Helmut Vogelbusch mir in der Kaffeeküche unter die Nase hält und das Bremer in einem blutdurchtränkten OP-Kittel zeigt, mit einem überdimensionalen Skalpell in der Hand. Die Headline darüber lautet: *Doktor Tod – Psychopathen im OP*. Wie der Titel einer TV-Serie auf der Jagd nach Quote.

«Da bekommt man noch mehr Angst davor, krank zu werden», erklärt Vogelbusch und schließt schon mal vorsorglich das Fenster. «Die Pharmaindustrie tötet uns durch Gifte und Abhängigkeit, die Ärzte machen es jetzt direkt mit dem Stich ins Herz.»

Ich nehme ihm die Zeitschrift aus der Hand. «Bleib auf dem Teppich, Helmut.» Mit der Kaffeetasse in der Hand überfliege ich den Artikel, in dem es darum geht, dass Chirurgen angeblich ohnehin ein merkwürdig gestricktes Gemüt hätten und ihnen prinzipiell alles zuzutrauen sei. Dass ihr psychischer Zustand enger überwacht werden sollte.

Im Grunde weiß ich genau, dass Bremer nicht dumm ist. Ihm muss klar gewesen sein, dass er mit dieser Tat sein Leben ruiniert. Seine Reputation als Chirurg war bis zu diesem Zeitpunkt ausgezeichnet. Selbst wenn Richter ihn wirklich provoziert hat – warum ihn nicht einfach anzeigen? Warum dieser völlig übertriebene, nicht wiedergutzumachende Schritt?

Christoph Janning schiebt seine kurze Gestalt zu uns in die Kaffeeküche, woraufhin mir Vogelbusch sofort das Blatt aus der Hand reißt und es ihm hinhält. «Da! Hast du das schon gelesen? Wenn du mich fragst, dieser Bremer ist nicht grundlos durchgedreht. Ärzte haben doch so leichten Zugang zu Drogen aller Art …»

Christoph liegt mir sehr am Herzen, trotzdem tue ich so, als hätte ich ihn nicht bemerkt, seinen Blick, der mich bittet, ihn nicht mit Helmut allein zu lassen. Ich schlüpfe mit meiner Kaffeetasse nach draußen und gehe zurück ins Büro, wo ich mir Bremers Aussage noch mehrmals durchlese. Trotzdem begreife ich nicht, was in ihm vorgegangen ist. Jedes Mal muss ich an den German-Wings-Piloten denken, der sein Flugzeug gegen eine Bergwand gesteuert hat. Der war auch ein gut ausgebildeter, erfolgreicher Mann – aber er wollte dabei selbst sterben. Bremer nicht. Bremer wollte bloß eine verquere Form von Gerechtigkeit. Er sagt, er habe zu dem Zeitpunkt nicht weiter als bis zu dem tödlichen Schnitt gedacht. Kann das sein?

Die Frage lässt mich nicht los, und ich würde mich gerne mit Daniel darüber unterhalten, aber der ist ungefähr so kommunikativ wie ein Stück Holz.

«Arendt hat uns zurückgepfiffen», murmelt er, ohne dabei den

Blick von seinem Computermonitor zu wenden. «Weil ja angeblich alles geklärt ist, und in gewisser Weise hat sie recht.»

«Findest du?» Dass Daniel sich so schnell geschlagen gibt, ist mir neu. «Meiner Meinung nach müssten wir …»

Die Tür springt auf, herein stürmt Andressen von der Abteilung Cybercrime. In der Hand hält er einen Computerausdruck, den er über dem Kopf schwenkt wie eine weiße Fahne. «Wollt ihr etwas wirklich Verrücktes hören?»

Zum dritten Mal an diesem Tag wischt Daniel imaginäre Krümel von seinem Schreibtisch. «Wollen wir?», fragt er mich.

«Klar», sage ich.

«Die Mail von Richter an Bremer, in der er ihm geschrieben hat, wann er operiert wird – die hat der sich selbst geschickt.»

«Wie bitte?»

Andressen beugt seine lange Gestalt zu mir herunter und hält mir den Zettel vor die Nase. Alles nur Computercodes und ziemlich viele Zahlen. «Hier, siehst du? Das hier ist Bremers IP-Adresse, und von genau dieser Adresse wurde die Mail geschickt, die ihn angeblich so aus der Fassung gebracht hat.»

Er lächelt breit, ich glaube, das sehe ich bei ihm zum ersten Mal. Gut, als wir letztens zusammengearbeitet haben, gab es dafür auch keinerlei Grund. Wahrscheinlich merke ich deshalb erst jetzt, dass seine Vorderzähne ein bisschen schief stehen, aber nicht so sehr, dass es stören würde.

«Versteht ihr, was das heißt?» Er sieht Daniel erwartungsvoll an. «Der Herr Doktor hat sich selbst kleine Drohbriefchen zugeschickt. Von wegen, er ist provoziert worden. Alles gelogen.»

«Das ist tatsächlich ein Ding», sage ich und erwidere Andressens Lächeln, während Daniel gerade mal ein Kopfschütteln zustande bringt. «Ich bin schon sehr gespannt, wie Bremer sich da rausreden will.»

Als Andressen gegangen ist, stehe ich auf, umrunde den Schreibtisch und setze mich direkt auf Daniels Unterlagen. «Sag mal, was ist eigentlich los mit dir?»

Wieder schüttelt er den Kopf. «Alles okay.»

«Nein, sorry, das kaufe ich dir nicht ab.»

«Dann lass es eben.» Er versucht, eine dünne Mappe unter meinem Hintern hervorzuziehen. Ich mache mich extra schwer.

«Weißt du, ich dachte eigentlich, es würde endlich gut laufen mit uns als Team», sage ich und lege ein bisschen Wehmut in meine Stimme. Einen Hauch Enttäuschung. «Aber da habe ich mich vielleicht doch geirrt, wenn ich mir das genauer –»

«Es hat nichts mit dir zu tun», fällt er mir gereizt ins Wort. «Überhaupt nichts.»

«Okay. Aber du könntest mir doch sagen …»

«Nein. Das heißt, doch, könnte ich. Will ich aber nicht.» Er schaut zu mir hoch, voller Wut – und da ist noch etwas anderes. Sorge? Angst? Ich rutsche zur Seite, damit er sich seine Mappe nehmen kann.

«Glaubst du, du kannst das akzeptieren?», fragt er, eine Spur freundlicher jetzt.

«Nein. Aber widerwillig hinnehmen kann ich es.» Ich kehre zu meiner Seite des Schreibtisches zurück und ordne Andressens Computerausdruck in meine Unterlagen ein. Soeben hat sich das ohnehin hauchdünne Motiv für den Mord an Richter in Luft aufgelöst. Ich bin schon sehr gespannt, was Bremer dazu sagen wird.

Für fünfzehn Uhr habe ich einen Termin im Untersuchungsgefängnis ausgemacht und werde Christoph Janning mitnehmen – wenn Buchholz gerne stumm in seinem eigenen Saft kochen möchte, dann soll mir das recht sein. Doch kurz vor vierzehn Uhr wirft ein Anruf alle meine Pläne über den Haufen. In der Gryphiusstraße liegt ein Toter, und Arendt beordert mich hin. Zusammen mit Daniel, dem Schweigsamen.

Ich stehe in meinem weißen Papieroverall am Eingang der Wohnung und beobachte die Spurensicherungsleute bei der Arbeit.

Sie haben alle Hände voll zu tun, denn die Blutspuren ziehen sich durch die halbe Wohnung. Sie beginnen da, wo ich stehe, setzen sich über den Flur bis ins Wohnzimmer fort und enden knapp vor der Schlafzimmertür. Dort liegt Martin Rauch, der Besitzer der Wohnung. Bis jetzt haben sie zweiundzwanzig Messerstiche gezählt, erklärt ein Kollege. Vielleicht sind es sogar mehr, das wird sich zeigen, wenn der Mann nackt auf dem Obduktionstisch liegt.

Daniel vernimmt die Nachbarin, die in der vergangenen Nacht Geräusche wie von umstürzenden Möbeln gehört haben will. Martin Rauch war ein netter Mann, erzählt sie stockend. Immobilienmakler, geschieden. Hat eher zurückgezogen gelebt.

«Haben Sie vielleicht auch jemanden kommen oder gehen gesehen, letzte Nacht?», will Daniel wissen.

Die Frau schüttelt den Kopf. «Ich bin nicht aufgestanden. Ich konnte doch nicht wissen, dass es so ernst ist.»

Ein Stück abseits steht Rauchs Putzfrau, zitternd. Sie war es, die den Toten gefunden hat. Ihr Schlüssel steckt immer noch an der Außenseite der Wohnungstür.

Viel kann auch sie nicht über den Mann sagen, zudem ist ihr Deutsch nicht besonders gut. Wir werden später einen Dolmetscher hinzuziehen.

Ich schaue von der Schwelle aus in den Flur. Die ersten Stiche müssen Rauch unmittelbar beim Öffnen der Tür zugefügt worden sein – da ist eine Blutlache, an den Wänden finden sich verschmierte, dunkelrote Spuren. Ich kann es förmlich vor mir sehen, wie er erschrocken zurücktaumelt, mit der Hand erst zur Wunde fährt und sich dann damit an der Wand abstützt. Wie er immer wieder Halt sucht, während er sich ins Wohnzimmer schleppt und der Täter weiter auf ihn einsticht, nun vermutlich von hinten.

Mit welcher Entschlossenheit er auf ihn losgegangen sein muss. Mit welcher Wut. Ich betrachte den Boden genauer und entdecke verschmierte Schuhabdrücke im Blut. Unsere Leute sind viel zu vorsichtig, um derartige Spuren zu hinterlassen, und Rauch selbst wird nachts in seiner Wohnung kaum Schuhe getragen haben. Ich schätze also, der Täter hat nicht besonders gut aufgepasst. Mit etwas Glück finden wir auch noch Fingerabdrücke.

Eine Stunde später ist der Tote abtransportiert, und wir haben mit den verfügbaren Nachbarn gesprochen, ohne dass es viel gebracht hätte. Es sind teure Wohnungen hier, die Wände sind nicht so dünn wie anderswo, und allem Anschein nach hat Rauch selbst seinem Mörder die Tür geöffnet. Sowohl die am Eingang als auch die zur Wohnung.

«Die Abdrücke im Flur stammen von Schuhen Größe dreiundvierzig oder vierundvierzig», erklärt uns einer der Kollegen. «Die Stiche sind mit ziemlich viel Kraft ausgeführt worden, tödlich war vermutlich der in den Hals.»

«Danke», sagt Daniel matt und dreht sich zu mir herum. «Wir sollten mit jemandem reden, der ihn einigermaßen gekannt hat. Ich schlage die Exfrau vor.»

Das Einfamilienhaus, das Susanne Rauch bewohnt, liegt in Eißendorf und ist einer dieser typischen roten Klinkerbauten mit einem kleinen Garten davor und einem Steinplattenweg, der in Form eines schmalen S zur Haustür führt.

Daniel lässt mir den Vortritt, vielen Dank auch. Während ich klingle, mustert er mit zusammengekniffenen Augen einen verdorrten Holunderstrauch, der neben der Haustür wächst.

Die Frau, die uns öffnet, sieht aus, als hätte sie sich gerade für den Sport fertig gemacht. Schwarze, knielange Leggins, Laufschuhe, blitzblaues T-Shirt. Sie ist sicher über fünfzig, wirkt aber, als könne sie aus dem Stand zum Triathlon antreten. Durchtrainiert und sehnig. «Guten Tag.» Sie sieht irritiert erst mich, dann Daniel an. Als hielte sie uns für Zeugen Jehovas.

«Mein Name ist Nina Salomon, und das hier ist mein Kollege Daniel Buchholz. Wir sind von der Kriminalpolizei», beginne ich und halte ihr meinen Dienstausweis hin. «Wir müssen mit Ihnen sprechen. Ich fürchte, wir haben schlechte Nachrichten.»

Susanne Rauch weicht zurück, legt eine Hand vor den Mund. «Meine … Tochter?», dringt es erstickt dahinter hervor.

«Nein», antworte ich schnell. «Nicht Ihre Tochter. Ihr geschiedener Mann.»

Sie lässt die Hand sinken. «Martin?», fragt sie tonlos.

«Ja. Er ist tot. Es tut mir sehr leid.»

Die Frau ist blass geworden. Sie bittet uns mit einer Handbewegung herein und führt uns in ein schlicht möbliertes Wohnzimmer, das ganz in Beige und Hellblau gehalten ist. «Ich kann das gar nicht glauben», murmelt sie und sinkt auf eines der Sofas. «Was ist denn passiert?»

Zu meinem Erstaunen ergreift tatsächlich Daniel das Wort. «Herr Rauch wurde erstochen, vermutlich in der vergangenen Nacht. Wie lange sind Sie denn schon geschieden?»

Sie denkt einen Moment lang nach. «Im nächsten Monat werden es dreizehn Jahre.»

«Oh. Das ist eine lange Zeit.»

Sie nickt. «Ich wundere mich auch ein wenig, dass Sie ausgerechnet zu mir kommen, aber andererseits hat Martin in Hamburg sonst keine Angehörigen.» Sie schließt die Augen. «Oh Gott. Ich weiß noch gar nicht, wie ich das Sophia beibringen soll.»

«Sophia ist Ihre Tochter?», hake ich ein.

«Ja. Bis vor einem halben Jahr hat sie noch bei mir gewohnt, jetzt studiert sie in Gießen. Veterinärmedizin.» Susanne Rauch blickt zur

Seite, auf ein gerahmtes Foto an der Wand. Ein hübsches Mädchen mit dunklem Pferdeschwanz und Susanne Rauch selbst, Arm in Arm. «Es wird sie hart treffen, das weiß ich. Ermordet, sagen Sie? Aber warum? Und wissen Sie schon, wer es war?»

Ich schüttle den Kopf. «Eigentlich hatten wir gehofft, dass Sie uns da weiterhelfen könnten. Hatte Ihr Mann mit jemandem Streit?»

Sie denkt ein paar Sekunden lang nach. «Wahrscheinlich schon. Er ist Makler, da schafft man sich ganz automatisch Feinde. Aber ich weiß schon lange nicht mehr, wie sein Leben aussieht. Ob er eine Freundin hat, ob er noch Golf spielt – ich habe keine Ahnung, tut mir leid.»

Tja, das war zu erwarten gewesen. «Wann haben Sie ihn denn zum letzten Mal gesehen?», frage ich, einfach aus Routine.

Diesmal kommt die Antwort wie aus der Pistole geschossen. «Vor zwölf Tagen.»

Ich muss verblüfft aussehen, denn Rauch setzt sofort zu einer Erklärung an. «Weil Sophia ausgezogen ist, möchte ich gern dieses Haus verkaufen. Es ist für mich alleine einfach zu groß. Martin hat davon Wind bekommen – er ist ja aus der Branche – und hat erklärt, dass er die Hälfte vom Erlös fordern will. Seitdem – na ja. Streiten wir wieder.» Sie lächelt angestrengt. «Ist das schon Motiv genug? Tut mir leid, ich war's trotzdem nicht.»

Die Frau ist mir irgendwie sympathisch.

«Tja», sagt Daniel neben mir. «Ein großes Haus in dieser Lage wird auf jeden Fall einen beachtlichen Verkaufspreis abwerfen. So gesehen haben Sie tatsächlich ein Motiv.»

Sie sieht ihn an, als wüsste sie nicht genau, ob er das ernst meint. «Hätte ich weniger ehrlich sein sollen? Aber Sie finden es ja am Ende doch raus.»

«Stimmt», stellt Daniel trocken fest und blickt sich im Raum um. «War das damals der Grund für Ihre Trennung? Geld?»

Ihre Gesichtszüge erschlaffen. Sie öffnet den Mund, schließt ihn wieder. Setzt dann doch zu einer Antwort an. «Nein», sagt sie leise. «Unser Sohn ist gestorben, mit gerade einmal zwölf Jahren. Ich kenne keine Ehe, die so etwas überlebt.»

4

Ich entdecke Simone gleich, als ich die gemütlich eingerichtete Kneipe betrete. Sie sitzt an einem Zweiertisch am Fenster und schaut hinaus. Sie ist hübsch, auf eine glatte, stromlinienförmige Art. Groß, schlank, blond, mit einer kleinen Stupsnase und hellen, fröhlichen Augen. Hübsch eben. Aber nicht mehr.

Als sie mich bemerkt, lächelt sie mir eine Spur zu gekünstelt entgegen, was ich ihr nicht verübeln kann. Mein Anruf muss ihr merkwürdig erschienen sein.

«Hallo.» Ich strecke ihr die Hand entgegen. «Schön, dass du dir die Zeit genommen hast.»

«Na ja …» Sie spielt mit dem Ring an ihrem Mittelfinger und beobachtet mich dabei, wie ich mich ihr gegenüber hinsetze. «Ich habe mich schon ein wenig gewundert, als du angerufen hast. Es ist immerhin das erste Mal, dass wir beide … dass wir uns treffen.»

Bevor ich etwas entgegnen kann, fügt sie schnell hinzu: «Also … allein.»

«Ja, das stimmt.» Ich beschließe, nicht lange um den heißen Brei herumzureden, doch bevor ich zu einer Erklärung ansetzen kann, steht ein junger Mann vor unserem Tisch und schaut mich auffordernd an. Ich bestelle ein Glas Auxerrois und warte, bis er außer Hörweite ist, bevor ich mich wieder Simone zuwende. «Es geht um Isabell.»

Huscht da ein leichter Schatten über ihr Gesicht, oder täusche ich mich? Nein, sie kann nicht wirklich geglaubt haben ...

«Ja, das dachte ich mir schon.» Es klingt ehrlich und keineswegs beleidigt oder gar enttäuscht. Gott sei Dank. Sie lächelt wieder, und dieses Mal erscheint es mir offener als zuvor. Mal sehen, was sie weiß.

«Es scheint euch beiden ja ernst zu sein. Das freut mich.»

Ich sehe sie aufmerksam an, versuche, in ihrer Mimik etwas zu erkennen, bin mir aber nicht sicher.

«Was hat Isabell dir denn erzählt?», frage ich deshalb mit einem möglichst unbefangenen Lächeln und komme mir dabei ziemlich scheinheilig vor.

Simone zuckt die Achseln. «Eigentlich nicht sehr viel. Aber das muss sie auch nicht. Ich kenne sie gut genug, um ihr anzusehen, wie es ihr geht. Und im Moment ...» Ein verschmitzter Ausdruck huscht über ihr Gesicht. «... macht sie auf mich einen sehr ausgeglichenen Eindruck.»

Der Kellner bringt den bestellten Wein und stellt ihn mit einem Kopfnicken vor mir ab. Er ist gut temperiert und schmeckt ausgezeichnet.

«Wie sieht es denn beziehungstechnisch bei ihr aus?»

Simone hebt eine Augenbraue. «Beziehungstechnisch? Was meinst du? Ich dachte, ihr beide kommt euch gerade näher?» Sie scheint über die Frage ehrlich überrascht zu sein.

Verdammt, was tue ich hier nur? Das ist doch lächerlich. Ich sollte aufstehen und gehen. Andererseits – steht zu viel auf dem Spiel.

«Glaubst du, sie ist schon bereit für eine feste Bindung? Oder ist sie noch auf der Suche?»

Nun legt sich definitiv ein Schatten über Simones Gesicht. Verständlich. Meine Fragen müssen ihr vollkommen daneben vorkommen.

«Versteh mich bitte nicht falsch, ich …»

«Das kann doch nicht dein Ernst sein.» Sie schüttelt den Kopf, schiebt ihr halbvolles Glas ein Stück zurück und steht auf. «Deshalb wolltest du dich mit mir treffen? Um mich über Isabell auszuhorchen? Findest du nicht, dass du das mit ihr selbst besprechen solltest, Herr Kommissar?»

Bevor ich etwas entgegnen kann, zieht sie ihre Tasche von der Stuhllehne und hängt sie sich mit Schwung um. «Ich werde darüber nachdenken, ob ich Isabell von dieser merkwürdigen Aktion erzählen soll.»

Damit wendet sie sich ab und verlässt Sekunden später die Kneipe. Ich starre mit einem dumpfen Gefühl im Magen auf das Weinglas vor mir und bin mir nicht sicher, ob ich mir Naivität oder einfach Dummheit bescheinigen soll. Wahrscheinlich beides.

Kurz darauf, ich bin schon auf dem Weg nach Hause, ruft Isabell selbst an.

Gegen meine Erwartung erwähnt sie mein Treffen mit Simone gar nicht, sondern erkundigt sich, wie mein Tag war. Ich deute mit wenigen Worten an, dass wir einen brutalen Mord aufzuklären haben, und bin froh, dass sie nicht weiter nachfragt. «Das klingt schlimm. Aber auch wenn du viel zu tun hast, würde ich dich gerne sehen», sagt sie.

Das möchte ich im Moment wirklich nicht. «Sei mir bitte nicht böse, aber ich muss heute Abend zu Hause noch arbeiten», wiegele ich deshalb ab.

«Das ist sehr schade.» Ihre Stimme wird kehliger. «Ich war

heute ausgiebig shoppen und würde dir meine Einkäufe gerne vorführen.»

«Wie gesagt, ich …», setze ich an, werde von ihr aber unterbrochen.

«Ich war in einem sündhaft teuren Dessous-Laden.»

Ich versuche, die Bilder ihres wundervollen Körpers in Reizwäsche aus meinem Kopf zu vertreiben, was mir nicht wirklich gelingt. Trotzdem … «Das ist ein sehr verlockender Gedanke, aber ich muss wirklich arbeiten.»

Isabell stößt ein tiefes Seufzen aus. «Also gut. Dann morgen?»

«Lass uns einfach noch mal telefonieren», weiche ich aus, weil ich tatsächlich nicht weiß, ob ich morgen schon für das Gespräch bereit bin, das wir zwangsläufig führen müssen. Sei es nun vor oder nach der speziellen Modenschau.

«Gut, dann melde ich mich morgen. Und bis dahin darfst du dir gerne vorstellen, was ich mir Schönes gekauft habe.» Und verschmitzt fügt sie hinzu: «Sofern dich das nicht beim Arbeiten stört.»

«Ich befürchte, das würde es doch.»

Sie lächelt. «Das freut mich. Also dann, bis morgen.»

Ja, vielleicht bis morgen. Ich beschränke mich auf ein «Bis dann» und höre sie noch «Ich liebe dich» sagen, in der Sekunde, in der ich auflege.

Zehn Minuten noch bis nach Hause, und die ganze Zeit drehen sich meine Gedanken um die gleiche Frage, ohne, dass ich auch nur ansatzweise zu einem Ergebnis komme.

Als ich in die Einfahrt einbiege, sitzt Nina dort auf den Stufen, den Rücken an die Hauswand gelehnt, und winkt mir lässig zu. Ich stelle den Motor ab und steige verwundert aus.

«Was tust du denn hier?»

Sie stemmt sich vom Boden hoch und klopft sich mit den Händen den Staub vom Hintern – typisch. Sie schreckt nie davor zurück, sich schmutzig zu machen. «Na ja, da du dich offenbar dazu entschlossen hast, nicht mehr an dein Telefon zu gehen, blieb mir ja nichts anderes übrig, als persönlich vorbeizukommen.»

«Was habe ich?» Ich ziehe mein Smartphone aus der Tasche und werfe einen Blick auf das Display. Tatsächlich werden mir zwei verpasste Anrufe von N. Salomon angezeigt. Keine Ahnung, warum ich das Klingeln nicht gehört habe. Diese Sache beginnt Auswirkungen zu zeigen, die mir Sorgen machen.

«Tut mir leid», erkläre ich und schiebe das Telefon wieder in meine Tasche. «Ich habe nichts von deinen Anrufen mitbekommen.»

«Das müssen ja spannende anderthalb Stunden gewesen sein, seit du das Büro verlassen hast.»

Ich übergehe die Bemerkung. «Gibt's was Wichtiges?»

Nina nickt. «Ich denke schon. Bekomme ich bei dir ein Bier?»

Ich deute zur Tür, auch wenn ich gerade lieber alleine wäre. «Klar, komm mit rein.»

In meiner Wohnung zieht Nina sich glücklicherweise auch ohne Aufforderung die Schuhe aus, bevor sie es sich auf der Couch gemütlich macht. Ich kann nicht anders und wünsche mir, sie hätte ein Kissen unter die sicher immer noch schmutzige Jeans untergelegt, sage aber lieber nichts. Stattdessen gehe ich in die Küche und hole zwei Bier aus dem Kühlschrank. Es sind die letzten. Als ich zurückkomme, hat sie die Arme links und rechts auf die niedrige Rückenlehne gelegt und sieht mich auf eine Art an, die ich mittlerweile deuten kann: Sie hat etwas zu dem Fall herausgefunden. Ich stelle die Flaschen auf dem Tisch ab.

«Ich habe mal ein bisschen recherchiert und im Internet in alten Berichten herumgestöbert, auch zu unserem ersten Opfer, diesem Richter. Obwohl der Fall eigentlich erledigt ist. Und siehe da, ebenso wie Rauch hatte auch der verblichene Herr Richter ein Kind, das gestorben ist. Seine Tochter war zwar schon siebzehn, aber trotzdem …» Nina zieht eine der Flaschen zu sich. «Na, was sagst du dazu?»

«Hm … Das ist tatsächlich eigenartig.» Ich komme mir gerade ziemlich unprofessionell vor, weil ich mich um private Dinge gekümmert habe, während meine Kollegin aktiv war und prompt etwas Interessantes entdeckt hat. «Wir sollten herausfinden, woran die Kinder gestorben sind.»

«Zumindest was Rauchs Sohn betrifft, habe ich auch dazu was gefunden.» Dass sie nicht einfach weiterredet, sondern mich erwartungsvoll anschaut und offenbar darauf wartet, dass ich nachfrage, nervt mich.

«Und?»

«Er hat sich umgebracht.»

«Wow!» Ich nehme zwei Gläser aus der Vitrine, doch als ich mich umdrehe, hat Nina ihre Flasche schon an den Lippen. Also stelle ich eines der Gläser wieder zurück.

«Suizid mit zwölf. Das ist schrecklich. Konntest du herausfinden, was der Grund dafür war?»

Nina nickt. «Im Bericht steht etwas von Depressionen im Kindesalter, es war wohl bekannt, dass der Kleine darunter gelitten hat. Aber mit einem solchen Schritt dürfte trotzdem niemand gerechnet haben.»

«Furchtbar. Und über den Tod von Richters Tochter hast du nichts weiter gefunden?»

«Nein, noch nicht. Nur die Todesanzeige von damals.»

Ich setze mich Nina gegenüber und gieße mein Glas voll.

«Nehmen wir mal an, da gäbe es tatsächlich einen Zusammenhang zwischen den beiden Fällen … Bremer kann Rauch nicht umgebracht haben, er sitzt in U-Haft. Und zwar, weil er den Mord vor Zeugen begangen hat und sich bereitwillig festnehmen ließ. Rauchs Mörder dagegen ist getürmt.»

«Das stimmt, aber wir sollten uns auf jeden Fall noch mal mit Richters Witwe unterhalten und herausfinden, woran ihre Tochter gestorben ist. Vielleicht gibt es ja doch eine Gemeinsamkeit.»

Nina trinkt ihre Flasche aus und hält sie mir entgegen. «Hast du noch eine?»

«Leider nicht.» Ich überlege kurz, ob ich ihr etwas anderes anbieten und sie damit quasi auffordern soll, noch zu bleiben. Einerseits täte es mir sicher gut, Ruhe zu haben, um darüber nachdenken zu können, wie es mit Isabell und mir nun weitergeht. Andererseits ist ein wenig Ablenkung vielleicht auch nicht schlecht.

«Was hältst du stattdessen von einem Glas Wein?»

Nina wiegt den Kopf hin und her, nickt aber schließlich. «O.k. Ich habe heute Abend eh nichts mehr vor.»

Mir ist nach Rotwein. Ich öffne eine Flasche Montepulciano d'Abruzzo von 2014 und betrachte voller Vorfreude die schwarzrote Farbe, während ich ihn dekantiere.

Nina schaut mir dabei zu. «Möchtest du mir jetzt vielleicht erzählen, was im Moment mit dir los ist?»

Ich stelle die leere Flasche zur Seite. Vielleicht hätte ich ihr doch keinen Wein mehr anbieten sollen. «Lass uns bitte über was anderes reden, in Ordnung?»

Sie hebt in einer etwas übertriebenen Hilflosigkeitsgeste beide Hände.

«Ja, ja, entschuldige. Ich wollte dir nicht zu nahetreten.» Es klingt ein bisschen beleidigt.

«Ich werde dir davon erzählen, aber nicht jetzt.»

Damit gibt sie sich zufrieden.

Wir unterhalten uns noch kurz über den Fall, aber dann lenkt Nina das Gespräch schnell auf unsere Kollegen, auf den neuesten Klatsch aus dem Büro. Ein paar Minuten später ist die Stimmung deutlich lockerer.

Am Ende der Flasche beschließen wir, eine weitere zu öffnen. Als auch die geleert ist, fragt Nina, ob sie auf meiner Couch schlafen kann, weil sie müde ist und keine Lust mehr hat, in ihre Wohnung zurückzufahren. Kein Problem, sage ich und verlasse mit leicht unsicheren Schritten das Wohnzimmer, um Flasche Nummer drei zu holen.

5

Ich erwache vom Fauchen der Espressomaschine, und noch bevor ich mich aufrichte, weiß ich, dass die drei Flaschen Rotwein ein Fehler waren. Mein Kopf fühlt sich an, als steckte er in einer Eisenzwinge.

Verdammt noch mal. Irgendwie hatte ich mich darauf verlassen, dass Daniel, der Meister der Kontrolle, auf die Mengen achten würde, die wir da so nebenbei wegtrinken, aber im Nachhinein betrachtet hat er sein Glas jedes Mal sogar noch vor mir geleert. Untypisch, das alles. Seit ein paar Tagen ist er überhaupt nicht mehr er selbst.

Ächzend kämpfe ich mich auf die Beine und rieche gebratenen Speck. Mein Magen findet das gar nicht witzig, ein paar Sekunden lang denke ich, dass ich besser schnell vom teuren Wohnzimmerteppich wegkommen sollte, doch dann wird es besser. Nachdem ich mir im Badezimmer kaltes Wasser ins Gesicht geklatscht und meinem Anblick im Spiegel geflissentlich ausgewichen bin, geselle ich mich zu Daniel in die Küche.

Er ist blass, die Ringe unter seinen Augen sind tief. «Setz dich schon mal», brummt er und versenkt zwei Scheiben Weißbrot im Toaster.

Kaffee, Orangensaft, Eier und eine Auswahl an abwegigen Marmeladesorten. Orange-Ingwer, Birne-Karamell, Pfirsich-Thymian. Direkt daneben eine Schachtel Aspirin.

Ich drücke mir gleich zwei aus dem Blister und schlucke sie mit dem Orangensaft hinunter.

«Gut geschlafen?» Daniel hat vier Toastscheiben in einem Körbchen arrangiert, als sollten sie für ein Kochmagazin abgelichtet werden.

«Im Prinzip schon. Wie ein Stein. Und du?»

«Nur drei Stunden.» Er greift nach seiner Kaffeetasse. «Aber ich bin fit. Und einigermaßen gut gelaunt, außer du löcherst mich wieder mit dummen Fragen.»

Wie einsturzgefährdet Daniels gute Laune ist, zeigt sich, kaum dass wir im Büro sind. Marc Müller, der junge Kollege aus dem Büro neben unserem, sieht uns gemeinsam hereinkommen und verzieht spöttisch den Mund. «Ah, das Ehepaar Buchholz-Salomon. Ihr seht aus, als hättet ihr eine aufregende Nacht gehabt.»

Mir liegt schon eine bissige Antwort auf der Zunge, doch bevor ich noch den Mund öffnen kann, fährt Daniel dazwischen. «Wäre vielleicht eine gute Idee, deine Beobachtungsgabe auf berufliche Belange zu konzentrieren, Marc», fährt er ihn an. «Da war nicht viel los mit dir in letzter Zeit, oder? Hast du schon eine vollzählige Aufstellung von Rauchs Kunden aus den letzten zwei Monaten? Eine Liste der Beteiligten der Prozesse, die gegen ihn geführt wurden? Nein?» Auf Marcs Schweigen hin nickt er. «Dachte ich mir.» Damit dreht er sich um und stürmt auf unser Büro zu. Ich tappe ihm ratlos hinterher.

Erst als die Tür hinter uns ins Schloss gefallen ist, baue ich mich mit verschränkten Armen vor ihm auf. «Klartext jetzt. Was ist los?»

Er hat den Blick auf seinen Computermonitor gerichtet. «Geht dich nichts an.»

«Doch, wenn du dich so benimmst wie gerade eben, geht es mich sehr wohl etwas an.»

«Irrtum. Davon abgesehen ist es kein Fehler, Marc ab und zu mal seine Grenzen zu zeigen. Ich halte überhaupt nichts von solchen Anspielungen.»

Aha. Ich lasse mich auf meinen Drehstuhl fallen. «Vielleicht solltest du eine Rundmail schicken», sage ich, ohne Daniel anzusehen, «und das Team darüber informieren, dass du die letzten Reste deines Humors abgeschafft hast.»

Er antwortet nicht. Die nächsten zwei Stunden arbeiten wir schweigend nebeneinanderher.

Gegen Mittag trifft der Bericht aus der Rechtsmedizin ein. Auf Martin Rauch wurde vierundzwanzig Mal mit einem dreißig Zentimeter langen Messer eingestochen; fünf der Stiche waren potenziell tödlich. Dem Verletzungsbild zufolge wurden die Wunden mit großer Kraft und Entschlossenheit zugefügt, heißt es in dem Protokoll.

Blutrausch, geht es mir durch den Kopf. Vierundzwanzig Mal zuzustechen, das nimmt sich niemand vor, dafür ist eine riesige Menge Hass nötig. Unbeherrschbare Wut. Ein Ausschalten des ganzen Denkapparats.

Solche Täter stellen sich oft, wenn sie wieder einigermaßen bei Verstand sind. Und selbst wenn nicht, sind sie keine Masterminds, die einen ausgeklügelten Plan verfolgen. Der Mann kann aus diesem Schlachtfest nicht sauber hervorgegangen sein, er muss jede Menge Blut an Kleidung und Schuhen gehabt haben. Hat das denn niemand gesehen?

Ich habe angefangen, mir Notizen zu machen, fast ohne es zu merken. Es war zum Tatzeitpunkt aller Wahrscheinlichkeit nach dunkel, und der Täter war wohl mit dem Auto da, das er nah am Hauseingang geparkt haben muss. Trotzdem sollten wir jemanden schicken, der die Leute aus den Nachbarhäusern genauer unter die Lupe nimmt. Ich kann mir schon jetzt gut vorstellen, wen Daniel dafür auswählen wird.

Am Nachmittag sitze ich neben einem immer noch verschlossenen Daniel Buchholz im Auto. Wir fahren in die Haftanstalt zu Paul Bremer, und ich ordne in meinem Kopf die Fragen, die ich ihm stellen möchte, dem Starchirurgen, der sich selbst Drohmails schreibt. Hoffentlich lässt Daniel mich das Gespräch führen. Wir vertragen es zwar beide nicht besonders gut, wenn man uns ins Gesicht lügt, aber mir ist klar, dass seine Toleranzschwelle heute unter Bodenniveau liegt. Ungewohntes Gefühl, zur Abwechslung mal der diplomatische Teil des Teams zu sein.

Rund fünf Minuten müssen wir im Vernehmungsraum warten. Zweimal versuche ich, ein Gespräch in Gang zu bekommen, beide Male vergebens. Daniel beschränkt sich auf Nicken, Kopfschütteln und Schulterzucken, starrt ansonsten die Wand an. Auch gut. Wenn er dann gleich genauso stumm bleibt, soll es mir nur recht sein.

Schließlich führen zwei Justizvollzugsbeamte Bremer herein und weisen ihm den Stuhl zu, der auf der gegenüberliegenden Seite des Tisches steht.

Der Arzt sieht mitgenommen aus, um es milde auszudrücken. Er ist grau im Gesicht, die Falten auf der Stirn und um den Mund herum wirken doppelt so tief wie zuletzt, seine Hände zittern.

Mir schießt kurz die Frage durch den Kopf, ob er vielleicht Alkoholiker ist – wenn ja, wird er uns das aber vermutlich bald anvertrauen. Könnte ja entlastend wirken.

«Herr Bremer, es haben sich in den letzten Tagen noch einige Fragen ergeben», beginne ich. «Sie können sich vermutlich denken, dass wir Ihren Computer genauestens haben durchleuchten lassen.»

Er blickt hoch. «Ja. Dann haben Sie ja wohl hoffentlich gesehen, welchem Psychoterror Olaf Richter mich ausgesetzt hat.»

Ich blicke Bremer in die Augen, er erwidert meinen Blick ohne Verlegenheit. «Tja», sage ich langsam. «Daran haben wir gar nicht mehr so viel Aufmerksamkeit verschwendet, nachdem wir etwas viel Interessanteres entdeckt haben.»

Er wird unruhig. «Wie bitte?»

«Ach kommen Sie, Herr Bremer. Sie wissen genau, was ich meine.»

Seine Wut kommt wie aus dem Nichts. «Was reden Sie denn da?», brüllt er. Neben mir springt Daniel auf, aber die Vollzugsbeamten sind schon zur Stelle und packen Bremer an den Schultern. Er ringt sichtlich um Beherrschung. Zwei tiefe Atemzüge, dann hat er sich wieder unter Kontrolle.

«Wovon sprechen Sie?», fragt er, jetzt in ausgesucht höflichem Ton. «Ich weiß absolut nicht, was Sie meinen.»

Na gut, dann eben so. Ich wappne mich innerlich gegen neues Gebrüll, wenn ich ihm sage, dass sein kleines Spielchen aufgeflogen ist.

«Bei der Analyse Ihres Rechners haben wir natürlich die IP-Adresse überprüft, über die Richters Mail an Sie geschickt wurde. Und Sie wissen so gut wie wir, dass das Ihre eigene war. Sie selbst haben sich diese Nachricht gesendet, und das wirft schon ein ganz anderes Licht auf Ihre Tat, nicht wahr?»

Kein Wutanfall diesmal. Bremer blickt von mir zu Daniel, dann wieder zurück zu mir. «Wie bitte?»

«Sie haben diese Mail fingiert, Herr Bremer», sage ich freundlich. «Dachten Sie, so ein bisschen vorgetäuschtes Cybermobbing wäre genug, um vor Gericht ein mildes Urteil für den Mord eines Patienten auf dem OP-Tisch zu bekommen?»

Ein paar Sekunden lang ist Bremer sprachlos. «Aber das habe ich nicht getan. Ich schreibe mir doch nicht selbst solches Zeug. Das stimmt einfach nicht!» Er atmet zitternd ein. «Außerdem, so dumm bin ich nicht, dass ich glaube, ich würde auf diese Weise straffrei ausgehen. Ich hatte nichts geplant, es ist einfach passiert, es war wie ein Blackout ...»

Ein Knall. Daniels flache Hand schlägt auf den Tisch. Das hatte ich befürchtet. «Verschwenden Sie hier nicht unsere Zeit, Herr Bremer», stößt er hervor. «Wir wissen, dass Olaf Richter Ihnen keine Nachrichten geschrieben hat, wahrscheinlich stammen auch die Angriffe im Netz von Ihnen selbst. Wenn Sie uns nicht sagen möchten, was Sie damit bezweckt haben, bitte sehr, Ihr Problem. Wir können auch unsere eigenen Schlüsse ziehen. Wir haben eigentlich eine viel wichtigere Frage.»

Die Wut in Bremers Gesicht ist wieder da. Diesmal nicht mit einem Schlag, sondern sie schwillt an wie ein Fluss bei Hochwasser. «In was für einem Ton reden Sie eigentlich mit mir?», braust er auf. «Ich bin verdächtig, einen Mann getötet zu haben, ja, das ändert aber nichts daran, dass ich promovierter Arzt bin und erwarte, dass Sie mir gefälligst mit einem Mindestmaß an Respekt begegnen.»

«Verdächtig?» Daniel lacht auf. Ich werfe ihm einen warnenden Blick zu, niemand hat etwas davon, wenn das hier auf einen Schlagabtausch zwischen Alphamännchen hinausläuft. Aus meiner Mappe ziehe ich ein Foto von Martin Rauch. «Dr. Bremer», sage ich, so sanft ich kann. «Kennen Sie diesen Mann?»

Zuerst lehnt er sich betont lässig in seinem Stuhl zurück. Als wäre er es, der die Fäden in der Hand hält. Als müsste ich erst freundlich bittebitte sagen. Dann siegt seine Vernunft, er seufzt, beugt sich vor und wirft einen Blick auf das Foto. «Nie gesehen.»

«Sind Sie ganz sicher?»

«Natürlich. Ich kenne diesen Mann nicht. Wer soll das sein?»

Daniel hat sich mittlerweile auch wieder im Griff. «Sein Name ist Martin Rauch. Immobilienmakler. Klingelt da immer noch nichts?»

Man muss es Bremer anrechnen, dass er immerhin so tut, als würde er nachdenken. «Nein. Wobei es natürlich möglich ist, dass ich ihn irgendwann in den letzten zwanzig Jahren behandelt habe, aber dann kann ich mich nicht an ihn erinnern.» Er stockt. «War er Patient und ist bei einer OP gestorben? Wollen Sie darauf hinaus?»

Müde schüttele ich den Kopf. «Nein. Danke, Dr. Bremer.»

Nach einem kurzen Blickwechsel mit Daniel stehe ich auf. «Das war es schon für heute. In der Sache mit den Mails sind Sie ja leider nicht kooperativ.» Ich strecke ihm die Hand entgegen. «Auf Wiedersehen.»

Er greift nach meiner Hand, der Druck ist ein ganzes Stück zu fest, um noch angenehm zu sein. «Die Nachrichten kamen von Richter», flüstert er. Drückt noch etwas fester zu. «Sie können mich nicht für dumm verkaufen.»

Als er mich loslässt, sind meine Finger weiß, ich hoffe, Daniel hat es nicht bemerkt.

Immerhin ist er auf der Rückfahrt ein wenig gesprächiger. «Der Mann pendelt in seinen Stimmungen zwischen eiskalt und siedend heiß», denkt er laut. «Und ich glaube, er hofft, dass er aus der Sache doch noch irgendwie wieder rauskommt.»

Da bin ich mir nicht so sicher. In meinen Augen war Bremer verzweifelt bemüht, sich an einem Status festzuklammern, der unwiderruflich verloren ist. Er versucht zu verdrängen, wie vorbei sein bisheriges Leben ist. Beinahe tut er mir leid.

Zurück im Büro, stürzt sich sofort Marc auf uns, fast als hätte er auf unser Eintreffen gelauert. «Also: Rauch war allseits beliebt. Ein recht offener Mensch, allerdings nur bis zu einem gewissen Punkt. Wenn man seinen Kollegen glaubt, hat er ziemlich zurückgezogen gelebt. Ab und zu eine Kurzbeziehung, aber nie so intensiv, dass er mit jemandem zusammengewohnt hätte. Aktuell Single. Die Kollegen sind alle tief betroffen, wie immer. Vor eineinhalb Jahren gab es einen Prozess gegen ihn, er hat angeblich die Mängel eines Objekts verschwiegen. Vor vier Jahren ein Gerichtsverfahren aus dem gleichen Grund, beide sind zu seinen Gunsten ausgegangen. Die Namen der Kläger habe ich. Und hier», Marc reicht uns zwei zusammengeheftete A4-Ausdrucke – «sind Rauchs Kundenkontakte der letzten drei Monate.» Er mustert Daniel von oben bis unten. «Du warst doch sicher mindestens genauso erfolgreich, oder?»

Daniels Blick könnte Lava schockgefrieren. Ich kann sehen, wie dünn sein Nervenkostüm ist, wie sehr er sich zusammennehmen muss. Aber er schafft es. «Gute Arbeit», sagt er nach ein paar Sekunden, dreht sich um und geht.

I.

Die Serviererin, die den Espresso vor ihm abstellte, brachte ihm auch die Zeitung. Er lächelte kurz, als sie sich zu ihm hinunterbeugte. Hübsches Gesicht, noch hübscheres Dekolleté, aber - Hintern zu breit. Da hatte das Mädel leider Pech gehabt, er war nicht interessiert. Außerdem hatte sie ihm schon wieder einen Keks auf die Untertasse gelegt, obwohl er ihr neulich erst gesagt hatte, dass er kein Süßzeug mochte. Dumm war sie also auch.

Er nippte an seinem Kaffee und entfaltete die Zeitung. Eine Explosion in Paris, zwei Verletzte, noch war unklar, ob es sich um einen Terroranschlag gehandelt hatte. «Na jede Wette», murmelte er und blätterte weiter.

Mord an Immobilienmakler, verkündete die Headline auf der nächsten Seite. Er strich das Papier glatt, lehnte sich zurück. Makler waren alle Betrüger, dieser hier hatte bestimmt bloß bekommen, was er verdient hatte. Er konnte das beurteilen, seine eigene Branche war nicht viel besser. Nur dass ihm garantiert niemand zwanzig Mal ein Messer zwischen die Rippen jagen würde. Dazu war er viel zu ausgeschlafen. Aufmerksam. Vorsichtig.

Den Immobilientyp hatte es jedenfalls in seiner Wohnung erwischt, aber es war nichts gestohlen worden. Und - na klar - die Polizei tappte noch im Dunkeln. Das tat sie ja meistens.

Das Foto des Opfers, das in dem Blatt abgedruckt war, zeigte einen dunkelhaarigen Mann mit ausgeprägtem Kinn und Tränensäcken, die so tief waren, dass man sie als Aschenbecher hätte benutzen können. Davon abgesehen sah er ganz passabel aus - und irgendwie merkwürdig vertraut.

Ein genauerer Blick auf die Gesichtszüge. Wie hatte der Mann noch mal geheißen?

Martin R. Und dieses R stand für ...

Er konzentrierte sich, schloss kurz die Augen. Römer? Nein. Rath, Reber ... auch nicht. Das waren Kunden und Kollegen, aber dieser Mann -

Rauch. Das war es gewesen. Er grinste. Passte ja perfekt zu den Aschenbecheraugenringen. Und nun wusste er auch wieder, woher er das Gesicht kannte. War kein Schaden, dass er dem Mann nicht wiederbegegnen musste.

Er trank den Rest des Kaffees aus, legte das Geld dafür auf den Tisch und machte sich auf den Weg ins Büro.

Er fühlte sich gut, noch besser als sonst. Der Tod anderer

Menschen versetzte ihn oft in Hochstimmung, es war wie in einem Spiel - andere schieden aus, er würde weitermachen. Jede Figur, die vom Spielbrett gewischt wurde, erhöhte seine eigenen Chancen auf den Sieg.
Und um den ging es schließlich.

6 Ich möchte weglaufen. Fliehen, ohne zu wissen, wovor und wohin. Nur weg. Aber sosehr ich mich auch anstrenge, ich komme einfach nicht vom Fleck. Meine Beine sind schwer wie Blei, lösen sich nur unter Aufbietung aller Willenskraft in Zeitlupe vom Boden, in Schritten, die mich nicht nennenswert weiterbringen.

Es ist, als steckte ich bis zur Hüfte in einem dickflüssigen Brei, der jede meiner Bewegungen zur wirkungslosen Tortur werden lässt.

Plötzlich ist da dieses Geräusch, ein greller Ton, schmerzhaft, der den Wunsch wegzurennen ins Unermessliche wachsen lässt. Gleichzeitig reißt mich etwas mit solch brachialer Gewalt nach hinten, dass es sich anfühlt, als hinge ich am Ende eines straff gespannten, dicken Seils. Ich drehe mich, verliere das Gefühl für oben und unten, rechts und links, möchte schreien, reiße die Augen auf und … starre gegen die digitalen Leuchtziffern meines Radioweckers.

Sechs Uhr dreißig. Mein Schlafzimmer.

Eine Weile bleibe ich noch in dem Zustand zwischen Traum und Wirklichkeit, bis ich den Schlaf von mir abschütteln und mich aufrecht hinsetzen kann. Mein Puls pocht im gleichbleibenden Rhythmus gegen meine Schläfen, die Müdigkeit liegt mir zentnerschwer auf den Lidern. Ich reibe mit beiden Händen mehrmals über mein Gesicht und schiebe die Beine aus dem Bett.

Selten habe ich mich am Morgen so benommen gefühlt. Und das, obwohl ich am Abend nur zwei Gläser Wein getrunken habe, allerdings während ich mir wieder und wieder das Hirn über diese beiden seltsamen Fälle und über die Frage zermartert habe, ob es wirklich zwei Fälle sind.

Unter der Dusche stelle ich den Wasserstrahl erst heiß und dann für eine halbe Minute so kalt ein, dass es fast nicht auszuhalten ist. Dann wechsle ich zu meiner gewohnten Temperatur, schließe die Augen und lasse das Wasser auf meinen Kopf prasseln.

Ich nehme diesem Bremer seine Version der Geschichte einfach nicht ab. Ja, dass jemand einen Mord nicht nur vor Zeugen begeht, sondern dann auch noch seelenruhig darauf wartet, dass er verhaftet wird, ist sehr ungewöhnlich. Aber vielleicht ist gerade das ein Element, das der Arzt in seinen perfiden Mordplan eingebaut hat.

Nach der Dusche und einem ausgiebigen Frühstück geht es mir schon bedeutend besser.

Um zwanzig vor acht komme ich im Büro an. Nina ist schon da und sieht mir mit einer Mischung aus Neugier und Belustigung entgegen. Sie macht einen sehr ausgeschlafenen und frischen Eindruck. Zum Glück verzichtet sie auf jede Bemerkung zu meinem Gemütszustand. «Guten Morgen, Kollege.»

«Guten Morgen. Na, gibt's was Neues?»

«Nein, nichts.»

«Ich würde mir gerne Rauchs Wohnung noch mal anschauen. Kommst du mit?»

Sie zieht die Brauen hoch. «Was ist das denn für eine Frage? Natürlich komme ich mit.»

Die Wohnung ist versiegelt. Nachdem ich die Tür geöffnet habe, bleibe ich einen Moment stehen und betrachte ratlos die Blutspuren im Eingangsbereich.

«Ich verstehe einfach nicht, wie es möglich ist, einen Menschen in einem Mehrfamilienhaus wie diesem an der Eingangstür seiner Wohnung mit über zwanzig Messerstichen umzubringen, ohne dass irgendwer etwas davon bemerkt. Er muss doch geschrien haben. Der Täter hat ihn mit seinem Messer von hier aus quer durch die ganze Wohnung vor sich hergetrieben.»

«Es dürfte aber tatsächlich niemand was bemerkt haben.» Ninas Stimme ist dicht hinter mir. «Die Nachbarn sind mehrfach befragt worden. Eine Frau hat Geräusche gehört, das wissen wir ja, aber gesehen hat niemand etwas.»

Ich gehe um einen Fleck am Boden herum und folge den Blutspuren an den Wänden bis hin zur Wohnzimmertür. Dort biege ich in den Raum ab und bleibe in der Mitte stehen.

Nina stemmt die Arme in die Hüften und schaut sich um. «Hier ist doch alles schon bis auf den kleinsten Winkel auf den Kopf gestellt worden. Was hoffst du eigentlich noch zu finden?»

«Ich habe keine Ahnung. Aber vielleicht haben wir noch irgendwas übersehen.»

Das haben wir tatsächlich. Es dauert knappe fünf Minuten, bis ich es entdecke, und weitere zwei, bis ich verstehe, warum es wichtig sein könnte.

Das Foto steht auf einer hüfthohen Vitrine und zeigt Rauch in weißer Leinenhose und rotem Poloshirt an Deck eines Segelbootes. Die Art, wie er stolz auf dem etwa zehn bis zwölf Meter langen Boot posiert, lässt den Schluss zu, dass es sein eigenes ist.

Mein Instinkt sagt mir sofort, dass es genau das sein könnte, wonach ich suche, aber ich verstehe noch nicht, warum. Ich erzähle Nina von meinem Gefühl und frage sie, ob ihr dazu etwas einfällt, doch sie zuckt lediglich mit den Schultern. «Das Opfer war Segler? Nein, da klingelt bei mir nichts.» Sie fügt hinzu, dass wir ja Rauchs Exfrau fragen können, was es mit dem Boot auf sich hat.

Rauchs Exfrau ... Endlich schaffe ich es, die gedankliche Brücke zu schlagen. Zu Richters Frau und zu etwas, das sie uns ganz nebenbei erzählt hat. «Das Segelboot! Das ist es.»

Nina schaut mich fragend an, und ich deute auf das Foto. «Erinnerst du dich daran, was Richters Frau gesagt hat? *Er hat sich einen großen Traum verwirklicht und sich ein Segelboot gekauft. Es war sein ganzer Stolz.*»

Nun richtet sich auch ihr Blick auf die Aufnahme. «Und hier posiert Opfer Nummer zwei ebenfalls auf einem Segelboot. Hm ... das könnte Zufall sein. In Hamburg segelt doch fast jeder.»

«Ja, aber es könnte auch die Verbindung zwischen den beiden Morden sein.» Zum ersten Mal seit Tagen spüre ich wieder etwas von der Energie, die mich immer dann überkommt, wenn ich das Ende eines Fadens gefunden habe und damit beginnen kann, ihn aufzurollen.

Ich nicke Nina zu. «Also dann los. Fahren wir zu Richters Witwe.»

Ganz anders als bei unserem ersten Besuch wirkt Luise Richter an diesem Morgen fahrig und abwesend. Sie ist ungeschminkt und sehr blass. Die dunklen Haare sind unordentlich hochgesteckt, einzelne Strähnen hängen seitlich herab. Alles in allem macht sie den Eindruck, als sei sie gerade erst aufgestanden.

«Entschuldigen Sie, dass wir Sie noch mal stören müssen», beginnt Nina, als wir im Wohnzimmer Platz genommen haben. «Aber wir haben noch ein, zwei Fragen.»

«Schon gut, das ist kein Problem. Worum geht es?»

«Bei unserem ersten Besuch erwähnten Sie, dass Ihr Mann sich ein Segelboot gekauft hat», übernehme ich.

Sie nickt. «Ja, das war schon immer ein Traum von ihm. Und als er dann in Rente gegangen ist …»

«Kennen Sie Martin Rauch?»

Sie denkt kurz nach. «Ich weiß es nicht genau, aber ich glaube schon. Irgendwo habe ich diesen Namen schon mal gehört, aber ich weiß nicht mehr, in welchem Zusammenhang.»

Ihr Blick wandert von mir zu Nina. «Ich bin im Moment sehr durcheinander. Diese ganze Situation … Vielleicht fällt es mir später wieder ein. Was ist mit diesem Mann?»

Ich kann mir schon denken, woher ihr der Name bekannt vorkommt. «Sie haben wahrscheinlich in der Zeitung über ihn gelesen. Er ist ebenfalls ermordet worden.»

Luise Richter legt sich die Hand auf den Mund und lässt sie gleich darauf wieder sinken. «Noch jemand? Oh mein Gott, wie schrecklich.»

«Ja, die Zeitungen waren in den letzten Tagen voll davon. Der Täter ist noch flüchtig.»

«Das ist wirklich furchtbar. Aber aus Zeitungen kenne ich den Namen sicher nicht. Ich hatte keine Zeitung mehr in der Hand und keinen Fernseher an, seit … seit …» Ihre Augen füllen sich mit Tränen. Nina beugt sich etwas nach vorne und berührt in einer ungewöhnlich zärtlichen Geste den Oberarm der Frau.

«Frau Richter, wir wissen, dass das alles sehr schwer für Sie ist, aber … würden Sie bitte noch mal nachdenken? Vielleicht haben Sie den Namen im Zusammenhang mit dem Thema Segeln gehört? Rauch war ebenfalls Segler.»

Ich sehe, wie Luise Richters Miene sich verändert. «Segler. Ja, ich glaube, ich weiß jetzt … Warten Sie.»

Sie steht auf und verlässt den Raum. Als sie kurz darauf wieder zurückkommt, hält sie ein mehrseitiges Dokument in der Hand, das sie vor uns auf dem Tisch ablegt. «Hier, sehen Sie, daher kenne ich den Namen. Das ist der Kaufvertrag über das Segelboot. Martin Rauch hat es meinem Mann verkauft.»

Ich tausche einen Blick mit Nina. Da ist sie, die Verbindung, nach der wir gesucht haben. Nina greift sich den Vertrag, wirft einen Blick auf den oberen Bereich und nickt. «Die Adresse stimmt.»

Ich wende mich wieder an die Frau. «Frau Richter, sind Sie Martin Rauch mal begegnet? Bei den Kaufverhandlungen vielleicht oder bei der Übergabe des Bootes?»

Sie schüttelt bedauernd den Kopf. «Nein, ich habe mich nie fürs Segeln interessiert. Leider. Obwohl es Olaf so wichtig war.» Ihr Blick richtet sich in die Ferne, vier, fünf Sekunden lang, dann schaut sie mich wieder an.

«Hat dieser Arzt meinen Mann getötet, weil er Segler war?»

Während ich überlege, dass das ein ebenso folgerichtiger wie absurder Rückschluss ist, sagt Nina: «Wir wissen nicht, was in Dr. Bremers Kopf vorgegangen ist, Frau Richter, aber wir versuchen, es herauszufinden.»

Zehn Minuten später verabschieden wir uns von der Frau und machen uns auf den Weg in die JVA.

Als man Bremer zu uns in den Besucherraum bringt, scheint er wenig erfreut, uns schon wieder zu sehen. Stumm lässt er zu, dass einer der Justizangestellten ihn an der Schulter auf den Stuhl drückt, weil er keine Anstalten gemacht hat, sich hinzusetzen.

«Herr Bremer …»

«Doktor Bremer, bitte», unterbricht er mich. «So viel Zeit muss sein, auch wenn man mich hier unter menschenunwürdigen Umständen festhält.»

Ich unterdrücke den Wunsch, ihn mit einer entsprechenden Bemerkung zurechtzuweisen, und atme tief durch.

«Also gut, Herr Doktor Bremer, versuchen wir es noch mal. Segeln Sie? Haben Sie vielleicht selbst ein Segelboot?»

Die Falten auf seiner Stirn werden tiefer. «Bitte?»

«Was ist an dieser Frage so schwer zu verstehen? Ich möchte wissen, ob Sie Segler sind.»

Bremer stößt verächtlich die Luft aus und schüttelt den Kopf, als könne er so viel Inkompetenz nicht fassen. «Tzzz ... segeln. Ich stelle fest, dass Sie ein vollkommen falsches Bild von meinem Beruf haben. Ein guter und erfolgreicher Herzchirurg zu sein, bedeutet nicht, im Smoking auf irgendwelchen Galas herumzustehen und Champagner zu trinken, wie Sie das vielleicht meinen. Oder zu *segeln*. Weil man für so was nämlich keine Zeit hat, wenn man seinen Beruf so ernst nimmt, wie ich das tue. Ich arbeite sechzig Stunden und mehr in der Woche. Wie kommen Sie überhaupt auf diese seltsame Idee?»

Seine Stimme hat einen belehrenden Klang angenommen und ist immer lauter geworden. Aber ich werde mich diesmal nicht aus der Ruhe bringen lassen.

«Sie haben bei unserem letzten Gespräch angegeben, dass Sie Martin Rauch nicht kennen», übernimmt Nina. «Sind Sie da immer noch ganz sicher?»

«Ja, bin ich», fährt Bremer sie schroff an.

Ich stütze die Unterarme auf dem Tisch ab und beuge mich ein Stück vor. «Und ich habe mittlerweile Zweifel, dass das die Wahrheit ist.»

«Was? Bezichtigen Sie mich etwa der Lüge?»

«Nein, ich bezichtige Sie des Mordes, und ich möchte wissen, warum Sie diesen Mord begangen und ob Sie auch etwas mit dem Mord an Martin Rauch zu tun haben.»

Bremers Gesicht färbt sich rot. «Das ist eine Unverschämtheit», brüllt er los. «Eine Verschwörung gegen mich.» Mit ein paar schnellen Schritten ist der Justizbeamte hinter ihm.

«Da will mich jemand fertigmachen. Vielleicht ein von Neid zerfressener Kollege, was weiß ich. Und was tun Sie, statt der Sache nachzugehen? Sitzen hier, machen unverschämte Unterstellungen und möchten wissen, ob ich mit einem Segelboot übers Wasser schippere. Sind Sie denn noch bei Verstand?»

Ich nicke dem Beamten zu und stehe auf. «Das bin ich. Und ich werde ihn dazu nutzen, Ihnen auf den Zahn zu fühlen.»

Als wir die JVA verlassen haben, bleibt Nina stehen. «Hey, kommt da langsam mein Kollege Buchholz wieder zum Vorschein, wie ich ihn kenne?»

«Mal sehen», antworte ich und stelle mir diese Frage während der Fahrt zum Präsidium selbst mehrfach, wobei ich sie etwas anders formuliere. *Werde ich nach der Sache mit Isabell je wieder so sein können, wie ich vorher war?*

7

«Auch wenn wir keine Verbindung zwischen Bremer und Rauch finden – die beiden Opfer kannten sich!», sage ich und rutsche ungeduldig auf dem Beifahrersitz herum. Daniel lenkt das Auto durch den dichten Hamburger Verkehr.

«Glückwunsch, da hattest du den richtigen Riecher», setze ich nach. «Ich wäre wahrscheinlich nicht noch mal in die Wohnung gegangen.» Ich sehe ihn von der Seite an, weil ich wissen möchte, ob er sich über das Lob freut, aber wenn das so ist, lässt er es sich nicht anmerken. Das Boot heißt «Nixe II» und liegt in einer Marina in Hamburg Finkenwerder, Luise Richter hat uns die Schlüssel gegeben.

Am liebsten würde ich sofort hinfahren, aber leider hat Daniel recht: Das Boot stellt die einzige Verbindung zwischen den Opfern dar, und wenn wir nicht erst mal die Spurensicherung reinschicken, sind wir Stümper.

«Um ehrlich zu sein, dieses Boot macht die Sache bloß noch undurchsichtiger», brummt er, als wir auf die Hindenburgstraße abbiegen. «Wir haben zwei Opfer und einen Täter, der mit Segeln nichts am Hut hat. Wir haben aber außerdem einen zweiten Täter, der flüchtig ist. Dass die beiden Fälle zusammenhängen, macht es eher schwieriger, fürchte ich.»

«Aber du denkst auch, dass sie zusammenhängen?»

Er murmelt irgendetwas Unverständliches, vom Ton her aber Zustimmendes, und ich verbeiße mir die Bemerkung, dass es schon mal mehr Spaß gemacht hat, mit ihm zusammenzuarbeiten.

Wir sind kaum fünf Minuten im Büro, als Pia hereinkommt, wortlos einen Stapel Akten auf Daniels Schreibtisch legt, ihn wütend anfunkelt und wieder aus dem Zimmer stürmt.

Daniel stützt das Gesicht in die Hände. «Ach Scheiße.»

«Was ist denn los?» Ich habe fest vor, mir die Freude über unsere Entdeckung nicht verderben zu lassen. «Was hast du ihr diesmal getan?»

«Keine Ahnung. Wahrscheinlich nicht breit genug gelächelt oder nicht höflich genug gegrüßt. Aber ihre Laune ist zweifellos meine Schuld, wäre nicht das erste Mal.» Er seufzt. «Ich gehe zu Arendt und erstatte Bericht.»

Das ist mir sehr recht. Dann werde ich mal ein Frauengespräch mit Pia führen und ihr erklären, dass Daniel im Moment genug um die Ohren hat und ihre Auftritte nicht hilfreich sind.

Ich treffe sie auf dem Gang zwischen ihrem Büro und der Kaffeeküche, doch ich komme nicht zu Wort. Sie faucht mich schon an, bevor ich noch den Mund öffnen kann. «Hast du vielleicht auch noch irgendeine Idiotenarbeit für mich, die du nicht selbst erledigen willst? Schon okay, nur her damit, dazu bin ich schließlich da, nicht wahr?»

Am Ende des Ausbruchs rutscht ihre Stimme nach oben, und ihre Augen fangen verdächtig an zu glänzen.

«Pia, ich wollte überhaupt nicht …»

«Ach. Nein? Was wolltest du dann? Mich um Rat fragen, was die neuen Fälle angeht? Meine fachliche Meinung hören?» Sie lacht höhnisch auf. «Guter Witz, oder? Als ob irgendjemand hier mich ernst nehmen würde.»

Damit stürmt sie davon, knallt die Bürotür hinter sich zu und lässt mich fassungslos zurück. Auweia. Ich hatte ja keine Ahnung, welche Art von Komplexen Pia plagen.

Es ergibt sich in den nächsten Stunden keine Chance, mit Daniel darüber zu reden, denn er ist von Arendt mit der Gründung einer BAO beauftragt worden, der sie den sinnigen Namen «Nixe» gegeben haben. Christoph Janning ist ebenso dabei wie Marc Müller – und Pia, zum Glück. Da wird sie uns immerhin nicht vorwerfen können, dass wir sie ausschließen. Das denke ich jedenfalls, bis sie mich nach unserer Eingangsbesprechung an der Tür zurückhält. «Er hat mich nur mit reingenommen, weil du ihm erzählt hast, was ich gesagt habe, stimmt's?»

«Was? Nein! Wir haben noch gar nicht …»

«Ach, lüg doch wen anderen an.» Wieder lässt sie mich stehen, und langsam habe ich die Nase voll. Ich laufe ihr nach, überhole sie, schneide ihr den Weg ab.

«Hör mal zu, Pia. Im Prinzip freue ich mich darüber, dich mit im Team zu haben, aber nicht, wenn du so drauf bist wie jetzt. Wenn wir dir gegenüber jedes Wort und jede Geste auf die Goldwaage legen müssen, behindert das unsere Arbeit. Verstehst du?»

Sie funkelt mich böse an, diesmal wirkt es nicht, als würde sie gleich losheulen. «Ja», erwidert sie kalt. «Ich verstehe. Und jetzt lass mich durch.»

Vielleicht hat sie nur einen schlechten Tag, sage ich mir und nehme mir vor, Daniel nichts weiter zu erzählen. Wenn Pia sich als Klotz am Bein erweist, wird er sie sowieso aus dem Team werfen.

Er ist am Telefon, als ich hereinkomme, winkt mich heran, hektisch. «DNA», flüstert er auf meinen fragenden Blick hin und fährt damit fort, sich zu notieren, was sein Gesprächspartner durchgibt. Kaum ist das Telefonat beendet, springt er auf. «Wir haben eine Übereinstimmung mit den DNA-Spuren in Rauchs Wohnung», ruft er. «Erwin Wegscheidt, einundvierzig Jahre alt, vorbestraft wegen Körperverletzung. Es sind schon Kollegen unterwegs zu seiner Wohnung, mit ein bisschen Glück haben wir den Fall heute Abend gelöst.» Zum ersten Mal seit Tagen wirkt Daniel optimistisch, und es sieht aus, als hätte er allen Grund dazu, denn eine halbe Stunde später ist Wegscheidt festgenommen.

«Er hat uns sofort aufgemacht und ist ohne Widerstand mitgekommen», erklärt der Kollege uns, als er den Mann in den Vernehmungsraum geführt hat.

Die Parallele zu Bremer drängt sich mir auf. Nur dass Wegscheidt nicht am Tatort gewartet hat, sondern zu Hause. Und dass er schweigt, als wir beginnen, ihn zu befragen. Er sitzt uns gegenüber, starrt auf seine Hände und regt sich nicht. Als verstünde er unsere Sprache nicht.

Ein merkwürdiger Mann mit einem Gesicht, in dem nichts zusammenpasst. Breite Stirn, eine Nase so schmal wie eine Klinge. Darunter wulstige Lippen und ein fliehendes Kinn. Der Mund wirkt schief, als wäre die Mitte nicht direkt unterhalb der Nase, sondern ein Stück links davon.

«Herr Wegscheidt, wir wissen, dass Sie in Martin Rauchs Wohnung waren, wir haben in einer der Blutlachen ein Haar gefunden, das Ihnen gehört», sagt Daniel zum dritten Mal. «In Ihrer Wohnung wurde ein Messer sichergestellt, das als Tatwaffe in Frage kommt, und in etwa einer halben Stunde werden wir wissen, ob Martin Rauch damit erstochen wurde. Es wäre wirklich besser für Sie, uns zu sagen, was passiert ist.»

Wegscheidts Blick zuckt kurz hoch und senkt sich wieder. Er holt Luft, dann bewegen sich seine Lippen, aber er spricht so leise, dass es unmöglich ist, ihn zu verstehen.

«Wie bitte?», frage ich betont freundlich.

Wegscheidt sieht mich zum ersten Mal direkt an. «Sie werden das nicht begreifen», nuschelt er.

«Wir werden uns große Mühe geben», versichere ich ihm.

«Ich ... ich fühle mich so viel besser als vorher», sagt er nach kurzem Nachdenken. «Der Druck war so groß, und mit jedem Stich hat er nachgelassen. Deshalb konnte ich nicht aufhören, ich konnte einfach nicht. Bis ich mich dann ganz leicht gefühlt habe, und frei.» Er lächelt, es ist kaum zu fassen, aber er lächelt. «Er hat kein Wort gesagt, die ganze Zeit über nicht. Hat nicht geschrien. Er wusste, dass er es verdient hatte.»

«Sie geben also zu, Martin Rauch getötet zu haben?»

Er zögert, aber schließlich zuckt er die Achseln. «Sie wissen es ja schon, Sie haben doch Beweise. Aber glauben Sie mir, an meiner Stelle hätten Sie es auch getan.»

Da muss ich einhaken. «Wieso denken Sie das? Was hat er denn verbrochen?»

Wegscheidt blinzelt. «Er hat dafür gesorgt, dass ich nicht mehr schlafen konnte. Er hat meiner kleinen Tochter vor dem Kindergarten aufgelauert, das hat sie mir erzählt. Er hat mir die Autoreifen aufgestochen und ... er wollte mich einfach zerstören, verstehen Sie das?»

Ich kann es nicht verhindern, mir ist mulmig zumute. Die Mails, die Richter angeblich an Bremer geschickt hat, fallen mir wieder ein. «Was ist denn zwischen Ihnen vorgefallen?», frage ich ihn. «Was war Rauchs Motiv, für das, was er Ihnen angetan hat?»

Wegscheidts schiefer Mund verzieht sich noch weiter nach links. «Keine Ahnung. Vor dieser einen Nacht bin ich ihm nie begegnet.»

Daniel und ich beschließen, nach draußen zu gehen, wir brauchen beide frische Luft und einen klaren Kopf. «Als ob jemand Drogen ins Hamburger Trinkwasser gemischt hätte», murmelt Daniel und steuert auf eines der Lokale nahe am Stadtpark zu, in denen man nicht so häufig Kollegen trifft. «Das Ganze ist ein Albtraum. Weißt du, was es bedeutet?»

Noch bevor ich antworten kann, klingelt sein Handy. Für Sekunden denke ich, er wird das Gespräch wegdrücken, aber dann geht er doch ran. «Pia, hallo. Was gibt's?»

Er hört aufmerksam zu, nickt, legt die Stirn in immer tiefere Falten. «Okay. Und er ist festgenommen worden? Gut. Ja, wir kümmern uns gleich darum. Eine halbe Stunde, dann sind wir zurück.»

Er steckt das Handy weg, sieht mich an. «Vor Rauchs Wohnung hat ein Mann randaliert, er hatte eine Art Vorschlaghammer dabei und wollte die Tür einschlagen, obwohl er gesehen haben muss, dass sie noch polizeilich versiegelt ist. Die Nachbarn sagen, sie hätten ihn brüllen gehört. ‹Ich bringe dich um, du Sau›, und Ähnliches.»

Ich versuche vergeblich, diese Information in ein logisches Bild einzufügen. «Ein zweiter Mann, der Rauch töten wollte? Nur dass der leider schon tot war? Aber warum?»

Daniel sieht mich an, als wäre ich schuld an der ganzen Misere. «Warum fragst du mich das? Keine Ahnung! Wahrscheinlich war er überzeugt davon, Rauch treibt es mit seiner Freundin oder klaut ihm die Zeitung oder erzählt rum, er sei schwul. Wir werden es gleich wissen, aber erst trinken wir Kaffee und machen Pause vom Präsidium, sonst kann ich auch für nichts mehr garantieren.»

Es klingt wie ein Befehl, also setze ich mich gehorsam an den Tisch, den Daniel aussucht, und bestelle mir einen doppelten Espresso, für alle Fälle.

Der Kaffee kommt. Wir rühren stumm darin herum, jeder mit den eigenen Gedanken beschäftigt. Meine kreisen um Rauch. Wir müssen seine letzten Wochen genau durchleuchten, vielleicht hat er ja wirklich Leute unter Druck gesetzt, es kann doch kein Zufall sein, dass gleich zwei –

«Wir stehen vor einem echten Dilemma», unterbricht Daniel meine Überlegungen. «Die Morde an Richter und Rauch sind beide von Tätern begangen worden, die behaupten, ihre Opfer zwar nicht persönlich gekannt, aber trotzdem zutiefst gehasst zu haben.» Sein Blick bohrt sich in meinen. «Weißt du, was das bedeutet?», fragt er, wie vorhin schon einmal.

Ich nicke. «Dass etwas sie dazu treibt. Oder jemand. Dass noch jemand mitspielt und es irgendwie schafft, Menschen aufeinanderzuhetzen. Das heißt, wir müssen nach jemandem suchen, der die Täter so gut kennt, dass er sie dazu bringen kann, einen Mord zu begehen.»

«Das ist das eine.» Daniel verschränkt die Arme vor der Brust. «Das andere ist, dass es jederzeit wieder passieren kann und wir keine Möglichkeit haben, es vorherzusehen oder gar zu verhindern. Weil jegliches Motiv fehlt. Jeder durchschaubare Zusammenhang zwischen Opfer und Täter.» Er kneift kurz die Augen zusammen, als hätte er Kopfschmerzen.

«Wir dachten, nach Trajan könnte es nicht mehr schlimmer werden, weißt du noch? Aber der hat uns immerhin Hinweise gegeben. Die haben wir jetzt nicht. Jeder könnte das nächste Opfer sein und jeder der nächste Täter.»

8

Der Mann, der vor Rauchs Wohnung randaliert hat, heißt Dietmar Kohlmann, ist 36 Jahre alt, verheiratet und Vater eines fünfjährigen Sohnes. Keine Vorstrafen, keine Auffälligkeiten.

Seine Antworten während des Verhörs haben Ähnlichkeit mit denen von Rauchs Mörder Wegscheidt. Allerdings klingt Kohlmanns Version etwas weichgespülter. Auch er redet von Verleumdung und übler Nachrede im Internet. Aber er besteht darauf, dass er Rauch lediglich einen Denkzettel habe verpassen wollen. Von einer Tötungsabsicht will er nichts wissen.

«Zwei Kollegen werden Sie nach Hause bringen», erkläre ich dem Mann, bevor Nina und ich den Raum verlassen. «Ich denke nicht, dass der Staatsanwalt Anklage erheben wird, aber halten Sie sich in nächster Zeit bitte zu unserer Verfügung. Und wir brauchen den Computer, auf dem sich die fraglichen Mails befinden.»

Kohlmann sagt zu, den Kollegen sein Notebook auszuhändigen.

Zurück im Büro, bleibt Nina mit verschränkten Armen vor dem

Fenster stehen. «Er hätte ihn getötet», sagt sie gegen die Scheibe. «Rauch wäre so oder so gestorben. Wenn dieser Wegscheidt ihm nicht zuvorgekommen wäre, dann hätte Kohlmann ihn letzte Nacht umgebracht.»

«Ja, sieht ganz so aus.» Ich lehne mich an die Kante der Schreibtischplatte. «Fast hoffe ich, Rauch war entgegen der Aussagen seiner Kollegen und Bekannten tatsächlich ein solches Arschloch, wie Wegscheidt und Kohlmann es behaupten.»

Um sechs beschließen wir, es für diesen Tag gut sein zu lassen. Ninas Angebot auf ein Feierabendbier lehne ich dankend ab. Ich habe das Bedürfnis, den Abend alleine zu verbringen und viel nachzudenken.

Aber daraus wird nichts.

Gegen halb acht steht Isabell vor der Tür. Als ich ihr öffne und sie mir entgegenlächelt, fällt mir ein, dass wir tagsüber nicht wie verabredet telefoniert haben.

Sie trägt eine helle, enganliegende Jeans und dazu ein weißes Shirt. Die dunklen Haare fallen glatt und glänzend bis über ihre Schultern und rahmen ihr fein geschnittenes, nur ganz dezent geschminktes Gesicht ein. Sie sieht phantastisch aus.

«Hallo, Daniel, ich dachte, ich überrasche dich einfach mal. Darf ich reinkommen?» Sie hält mir eine Flasche Rotwein entgegen. Ein kurzer Blick auf das Etikett genügt. Brunello. Italien. Sie kennt meinen Geschmack.

Mir ist immer noch nicht nach Gesellschaft zumute, aber ich bringe es nicht übers Herz, sie wegzuschicken. Also gebe ich den Eingang frei und erwidere ihr Lächeln. «Na klar, komm rein.»

Im Wohnzimmer deute ich auf einen der bequemen Sessel, doch sie setzt sich lieber auf die Couch.

Ich weiß, Isabell trinkt lieber Weißwein als roten. Als ich mit einer gekühlten Flasche Elbling trocken aus der Küche zurückkomme und uns eingeschenkt habe, setze ich mich in den Sessel ihr gegenüber, doch sie klopft mit der flachen Hand auf den Platz neben sich. «Bitte, komm zu mir. Ich finde, ein bisschen Nähe wäre schön, das macht es doch leichter, dieses wichtige Thema zu besprechen.»

Ich bin unschlüssig, wie ich mich verhalten soll, und schimpfe mich innerlich einen Narren. Nie zuvor bin ich mir so unbeholfen vorgekommen wie in den letzten Tagen mit Isabell. Aber sie hat recht. Wir müssen uns wirklich unterhalten. Vor allem über *wichtige Themen.* Alles aufzuschieben macht die Sache nur noch komplizierter, als sie ohnehin schon ist. Also stehe ich wieder auf und setze mich neben sie.

Isabell erhebt ihr Glas und schaut mir tief in die Augen. Ihr Blick berührt mich und verursacht einen wohligen Schauer in mir. «Ich würde gerne auf uns anstoßen», sagt sie leise. «Darf ich das?»

«Ich …», setze ich an und schaffe es tatsächlich, diesem gestammelten Wort auch noch ein ebenso gestammeltes «Also …» hinzuzufügen.

Wieder legt sich ein bezauberndes Lächeln auf ihr Gesicht. «Ich werte das mal als ein Ja. Dann also auf uns.»

Ich stoße stumm mit ihr an. Das ist wahrscheinlich das Beste, was ich im Moment tun kann: den Mund halten.

Doch statt jetzt das angekündigte Gespräch über *wichtige Themen* zu beginnen, beugt sie sich zu mir hinüber, legt ihre Lippen auf meine und öffnet sie ein wenig. Mit einem Mal sind alle Vorsätze vergessen und alle Bedenken hintangestellt. Ich erwidere ihren Kuss nicht nur, sondern übernehme die Führung, küsse sie lange und leidenschaftlich, streichle dabei über ihren Nacken und lasse meine Fingerspitzen über ihre Wirbelsäule gleiten. Die andere Hand lege ich auf ihre Hüfte, lasse sie etwas nach vorne wandern bis zu ihrem flachen Bauch …

Und ziehe den Kopf abrupt zurück.

Isabell schaut mich überrascht an. «Was ist? Das war doch wunderschön.»

«Das war es», sage ich und rücke ein paar Zentimeter von ihr ab. «Aber du hast eben selbst schon gesagt, wir müssen reden.»

Ihr Lächeln verschwindet ebenso wie die Zärtlichkeit, die gerade noch in ihren Augen gelegen hat. Sie senkt den Blick und nickt. «Entschuldige. Fast habe ich vergessen, dass du mich ja vielleicht gar nicht mehr möchtest, jetzt, wo du weißt …»

Bei den letzten Worten ist ihre Stimme dünner geworden.

«Isabell.» Ich greife nach ihrer Hand, doch sie entzieht sie mir.

«Nein, schon gut. Ich verstehe ja, wenn du dir keine zusätzliche Belastung aufladen möchtest bei deinem stressigen Job.»

Oh Mann, sie schafft es tatsächlich, dass ich mich wie ein echtes Charakterschwein fühle, noch *bevor* ich irgendetwas Falsches sagen konnte.

«Aber davon ist doch überhaupt keine Rede. Es ist nur so, dass …»

«Es ist nur so», unterbricht sie mich mit zitternder Stimme, «dass ich panische Angst davor habe, alles alleine durchstehen zu müssen, und dass ich nicht weiß, wie ich es jemals schaffen soll, wenn du nicht an meiner Seite bist.»

Ich lege eine Hand in ihren Nacken und streichle sie sanft. «Das musst du auf keinen Fall.»

Wann habe ich mich zuletzt so unbeholfen gefühlt? So hin- und hergerissen zwischen Verantwortungsbewusstsein und der Angst vor der falschen Entscheidung? Und dabei habe ich nicht den Hauch einer Ahnung, was richtig und was falsch sein könnte.

Isabell hebt den Kopf und sieht mich an, und in diesem Blick liegt alles an Verletzlichkeit, Furcht und Flehen, was Augen auszudrücken vermögen. «Hast du denn gar keine Gefühle mehr für mich?»

«Aber natürlich habe ich die. Ich …» Wieder kommt ihr Mund

mir entgegen, dieses Mal schneller, und dieses Mal schmecken ihre Lippen ein wenig nach Salz. Ich drücke sie sanft etwas zurück.

«Isabell. So kommen wir doch nicht weiter. Ich verstehe deine Gedanken und Ängste sehr gut, aber bitte versteh du auch, dass ich ein wenig Zeit brauche, um darüber nachzudenken, wie es weitergehen soll. Es ist niemandem damit gedient, wenn wir überhastete Entscheidungen treffen.»

«Du musst also darüber nachdenken, ob du dich für mich entscheiden willst? Für uns?»

«Ich bin heute einfach schon wahnsinnig müde. Was hältst du davon, wenn du jetzt wieder nach Hause fährst und uns beiden einfach noch ein paar Tage gibst, um über alles nachzudenken. O.k?»

Zu meiner Überraschung antwortet sie nicht, sondern leert ihr Glas, nickt stumm und steht auf.

«Gut, Daniel, wenn du es so möchtest. Ich für meinen Teil bin mir über meine Gefühle für dich im Klaren. Das war ich eigentlich schon von Anfang an. Auch ohne ...» Sie wendet sich ab, macht zwei, drei Schritte und dreht sich noch mal zu mir. «Bitte warte nicht zu lange. Langes Warten kann die Dinge auch zerstören.»

Sekunden später fällt die Wohnungstür hinter ihr ins Schloss.

Ich sitze noch eine Weile auf der Couch, starre vor mich hin und trinke Wein. Meine Gedanken drehen sich im Kreis. Dann greife ich nach dem Telefon, das auf dem Wohnzimmertisch liegt, und wähle die Nummer, die ich mittlerweile auswendig kann.

Es dauert lange, bis abgehoben wird. Ich will schon wieder auflegen, als sich Nina doch noch meldet. «Daniel! Hast du dir die Sache mit dem Bier doch noch überlegt?»

«Guten Abend. Nein, das nicht. Aber du wolltest wissen, was in der letzten Zeit mit mir los ist, und ich dachte, ich erzähle es dir jetzt einfach.»

Zwei, drei Sekunden vergehen. Dann sagt sie: «Sehr gut. Also?»

«Eine Frau, die ich erst seit wenigen Wochen kenne, ist schwanger von mir.»

Stille. Mehr als zwei, drei Sekunden diesmal. «Nina, hast du gehört? Ich werde Vater.»

«Ich ... wow! Daniel Buchholz, du schaffst es immer wieder, mich zu überraschen.»

«Was denkst du, wie überrascht ich erst war.»

«Und jetzt?»

«Das genau ist die Frage, die mir seit Tagen im Kopf herumgeistert.»

«Wie fühlst du dich dabei?»

«So, wie man sich in der Situation eigentlich nicht fühlen sollte. Unsicher, überrumpelt, unschlüssig.»

«Was ist mit der Frau? Liebst du sie denn? Wer ist sie, wie heißt sie überhaupt?»

«Sie heißt Isabell. Und ich weiß nicht, ob ich sie ... Ach, was soll das Drumherumgerede. Ich befürchte, ich liebe sie nicht. Sie ist eine tolle Frau, sie sieht toll aus, alles ist so, wie man es sich wünschen würde. Aber mein Gott, wir haben uns vielleicht zehn oder zwölf Mal gesehen. Ich weiß nicht, wie sie tickt und ob wir zusammenpassen. Du weißt ja, dass es einige Dinge gibt ...»

«... in denen du etwas eigen bist», ergänzt Nina, als ich kurz zögere.

«Ja, wenn man es so nennen will. Das Schlimme ist, ich weiß nicht einmal, ob ich überhaupt herausfinden möchte, ob wir zusammenpassen oder nicht. Und außerdem, na ja ...»

«Hm. Ist denn sicher ... also versteh mich nicht falsch, aber ... weißt du denn sicher, dass du der Vater bist?»

Damit hat sie einen wunden Punkt getroffen.

«Isabell sagt es so, und natürlich glaube ich ihr. Ich spüre in jeder

Minute, in der wir zusammen sind, und bei allem, was sie sagt oder tut, dass sie mich wohl wirklich liebt. Aber sicher? Wie kann man da ohne Test wirklich sicher sein?»

«Wie lange seid ihr zusammen, sagtest du?»

«Etwa acht Wochen. Wobei man das nicht wirklich als Zusammensein bezeichnen kann. Wir haben uns nicht sehr häufig gesehen.»

«Und wann ist das passiert?»

«Das weiß ich nicht genau. Wir haben jedes Mal, wenn wir uns gesehen haben … also, du weißt schon. Gerade eben war sie wieder hier, wir haben Wein getrunken, und beinahe wären wir im Bett gelandet, aber ich wollte einfach nicht, es ist mir zu vieles ungeklärt.»

«Hm. Bisschen spät, um sich Sorgen um die Verhütung zu machen.» Sie seufzt. «Bei dem Thema hast du in der Schule wohl geschwänzt?»

Eine typische Nina-Bemerkung. «Natürlich habe ich sie gefragt, ob sie die Pille nimmt. Hat sie. Aber sie meinte, sie habe zwischendurch eine Magen-Darm-Geschichte gehabt, und da kann es passieren … Ach, ist doch auch egal. Das ändert ja jetzt nichts an der Situation. Isabell hat mir jedenfalls vor einer Woche gesagt, dass sie schwanger ist. Sie hat einen Test gemacht, der positiv war, und der Frauenarzt hat das dann bestätigt. Sie war schon beim Ultraschall, und übermorgen geht sie wieder.»

«Zum Ultraschall? Hey, spannend. Gehst du mit?» Ninas Tonfall hat sich etwas verändert.

Ich überlege kurz. «Nein. Also, keine Ahnung, sie hat mich nicht gefragt, ob ich möchte. Sollte ich?»

Ich höre Nina leise lachen. «Du kannst es ihr zumindest anbieten. Würde ich machen, an deiner Stelle.»

Etwas an der Art, wie sie das sagt, kommt mir seltsam vor. Es klingt, als würde sie mir einen beruflichen Tipp geben.

«Okay. Ich frage Isabell, ob sie mich dabeihaben möchte. Obwohl, du weißt ja, wir haben schauderhaft viel um die Ohren.»

«First things first. Geh du nur schön mit zum Arzt. Und ansonsten: Mach dich nicht verrückt.»

«Du hast leicht reden.»

«Stimmt. Ich freue mich schon darauf, dir in ein paar Monaten den Babybrei vom Kragen zu putzen.»

9

Als ich am nächsten Tag ins Büro komme, ist dort von Daniel keine Spur, offenbar ist er bei Arendt. Dafür lauert mir Helmut Vogelbusch auf, in der rechten Hand eine zerquetschte Energydrink-Dose, in der linken ein einstmals zusammengeknülltes und jetzt wieder halb auseinandergefaltetes Blatt Papier. «Nina? Hast du eine Minute Zeit für mich?»

Ich hänge meine Jacke über die Rückenlehne meines Bürostuhls und schalte den Computer an. «Wenn es mit dem Fall zu tun hat, natürlich. Wenn nicht, lass es uns bitte verschieben.»

Seine Eingangsfrage war rein rhetorisch, Helmut denkt nicht daran, sich von seiner Mission abbringen zu lassen. «Diese Dose und diesen Zettel hier habe ich in der Kaffeeküche gefunden, im Restmüll. Du bist die Einzige, von der ich weiß, dass sie dieses chemische Zeug trinkt, und das auf dem Papier hier ist deine Schrift.» Er hält mir seine beiden Beweisstücke entgegen. «Also?»

Ich habe in der letzten Nacht nicht allzu gut geschlafen, deshalb nehme ich die Sache mit weniger Humor, als ich gerne würde.

«Also darfst du beides gerne behalten, Sherlock. Wir haben gerade echt Wichtigeres auf dem Plan.»

Empörtes Luftschnappen. «Wir haben ein Mülltrennungssystem. Es ist doch wirklich nicht schwierig, das Metall zum Metall und das Papier zum Papier zu …»

«Alles klar», unterbreche ich ihn. Lächle schuldbewusst. Überlege mir, ob ich ihm etwas von in der Toilette runtergespülten Tampons erzählen soll, egal ob wahr oder nicht, und entscheide mich dagegen. So, wie ich Vogelbusch einschätze, könnte er mir danach nie wieder in die Augen sehen.

Als er abgezogen ist, schnappe ich mir Kohlmanns Aussage von gestern und studiere sie noch einmal genauer. Man kann aus fast jedem Satz die Erleichterung darüber herauslesen, dass er mit seinem Hammer vor einer leeren Wohnung randaliert hat. Ich blättere durch das Protokoll. Hat er uns eigentlich erzählt, woher er Rauchs Adresse hatte?

Noch bevor ich auch nur zur Hälfte durch bin, läutet das Telefon. «Jemand mit einem Hinweis zum aktuellen Fall», erklärt mir die Frau von der Vermittlung.

Der Anrufer ist fünfundsechzig Jahre alt, er wohnt in Langenhorn, und seine Stimme kippt beim Sprechen, so aufgewühlt ist er. «Jemand ist hinter mir her, und zwar jemand, den ich nicht kenne. Das war doch bei den beiden Männern auch so, die kürzlich umgebracht wurden, oder?»

Ich greife nach einem Stift, obwohl mein Instinkt mir sagt, dass ich es mit einem Typ Mensch zu tun habe, der sofort alles, was er in der Zeitung liest, auf sich bezieht: Hypochonder, Verschwörungstheoretiker, Aluhutträger. «Können Sie mir das genauer schildern?»

Er kann. Und wie. Ein Mann Mitte vierzig ist es, der ihn verfolgt, er trägt immer eine Aktentasche bei sich, in der ganz sicher eine Waffe steckt, und er lungert ständig vor dem Haus herum.

«Was verstehen Sie unter ständig?», erkundige ich mich.

«Na ja, vorgestern habe ich ihn zweimal gesehen, gestern auch. Heute schon dreimal! Und er hat genau bei meinem geparkten Auto gestanden.»

Jemand, der mehrmals täglich auftaucht und herumsteht, egal ob mit oder ohne Aktenkoffer, ist zumindest einen zweiten Blick wert. «Hat der Mann auf Sie wütend gewirkt? Aufgebracht? Aggressiv?»

Kurzes Schweigen. Die Frage gefällt ihm nicht, weil die Antwort darauf der Situation vermutlich ihre Schärfe nimmt. «Nein», gibt er zu. «Aber ich mache mir trotzdem Sorgen.»

«Wohnen Sie denn allein? Ist es ein Einfamilienhaus?»

Es ist ein Wohnblock, wie er widerwillig eingesteht. Dreißig Wohnungen.

«Es könnte also sein, dass der Mann gar nicht Ihretwegen da ist, sondern ...»

«Er steht bei meinem Auto! Und sieht immer zu meinem Fenster hinauf!» Wieder kippt die Stimme des Anrufers.

Ich seufze und erkläre ihm, dass ich jemanden vorbeischicken werde, der eine Personenbeschreibung aufnehmen wird.

Er wird nicht der Letzte sein, der Angst hat, ihm könnte das Gleiche widerfahren wie Richter und Rauch. Aber immerhin hat er nicht um Polizeischutz gebeten. Auch das wird noch kommen. Noch bevor ich das Gespräch beendet habe, klopft es an der Tür, und im nächsten Moment wird sie bereits geöffnet.

Eine hübsche Frau mit dunklem Haar lugt herein. «Hallo! Ist das Daniel Buchholz' Büro?»

Ich lege den Hörer auf. «Ja. Und meines. Wir erwarten Sie gar nicht, sind Sie angemeldet?»

Bei dem Wort «wir» sackt ihr Lächeln ein paar Millimeter tiefer, und damit weiß ich, wen ich vor mir habe.

«Ja, ich weiß, ich musste unten einen Schein ausfüllen und erklären, warum ich zu Daniel will, aber seine Kollegen waren alle sehr nett.»

Dann warte erst, bis du die Kolleg*innen* kennenlernst, denke ich und grinse. «Daniel ist in einer Besprechung. Keine Ahnung, wie lange das dauern wird.»

«Hm.» Sie blickt ein bisschen betreten auf die kleine Schachtel, die sie in den Händen hält. «Ich wollte ihn überraschen und habe etwas mitgebracht, so eine Art zweites Frühstück.»

«Wie nett.» Ich grinse noch etwas breiter. «Was ist es denn?»

«Cremeschnitten. Selbstgebacken.»

Okay, sie kennt Daniel noch nicht lange, und ich werde nicht diejenige sein, die sie mit der Tatsache vertraut macht, dass er beim Anblick ihres Mitbringsels wahrscheinlich einen Magendurchbruch vortäuschen wird.

Stattdessen stehe ich auf und strecke der Besucherin meine Hand entgegen. Notgedrungen muss sie die Schachtel abstellen.

«Sie sind Isabell, nicht wahr? Tut mir leid, der Groschen ist jetzt erst gefallen.» Ich nehme ihre Hand und drücke sie kräftig. «Daniel hat mir von Ihnen erzählt – tja, was soll ich sagen? Herzlichen Glückwunsch!»

In Isabells Miene spiegelt sich eine Mischung aus Unglauben und Entsetzen. «Er hat Ihnen davon erzählt?»

«Ja, natürlich. Wissen Sie, wir arbeiten hier so eng zusammen, da hat niemand groß Geheimnisse vor dem anderen.»

Ihr Blick verändert sich, wird taxierend. Als überlege sie, ob zwischen Daniel und mir auch mal etwas anderes eng war als die Zusammenarbeit. «Und?», fragt sie nach ein paar Sekunden. «Wie geht es ihm damit?»

«Ach, das wissen Sie doch sicher am allerbesten», sage ich, strahle sie an und deute auf unseren Besucherstuhl. «Wollen Sie sich nicht setzen?»

Zögernd nimmt sie Platz. «Wissen Sie», sagt sie und streicht sich eine Haarsträhne aus der Stirn, «das hier ist jetzt ein bisschen komisch für mich. Ich weiß gar nicht, wer Sie sind, und Sie wissen so viel über mich.»

«Nina Salomon», strahle ich sie an. «Hat Daniel mich gar nicht erwähnt?»

Sie schüttelt den Kopf. «Nein. Aber ...»

«Ist doch gut, wenn er im Privaten nicht dauernd über seinen Job redet», falle ich ihr ins Wort. «Und morgen ist es dann wieder so weit, nicht wahr? Ultraschalluntersuchungen stelle ich mir wahnsinnig aufregend vor. Kann ich denn das Bild von der ersten sehen?»

«Das liegt leider zu Hause.»

«Ach schade. Aber vielleicht beim nächsten Mal. Am besten sagen Sie mir, um wie viel Uhr es morgen losgeht, damit ich Daniel zu der Zeit den Rücken freihalten kann. Er sollte dabei sein, oder? Ist doch ein großer Moment.»

«Das», murmelt sie, «wäre natürlich schön. Aber ich weiß nicht, ob Daniel dafür seine beruflichen Verpflichtungen vernachlässigen sollte. Ich will ihn da nicht unter Druck setzen.»

«Ach was, Druck. Denken Sie doch nicht nur an ihn, denken Sie auch an sich selbst. Ich bin ganz sicher, Daniel unterstützt Sie in allem. So ist er.»

«Ja. So ist er», sagt sie mit schwachem Lächeln. «Tut mir leid, aber ... ich finde es hier ein bisschen stickig, ich habe Angst, dass mir übel wird. Vielleicht warte ich besser draußen.»

«Wenn Sie das möchten.» Ich stehe auf und gehe mit ihr zur Tür. «Die Toiletten sind links den Gang runter.»

Daniel taucht eine halbe Stunde später auf, sichtlich abgehetzt. «Isabell war hier», begrüße ich ihn.

«Ich weiß. Ich habe sie gesehen.»

«Und? Cremeschnitten gegessen?»

Angeekelt verzieht er das Gesicht. «Zwei Bissen. Um sie nicht zu kränken. Ich habe ihr auch klargemacht, dass das hier kein Büro ist, in das man einfach zwischendurch hereinschneien kann, um Kaffee zu trinken.» Er sieht mich an, als warte er auf etwas. Zum Beispiel darauf, dass ich ihm sage, wie ich Isabell finde, aber den Gefallen werde ich ihm nicht tun.

«Wann geht's denn morgen zum Ultraschall?»

Daniel legt die Stirn in Falten. «Keine Ahnung. Das hat sie gar nicht erwähnt.»

Na, da bin ich aber überrascht. «Ich an deiner Stelle würde darauf bestehen, dass du dabei sein willst. Ist auch alles wichtig für die Bindung zum Kind. Habe ich gehört.»

Er sieht mich an, als wüsste er nicht, ob ich ihn auf den Arm nehmen will. «Mal sehen.»

«Nein, Daniel, im Ernst. Geh mit.»

Gegen Mittag kommt der Spurensicherungsbericht zur «NixeII». Von keinem der beiden Täter finden sich irgendwo Fingerabdrücke, auch keine mehr von Rauch, dafür jede Menge Spuren von Richter. Ansonsten ist das Boot völlig unauffällig. In der Klasse liegen sie zu Hunderten in den Hamburger Yachthäfen.

«Da muss aber etwas sein», beharrt Daniel. «Es ist die einzige Verbindung zwischen Richter und Rauch. Es ist wichtig, und wir werden herausfinden, warum.»

Ich habe in der Zwischenzeit etwas anderes herausgefunden, nämlich dass die zweite Parallele zwischen den Opfern keine ist. Zumindest keine brauchbare. «Rauchs Tochter aus erster Ehe, du erinnerst dich? Die auch jung gestorben ist?»

Er nickt. «Und?»

«Sie war siebzehn und ist mit ihrer Vespa verunglückt. Ganz

sicher kein Selbstmord, sondern ein Fahrfehler. Sie hat ein Stoppschild übersehen, und von links kam ein LKW.»

«Ach du Scheiße. Wann war das?»

Ich scrolle den Bericht zum Anfang zurück. «Vor neunzehn Jahren. Sie wäre heute älter als ich.»

Daniel reibt sich übers Gesicht. Er sieht müde aus und ... entdecke ich an seinem Kinn tatsächlich Bartstoppeln? «Lass uns noch einmal mit Bremer reden», schlägt er vor. «Und mit Wegscheidt. Wir übersehen da etwas, das spüre ich.»

Bremer benimmt sich heute noch arroganter als beim letzten Mal. Je klarer ihm wird, dass es niemanden mehr interessiert, was für ein brillanter Chirurg er ist, desto heftiger schlägt er um sich.

«Wie sieht es mit meinem psychologischen Gutachten aus?», blafft er uns an, kaum dass er sich hingesetzt hat. «Ich war in einer psychischen Ausnahmesituation, das lässt sich nachweisen. Der berufliche und private Druck war enorm. Ich brauche keine Strafe, ich brauche Hilfe.»

«Die werden Sie auch bekommen», beschwichtige ich ihn. «Aber heute geht es um etwas anderes. Wir brauchen noch genauere Informationen zu Ihrer Kommunikation mit Olaf Richter.»

«Das fällt Ihnen aber auch alles stückchenweise ein, nicht wahr?», höhnt er. «Oder besuchen Sie mich bloß so gerne?»

Ich halte meinen Gesichtsausdruck betont freundlich. «Bitte, Herr Doktor Bremer. Wann hat Herr Richter begonnen, Sie zu belästigen?»

Meine Wortwahl gefällt ihm, das ist unübersehbar. «Vor vier oder fünf Monaten. Er hat sich im Netz abfällig geäußert, hat Kollegen gegen mich aufgebracht, hat mich sogar nachts angerufen, mit unterdrückter Nummer natürlich. Hat mich aus dem Schlaf gerissen.»

«Woher wissen Sie, dass er das war?»

Bremer schnaubt. «Wer soll es denn sonst gewesen sein? Einmal hat er meine Windschutzscheibe mit Fäkalien beschmiert. Wahrscheinlich mit seinen eigenen.»

Ich betrachte nachdenklich die Digitalanzeige des Aufnahmegeräts, das die Minuten und Sekunden unseres Gesprächs mitzählt. «Und Sie haben nie daran gedacht, die Polizei einzuschalten? Anzeige zu erstatten?»

Kurzes Auflachen. «Als ob das etwas geändert hätte. Ich bin auch gar nicht der Typ, der gerne auf Hilfe angewiesen ist, ich kann meine Probleme normalerweise selbst regeln.» Noch während er spricht, fällt ihm auf, dass das ein Widerspruch zu der Beschwerde ist, die er uns zu Beginn um die Ohren geschlagen hat. «Jetzt natürlich schon. Jetzt brauche ich Hilfe. Aber jetzt lassen Sie mich Ewigkeiten darauf warten.»

Er spricht weiter, wir werfen immer wieder Fragen ein, aber es kommt nichts Neues mehr. Er kannte Rauch nicht, er kannte Wegscheidt nicht, er kannte den glimpflich davongekommenen Kohlmann nicht. Bei jedem der Fotos schüttelt er den Kopf, und je länger das Gespräch dauert, desto niedergeschlagener wirkt er.

«Ich bin ein ganz besonderer Mensch, wissen Sie», sagt er, als wir uns verabschieden. «Man kann mich nicht mit den gleichen Maßstäben messen wie den Durchschnitt. Dass ich hier sitze, ist ein riesiger Verlust für die Medizin. Ein Verlust für die Menschheit.»

10

Arendt hat für Freitagmorgen um zehn ein Meeting der BAO angesetzt, doch als ich gegen neun Uhr dreißig für ein kurzes Vorab-Briefing in ihrem Büro sitze, reißt Nina plötzlich die Tür auf, ohne anzuklopfen, und stellt sich neben mich. Ihr Gesicht verheißt nichts Gutes.

«Wir müssen raus zu den Landungsbrücken. Da hat gerade jemand einen jungen Mann erschlagen. Vor den Augen von etlichen Zeugen. Einige von denen haben ihn überwältigt. Es heißt, er war extrem aggressiv und kaum zu bändigen.»

Ich tausche einen schnellen Blick mit Arendt, deren Gesicht mit einem Mal aussieht wie aus Stein. Sie nickt mir zu. «Na los! Rufen Sie mich an, wenn Sie vor Ort sind.»

Der große Schwung des Berufsverkehrs ist um diese Zeit eigentlich durch, aber wir kommen trotz Blaulicht und Martinshorn nur langsam vorwärts. Verrückterweise fällt mir mein Traum vom Wochenanfang ein, in dem ich vor etwas weglaufen wollte und trotz aller Anstrengung nicht von der Stelle kam.

Als wir die Landungsbrücke Fünf auf Höhe des Hardrock-Cafés erreichen, stehen dort schon mehrere Einsatzfahrzeuge. Fast zwanzig Minuten sind seit Eintreffen der Hiobsbotschaft vergangen. Ich stelle das Auto neben einem Streifenwagen ab und mache mich mit Nina auf den Weg über die Brücke zum Schiffsanleger, wo sich etwa hundert Meter entfernt ein pulsierender Menschenpulk gebildet hat, aus dem etliche Smartphones schräg nach oben herausragen. Mehrere uniformierte Kollegen haben große Mühe, die gaffende Menge davon abzuhalten, sich dem Tatort noch weiter zu nähern.

Etwas weiter abseits stehen andere Grüppchen, abgewandt. Menschen halten einander in den Armen, einige weinen.

Wir kämpfen uns zwischen den Leuten hindurch, die eine menschliche Mauer vor dem Tatort bilden und nur widerwillig zur Seite rücken, wobei sie darauf achten, das Geschehen nicht aus den Augen zu verlieren.

«Kripo Hamburg», fährt Nina einen bulligen Kerl an, der sich trotz ihrer Aufforderung, uns durchzulassen, keinen Zentimeter bewegt. «Nun machen Sie endlich Platz, verdammt noch mal.»

«Kann ja jeder sagen», knurrt der Mann, ohne sie auch nur eines Blickes zu würdigen. «Stell dich woanders hin, wenn du was sehen willst.»

Mit einer schnellen Bewegung lege ich dem Kerl eine Hand auf die Schulter, ziehe ihn mit einem Ruck ein Stück zu mir herum und halte ihm meine Dienstmarke unter die Nase.

«Kriminalhauptkommissar Buchholz. Wenn Sie nicht augenblicklich verschwinden, lasse ich Sie wegen Behinderung der polizeilichen Ermittlungsarbeit festnehmen.»

Für einen Moment befürchte ich, gleich seine Faust auf mich zufliegen zu sehen, doch dann scheint er sich zu besinnen. Er brummt etwas Unverständliches und macht einen Schritt zur Seite.

«Die Vaterfreuden machen ja einen richtig knackigen Cop aus

dir», kommentiert Nina die Aktion, als wir die Menschentraube endlich hinter uns gelassen haben. Ich bleibe ihr die Erwiderung darauf schuldig, denn jetzt haben wir freien Blick auf das breite Tuch, das von zwei Beamten als Sichtschutz in die Höhe gehalten wird, während drei weitere Kollegen damit beschäftigt sind, die beiden Enden an massiv wirkenden Ständern zu befestigen.

Wir umrunden die Stoffbarriere und bleiben vor der am Boden liegenden Gestalt stehen. Dr. Diewald ist schon da, er kniet neben dem leblosen Körper und spricht leise in sein Diktiergerät, ein Kollege der Schutzpolizei steht zwei Meter hinter ihm. Sein Namensschild weist ihn als *J. Berweiler* aus. Hauptkommissar. Ich kenne ihn nicht.

Das Opfer liegt auf dem Bauch, der Oberkörper zeigt in unsere Richtung. Der vollkommen zertrümmerte Schädel ruht in einer großen Lache aus Blut, Knochenfragmenten und Hirnmasse. Bröckchen davon verteilen sich auf seinem Rücken und sogar auf der Hose. Auch die rechte Schulter sieht stark deformiert aus. Sie ist offensichtlich ebenso wie der Unterarm, der in zwei unnatürlichen Winkeln seitlich absteht, von mehreren Schlägen mit dem hölzernen Baseballschläger getroffen worden, der blutverschmiert etwa zwei Meter neben der Leiche liegt.

Nina stößt einen dumpfen Laut aus und geht neben dem Toten in die Hocke, um sich die Verletzungen näher anzusehen.

«Das gibt's doch gar nicht. Er sieht aus, als wäre ihm ein LKW über den Kopf gefahren. Das war ein einzelner Mann, der das angerichtet hat? Vor all den Leuten?» Die Frage ist allgemein in die Runde gerichtet, aber es ist der Rechtsmediziner, der das Diktiergerät sinken lässt und nickt.

«So, wie ich das sehe, ist das Opfer von mindestens fünfzehn bis zwanzig Schlägen getroffen worden, überwiegend am Kopf und mit großer Wucht ausgeführt. Wahrscheinlich war gleich einer der ersten schon tödlich. Der Täter muss noch weiter zugeschlagen haben, als der arme Kerl schon tot am Boden gelegen hat.» Sein Blick richtet sich auf den zertrümmerten Schädel, der als solcher kaum noch zu erkennen ist. «Verdammte Schweinerei.»

«Nina, würdest du bitte …», setze ich an, doch sie richtet sich schon wieder auf und kommt zu mir zurück. «Ja, ich weiß, nicht ohne Schutzkleidung, schon gut.»

«Was wissen wir bisher über das Opfer?», wende ich mich an Berweiler.

«Frank Wacht, achtundzwanzig Jahre, wohnhaft in Wilhelmsburg.»

«Hey», brüllt in diesem Moment irgendwo ein Mann wutentbrannt. «Ihr tut mir weh, ihr Arschlöcher!»

Ich schaue mich um und entdecke vier Kollegen, die sich um eine weitere auf dem Boden liegende Gestalt gruppiert haben, die aber weit lebendiger ist als der Erschlagene vor uns. Der Mann liegt auf dem Bauch, seine Hände sind mit Handschellen auf den Rücken gefesselt, zwei Polizisten drücken seine Schultern auf den Boden, um ihn zu fixieren.

Ich bin mit ein paar Schritten dort und lasse den Mann auf die Beine stellen.

Seine kurzen, dunklen Haare sind auf einer Seite grau vom Straßenstaub, Nase und Lippen blutig, das rechte Auge ist fast vollkommen zugeschwollen.

Sein rot kariertes Holzfällerhemd hängt über den Bund seiner Jeans und ist an einer Stelle eingerissen. Die Ärmel sind bis zu den Ellbogen hochgekrempelt und geben den Blick auf muskulöse und mit mehreren bunten Tattoos bedeckte Unterarme frei.

«Das ist er?», frage ich Berweiler, der mit ernster Miene nickt.

«Ja, das ist der mutmaßliche Täter. Er heißt Udo Rossinger. Mehr haben wir noch nicht aus ihm herausbekommen.»

«Mutmaßlich?» Nina ist mir nachgekommen und schüttelt grimmig den Kopf. «Der Typ ist doch von jeder Menge Zeugen dabei beobachtet worden, wie er das Opfer hier brutal erschlagen hat, oder nicht?»

«Richtig.» Die Überraschung über Ninas Reaktion steht Berweiler ins Gesicht geschrieben. «Aber Sie wissen doch selbst, dass wir …»

«Ja, ja, ich weiß. *Mutmaßlich.* Es lebe die korrekte Beamtensprache.»

«Er sieht ziemlich mitgenommen aus», lenke ich Berweilers Aufmerksamkeit auf mich, weil sein Gesichtsausdruck sich verändert hat und nichts Gutes verheißt.

«Ja.» Nur widerwillig löst er seinen Blick von Nina. «Einige Wirte und ein paar Passanten haben ihn überwältigt, was wohl nicht ganz einfach war. Der Mann ist extrem aggressiv und hat mit dem Baseballschläger noch wie ein Verrückter auf das Opfer eingeschlagen, als es schon tot auf dem Boden lag. Ich musste vier Kollegen abstellen, um ihn zu überwältigen, als wir hier eintrafen. Er hat gewütet wie ein Berserker.» Und mit einem Seitenblick auf Nina fügt er hinzu: «Ich hoffe, das war unbeamtisch genug.»

Nina wendet sich wortlos von ihm ab und Rossinger zu, dessen Blick sich erst auf mich richtet, dann aber an Nina hängen bleibt. In dem unverletzten Auge liegt etwas Unstetes, fast Irres, das mich zu der Überzeugung kommen lässt, dass hier höchste Vorsicht geboten ist.

«Guten Morgen», spreche ich ihn an. «Mein Name ist Buchholz, das hier ist meine Kollegin Salomon. Wir sind von der Kripo Hamburg.»

«Und?», blafft der Kerl, während sein Blick nach wie vor an Nina klebt. «Was wollt ihr? Hier gibt es nichts zu ermitteln. Alles aufgeklärt. Ich habe den Typen erschlagen, und ich stehe dazu. Ich würde es sofort wieder tun. Das Arschloch hat nur bekommen, was es verdient hat.» Um seine Worte zu bekräftigen, schaut er zu dem Toten hinüber und spuckt uns vor die Füße.

«Und womit hat es der Mann Ihrer Meinung nach verdient, erschlagen zu werden?» Ninas Stimme klingt eisig.

«Er war ein Dreckschwein, das nicht eher Ruhe gegeben hat, ganz einfach. Also war's irgendwie auch Notwehr. Und jetzt möchte ich einen Arzt. Seht euch mal an, wie diese Wichser mich zugerichtet haben. Haben keinen blassen Schimmer, warum ich mir dieses Arschloch vorgeknöpft habe, sind aber zu zehnt über mich hergefallen und haben mich zusammengeschlagen. Ist das nicht auch strafbar?»

«Woher kannten Sie den Mann?», übergehe ich sein Gerede, woraufhin Rossinger spöttisch den Mund verzieht. «Du kannst mich mal. Ich sage keinen Ton mehr, bis meine Verletzungen behandelt worden sind.»

Ich tausche einen Blick mit Nina und wende mich an einen der Kollegen neben mir, der mir jedoch zuvorkommt. «Der Notarztwagen ist unterwegs, müsste gleich hier sein.»

«O.k. Wenn die ihn mitnehmen, begleiten Sie ihn ins Krankenhaus und bleiben bei ihm. Sie alle.»

Nina geht zu dem Opfer zurück und unterhält sich mit Dr. Diewald. Ich rufe ich Arendt an und erstatte ihr Bericht.

Etwa eine Stunde später sitzen wir Rossinger in einem Behandlungsraum des UKE gegenüber, nachdem der untersuchende Arzt uns erklärt hat, dass der Mann neben einigen Hämatomen und einer Platzwunde unter dem rechten Auge zwei angeknackste Rippen hat. Alles sicher schmerzhaft, aber nicht weiter gefährlich. Die Wunde im Gesicht wird von einem Klammerpflaster zusammengehalten, der Brustkorb ist mit einem straffen Verband stabilisiert worden.

«Der Arzt sagte, wir können Sie gleich mitnehmen», erkläre ich dem Mann, der sich mittlerweile etwas beruhigt hat. «Aber bevor Sie dem Haftrichter vorgeführt werden, würden wir uns gerne mit Ihnen unterhalten.»

Er zuckt desinteressiert mit den Schultern. «Und?»

«Woher kannten Sie Herrn Wacht?»

«Den kannte ich nicht.»

Oh nein. Nicht schon wieder! «Sie kannten ihn nicht? Warum haben Sie ihn dann getötet?»

«Das hab ich euch schon gesagt. Weil er ein gottverdammtes Arschloch war.»

«Aber wenn Sie ihn doch nicht kannten ... Woran machen Sie das dann fest?»

«Woran machen Sie das fest?», äfft Rossinger mich übertrieben nach. «Könnt ihr Bullen eigentlich auch reden wie Menschen? Er war ein Arschloch, weil er mich ohne Grund seit Monaten provoziert hat. Mit Scheiß-Mails. Und er hat Lügen über mich erzählt, in Foren, in denen ich unterwegs bin. Und dann hat er einen riesigen Fehler gemacht: Er hat meine Verlobte bedroht. Hat ihr geschrieben, er würde sie sich irgendwann schnappen und Spaß mit ihr haben. Reicht das etwa nicht?»

«Was waren das für Foren?», möchte Nina wissen.

«Sag mal, spinnst du?», fährt Rossinger sie an, woraufhin ein Ruck durch die beiden Beamten geht, die mit uns im Raum sind. «Hast du nicht zugehört? Ich hab euch gerade erzählt, dass der Drecksack meiner Verlobten damit gedroht hat, sie zu vergewaltigen, und ihr interessiert euch für Internetforen? Wisst ihr, was? Ihr könnt mich mal, ich sage jetzt gar nichts mehr.»

Er dreht demonstrativ den Kopf zur Seite. Wir versuchen es noch mit zwei, drei weiteren Fragen, aber Rossinger bleibt stumm.

Als wir eine Dreiviertelstunde später im Präsidium ankommen, herrscht dort hektische Betriebsamkeit. Der öffentliche Mord an den Landungsbrücken hat die Presse jetzt so richtig auf den Geschmack gebracht, Journalisten bombardieren das KK 11 mit Anrufen und Anfragen über alle möglichen Kanäle. Einige Schaulustige schicken uns die Handyvideos, die sie von der Tat geschossen haben, die werden wir uns später genau ansehen müssen.

Als ich schließlich Arendts Büro betrete, blicken nicht nur sie und der Staatsanwalt mir fragend entgegen, sondern noch eine dritte Person. Ich blicke sie nacheinander an. Meine Chefin, Dr. Mayerhofer … und die Oberbürgermeisterin.

11

Seit wir an den Landungsbrücken waren, brodelt es in mir, und je weiter der Tag voranschreitet, desto schwieriger finde ich es, das vorzutäuschen, was Daniel «professionelles Verhalten» nennt.

Der dritte Tote in einer Woche und ein Muster, das keines ist. Bislang mehr oder minder unbescholtene Menschen bringen völlig Fremde um. Die sie zwar nie gesehen haben, von denen sie sich aber trotzdem verfolgt, provoziert, bedroht fühlen. Sie gehen nicht hin und stellen sie zur Rede, sie beschränken sich nicht auf eine simple Prügelei oder zeigen den Betreffenden an – sie töten ihn. Das ist so weit weg von allem, was mir in meinem Beruf bisher untergekommen ist, dass es mich völlig aus dem Tritt bringt.

Daniel ist in Arendts Büro verschwunden, und ich verbarrikadiere mich in unserem. Ich lasse den Computer ausgeschaltet und ziehe mir einen Notizblock heran. In meinen Augen gibt es nur zwei mögliche Erklärungen für das, was hier gerade passiert: Entweder hat jemand etwas ins Hamburger Wasser gemischt, oder die Täter wurden ganz gezielt zu ihren Taten provoziert. Das allerdings nicht von ihren Opfern, wie sie vermuten, sondern von einem Außenstehenden, der sie nach seiner Pfeife tanzen lässt.

Aber wie geht das? Wie bringt man jemanden dazu, zum Mörder zu werden?

Wenn man Hypnose mal ausschließt, und das tue ich, fällt mir nur eines ein: Man muss den potenziellen Täter gut genug kennen, um genau zu wissen, welche Knöpfe man drücken muss, um ihn zur Weißglut zu bringen. Immer und immer und immer wieder.

Das würde also heißen, wir suchen nach jemandem, der sowohl mit Bremers als auch mit Wegscheidts und Rossingers Natur so gut vertraut ist, dass er sie zu ihren jeweiligen Taten treiben konnte.

Noch während ich das notiere, schüttle ich den Kopf. Fühlt sich alles verdächtig nach Verschwörungstheorie an. Was hätte irgendjemand davon, andere zu Mördern zu machen?

Zudem sind die Täter ebenso bunt zusammengewürfelt wie die Opfer: Ein Chirurg, ein arbeitsloser Maschinenschlosser und ein Lagerarbeiter töten einen Rentner, einen Immobilienmakler und – wie sich herausgestellt hat – einen Rechtsreferendar. Frank Wacht war auf dem Weg zu der Kanzlei gewesen, in der er arbeitete. Er hatte eine Freundin, hatte Eltern, hatte zwei jüngere Geschwister. Ich sehe seinen zertrümmerten Schädel wieder vor mir und möchte entweder heulen oder kotzen oder beides.

Es ist mir ein Rätsel, aus welchem Grund ihn jemand auf so furchtbare Weise aus dem Weg hätte schaffen wollen. Außer natürlich …

Ein neuer Gedanke. Vielleicht geht es dem Drahtzieher, falls es ihn wirklich gibt, gar nicht um die Opfer – sondern um die Täter? Vielleicht sind sie es, die er aus dem Verkehr ziehen möchte. Aber – um diesen Preis?

So oder so, dieser Drahtzieher muss seine Schäfchen außerordentlich gut kennen. Und damit hätten wir einen Punkt, an dem wir einhaken könnten: eine Person, die sowohl mit Bremer als auch mit Wegscheidt und Rossinger sehr vertraut ist. Ein Psychologe vielleicht?

Daniels Rückkehr ins Büro unterbricht meine Gedankengänge. «Nina? Du solltest längst im Besprechungsraum sein. BAO-Sitzung.»

Ach, verdammt. Mir reicht meine eigene Ratlosigkeit, ich habe überhaupt keine Lust, mich auch noch mit der der anderen zu konfrontieren. Aber es hilft alles nichts. Vielleicht, tröste ich mich, hat ja mittlerweile jemand aus dem Team eine zündende Idee gehabt, auf der sich aufbauen lässt.

Es dauert keine drei Minuten, bis mir klar ist, dass diese Hoffnung vergebens war. Arendt steht der Druck, der ihr von allen Seiten gemacht wird, deutlich ins Gesicht geschrieben. «Wir brauchen Ergebnisse, oder zumindest Erkenntnisse, schnell. Die Tat an den Landungsbrücken hat die Lage extrem verschärft, ein Teil der Presse hat begriffen, dass sie sich in die bisherigen Morde einreiht, ein anderer weicht nicht von der Theorie ab, dass es sich um einen islamistischen Anschlag handelt. Die Oberbürgermeisterin ist sehr besorgt, und wir haben buchstäblich nichts in der Hand.» Sie sieht sich in der Runde um. «Oder?»

Nach kurzem Zögern meldet sich Andressen. «Die Computer von Bremer und Wegscheidt habe ich durch, beide hatten keinen nachweislichen Kontakt mit ihren Opfern. Die Mailwechsel, die ich gefunden habe, sind gefaked, die sogenannten Drohmails haben die Herren selbst geschrieben.» Er blättert in seinen Unterlagen. «Wegscheidt hat über seinen Computer hauptsächlich Gewaltvideos angesehen und Ego-Shooter gespielt. Die hässliche Variante. Und Pornos konsumiert. Auch die hässliche Variante.»

Danach referiert Marc über die Ergebnisse der Spurensicherung –

nichts, was neues Licht auf die Dinge wirft. Wir wissen ja, wer die Opfer auf dem Gewissen hat. Wir müssen keine Mörder suchen. Oder doch: zukünftige. Und die wird es geben, darauf würde ich viel Geld wetten.

«Wir sollten nach jemandem Ausschau halten, der alle drei Täter kannte», unterbreche ich Marcs monotone Aufzählung von Fakten. «Und zwar gut. Sämtliche Kontakte durchgehen, Übereinstimmungen finden. Alle drei haben bisher keine nennenswerten Gewalttaten in ihrer Biographie und werden plötzlich zu Schlächtern. Das ist ...»

«Ja, Frau Salomon.» Arendts Stimme ist ungewöhnlich scharf. «Sie sind gleich dran. Lassen Sie bitte Kollege Müller aussprechen.»

«Ach. Weil wir so viel Zeit zu verschwenden haben?»

Sie richtet sich in ihrem Stuhl auf. «Weil wir nichts übersehen dürfen. Und jetzt nehmen Sie sich zusammen, Salomon.»

Ich will aufspringen, doch Daniel hat das offenbar kommen sehen, seine Hand legt sich um meinen Unterarm und hält mich an meinem Platz.

Es ist die Erinnerung an Wachts toten Körper, die mich diesen bürokratischen Mist so unerträglich finden lässt. Wer weiß, vielleicht ist schon der nächste Irre mit einem Hammer oder einer Axt oder einer Pumpgun unterwegs. Wir sollten draußen sein, mit Leuten sprechen, Zusammenhänge finden wie zum Beispiel dieses Segelboot. Nicht hier im Kreis sitzen und Berichte verlesen.

Ich blicke quer über den Tisch, dorthin, wo Christoph Janning sitzt. Er ist mir einer der Liebsten im Team, ein kleiner Mann mit jeder Menge innerer Größe. Er teilt auch meine unkonventionelleren Ideen, meistens jedenfalls, aber heute starrt er die ganze Zeit nur vor sich hin auf die Tischplatte. Hat noch kein Wort gesagt. Tut, als ginge ihn das alles nichts an. So kenne ich ihn gar nicht.

Als Arendt mir endlich gnädig das Wort erteilt, fasse ich meine Gedankengänge kurz zusammen und lehne mich dann im Stuhl zurück. Die Chefin mustert mich aus verengten Augen. «Sie denken, wir sollten eher nach einer Verbindung zwischen den Tätern suchen als nach einer zwischen Tätern und Opfern?»

«Ja, zumal es Letztere nicht zu geben scheint.»

«Das ist ein interessanter Ansatz, Nina», sagt Daniel nach ein paar Sekunden. Vogelbusch dagegen bläst die Backen auf und schüttelt den Kopf, Pia funkelt mich an, als hätte ich sie beleidigt. Christoph starrt immer noch auf den Tisch.

Ein Dreamteam. Ich stehe auf, schüttle Daniels Griff diesmal ab. Setze das reizendste Lächeln auf, das ich hinbekomme. «Ihr entschuldigt mich bitte.»

Es ist halb acht, als ich zu Hause bin. Das einzig Gute, das der Tag noch in petto hatte, war, dass Daniel mich ausdrücklich nicht bei den Gesprächen mit Frank Wachts Familie dabeihaben wollte. «Du bist so was von nicht in der Verfassung», waren seine Worte.

Er hatte recht, und während ich mir auf dem Herd Nudeln warm mache, bin ich immer noch froh, dass mir diese Begegnung erspart geblieben ist. Ich hätte nur in den tränenverschmierten Gesichtern der Eltern nach Ähnlichkeiten mit dem zerschmetterten Gesicht ihres Sohns gesucht. Nicht in der Verfassung. Volltreffer.

Allerdings bin ich auch nicht in der Verfassung, den Tag einfach vor dem Fernseher ausklingen zu lassen. Also nehme ich meine Spaghetti, setze mich damit vor den Computer und öffne Facebook.

Frank Wacht hat einen Account, den er offenbar auch aktiv mit Meldungen bestückt hat. Die letzte ist zwei Tage alt; das Foto zeigt ein spektakulär dekoriertes Schokodessert vor Kerzenlicht. *Süßes mit der Süßen,* lautet die Bildunterschrift. Henkersmahlzeit, denke ich.

Über Wachts letztem Eintrag haben sich bereits die Kondolenzpostings zu sammeln begonnen. *Unfassbar* plus ein weinendes Emoji.

Wir trauern um dich.
Du bleibst unvergessen.
R. I. P., Frank

Und dann, dazwischen ein längerer Eintrag, von jemandem namens Bernd Tober: *Ich kann und ich will nicht glauben, dass das wirklich passiert ist. Vor drei Tagen warst du noch bei mir im DaCaio, du hattest so große Pläne. Du warst einer meiner besten Freunde, Frank, fast schon ein Bruder. Ich werde dich jeden Tag vermissen.*

Dazu ein Foto, auf dem Frank Wacht und ein zweiter Mann an einer Bar stehen und in die Kamera lachen. Frank im Anzug, der andere, vermutlich Bernd Tober, in einem weißen Jackett.

Barkeeper, denke ich und googele das *DaCaio*, das sich als hippe Bar im *The George* entpuppt. Englischer Club-Stil, Anlaufpunkt für das jung-dynamisch-erfolgreiche Hamburg, das sich dort zum After-Work-Cocktail trifft.

Ich stelle meinen Teller noch halbvoll in die Küche zurück. Kleines Schwarzes, offenes Haar, dezentes Make-up. In zwanzig Minuten sollte ich abmarschbereit sein.

Kurz regt sich mein Gewissen, als ich auf das Hotel zugehe. Ich habe Daniel versprochen, Extratouren dieser Art bleiben zu lassen, keine Ermittlungen ohne Absprache und auf eigene Faust zu führen.

Aber das hier ist eigentlich keine Ermittlung. Ich habe nur Lust auf einen Drink, und den kann Herr Buchholz mir schließlich nicht verbieten.

Die Bar ist schick und vermutlich teuer; sie ist außerdem gut besucht. Viele Businessleute in Anzügen sind hier, wahrscheinlich jede Menge Hotelgäste darunter.

Ich setze mich auf einen Hocker direkt an der Bar und halte Ausschau nach Tober. Das Personal trägt weiße Jacketts, ich lag also wohl richtig mit meiner Vermutung. Bis jetzt ist noch nichts von ihm zu sehen. Kann natürlich auch sein, dass er heute keinen Dienst hat. Oder sich krankgemeldet hat, jetzt, da ein Freund von ihm auf so furchtbare Weise ums Leben gekommen ist.

«Was darf ich Ihnen bringen?» Ein freundlich lächelnder Barkeeper hat sich vor mir aufgebaut.

«Ein Glas Weißwein, trocken.» Bunte Schirmchendrinks würden die Geschichte unglaubwürdig machen, die ich Tober aufzutischen gedenke.

«Wir haben einen sehr guten Riesling.»

«Perfekt, danke.»

Drei Minuten später steht der Wein vor mir, von Bernd Tober aber immer noch keine Spur. Na gut. Wenn ich heute kein Glück habe, werde ich eben morgen ...

«Darf ich Sie auf einen Drink einladen?»

Ich fahre herum. Neben mir steht einer der Businesstypen. Grauer Anzug, Seidenkrawatte, Brille. Ich hebe mein Glas. «Danke, aber ich habe schon etwas.»

Meine Antwort missversteht er offenbar als Aufforderung, sich neben mich zu setzen. «Das DaCaio ist berühmt für einen ganz besonderen Martini-Cocktail», erklärt er mir. «Den müssen Sie probieren.» Er winkt den Barkeeper von eben heran, deutet zu den Flaschen, hebt zwei Finger, der Barkeeper nickt.

«Sehr nett von Ihnen, aber ich bleibe bei meinem Wein», sage ich kühl.

«Ach, kommen Sie. Ab und zu muss man auch mal etwas Neues ausprobieren.» Er zwinkert. «Was machen Sie denn so alleine hier? Sind Sie auch Hotelgast?»

«Nein, ich bin Wissenschaftlerin und schreibe eine Studie über abgedroschene Anmachsprüche.»

Er lacht herzlich. «Sie haben Humor. Das mag ich sehr bei Frauen, überhaupt bei so hübschen.» Die Drinks kommen, er schiebt mir einen davon zu. «Darauf stoßen wir jetzt an. Auf humorvolle Frauen.»

Ich greife demonstrativ nach meinem Weinglas. «Nein danke.»

«Dann trinken wir auf Sie. Auf dich.»

«Nein. Danke.» Ist das dort hinten Tober? Die Beleuchtung ist zu gedämpft, als dass ich sein Gesicht richtig erkennen könnte.

«Ich habe ja eine Schwäche für Frauen, die wissen, was sie wollen.» Legt mir der Kerl jetzt ernsthaft eine Hand aufs Knie?

Ich schiebe sie fort, betont langsam, stelle ebenso langsam mein Glas auf die Bar. «Das gilt dann hoffentlich auch für Frauen, die wissen, was sie nicht wollen, und da fallen mir gerade eine Menge Dinge ein. Per du mit Ihnen sein, zum Beispiel. Mit Ihnen zu trinken, zu sprechen oder Sie anzusehen. Ganz zu schweigen davon, mich von Ihnen anfassen zu lassen.» Ich bin mit jedem Satz lauter geworden. Noch weit entfernt davon, ihn anzuschreien, aber doch so, dass die ersten Köpfe sich zu uns umdrehen.

Das ist dem Mann ganz offensichtlich peinlich. Er steht auf. «Wow, Entschuldigung, ich konnte ja nicht ahnen, dass du deine Tage hast.» Er geht, gesellt sich zu einer kleinen Gruppe anderer Anzugträger, die ihn mit Gelächter empfangen.

Es war keine wirkliche Szene, aber es hat genügt, um vor allem die Aufmerksamkeit des Personals auf uns zu lenken. Der Barmann, den ich vorhin entdeckt habe, kommt näher, und es ist tatsächlich Tober. «Gibt es ein Problem?», fragt er.

«Nein. Jetzt nicht mehr.» Ich greife wieder nach meinem Glas. Sehe ihn dann eindringlich an. «Du bist Bernd Tober, nicht wahr?»

Er stutzt. «Äh, ja. Kennen wir …»

«Nein, wir kennen uns nicht. Aber wir haben einen gemeinsamen Freund.» Ich mache eine kurze Pause. «Hatten», füge ich leise hinzu.

Seine Augen werden groß. «Du meinst Frank?»

Ich nicke stumm.

«Es ist so furchtbar.» Seine Augen schimmern. «Einfach totgeprügelt, vor Hunderten Menschen. Ich begreife es noch gar nicht.»

«Ich auch nicht», flüstere ich. «Wir kennen uns von früher. Ich lebe eigentlich in Köln und bin nur für drei Tage hier. Wir haben uns lange nicht gesehen und wollten uns treffen. Er hat mir von dir erzählt und wollte mir die Bar zeigen.» Ich drehe mein Glas zwischen den Händen. «Ich dachte mir, bevor ich alleine rumsitze, komme ich lieber her und stoße im Geist mit ihm an. Aber wahrscheinlich war das keine gute Idee.»

Tober betrachtet mein schwarzes Outfit. «Doch. Wir trinken beide auf ihn.» Er schenkt sich ebenfalls einen Schluck Wein ein. «Auf dich, Frank, wo immer du jetzt auch bist.»

«Auf dich, Frank», wiederhole ich leise und komme mir entsetzlich verlogen dabei vor.

Bernd Tober trinkt und entschuldigt sich dann, er muss sich um die Gäste kümmern, aber zwischendurch taucht er immer wieder bei mir auf, und wir wechseln ein paar Sätze. Ich versuche, so viel wie möglich über Wachts Leben herauszufinden, über seine letzten Wochen. Versuche, mir die Namen zu merken, die fallen. Warte auf eine Information, die ich in einer tatsächlichen Vernehmung nicht bekommen würde.

Und dann, über eine Stunde später, am Ende meines dritten Glases Riesling, lässt Bernd Tober sie wie nebenbei fallen.

«Weißt du», sagt er, «es ist so unfassbar unfair. Erst vor zehn Tagen ist Frank dem Tod ganz knapp von der Schippe gesprungen, wirklich in letzter Sekunde. Und jetzt ... Manchmal könnte man wirklich ans Schicksal glauben. An Bestimmung.»

«Was meinst du?» Ich muss darauf achten, es nicht zu fordernd klingen zu lassen. Nicht nach Polizistin. «Er ist dem Tod von der Schippe gesprungen? Wieso?»

«Ein Auto hätte ihn fast erwischt. Nachts. Ist ungebremst auf ihn zugerast, obwohl er mitten auf dem Zebrastreifen war. Er ist in letzter Sekunde zur Seite gesprungen, hat sich bei der Landung ein gutes Paar Jeans ruiniert und die Knie aufgeschlagen.» Tober wischt sich über die Augen. «Er hat es mir am nächsten Tag erzählt und noch gesagt, er habe einen echt verlässlichen Schutzengel, sonst hätte der besoffene Idiot ihn umgemäht.» Er schenkt mir nach, ungefragt. Lacht traurig auf. «Von wegen Schutzengel.»

«Ja», murmele ich. «Von wegen.»

12

Als ich am Samstagmorgen gegen neun das Büro betrete, sitzt Nina schon hinter ihrem Schreibtisch und ist mit dem Computer beschäftigt.

«Moin», begrüßt sie mich. Über ihr Gesicht huscht ein Lächeln, das so gar nicht zu meiner Laune passen will. Ich habe in der Nacht kaum geschlafen und bin trotzdem erst um halb acht aufgestanden, vollkommen niedergeschlagen und mit rasenden Kopfschmerzen. Gott sei Dank beginnen die zwei Aspirin langsam zu wirken.

«Moin.» Ich bemühe mich, mir nichts anmerken zu lassen. «Was ist los? Du scheinst gute Laune zu haben.»

«Ach, nur eine Kleinigkeit.» Sie schiebt die Tastatur ein Stück von sich weg, greift nach einem Stift und beginnt damit, Kreise auf die Papier-Unterlage zu malen. «Ich war gestern Abend noch zu aufgedreht, um zu Hause herumzusitzen», sagt sie, ohne mich anzusehen. «Außerdem hatte ich Lust auf einen Drink, also bin ich losgezogen und im *DaCaio* gelandet. Das ist eine nette Bar …»

«Im *George*, ich weiß», falle ich ihr ungeduldig ins Wort und lasse mich auf meinen Stuhl fallen, woraufhin Nina ihren Blick hebt. «Ja, natürlich weißt du das.»

Sie sieht mich an, als überlege sie, ob sie weiterreden solle. «Jedenfalls bin ich dort mit einem der Barkeeper ins Gespräch gekommen, der unser letztes Opfer gut gekannt hat. Er heißt Bernd Tober, und weißt du, was er mir erzählt hat? Dass Wacht wohl vor kurzem …»

«Moment mal», unterbreche ich sie erneut, dieses Mal jedoch um einiges harscher. «Du sagst, du landest *zufällig* in einer Bar und unterhältst dich dort mit dem Barkeeper über unser letztes Opfer, womit du so ganz nebenbei mal wieder die Dienstvorschriften verletzt, und dabei stellt sich heraus, dass dieser Barkeeper ganz *zufällig* ein Freund dieses Opfers war?»

Nina hebt die Schultern, antwortet aber nicht, sondern malt nur ihre Kreise, was meinen Ärger weiter anwachsen lässt. Ich beuge mich vor. «Sag mal, willst du mich auf den Arm nehmen?»

Deutlich sehe ich den Trotz in ihren Augen aufblitzen. «Das habe ich nicht behauptet. Ich sagte, ich war in der Bar und habe mich mit dem Barkeeper über Wacht unterhalten, weil der ein Freund von ihm war. Von Zufall habe nicht ich gesprochen, sondern du.»

Ich schüttele den Kopf. «Nina. Wir hatten die klare Abmachung, dass du keine Alleingänge mehr unternimmst. Ich habe mich darauf verlassen, dass du dich daran hältst.»

Mit einer schnellen Bewegung landet ihr Stift irgendwo auf der Schreibtischplatte. «Ach, verdammt. Ich habe mich weder in Gefahr begeben noch sonst irgendwas Schlimmes getan. Ich habe bloß entdeckt, dass es diesen Freund gibt und dass er im *DaCaio* arbeitet. Und ich hatte gestern Abend überhaupt keine Lust, zu Hause herumzusitzen, also habe ich das Angenehme mit dem Nützlichen verbunden. Mach doch keinen Staatsakt daraus.»

«Hast du diesem Barkeeper gesagt, dass du Polizistin bist?»

Nein, hat sie nicht, das sehe ich ihr sofort an. Sie antwortet nicht, und ich sage auch nichts weiter dazu. Sie weiß selbst, dass sie auch damit an den Dienstvorschriften vorbei gehandelt hat.

Bevor ich sie fragen kann, was bei dem Gespräch herausgekommen ist, steht ein Kollege der IT-Abteilung in der offenen Tür. «Moin. Habt ihr schon mitbekommen, dass es einige Videos von der Tat an den Landungsbrücken auf YouTube gibt?»

«Nein», antworte ich. «Aber es überrascht mich nicht. Dort waren wahrscheinlich mehr Handykameras im Einsatz als bei einem Popkonzert. Wir sind kaum durchgekommen, so dicht standen die Gaffer vor dem Tatort zusammen. Schade, dass man diese Idioten nicht belangen kann.»

«Mord Landungsbrücken», murmelt Nina, während ihre Finger mit schnellem Klackern über die Tastatur huschen. «Hier. Fünf verschiedene Ergebnisse.»

Gemeinsam schauen wir uns das erste Video an. Die Aufnahme ist immer wieder stark verwackelt und teilweise unscharf, weil an das Geschehen herangezoomt wurde, aber man kann trotzdem für meinen Geschmack viel zu deutlich verfolgen, wie Rossinger unverständliche Dinge brüllend mit dem Baseballschläger auf den blutüberströmten Wacht eindrischt, obwohl der schon reglos auf dem Boden liegt. Von allen Seiten sind Schreie zu hören, Menschen rennen panisch herum, jemand – vermutlich der Besitzer des Smartphones – stößt ein gut verständliches «Scheiße» aus, dann tanzt das Bild auf und ab, während der Mann auf Rossinger und Wacht zuläuft.

«Irre», entfährt es Nina angewidert. «Der Kerl rennt auf einen Mörder zu, während der gerade sein Opfer erschlägt. Und das nur, um gute Aufnahmen zu bekommen.»

Als wäre es das Stichwort für den Gaffer gewesen, bleibt er stehen und filmt weiter, wie zwei Männer von der Seite ins Bild stürmen und sich gemeinsam gegen Rossinger werfen. Der wird von dem

Schwung mitgerissen und stürzt zu Boden. Der Baseballschläger fliegt im hohen Bogen zur Seite und bleibt auf dem Asphalt liegen. Stimmen brüllen durcheinander, drei weitere Männer kommen den ersten beiden zu Hilfe, werfen sich auf den wie von Sinnen um sich schlagenden und tretenden Rossinger und beginnen, auf ihn einzuprügeln. Es dauert mindestens weitere zwei Minuten, bis Rossinger sich endlich geschlagen gibt und liegen bleibt. Drei Männer halten ihn auf dem Boden. Dann endet das Video.

Ich wende mich an den Kollegen. «Hast du die Herausgabe und anschließende Löschung der Videos schon in die Wege geleitet?»

Er nickt. «Müsste bald passieren.»

«Na, hoffentlich. Wenn sich bei der Analyse was ergibt, sag uns bitte Bescheid. Danke.»

Ich warte, bis er das Büro verlassen hat, bevor ich mich Nina zuwende. «O. k. Kommen wir zurück zu Wachts Freund. Was hat er dir erzählt?»

Nina mustert mich kritisch. «Wie? Schon fertig mit der Moralpredigt?»

Ich gehe nicht darauf ein, sondern schaue sie nur an.

«O. k. Also, er sagte, Wacht habe vor zehn Tagen schon mal großes Glück gehabt, als ein Verrückter oder Besoffener ihn mit dem Auto auf dem Zebrastreifen überfahren wollte. Der Kerl hat direkt auf Wacht zugehalten, der sich nur mit einem Sprung retten konnte.»

«Hm ... Du denkst, das könnte auch schon ein Mordversuch gewesen sein?»

«Möglich ist es doch. Wir wissen ja von Rauch, dass es mehrere potenzielle Täter geben kann, die das gleiche Opfer im Visier haben.»

«Was hat er denn sonst noch erzählt?»

«Nicht viel. Ich habe auch nicht weiter nachgebohrt, er wusste ja nicht, dass ich ...»

«Ja.» Ich kann nicht umhin, ihr einen strafenden Blick zuzuwerfen. «Dann sollten wir uns noch mal mit dem jungen Mann unterhalten.»

Als wir eine halbe Stunde später mit Bernd Tobers Adresse in der Tasche das Büro verlassen, treffen wir im Flur auf einen Kollegen von der Pressestelle, der mit einem Blatt Papier wedelt. «Schaut mal kurz, diese Meldung ist gerade an Zeitungen und Radiostationen rausgegangen.»

Ich nehme ihm das Blatt aus der Hand und überfliege den Text, in dem die Bevölkerung dazu aufgerufen wird, sich bei gezielten Provokationen übers Netz oder über andere Kanäle bei einer speziell eingerichteten Hotline der Polizei zu melden, weil derzeit vermehrt derartige Mails und Ähnliches in Umlauf sind.

Der Kollege wartet, bis ich das Blatt an Nina weiterreiche. «Bisher haben wir noch keine Reaktion darauf.»

Ich schätze, das wird sich recht schnell ändern, wenn wegen jeder Beleidigung auf Facebook die Hotline angerufen wird.

«Wartet mal ab, wenn der Aufruf die sozialen Medien erreicht. Ich hoffe, ihr habt genügend Leute für die Hotline abgestellt.»

Der Weg zu Tober führt direkt am Yachtclub vorbei. Einem Gefühl folgend, biege ich ab und parke den Wagen vor dem Clubhaus. Ich glaube mittlerweile zwar fast nicht mehr daran, dass wir dort etwas Wichtiges erfahren werden, aber in unserer Situation müssen wir jede auch noch so kleine Möglichkeit ausschöpfen.

Der Club, eine Mischung aus Kneipe und Restaurant, ist für diese Uhrzeit schon recht gut besucht. Fast alle Tische sind besetzt, auf den meisten stehen Kaffeetassen und andere Getränke. Ich steuere gleich auf den ersten Tisch zu, an dem zwei Männer um die sechzig vor halbvollen Biergläsern sitzen. Beide tragen helle Baumwollhosen und Poloshirts, das ist offenbar die Segleruniform hier, wie ein Blick zu den anderen Tischen mir zeigt.

Ich stelle uns vor und komme ohne Umschweife zum Thema: Martin Rauch. Die beiden betonen, den Immobilienmakler kaum gekannt zu haben und nichts zu ihm sagen zu können.

Am nächsten Tisch werden wir von einem korpulenten Mittvierziger mit feistem Gesicht und zurückgegelten, dunklen Haaren lautstark begrüßt. Er hat mitbekommen, worum es in unserer kurzen Unterhaltung mit den beiden Männern gegangen ist. Neben ihm sitzt eine gut aussehende Frau, die etwa zehn Jahre jünger als er sein dürfte.

«Bitte, setzen Sie sich doch.» Er zeigt auf die beiden freien Plätze an seinem Tisch. «Vielleicht kann ich Ihnen weiterhelfen.» Er streckt mir die Hand über die Tischplatte hinweg entgegen. «Wir spielen quasi im gleichen Spiel. Gerhard Körprich ist mein Name, ich bin Prozessanwalt.»

Ich ignoriere seine Hand und sehe Nina an, die sie stattdessen ergreift. Entweder er versteht meine Weigerung, ihm die Hand zu geben, nicht, oder ihm sind Anstand und Höflichkeit schlicht egal. Jedenfalls hält er mir die Hand ungerührt wieder hin, nachdem Nina losgelassen hat. Ich ergreife sie und habe das Gefühl, in ein weiches Stück Käse zu fassen. Ohne darüber nachzudenken, drücke ich etwas fester zu, als das bei einer Begrüßung üblich ist, woraufhin Körprich die Hand schnell zurückzieht. Da er nicht daran denkt, uns seine Begleitung vorzustellen, wende ich mich selbst an sie. Wie wir erfahren, ist sie nicht Körprichs Frau, sondern lediglich eine Bekannte.

«Ich habe zufällig mitbekommen, dass Sie sich nach Martin Rauch erkundigen», plappert der Anwalt drauflos. «Sie haben Glück, ich habe ihn gut gekannt.»

«Über das Segeln?», hake ich nach.

«Ja, ich habe ihn hier im Club kennengelernt. Das war vor drei Jahren, also etwa zwei Jahre, bevor er das Boot verkaufen musste.»

«Er musste das Boot verkaufen?», kommt mir Nina zuvor und zieht damit Körprichs Aufmerksamkeit auf sich.

«Ja, er hatte wohl dezente Geldprobleme.»

«Welcher Art waren diese Probleme? Wir hörten, er habe ganz gut verdient.»

Körprich wiegt den Kopf hin und her, bevor er einen schnellen Blick nach links und rechts wirft und sich dann verschwörerisch zu uns herüberbeugt. «Spekulationen. Ich denke, er hat sich an der Börse verzockt.»

Er lächelt und zwinkert mir überflüssigerweise zu, als seien wir nun gute Kumpel, die ein Geheimnis teilen.

Ich nicke widerwillig. «Sie scheinen ihn ja wirklich gut gekannt zu haben.»

Er winkt ab. «Ach, wir haben ab und zu zusammen gegessen, und ich habe ihm ein paarmal juristisch unter die Arme gegriffen, wenn er Probleme mit Kunden hatte. Das reicht mir völlig, um jemanden verdammt gut einschätzen zu können. Einfühlungsvermögen, wissen Sie. Kommt mir in meinem Beruf sehr zugute.»

«Kam das häufiger vor?»

«Was?»

«Na, dass Sie Rauch juristisch *unter die Arme greifen* mussten.»

«Drei-, viermal. Aber alles kein Problem. Wenn man einen guten Anwalt hat ...»

Erneut zwinkert er mir zu, und ich bin versucht, ihn zu fragen, ob er Probleme mit den Augen hat.

«Gab oder gibt es hier im Club jemanden, mit dem Rauch sich nicht verstanden hat?»

«Nicht, dass ich wüsste. Nein, sicher nicht. Wenn das einer mitbekommen hätte, dann ich.»

«Ja, natürlich.» Der Mann hört nicht auf, mir auf die Nerven zu gehen.

«Haben Sie auch Olaf Richter gekannt?», möchte Nina wissen, woraufhin Körprich nachdenklich die Lippen schürzt.

«Das ist der Mann, der das Boot von Herrn Rauch gekauft hat.»

«Ach, der. Nein, der war so gut wie nie hier, wenn ich da war. Hat sich auch nicht am Clubleben beteiligt. Ziemlich steif und verknöchert, also kein Typ, um dessen Gesellschaft man sich reißt, Sie verstehen …» Augenzwinkern.

«Also ganz anders als Sie.» Ich mag es, wenn Nina ausspricht, was ich gerade denke.

Körprich schmunzelt. «Ganz genau. Mit mir kann man Pferde stehlen, das wird Ihnen jeder hier bestätigen.»

«Sonst wissen Sie wirklich gar nichts über Herrn Richter?» Nina tut, als könne sie es nicht glauben.

«Nur, dass er Martins Boot völlig runderneuert hat. Neuer Anstrich, neue Kajüteneinrichtung – und alles furchtbar bieder.»

«O.k., Herr Körprich.» Ich stehe auf, Nina tut es mir gleich. «Wenn Ihnen sonst noch etwas Wichtiges einfällt, melden Sie sich bitte bei uns.» Obwohl es mir widerstrebt, lege ich eine Visitenkarte vor ihm auf den Tisch, dann verabschieden wir uns, bevor Körprich noch etwas einfällt, das unterstreicht, was für ein toller Hecht er ist.

«Was hältst du von dem Typen?», fragt Nina sofort, als wir das Clubhaus verlassen haben.»

«Angeber», antworte ich und untertreibe damit maßlos.

Zwanzig Minuten später öffnet uns Tober seine Wohnungstür und runzelt die Stirn, als er Nina erkennt.

«Du? Woher hast du meine Adresse?»

«Daniel Buchholz, Kripo Hamburg», sage ich, um die Aufmerksamkeit des Mannes auf mich zu ziehen. «Und das ist meine Kollegin Nina Salomon.»

Es vergehen einige Sekunden, bis Tober begreift. Er starrt Nina an. «Kripo? Dann bist du gar nicht …»

Die gegenüberliegende Tür wird einen Spalt weit geöffnet, ein grauhaariger Kopf taucht auf, neugierige Augen mustern uns.

«Es ist alles o.k., Herr Meinhart», sagt Tober sehr laut. «Sie können wieder reingehen.»

Als der Mann sich nicht rührt, nickt Tober uns zu und macht einen Schritt zur Seite. «Kommen Sie rein.»

«Tut mir leid, dass ich nicht ganz ehrlich war», beeilt Nina sich zu sagen, als sich die Tür hinter uns geschlossen hat. «Aber wir tappen bei dem Fall noch ziemlich im Dunkeln. Du möchtest doch auch, dass wir Franks Mörder finden, oder? Ich dachte, eine Freundin erfährt vielleicht mehr als eine Polizistin.»

Wir stehen noch immer im Flur, und wie es den Anschein hat, möchte Bernd Tober das auch nicht ändern.

«Und dann tischst du mir einfach ein Lügenmärchen auf und spielst die Betroffene? Das ist ziemlich schäbig.»

«Noch mal: Es tut mir leid.»

«Und was willst du jetzt noch von mir? Du hast mich doch gestern Abend schon ausgehorcht.»

«Wir würden gerne mehr über diese Geschichte auf dem Zebrastreifen erfahren», übernehme ich und deute den kurzen Flur entlang. «Können wir vielleicht reingehen?»

Tober wirft Nina erneut einen Blick zu und schüttelt den Kopf. «Da gibt es nicht viel zu sagen, das geht auch hier. Frank wollte die Straße auf dem Zebrastreifen überqueren, da ist jemand, ohne zu bremsen, auf ihn zugerast und hätte ihn fast erwischt. Er konnte sich mit einem Hechtsprung zur Seite noch gerade so in Sicherheit bringen. Das war alles.»

«Was war das für ein Auto? Wissen Sie das?»

«Nein, wenn ich das wüsste, hätte ich es Ihrer vertrauenswürdigen Kollegin doch sicher schon gestern Abend gesagt, als sie so überzeugend um Frank getrauert hat.»

«Hat Ihr Freund Anzeige erstattet?»

«Nein. So was lässt sich doch sowieso nicht beweisen.»

«Fällt Ihnen sonst vielleicht noch etwas ein, was uns weiterhelfen könnte?»

Tober denkt kurz nach, dann nickt er und deutet auf Nina. «Ja. Es würde Ihnen sicher weiterhelfen, wenn sie damit aufhören würde, die Leute zu belügen, die Ihnen helfen sollen.»

13

Am nächsten Morgen ist Daniel immer noch einsilbig. Ich weiß genau, wie sehr es ihm gestern widerstrebt hat, meinen spontanen Undercover-Barbesuch gewissermaßen gutheißen zu müssen. «Dass Tober dich nicht bei der Dienstaufsichtsbehörde anschwärzt, liegt ausschließlich daran, dass ihm die Idee noch nicht gekommen ist.» Das war der einzige Satz, den wir auf dem Rückweg gewechselt haben. Seitdem: kaum noch das Nötigste.

Für neun Uhr hat Arendt eine Besprechung der BAO angesetzt, und ich wünschte, ich könnte mich irgendwie drücken. Es lässt sich eigentlich nur ein positiver Fakt feststellen: dass es seit Wacht kein weiteres Opfer mehr gegeben hat. Aber das ist nicht unser Verdienst.

Anders als sonst gehen Daniel und ich nicht gemeinsam zur Besprechung, sondern ich breche schon auf, als er noch telefoniert. Deshalb treffe ich den Neuen auch zuerst.

Arendt steht mit ihm gemeinsam an der Tür des Konferenzraums und winkt mich zu sich. «Salomon, wir haben Verstärkung bekommen, die können wir auch gut brauchen, nicht wahr? Das ist Hauptkommissar Philipp Hanke, er war zuletzt bei der Drogenfahndung. Herr Hanke, das ist Nina Salomon.»

Wir schütteln uns die Hände, Hanke strahlt von einem Ohr zum anderen. «Hey», sagt er. «Das freut mich jetzt aber.»

Sein Lächeln ist ansteckend, und es steht ihm. Blonde Locken, hellgrüne Augen und ein Grübchen in der linken Wange. Ja, der könnte wirklich eine Bereicherung sein. Besonders wenn man Daniels mürrische Miene betrachtet, mit der er fünf Minuten später den Neuen begrüßt.

«Ich habe schon viel von Ihnen gehört», erklärt Hanke fröhlich, während sie sich die Hände schütteln. «Ich bin sicher, von Ihnen kann ich eine Menge lernen.»

Daniels linke Augenbraue hebt sich. «Na, dann lernen Sie mal schön», sagt er und wendet sich ab.

Ich warte, bis er außer Hörweite ist. «So benimmt er sich nicht immer», murmele ich Hanke zu. «Ist wahrscheinlich meine Schuld. Ich bin ihm gewissermaßen über die Leber gelaufen.»

Er grinst. «Wollen wir du sagen? Ich bin Philipp.»

Ich will seine Hand schütteln, er drückt mich an sich, es endet in einer merkwürdigen Kollision. Daniel hat sie beobachtet, sein Blick ist schwer zu deuten.

«Was hast du ihm denn getan?» Philipp sieht sich im Konferenzraum um, wahrscheinlich überlegt er, wo er sich am besten hinsetzen soll.

«Schwer zu sagen. Ich schätze, ich habe seine Loyalität ein bisschen überstrapaziert.»

Jetzt habe ich wieder Philipps volle Aufmerksamkeit. «Ja? Wie denn?»

«Ach, nicht so wichtig.» Ich deute auf den Platz neben Pia.

«Vielleicht setzt du dich am besten zu ihr. Sollte deine gute Laune ansteckend sein, wäre das für uns alle ein Gewinn.»

Philipp nickt, reckt beide Daumen in die Höhe und steuert auf den Stuhl neben der grimmig Löcher in den Tisch starrenden Pia zu.

Ich setze mich pflichtschuldig neben Daniel, dessen Miene nicht viel freundlicher ist. «Merkwürdiger Typ», sagt er.

«Ach.» Ich tue so, als müsste ich Notizen ordnen. «Lebensfreude und angeborene Freundlichkeit sind dir suspekt, nicht wahr? Hätte ich ja fast vergessen.»

Die bissige Antwort, auf die ich warte, kommt nicht. Daniel zuckt nur die Schultern und wendet sich ab. Toll. Bei einem Fall wie diesem ist ein beleidigter Partner genau das, was man sich wünscht.

Wenigstens dauert das Meeting nicht lange. Andressen hat Rossingers Computer nach allen Regeln der Kunst durchleuchtet und auch hier zwei Mails gefunden, die der Mann sich selbst geschrieben hat. Er hat sie uns ausgedruckt, und sie klingen eindeutig nicht danach, als hätte ein Rechtsreferendar sie verfasst, sondern sind einfach und von brutaler Obszönität. Grammatik und Rechtschreibung stimmen allerdings, was im Zusammenhang mit der Wortwahl ungewöhnlich ist.

«Provokation», murmelt Daniel. Er blickt geradeaus, sieht mich nicht an. «Und wenn Andressen hundertmal sagt, Rossinger habe das selbst geschrieben – so ist es einfach nicht. Aber jemand war sehr geschickt darin, es vorzutäuschen.» Er räuspert sich. «Ist es möglich», sagt er laut in Andressens Richtung, «sich so in fremde Computer einzuschleichen oder zu hacken, dass man von dort aus auch Mails verschicken kann?»

Andressen nickt. «Klar geht das. Wenn man weiß, wie.»

Ein lautes Seufzen, es kommt von Vogelbusch. «Aber jetzt denk doch mal nach, Daniel. Wir haben niemanden gefunden, der alle

Täter kannte. Es gibt nicht die geringste Verbindung zwischen ihnen, sie haben noch nicht einmal den gleichen Postboten, wenn du verstehst, was ich meine. Aber du deutest an, jemand hätte die drei zum Töten getrieben. Dann hätte derjenige sie alle wirklich in- und auswendig kennen müssen, um die richtigen Schalter zu drücken. Glaubst du das wirklich?» Er blickt sich im Raum um, sichtlich auf der Suche nach Zustimmung. Findet sie, bei Pia, bei Andressen und – besonders wichtig – bei Arendt.

Daniel lässt sich davon nicht beeindrucken. «Ja, genau das glaube ich. So. Nächster Punkt auf der Liste?»

Eine halbe Stunde später sind wir durch. Ich habe mich freiwillig dafür gemeldet, die Anrufe entgegenzunehmen, die über die Hotline eingehen und dort als verfolgenswert eingestuft werden. Auch, um Pia nicht noch weiter zu provozieren.

Doch als Erstes rufe ich Susanne Rauch an. Die Angebergeschichten des Anwalts von gestern lassen mir keine Ruhe.

«Geldsorgen?» Sie klingt erstaunt. «Davon weiß ich nichts. Wenn es so gewesen wäre, wüsste zumindest Sophia davon, und die hätte es mir gesagt.» Rauch denkt kurz nach. «Das Immobiliengeschäft boomt seit Jahren, und Martin war darin immer sehr geschickt. Wenn Sie mich fragen: Er hat das Boot verkauft, um Ballast loszuwerden. Er war kaum noch segeln, und die Leute im Yachtclub haben ihn schon genervt, als wir noch verheiratet waren.»

Ich denke an Körprich und kann das gut nachvollziehen. «Danke, Frau Rauch. Wissen Sie, wir bekommen bei unserer Arbeit die unterschiedlichsten Geschichten zu hören.»

Kaum lege ich auf, klingelt mein Telefon auch schon wieder. Die Mitarbeiter der Hotline können es offenbar kaum erwarten, ihre Anrufer an mich loszuwerden.

«Mein Kollege», sagt der erste Mann, den ich an den Apparat bekomme. «Er versteckt seit Monaten meine Akten, nur die wichtigen natürlich. Er boykottiert alle meine Projekte, er erzählt beim Chef Lügen über mich …»

«Haben Sie das Bedürfnis, ihn umzubringen?», unterbreche ich ihn.

«Nein, natürlich nicht! Gefeuert soll er werden! Und vorher noch vor allen anderen gestehen, was er mir angetan hat!»

«Ich fürchte, da können wir Ihnen nicht weiterhelfen.»

«Aber … aber es hieß doch, man soll sich melden, wenn man sich provoziert fühlt!»

Armes Würstchen, denke ich, aber kein gefährliches. Beim nächsten Anrufer klingt das schon ganz anders. Seine Frau hat eine Affäre, angeblich kommen zwei Typen aus dem Fußballverein als potenzielle Liebhaber in Frage.

«Sobald ich weiß, wer es ist, schlage ich dem Arschloch die Zähne ein, dann passen seine Eier besser in den Mund», brüllt er.

«Ich verstehe», sage ich und notiere mir den Namen. «Woher wissen Sie von dem Verhältnis? Haben Sie anonyme Nachrichten bekommen? Mails? Anrufe?»

«Scheiße, nein.» Jetzt klingt er weinerlich. «Vanessa hat es selbst gesagt. Also, so irgendwie. Ich weiß es eben.»

Mein Kugelschreiber verharrt über dem Papier. «Sie denken aber, sie meint jemanden, den Sie persönlich kennen.»

«Na sicher», schreit er wieder. «Denken Sie, ich lasse sie alleine irgendwo hingehen?»

Okay, ein Arschloch der dümmeren Sorte, aber ins Muster unseres Falls passt er nicht.

Zehn Minuten später habe ich einen Mann am Telefon, der mir eine Gänsehaut nach der anderen über den Rücken jagt. Seine Stimme ist leise, aber durchdringend, er duzt mich von Anfang an.

«Der Typ ist bald dran, wenn er nicht aufhört, da kannst du dich drauf verlassen», erklärt er mir. «Besser, ihr tut jetzt bald was, sonst kann ich für nichts mehr garantieren.»

«Ich verstehe. Womit genau soll er denn aufhören?»

«Na, mit dem Terror, den er abzieht. Klingelt nachts an meiner Tür oder ruft anonym am Handy an. Weckt mich regelmäßig auf, der weiß bestimmt, dass ich Schicht arbeite.»

«Hm. Und – wie heißt der Mann?»

«Weiß ich doch nicht. Aber ich könnte ihn beschreiben.»

«Haben Sie auch Mails von ihm bekommen?»

Er schnaubt. «Oh ja. Allein dafür könnte ich ihn totprügeln.»

Oha. Den da möchte ich mir genauer ansehen. Ich notiere mir Name und Adresse und kündige an, gleich bei ihm vorbeizukommen, wenn er einverstanden ist. Das ist er, mehr noch: dass ich ihn ernst nehme, besänftigt ihn umgehend.

Ich versuche, Daniels Aufmerksamkeit auf mich zu ziehen, habe aber gegen seinen Computerbildschirm keine Chance. «Lieber Kollege Buchholz», sage ich. «Wir machen einen Ausflug. Wir besuchen einen gewissen Erwin Wick, der ganz den Eindruck macht, als könne er demnächst mit der Axt auf jemanden losgehen. Komm.»

Drei, vier Sekunden lang antwortet Daniel nicht, dann seufzt er. «Meinetwegen in einer Stunde, erst muss ich …»

Die Tür springt auf, Philipp steckt seinen blonden Kopf herein. «Hauptkommissar Hanke meldet sich gehorsamst zum Dienst und ist auf der Suche nach Arbeit!» Er lächelt mir zu. «Kann ich euch bei irgendetwas helfen?»

Daniel ignoriert ihn völlig, also springe ich in die Bresche. «Na ja, ich arbeite die Irren von der Hotline ab und würde einen davon gern persönlich vernehmen, aber Daniel muss vorher noch eine Menge erledigen … was hältst du davon, wenn du in einer Stunde meinen Telefondienst übernimmst?»

Philipp denkt kaum eine Sekunde lang nach, dann schüttelt

er den Kopf. «Ich habe eine viel bessere Idee. Du und ich, wir besuchen den Irren, Pia übernimmt die Hotline, und Daniel hat Ruhe für seine Angelegenheiten.»

Er nimmt meine Jacke vom Haken. «Na los.»

Jetzt ist Daniel offenbar aufgewacht, sein Blick wandert zwischen mir und Philipp hin und her, also springe ich auf, bevor er etwas sagen kann. «Wir beeilen uns», erkläre ich und bin schon aus der Tür.

Mit Pia ist es nicht ganz so einfach, sie sieht drein, als wolle sie ihre Kaffeetasse nach mir werfen. «Na klar übernehme ich deine Anrufe», faucht sie. «Ich habe ja sonst nichts zu tun, nicht wahr? Einmal möchte ich sehen, wie du reagierst, wenn ich dir einfach meine Jobs aufs Auge drücken würde, zwischen Tür und Angel.»

«Wir beeilen uns, versprochen!» Pia macht mir tatsächlich Sorgen. Sie wirkt, als würde sie an irgendeiner Art Abgrund balancieren, knapp am Burnout oder Schlimmerem. Ich versuche, mich zu erinnern, seit wann das so ist, aber ich komme zu keinem Ergebnis. Muss schleichend passiert sein.

«Wenn ich zurück bin, übernehme ich sofort wieder», sage ich und lege jede Menge Schuldbewusstsein in meine Stimme. «Und wenn du dann etwas hast, das du gerne an mich abgeben möchtest –»

«Haut schon ab!», zischt sie.

Auf dem Weg zum Auto sieht Philipp mich von der Seite her an. «Richtig tolle Stimmung bei euch im Team», stellt er fest.

«Das ist nicht immer so.» Warum habe ich eigentlich das Gefühl, die anderen in Schutz nehmen zu müssen, obwohl sie mich wie Müll behandeln? «Normalerweise ist die Stimmung viel netter, ehrlich. Muss dieser Fall sein.»

«Wenn du es sagst.» Philipp nickt mir zu. «Willst du fahren?»

Zwanzig Minuten später öffnet uns Erwin Wick die Tür zu einem kahlen Zweizimmerapartment, in dem es muffig riecht. Wir setzen uns auf eine braune Cord-Couch, die noch aus den Siebzigern stammen muss. Wick sitzt uns gegenüber und hat die Finger ineinander verschränkt, als würde er beten. «Gut, dass ihr da seid», sagt er leise. «Ich werde euch jetzt alles erzählen, was ich weiß, und ich hoffe, ihr tut dann das Richtige.»

Ich übergehe das unerwünschte Duzen kommentarlos, und er beginnt. Was er sagt, klingt vertraut. Man verfolgt ihn, belästigt ihn, schwärzt ihn an, spioniert ihn aus. Man beschädigt sein Eigentum, und jemand hat die Katze seiner Mutter entführt. Wahrscheinlich auch schon umgebracht. Vor fünf Tagen.

Der Mann klingt zu gebildet für einen Schichtarbeiter. Ich hake vorsichtig nach, frage nach seiner Ausbildung und ernte einen eisigen Blick. «Ich war Bauingenieur. Dann gab es einen Zwischenfall auf einer Baustelle, ich hatte mich leider nicht unter Kontrolle. Während der Haft habe ich eine Ausbildung zum Schweißer gemacht. Dieser Beschäftigung gehe ich jetzt nach.»

Ich beuge mich ein Stück nach vorne. «Und Sie haben den Eindruck, Sie könnten sich demnächst wieder einmal nicht unter Kontrolle haben?»

Mit erschreckender Plötzlichkeit ist da Wut in seinen Augen, die verschränkten Hände gleiten auseinander, ballen sich zu Fäusten. «Das habe ich dir doch schon am Telefon gesagt.»

Ich nicke. «Ja, das stimmt. Also: Wer ist es Ihrer Meinung nach, der Ihnen das Leben derzeit so schwer macht?»

Kurze Stille tritt ein. Als ich einen schnellen Blick zur Seite werfe, sehe ich, dass Philipp nicht Wick beobachtet, sondern mich. Ich finde das irritierend. Konzentriert er sich gar nicht auf das Gespräch? Eingebracht hat er sich bisher jedenfalls nicht.

«Ich weiß keine Namen», sagt Wick. «Aber es gibt einen Mann, der oft an meiner Bushaltestelle steht und mich einfach nur dreist anstarrt. Zweimal hat er Handyfotos von mir gemacht, da bin ich ziemlich sicher.»

«Aha.» Ich notiere mir das. «Und einen zweiten Verdächtigen haben Sie auch?»

«Ja. Da habe ich einen Tipp bekommen.» Er zieht ein zusammengefaltetes Blatt Papier aus der Hosentasche und reicht es mir.

Es ist der Ausdruck einer E-Mail, gesendet von jemandem, dessen Mailadresse carryon@yahoo.com lautet. In die Nachricht ist ein Foto eingebunden: Es zeigt ein Gesicht, dem man ansieht, dass der Besitzer dazu neigt, Fett anzusetzen. Nicht pausbäckig, aber der Ansatz dazu ist da. Ich schätze ihn auf knapp dreißig, sein Haaransatz beginnt bereits zurückzuweichen. Er hat nicht gemerkt, dass er fotografiert wurde, er sitzt irgendwo im Freien, sein Blick ist konzentriert nach links gerichtet.

Kennst du den?, steht in großen Buchstaben darunter. *Nein? Aber er kennt dich, und er kann dich nicht leiden. Warte nur ab, du wirst noch viel Spaß mit ihm haben. Er hat ihn jetzt schon mit dir. CU.*

«Und ... das nehmen Sie ernst?» Schon in dem Moment, in dem ich es ausspreche, weiß ich, dass ich gerade einen Fehler mache. Ernst genommen zu werden ist Wick wichtiger als alles andere.

«Was denkst du denn?» Er ist unmerklich lauter geworden, und ich spüre, wie viel Kraft es ihn kostet, nicht ein *dumme Schlampe* mit dranzuhängen.

Neben mir richtet sich Philipp ein Stück auf, sagt aber immer noch nichts.

«Entschuldigen Sie.» Ich strahle Wick an. «Es ist nur so ... ungewöhnlich, wissen Sie? Kennen Sie den Absender der Mail? Carryon?»

Er zögert, dann schüttelt er den Kopf. «Ich tippe auf jemanden aus dem Knast», sagt er. «Aber genau weiß ich es nicht.»

«Und das Gesicht? Schon mal in natura gesehen?»

Diesmal bejaht er. «Ich habe nach dem Typ gesucht. Siehst du da im Hintergrund den Handyladen? Ich habe herausgefunden, wo der ist und in welchem Café mein Freund da gerade rumsitzt.» Wick lächelt zufrieden. «Dann habe ich mich dort auf die Lauer gelegt. Mir stundenlang die Beine in den Bauch gestanden, bis er endlich aufgetaucht ist. Ist zwar am Café vorbeigelaufen, aber dafür in ein Restaurant gegangen, da hat er eine Frau getroffen.» Wicks erwartungsvoller Blick erstaunt mich. Macht fast den Eindruck, als erwarte er von mir ein Lob für seine tolle Recherchearbeit.

«Gut, Herr Wick», sage ich. «Dann hätte ich von Ihnen jetzt gerne den Namen und die Adresse dieses Cafés. Und einen Ausdruck dieser Mail, mal sehen, vielleicht schicke ich Ihnen demnächst einen unserer Computerspezialisten vorbei.»

Er will mir empört ins Wort fallen, aber ich stoppe ihn mit einer Handbewegung. «Und sollte dem Mann auf dem Foto etwas Unangenehmes zustoßen, wissen wir ja, wo wir Sie finden.»

14

Am Dienstagmorgen bin ich etwas später dran als sonst. Ich fühle mich wie gerädert, denn ich habe fast die ganze Nacht wach gelegen, weil ich es einfach nicht geschafft habe, meine sich im Kreis drehenden Gedanken zu stoppen oder zumindest in andere Bahnen zu lenken.

Isabells Schwangerschaft und die Konsequenzen, die sich daraus ergeben. Bremer, Richter, Rauch … krampfhafte Versuche, eine logische Verbindung herzustellen … und wieder zurück zu Isabell. Erst gegen fünf muss ich endlich eingeschlafen sein.

Im Büro finde ich einen Zettel auf meinem Schreibtisch, darauf eine Notiz, offenbar hastig mit einem Bleistift hingekritzelt.

BAO-Meeting! Bin schon drüben.

Auf dem Weg über den langen Flur frage ich mich, warum Nina mich nicht angerufen hat, wie sonst auch immer, wenn irgendetwas ist. Als ich den Besprechungsraum erreiche, erahne ich den Grund. Nina und Hanke stecken die Köpfe zusammen und tuscheln angeregt. Offenbar hatte sie einfach keine Zeit für ein Telefonat mit mir.

«Moin», sage ich, als ich an den beiden vorbeigehe, um mich auf einen der freien Plätze weiter vorne zu setzen. «Danke für den Zettel.»

Ich bin schon zwei Schritte weiter, als ich hinter mir Ninas «Hi» höre. Ich drehe mich um, doch ihre Aufmerksamkeit ist bereits wieder bei Hanke.

Ich werde von Arendt abgelenkt, die den Besprechungsraum gemeinsam mit einem Mann um die fünfzig betritt, dessen Name mir entfallen ist. Aber sein Gesicht kenne ich, weil ich etwa vor einem Jahr mal mit ihm zu tun hatte. Wenn ich mich recht erinnere, ist er Psychologe.

«Ich möchte Ihnen Dr. Peterson vorstellen. Einige von Ihnen kennen ihn vielleicht schon. Er ist forensischer Psychologe und hat die letzten Tage damit verbracht, sich über den Täter Gedanken zu machen und ein Profil von ihm zu erstellen. Und wenn ich Täter sage, meine ich keinen von denen, die die Morde ausgeführt haben, sondern das Gehirn dahinter.» Sie nickt Peterson zu und setzt sich in die erste Reihe.

«Auch ich wünsche Ihnen einen guten Morgen, sofern das für Sie in Anbetracht der Situation möglich ist.» Er redet mit tiefer Stimme, die Sprachmelodie ist angenehm, sein Hochdeutsch gestochen scharf.

«Wie Frau Arendt es schon angesprochen hat, habe ich versucht, aus den Informationen, die bisher vorliegen, ein Profil zu erstellen. Natürlich ist es noch nicht sehr spezifisch, aber ein paar Dinge können wir mit hoher Wahrscheinlichkeit voraussetzen, und dazu gehört auch der meines Erachtens wichtigste Punkt: dass der Täter seine *Handlanger* – so möchte ich diejenigen mal nennen, die die Opfer tatsächlich getötet haben – sehr gut kennen muss. So gut, dass er genau weiß, welche Knöpfe er mit welcher Intensität drücken muss, um zu erreichen, was er möchte.»

Er macht eine Pause, in der er seinen Blick über die Anwesenden streifen lässt. Mit seinen letzten Sätzen hat er all das bestätigt, was ich ebenfalls vermute.

«Machen Sie sich bitte eines klar: Bei weitem nicht jeder kann dazu gebracht werden, einen anderen zu töten. Auch wenn man jemanden sehr gut kennt, wird man ihn kaum zu einer solchen Tat bewegen können. Bei den meisten Menschen existiert eine Blockade im Unterbewusstsein, eine ethische Instanz, die verhindert, dass wir gewisse Grenzen überschreiten. Nicht einmal im Zustand der Hypnose wären die meisten von uns in der Lage, jemanden zu töten, zumindest nicht ohne Zuhilfenahme von Medikamenten, die diese natürliche Blockade aufheben.» Wieder diese rhetorische Pause, in der Peterson seine Worte nachwirken lässt.

«Und was bedeutet das jetzt für Sie? Nun, wir wissen dadurch, dass der eigentliche Täter den Handlangern so nahestehen muss, dass er weiß, wen er in seinem Sinn beeinflussen kann und wen nicht. Und das, meine Damen und Herren, muss unser Ansatzpunkt sein. Ich bin der festen Überzeugung, nicht die Opfer sind es, bei denen Sie nach Gemeinsamkeiten suchen müssen. Finden Sie jemanden, der alle Handlanger sehr gut kennt, und Sie haben mit hoher Wahrscheinlichkeit den Initiator dieser wahnsinnigen Mordserie.»

«Aber das haben wir doch schon ohne Erfolg versucht», wirft Vogelbusch ein, woraufhin Peterson die Brauen hebt. «Das mag ja sein, aber offensichtlich waren Ihre Bemühungen nicht intensiv genug, denn ich versichere Ihnen, diesen gemeinsamen Bekannten *muss* es geben.»

«Zweifeln Sie an unseren Fähigkeiten?» Vogelbuschs Stimme klingt jetzt beleidigt.

Ein Lächeln umspielt Petersons Mundwinkel, als er den Kopf schüttelt. «Nein, das tue ich sicher nicht. Ich versuche lediglich, Sie durch meine Erfahrung in einem Bereich zu unterstützen, in dem *Sie* naturgemäß nur wenig Erfahrung haben können.»

Arendt erhebt sich und stellt sich neben den Psychologen. «Gibt es sonst noch Fragen?» Niemand meldet sich, also erklärt sie das Morgenmeeting für beendet. Während der Raum sich langsam leert, stehe ich auf und gehe zu Peterson nach vorne.

«Buchholz», stelle ich mich vor und strecke ihm die Hand entgegen. Er ergreift sie und nickt. «Ich erinnere mich, Herr Hauptkommissar. Wir haben schon mal zusammengearbeitet, nicht wahr?»

«Ja, im letzten Jahr. Vielen Dank für die Ausführungen. Wenn Sie noch ein wenig Zeit haben, würde ich mich gerne ein bisschen intensiver mit Ihnen zu dem Thema unterhalten.»

«Natürlich», antwortet Arendt für den Psychologen. «Dr. Peterson fungiert als Berater und hat sich uns zur Verfügung gestellt.»

«Wobei er uns ja nichts Neues erzählt hat», wirft Vogelbusch ein, der hinter mir steht. «Hier werden meiner Meinung nach vollkommen unnötige Kosten generiert. Gelder, mit denen man genauso gut …»

«Danke für Ihre Meinung», schneidet Arendt ihm das Wort ab und wendet sich gleich darauf wieder mir zu. «Am besten nehmen Sie Dr. Peterson mit in Ihr Büro, dort haben Sie Ruhe für Ihr Gespräch.»

Ein frommer Wunsch, der sich nicht erfüllt. Als ich gemeinsam mit dem Psychologen unser Büro betrete, stehen da schon Nina und der Herr Hauptkommissar Hanke zusammen.

«Entschuldigen Sie», wende ich mich direkt an Hanke. «Wir würden uns gerne mit Dr. Peterson unterhalten. Sind Sie so nett und schließen die Tür beim Rausgehen?»

Hanke strahlt mich an. «Rausgehen? Aber warum denn das? Das Gespräch interessiert mich brennend, ich bleibe sehr gerne dabei.»

«Na klar.» Nina nickt bekräftigend. «Viel besser, du informierst dich direkt, und ich muss dir hinterher nicht alles erzählen.»

Ich widerstehe dem Drang, Hanke zu sagen, dass er verschwinden soll, weil die Unterhaltung mit dem Psychologen eine Aufgabe für meine Partnerin und mich ist, aber ich sehe ihm an, dass es genau das ist, worauf er wartet. Wahrscheinlich würde sich Nina sogar auf seine Seite schlagen, und ich stünde da wie ein Depp. Den Gefallen werde ich ihm nicht tun. Ich nicke also nur und biete Peterson einen Stuhl an.

Auch Hanke zieht sich einen der Besucherstühle heran, setzt sich verkehrt herum darauf und legt die Arme auf der Oberkante der Stuhllehne ab. Ich nehme mir vor, ihn zu ignorieren, und wende mich Peterson zu.

«Sie sagten eben, der Initiator müsse diejenigen, die die Morde tatsächlich begehen, extrem gut kennen. Was denken Sie, wo wir mit der Suche nach einem solchen Menschen anfangen sollten?»

«Wie wäre es mit der Schule?» Es kommt nicht von dem Psychologen, sondern von Hanke, dessen Grinsen noch breiter wird. «Vielleicht waren die Täter alle in einer Klasse. Das wäre logisch, oder? Wenn ein Lehrer nicht ganz ungeschickt ist und es darauf anlegt, kann er doch aus den Kids alles rausholen.»

Ich schaue ihn an und bin überzeugt, dass man meinem Gesicht ansieht, was ich denke. Zumindest Nina muss es sehen.

«Na klar», sage ich trocken. «Und dass wir bei den Tätern Altersunterschiede von bis zu fünfundzwanzig Jahren haben, ignorieren wir bequemerweise. Sorry, Kollege, aber wie ich eben schon erwähnte, würde ich mich gerne mit Dr. Peterson unterhalten, um seine qualifizierte Meinung zu hören. Wenn Sie dabei sein möchten – gerne, aber dann halten Sie sich bitte zurück.»

«*Wenn Sie dabei sein möchten, halten Sie sich zurück* … Gott, ist das steif.» Er löst die Unterarme von der Stuhllehne und streckt mir die Hand entgegen. «Ich bin Philipp.»

Ich nehme seine Hand und drücke sie. «Und ich bin Hauptkommissar Buchholz. Nachdem das geklärt ist ... Kann ich mich jetzt mit Dr. Peterson unterhalten?»

Ich habe es tatsächlich geschafft, das Dauergrinsen zumindest für einen Moment aus seinem Gesicht zu wischen.

Dafür zucken Ninas Mundwinkel verdächtig. Sie scheint die Situation zu genießen.

«Es muss ja kein Lehrer sein», erklärt der Psychologe. Die Situation ist ihm sichtlich unangenehm, und offenbar will er sie nun selbst in die Hand nehmen. «Aber es könnte durchaus ...» Die Bürotür wird geöffnet, und Arendt steckt den Kopf herein. «Na, kommen Sie voran?»

«Es würde die Sache vielleicht vereinfachen, wenn wir das Gespräch zu dritt führen könnten und der Kollege Hanke sich derweil drüben im Einsatzraum nützlich macht.» Das musste jetzt einfach sein. Arendts Blick wechselt zwischen Hanke und Nina hin und her.

«Nein, lassen Sie den Kollegen ruhig dabei. So wird er am schnellsten mit dem Fall vertraut.» Sie wendet sich ab und verlässt das Büro.

Ich werfe Peterson einen entschuldigenden Blick zu. «Einen kleinen Moment bitte. Ich bin sofort zurück.»

Kurz vor ihrem Büro hole ich Arendt ein und folge ihr hinein. «Habe ich irgendwas verpasst?» Ich höre selbst den Anflug von Aggression in meiner Stimme. Arendt offensichtlich auch.

«Was ist los mit Ihnen, Buchholz? Schlechte Laune?»

«Na ja, davon abgesehen, dass gute Laune beim jetzigen Stand der Ermittlungen fehl am Platz wäre, frage ich mich gerade, ob der Kollege Hanke irgendwelche Sonderprivilegien genießt und warum.»

Sie verschränkt die Arme vor der Brust. «Wie kommen Sie denn darauf?»

«Nun, Sie wissen selbst, dass viele Köche den Brei verderben, gerade bei einem Gespräch, wie ich es gerne mit Dr. Peterson führen würde. Ich wundere mich sehr, dass Sie mir widersprochen haben, als ich Hanke rausschicken wollte.»

«Buchholz.» Sie setzt sich hinter ihren Schreibtisch. «Hanke ist neu und soll schnellstmöglich mit den Fakten des Falls vertraut werden. Wenn ich möchte, dass er in Ihrer und Salomons Nähe bleibt, dürfen Sie das als Kompliment betrachten, weil ich davon ausgehe, dass er bei Ihnen beiden am schnellsten alles erfährt, was er wissen muss.»

«Trotzdem habe ich …»

«Ich schlage vor, Sie gehen zurück und reden jetzt einfach mit Dr. Peterson. Nicht, dass das am Ende Hanke für Sie übernimmt, weil Sie so lange weg sind.»

Mit einem unguten Gefühl verlasse ich ihr Büro. Als ich zurückkomme, plaudern Nina und Hanke ausgelassen miteinander. Ich schaue erst auf den leeren Stuhl neben ihnen und dann zu Nina hinüber. «Wo ist Dr. Peterson?»

«Der musste los, er hat noch einen Termin bei Gericht.» Nina hebt die Augenbrauen. «Ich hätte an seiner Stelle auch die Geduld verloren.»

«Mist.»

«Kein Problem.» Hanke wedelt mit einer Visitenkarte in der Luft. «Ich habe seine Nummer. Er sagte, ich kann ihn jederzeit anrufen, wenn wir noch Fragen haben.» Damit wendet er sich ab und verlässt das Büro. Nina setzt sich an ihren Schreibtisch und widmet sich konzentriert ihrem Monitor. Dabei lächelt sie.

Die Situation am Mittwochmorgen gleicht insofern der vom Dienstag, als ich in der Nacht wieder schlecht geschlafen habe und im Büro statt meiner Partnerin schon wieder einen Zettel vorfinde.

Hi Daniel,
wir sind noch mal zu Rossinger. Philipp meinte, er würde ihm gerne noch ein paar Fragen stellen, und ich nutze die Gelegenheit, mir danach unseren Lieblingschirurgen noch einmal vorzunehmen.
Bis später
Nina

Ohne darüber nachzudenken, ziehe ich mein Smartphone aus der Tasche und habe sie Sekunden später am Apparat.

«Ich bin's», sage ich, obwohl sie meinen Namen auf dem Display gesehen haben muss. «Sag mal, hast du einen neuen Partner? Oder hättest du vielleicht gerne einen?»

«Was? Wie kommst du denn auf die Idee?»

«Du tust zumindest alles dafür, dass dieser Eindruck entsteht.»

«Ach komm, Daniel, jetzt hör mal ...»

«Nein, du hörst jetzt mal zu. Dies hier ist unser Fall, und ich bin der leitende Ermittler. Du wirst ab jetzt weder irgendwelche Alleingänge unternehmen noch Täter, Zeugen oder sonst wen gemeinsam mit Herrn Hanke befragen, ohne das vorher mit mir abzustimmen. Klar?»

«Also ...»

«Wir sehen uns nachher. Und ich möchte eine Stunde, nachdem ihr zurück seid, einen genauen Bericht über eurer Gespräch auf dem Schreibtisch liegen haben. Bis dann.»

15

«Wow, danke, dass du mir endlich wieder mal klarmachst, wer hier der Boss ist. Hätte ich sonst fast vergessen.» Ich fauche noch ins Telefon, als Daniel bereits aufgelegt hat, aber vorher bin ich ja kaum zu Wort gekommen. Trotzdem schlucke ich hinunter, was ich gerne noch angefügt hätte, schließlich sitzt Philipp neben mir. Er fährt und hat die ganze Zeit über die Straße im Auge behalten, aber ich bin sicher, dass er genau mitbekommen hat, worum es gegangen ist.

Muss unangenehm für ihn sein. Ich weiß genau, wie sich das Leben als Neuer im Team anfühlt. Warum macht Daniel es ihm so schwer?

Ein paar Minuten lang setzen wir unsere Fahrt schweigend fort. Dann sieht mich Philipp aus den Augenwinkeln an. «Tut mir leid, wenn du meinetwegen Ärger hast.»

«Was?» Ich schüttele den Kopf. «Das ist doch nicht deine Schuld! Daniel hat bloß wieder einmal eine seiner kleinkarierten Phasen.»

Ein Lächeln erscheint kurz auf Philipps Gesicht und verschwindet wieder. «Ist nicht einfach, mit ihm zusammenzuarbeiten, oder?»

«Och.» Meine Wut flaut allmählich wieder ab. «Eigentlich läuft es ganz gut. So richtig schwierig war es nur zu Beginn, aber wir haben uns dann ganz gut … aneinander abgeschliffen, wenn du weißt, was ich meine.»

«Bewundernswert», sagt Philipp. «Wenn man so unterschiedlich ist wie ihr beide. Wie Feuer und Wasser, das merkt man schon nach ein paar Minuten.»

Ich betrachte nachdenklich sein Profil. Ist das wirklich so? Machen wir einen derartig unharmonischen Eindruck? «Na ja, man könnte auch sagen, wir ergänzen uns ziemlich gut», wende ich ein. «Daniel plant, ich bin die mit den spontanen Ideen.»

«Und bei denen zieht er mit?» Philipp verzieht ungläubig den Mund. «Entschuldige bitte, aber das kann ich mir nicht so recht vorstellen. Er macht doch schon Mätzchen, wenn bei einem Expertengespräch eine zusätzliche Person mit im Raum ist.»

Hängt vielleicht auch davon ab, um wen es sich bei dieser zusätzlichen Person handelt, denke ich. Daniels Abneigung gegen Philipp war von Anfang an spürbar, ich muss ihn bei nächster Gelegenheit mal darauf ansprechen.

«Ziehst du ab und zu auch was ohne ihn durch?», fragt Philipp weiter. «Wenn du gute Ideen hast, von denen er nichts hält?»

So langsam bekomme ich den Eindruck, Daniel könnte doch recht gehabt haben. Ich bin nicht auf der Suche nach einem neuen Partner, aber es wirkt, als würde Philipp herausfinden wollen, ob ein Wechsel für mich in Frage käme.

«Nein», lüge ich daher mit aller Bestimmtheit. «Wir arbeiten Hand in Hand, wir sprechen alles miteinander ab. Das klappt zwar nicht immer ganz reibungslos, aber das tut es doch nirgendwo, oder?»

Philipp schweigt, also setze ich noch einen drauf. «Ich weiß einfach, dass ich mich immer auf Daniel verlassen kann. Und das Gleiche gilt umgekehrt.»

Udo Rossingers Auge ist immer noch dick geschwollen, er sitzt uns mit grimmiger Miene gegenüber, flankiert von zwei Wachbeamten. Bei diesem Gespräch bin ich nur Zuhörerin und schon sehr gespannt, wie Philipp so arbeitet.

Umständlich, ist leider das erste Wort, das mir einfällt. Er sortiert seine Fragen, die er auf Zettel notiert hat, und räuspert sich mehrmals, bevor er anfängt. «Herr Rossinger, es gibt vierundachtzig Zeugen, die übereinstimmend erklären, dass Sie es waren, der Frank Wacht auf den Landungsstegen erschlagen hat.»

Rossinger blinzelt, es wirkt irritiert. «Was meinen Sie mit ...»

Philipp unterbricht ihn mit einer Handbewegung. «Beantworten Sie einfach nur meine Frage. Warum dort und vor so vielen Menschen? Es muss ihnen doch klar gewesen sein, dass man Sie fassen wird. Warum haben Sie Wacht zum Beispiel nicht abends vor seiner Wohnung aufgelauert?»

Oder haben Sie das, liegt mir auf der Zunge, und die Sache mit dem Auto hat dann leider nicht geklappt?

Ich spreche es nicht aus. Vielleicht rückt Rossinger selbst damit heraus, dann ist noch eine offene Frage geklärt.

Aber er blickt nur ausdruckslos auf die Tischplatte. «Daran hab ich überhaupt nicht gedacht», sagt er leise. «Ich wollte es nur erledigen, so schnell wie möglich. Ich hab nur an Jessie gedacht und dass der Typ sie sich schnappen wollte.» Er sieht erst mich, dann Philipp an. «Das musste ich doch verhindern. Warum verstehen Sie das nicht?»

Jessie, die Verlobte. Die von Christoph vernommen wurde und erklärt hat, sie habe sich nie bedroht gefühlt. Keine Sekunde lang.

Wenn überhaupt, dann habe bloß Udo ihr Angst gemacht, der immer besessener von der Idee war, dass jemand ihr etwas antun wollte.

«Irgendwie war es Notwehr», sagt Rossinger mit bittendem Blick. «Ich bin ihm nur zuvorgekommen. Sonst würde er jetzt hier sitzen, und ich wäre bei Jessie im Krankenhaus. Oder in der Leichenhalle.»

Philipp beugt sich ein Stück vor. «Wie können Sie da so sicher sein?»

«Es hat alles darauf hingedeutet!» Rossinger schreit ihn beinahe an. «Wir haben anonyme Anrufe gekriegt, bei denen immer gleich wieder aufgelegt wurde. Zweimal ist ihr jemand nachgegangen. Dann hat sie Pralinen zugeschickt bekommen, ohne Karte. Hab ich natürlich sofort weggeschmissen, wer weiß, was da drin war.» Rossingers Augen schimmern feucht. «Ich liebe sie doch so.»

Philipp wirft mir einen unsicheren Blick zu, den ich auffordernd erwidere. Jetzt muss er doch nachhaken!

Macht er aber nicht.

«Und wie kommen Sie darauf, dass ausgerechnet Frank Wacht hinter diesen Drohungen gesteckt hat? Wie konnten Sie sich da so sicher sein?»

Rossinger sieht mich an, als wolle ich ihn auf den Arm nehmen. «Ah», sagt er dann. «Euch hat er auch verarscht, nicht wahr?»

«Wie meinen Sie das?»

«Frank Wacht, Frank Wacht», murmelt Rossinger. «Damit ist jetzt Schluss.»

«Ja, dafür haben Sie gesorgt», fällt Philipp ihm ins Wort. «Aber Sie haben die Frage meiner Kollegin nicht beantwortet.»

«Weil es eine Fangfrage war!», braust Rossinger auf. «Ihr wollt mich in die Falle locken, aber da habt ihr euch geschnitten. Es war Notwehr. Und ich sage nichts mehr ohne meinen Anwalt.»

Dabei bleibt er, und als sie ihn rausführen, muss ich mich ziemlich zurückhalten, um Philipp nicht anzublaffen. Er hat sich im ungünstigsten Moment eingemischt, ohne ihn hätte ich Rossinger einfach weiterreden lassen. Wieso denkt er, Wacht hätte uns auch *verarscht*, wie er es nennt?

Bis die Justizwache zehn Minuten später Bremer hereinführt, haben Philipp und ich kaum drei Sätze gewechselt, und er ist sichtlich irritiert von meiner Einsilbigkeit.

Aber meine ganze Aufmerksamkeit gilt jetzt Bremer, der mir gegenüber Platz nimmt. Er sieht nicht gut aus. Blass, graue Bartstoppeln, das Gesicht hagerer als zuletzt.

«Was wollen Sie schon wieder von mir?»

Ich hatte mir ein paar Fragen zurechtgelegt, aber die hebe ich mir für später auf. Jetzt werde ich einfach sagen, was mir auf der Zunge liegt.

«Sie sind doch Arzt, Herr Bremer. Sie müssten mir eine Antwort geben können. Welche Art von Krankheit kann jemanden dazu bringen, einen anderen zu töten, einfach so? Bloß weil er sich provoziert fühlt, weil er wütend ist, wie auch immer. Wie geht das?»

Bremer hat das Herausfordernde in meiner Stimme ganz zweifellos gehört, ich kann seine Kiefermuskeln hervortreten sehen, als er die Zähne zusammenbeißt.

«Ich bin kein Psychiater», flüstert er dann. «Aber ich kann Ihnen sagen, wie es um mich bestellt war, in der Zeit vor der Tat. Ein voller OP-Plan, eine Station, die personell permanent unterbesetzt war. Die schwierigsten Eingriffe wurden natürlich mir zugeschanzt, und wehe, da geht einmal etwas schief! Bevor man bis drei gezählt hat, steht der Staatsanwalt vor der Tür. Bei jedem Eingriff, der nicht das gewünschte Ergebnis bringt, kommen heulende Verwandte, die wissen wollen, wie das passieren konnte, die verlangen, dass man per Skalpell in zwei Stunden fünfzig Jahre Rauchen und Saufen ungeschehen machen soll.» Bremer holt tief Luft. «Und dann noch jemand, der über Wochen hinweg stichelt, piesackt, schließlich droht. Sich so sicher fühlt in seinem Status als Patient – Patienten haben nämlich immer recht, wussten Sie das?»

Ich kann sehen, wie Bremers Unterlippe zu zittern beginnt. Gleich wird er entweder weinen oder losschreien. «Olaf Richter hat es geschafft, dass ich mich meinem Beruf nicht mehr gewachsen fühle. Er war praktisch überall, und ja, natürlich ist das Unsinn, logisch betrachtet. Aber damals habe ich es anders empfunden. Ihn zu töten war, wie eine Stelle zu kratzen, die seit Tagen so unerträglich juckt, dass man wahnsinnig werden könnte. Verstehen Sie das?»

Einerseits verstehe ich es tatsächlich, erschreckenderweise, andererseits kann ich mir keine Situation vorstellen, in der ich einem narkotisierten Menschen ein Skalpell ins offene Herz stechen würde.

«Sie machen es sich ziemlich leicht, Dr. Bremer», sage ich und sehe, wie seine Gesichtszüge sich wieder verhärten. «Sie würden sich so gerne zum Opfer in dieser Geschichte stilisieren, aber das sind Sie nicht. Kein Stück. Sie hätten mindestens zehn andere Möglichkeiten finden können, die Situation zu entschärfen – sich zu kratzen, wie Sie das so schön beschrieben haben –, aber Sie haben lieber einen Mord begangen.»

Ich merke, wie Philipp neben mir unruhig wird. Bevor er mir wieder hineinpfuschen kann, schieße ich meine nächste Frage auf Bremer ab. «Wer, würden Sie sagen, ist eigentlich der Mensch, der Sie auf dieser Welt am besten kennt?»

Das kam für ihn überraschend, Bremer verengt die Augen. «Wie bitte?»

«Eine ganz einfache Frage, eigentlich. Wer kennt Sie am besten?»

Er zögert. «Meine Frau», meint er schließlich. «Mit ihr bespreche ich so gut wie alles, wir sind lange verheiratet, sie kennt alle meine Eigenheiten.»

«Haben Sie mit ihr auch über Olaf Richter gesprochen?»

Entschieden schüttelt er den Kopf. «Nein. Wozu auch, was hätte sie denn tun können? Zudem hätte sie nicht verstanden, was mich an seinen Angriffen so rasend gemacht hat, und das hätte meine Wut nur verstärkt. Deshalb ...»

Ich lege den Kopf schief. «Sie wollen mir also sagen, dass es da einen Mann gab, der Sie psychisch so sehr gequält hat, dass Sie Ihren Beruf beinahe nicht mehr hätten ausüben können, dass Sie ihn aber dem Menschen gegenüber, dem Sie am meisten vertrauen, nie erwähnt haben?»

Das Ungläubige in meiner Stimme weckt seinen Zorn, man kann es beobachten wie ein Naturschauspiel. «Ja. Allerdings. Sie unterstellen mir schon wieder, dass ich lüge?»

«Na ja. Ich habe so meine Zweifel daran, dass der Druck, unter dem Sie standen, so unerträglich war, wie Sie behaupten. Dem OP-Plan zufolge arbeitet etwa Ihr Kollege Hilbrecht genauso viel wie Sie, wenn nicht noch mehr, und bisher hat er niemanden auf dem Tisch abgeschlachtet. Gibt es noch jemand anderen, der weiß, wie Sie ticken? Eltern, Geschwister?»

Er antwortet nicht. Sein Blick krallt sich förmlich an mir fest. «Sie haben doch keine Ahnung.»

«Deshalb frage ich ja», sage ich unschuldig. «Eltern, Geschwister? Oder – unwahrscheinlich, das gebe ich zu – Freunde?»

Er ist aufgesprungen, wahrscheinlich ohne es zu merken, seine rechte Hand ist zur Faust geballt, schnellt auf mein Gesicht zu, ich zucke zurück, gleichzeitig greift Philipp nach seinem Handgelenk. Sekunden später haben die beiden Justizwachbeamten ihn an den Schultern gepackt und auf seinen Stuhl zurückgedrückt.

Mein Herz schlägt wie verrückt, Bremer hat mich wirklich überrascht. Ich wollte ihn ein wenig aus der Reserve locken, ja ... aber nicht so.

Und nun beginnt Bremer zu weinen, als ihm die Wachbeamten die Hände mit Handschellen auf den Rücken fesseln. «Meine Mutter ist ein Pflegefall», schluchzt er. «Außer mir erkennt sie niemanden mehr. Und dann habe ich noch einen Bruder, mit dem ich seit Jahren zerstritten bin. Kein Kontakt. Vielleicht glauben Sie mir also wenigstens das, was ich über meine Frau gesagt habe.»

«Ich denke, wir verabschieden uns jetzt.» Philipp neben mir ist aufgestanden. «Ich glaube nicht, dass es sinnvoll ist, jetzt noch weiterzumachen.»

Ich stehe ebenfalls auf und wünsche mir brennend, Daniel wäre hier. Der könnte mir sagen, ob meine Strategie angemessen war oder ob ich gerade totalen Mist gebaut habe. Und er würde es mir sagen, ohne jeden Zweifel, er würde es mir ungefragt um die Ohren schlagen.

Philipp dagegen mustert mich nur forschend, während wir zum Auto gehen. Erst als wir dort sind, klopft er mir aufmunternd auf den Rücken. «Kopf hoch», sagt er. «Das war doch sehr interessant.»

16

Als Nina und Hanke unser Büro betreten, sehe ich sofort, dass irgendetwas nicht so gelaufen ist, wie Nina es sich vorgestellt hat. Aber das muss jetzt einen Moment warten, es gibt etwas, was mir dringender auf der Seele brennt.

Ich stehe auf und wende mich an Hanke. «Kann ich Sie mal sprechen?»

«Ja klar, was gibt's?», fragt er in seiner aufgesetzt freundlichen Art.

«Nicht hier, kommen Sie.»

Ohne mich um Ninas verwunderten Blick zu kümmern, gehe ich an den beiden vorbei und aus dem Büro. Schritte hinter mir lassen darauf schließen, dass Hanke mir folgt.

Das Büro drei Türen weiter ist gerade leer, also gehe ich hinein und schließe die Tür hinter Hanke.

«So, Kollege, jetzt werden wir mal ein, zwei Dinge klären», beginne ich ohne Umschweife. «Ich weiß ja nicht ...»

«Moment!» Er hebt eine Hand. «Darf ich ...»

«Du darfst mich vor allem nicht unterbrechen. Also Mund halten und zuhören.» Mir fällt auf, dass ich ihn erstmals geduzt habe, aber das ist jetzt auch egal.

«Ich habe keine Ahnung, wo du herkommst, wo du hinmöchtest und welche Ziele du hier verfolgst, und ich gestehe, es interessiert mich auch nicht sonderlich, sofern es mich und meine Partnerin nicht tangiert. Leider tut es das aber, wie sich herausstellt, und ich bin nicht gewillt, tatenlos dabei zuzusehen. Was ich ebenfalls nicht weiß, ist, was da zwischen dir und der Chefin ist, aber auch das interessiert mich eigentlich nicht. Was mich dagegen sehr interessiert, ist, dass du dich ungefragt in meinen Fall und in mein Team einmischst. Du gehörst auf Arendts Wunsch zu uns – o. k. Du steckst deine Nase ungefragt überall rein und klebst an Nina wie eine Klette – schon nicht mehr so o. k. Dass du aber losziehst und mit meiner Partnerin ohne mein Wissen Täter vernimmst, das geht überhaupt nicht.»

«Wenn ich gewusst hätte …»

«Mund halten!», fahre ich ihn an, selbst darüber erstaunt, wie leicht mich dieser Kerl wütend macht.

«Gleich bin ich fertig, dann kannst du dich äußern.» Ich finde, das klingt schon wieder gemäßigt.

«Also gilt ab jetzt: keine Aktionen in Zusammenhang mit diesem Fall ohne mein Wissen und mein ausdrückliches Einverständnis. Kein Anbiedern mehr an Nina, zumindest nicht im Dienst. Was ihr nach Feierabend treibt, geht mich nichts an, aber im Dienst ist sie meine Partnerin, auf die ich mich verlassen können muss. Immer und zu jeder Zeit. Ist das klar?»

«Ja, ist klar.»

Ich schaue Hanke an, warte darauf, dass er mir in gewohnter Art und mit einem Lächeln auf den Lippen erklärt, dass das alles nicht so gemeint war und er ja nur lernen möchte. Doch das tut er nicht. Was es auch gewesen sein mag, das er vorhin noch so dringend loswerden wollte, es scheint sich erübrigt zu haben. Er wendet sich einfach ab, dreht sich zwar an der Tür noch einmal zu mir um, sieht mich aber nur mit einem nicht zu definierenden Blick an und verlässt dann den Raum. Ich werde aus diesem Menschen einfach nicht schlau.

Als ich ins Büro zurückkomme, winkt Nina mich ans Telefon: «Ah, da kommt er gerade. Moment, ich reiche weiter.»

Sie hält mir den Hörer entgegen, formt mit den Lippen tonlos den Namen *Isabell* und klimpert mit den Wimpern.

«Ja?» Ich klinge zu forsch, wie mir selbst auffällt. Deshalb füge ich gleich hinzu: «Hi, wie geht es dir?»

Ich höre sie lachen. «Das wollte ich dich auch gerade fragen. Also, du zuerst.»

«Ach, abgesehen davon, dass wir mit dem Fall nicht weiterkommen und es jede Menge *Meinungsverschiedenheiten* mit Kollegen über den Umgang miteinander gibt, geht es mir ganz gut.» Ich schaue zu Nina hinüber, die die Brauen hochzieht.

«Ich verstehe sehr gut, wie du dich fühlen musst.» Ihre Stimme klingt samtig weich und angenehm. «Ich würde dich gerne unterstützen, aber ich fürchte, wenn es um deinen Fall geht, sind meine Möglichkeiten recht beschränkt. Aber weißt du, ich bin sicher, es würde dir guttun, dich mal ein, zwei Stunden von der Arbeit ablenken zu lassen, glaubst du nicht? Und dabei könnte ich dir ganz sicher helfen.» Sie lacht. «Ich gebe zu, der Vorschlag ist nicht ganz uneigennützig. Ich würde dich wirklich sehr gerne heute Abend sehen.»

Im ersten Moment bin versucht, ihr unter irgendeinem Vorwand abzusagen, doch dann fällt mein Blick wieder auf Nina, die das Kinn in die Hand gestützt hat und mich unverfroren ansieht.

«Ich glaube, das ist wirklich eine gute Idee.» In diesem Moment meine ich das auch so. Ich weiß, dass Isabell es bestens versteht, mich abzulenken, sodass ich mich wirklich fallen lassen kann. Vielleicht ist es genau das, was ich brauche.

Wir verabreden uns für acht Uhr bei mir zu Hause.

Als ich aufgelegt habe, grinst Nina mich breit an, was meine Laune ihr gegenüber nicht eben verbessert.

«Na, Kuscheln für angehende Eltern heute Abend? Bäuchlein streicheln? Wer weiß, vielleicht bewegt sich ja sogar schon was.»

«Ich schlage vor, dass du dich jetzt bewegst. Ich möchte in einer halben Stunde den Bericht über eure Vernehmung heute Morgen auf dem Tisch liegen haben.»

Das Grinsen verschwindet aus ihrem Gesicht und macht Platz für echte Überraschung. «Jetzt mach mal langsam. Du bekommst deinen Bericht ja, auch wenn ich nicht weiß, was das jetzt soll.»

«Ich kann dich gerne aufklären. Da ich der leitende Ermittler in diesem Fall bin, bestehe ich darauf, über alle Fakten informiert zu sein. Vor allem dann, wenn zwei Kollegen eigenmächtige Vernehmungen durchführen und einer von beiden meine Partnerin ist, die solche Aktionen ohne mein Wissen und ohne mein Beisein durchzieht. Also los. Eine halbe Stunde.»

Nina schüttelt ungläubig den Kopf. «Das gibt's doch nicht. Du bist eifersüchtig, stimmt's? Es passt dir nicht, dass Philipp so ein lockerer Typ ist, der die Dinge einfach in die Hand nimmt. Hab ich recht?»

Ich überlege einen Moment, wie ich darauf reagieren soll, und entschließe mich, ihr genau das zu sagen, was ich denke.

«Nina, ich habe ein ungutes Gefühl, was Philipp Hanke betrifft. Ich kann dir noch nicht erklären, warum das so ist und woher es kommt, aber irgendwas stimmt mit dem Kerl nicht. Sei vorsichtig. Wenn sich herausstellen sollte, dass ich mich täusche, werde ich mich bei ihm und bei dir entschuldigen, aber mein Instinkt sagt mir, dass es dazu nicht kommen wird.»

Nach einer Weile nickt sie. «O.k. Ich denke zwar, du irrst dich, aber ich passe auf.» Sie zögert kurz, dann nimmt sie ein Post-it, kritzelt etwas darauf, faltet es mehrmals zusammen und drückt es mir in die Hand. «Nicht jetzt lesen», sagt sie. «Ich sage dir, wann der richtige Zeitpunkt ist, okay?»

Als ob ich jetzt Lust auf alberne Spielchen hätte. «Was soll der Quatsch?»

«Tu mir einfach den Gefallen.»

«Meinetwegen», sage ich und stecke den Zettel in mein Portemonnaie. «Zufrieden? Dann schlage ich vor, du erzählst mir jetzt endlich von eurem Verhör und schreibst dann deinen Bericht.»

Sie schildert mir den Vormittag in groben Zügen. Mit einer gewissen Genugtuung höre ich, dass Hanke sich bei Rossingers Verhör reichlich ungeschickt angestellt hat. Als sie gerade von Bremers Ausraster als Folge ihrer bewussten Provokation berichtet, unterbricht uns das Läuten des Telefons.

Ich nehme das Gespräch an und höre vom Pförtner, dass ein völlig aufgelöster Mann bei ihm stehe, der unbedingt jemanden sprechen wolle. Weil man sich doch melden soll, wenn man sich dazu provoziert fühlt, jemandem etwas anzutun.

«Lassen Sie ihn rein, er soll im Foyer warten. Es kommt gleich jemand, der ihn abholt, danke.»

Ich ignoriere Ninas fragenden Blick, wähle Marcs Nummer und schicke ihn nach unten. Zu Nina sage ich: «Da möchte uns jemand dringend wegen unseres Aufrufs an die Bevölkerung sprechen. Der Pförtner sagt, er steht vollkommen neben sich.»

«Hoffentlich nicht noch ein Spinner, der sich wichtigmachen möchte.»

«Warten wir's ab», antworte ich knapp.

Als Marc den Besucher wenige Minuten später in das leere Büro führt, das wir als Besprechungsraum nutzen, stelle ich fest, dass der

Pförtner nicht übertrieben hat. Der Mann sieht blass aus, seine Bewegungen sind fahrig, Strähnen seiner mittellangen, blonden Haare kleben ihm in der Stirn.

«Sie müssen mir helfen», sagt er hastig und ohne Begrüßung. «Ich hätte gerade fast einen Menschen umgebracht. Ich bin völlig fertig.»

«Nun atmen Sie erst mal durch», versuche ich, ihn zu beruhigen. «Ich schlage vor, wir stellen uns erst einmal vor. Mein Name ist Buchholz, das ist meine Kollegin Salomon. Dürfen wir auch Ihren Namen erfahren?»

«Franzen», sagt er, lässt sich auf den am nächsten stehenden Stuhl fallen und wischt sich mit dem Handrücken über die glänzende Stirn. «Peter Franzen.»

«O.k., Herr Franzen. Nun erzählen Sie mal, ganz langsam und von vorne. Mein Kollege besorgt Ihnen in der Zwischenzeit ein Glas Wasser.» Ich schaue zu Marc hinüber, der mir zunickt und den Raum verlässt.

«Das geht schon seit Wochen so. Ich habe mich überhaupt nicht mehr im Griff, ich werde immer aggressiver, raste bei jeder Kleinigkeit sofort vollkommen aus.»

«Hatten Sie so eine Phase vorher schon mal?», meldet Nina sich zu Wort.

«Nein. Na ja, ich habe ein ziemliches Temperament, wenn Sie verstehen, was ich meine. Also ... wenn meine Frau und ich uns streiten, sagt sie immer, ich sei ein Choleriker, aber das ist übertrieben, meiner Meinung nach. Okay, ich kann schon ziemlich wütend werden, aber so wie in letzter Zeit ...»

«Sie sagten, Sie hätten heute fast einen Menschen getötet. Was genau ist da passiert?»

Marc kommt zurück und stellt einen Becher Wasser vor Franzen ab, den der dankbar in einem Zug leert.

«Der Mann stand vor mir an der Bushaltestelle, und ich habe sofort gewusst, dass er es ist. Er stalkt mich seit … ach ich weiß nicht, seit zwei Monaten oder so, und mischt sich in mein Leben ein. Er versucht, es kaputt zu machen, verstehen Sie? Aber heute hat er mich nicht gesehen, obwohl ich direkt hinter ihm gestanden habe, er hat nicht aufgepasst, der Vollidiot.» In Franzens Augen steht blanker Hass. So wie er jetzt vor mir sitzt, traue ich ihm eine Gewalttat absolut zu. «Er macht sich noch nicht einmal die Mühe, sein Gesicht zu verstecken, wenn er im Netz über mich herzieht. Aber ich habe mir sein Profilfoto so oft angesehen, ich kenne jeden Zentimeter dieser hässlichen Fresse. Und vorhin hatte ich sie einen halben Meter neben mir, und ich hätte fast …»

«Haben Sie zu dem Gesicht auch einen Namen?», wirft Nina ein.

Franzen sieht sie beinahe mitleidig an. «Er nennt sich Tom Ate. Feige Sau. Bis heute war ich auch nicht sicher, ob das Foto echt ist, aber das hat sich jetzt ja geklärt.»

«Noch einmal der Reihe nach», unterbreche ich Franzen. «Der Mann stalkt und diffamiert Sie – im Internet, nehme ich an?»

«Ach, wo immer es nur geht. Aber ja, vor allem in zwei Foren, in denen ich viel schreibe, hat er elende Lügen über mich verbreitet. In einem Forum habe ich daruntergeschrieben, er soll mir seine dreckigen Geschichten mal ins Gesicht sagen, wenn er sich traut.»

«Können Sie uns das Forum zeigen? Die Beiträge? Und vor allem das Profilbild?»

Franzen druckst herum. «Das ist ziemlich privat.»

«Keine Sorge.» Manchmal kann Nina richtig einfühlsam klingen. «Wir sind so froh, dass Sie gekommen sind, und wir stehen wirklich auf Ihrer Seite. Wenn es in dem Forum um … sagen wir mal, speziellere Neigungen geht, wird uns das nicht erschüttern.»

Er ziert sich noch ein paar Minuten, dann setzt er sich vor den Rechner, den wir ihm angeschaltet haben. Das Forum, das er öffnet, hat den schönen Namen *Dein Problem ist mein Problem,* und damit ist das Programm auch schon erklärt. Die User schildern ihre Probleme und spenden einander gegenseitig Trost.

«So, einen Moment, ich kann Ihnen das gleich zeigen.» Franzen klickt ein paarmal mit der Maus, dann blinzelt er irritiert. Lehnt sich zurück, das Gesicht wie versteinert. Im nächsten Moment fegt er einen Stapel Papier vom Tisch, inklusive einer Heftmaschine, die quer über den Boden in Richtung Tür schlittert. «Dieses Arschloch!», brüllt er.

Ich bin mit zwei großen Schritten bei ihm, da hat er schon die Hände vors Gesicht gelegt. Ein Blick auf den Monitor, und ich weiß, warum. Ein Beitrag von Tom Ate ist geöffnet, doch da ist kein Profilbild, mit dem wir etwas anfangen können. Er muss es in den letzten Stunden geändert haben. Auf das Foto einer Tomate.

Seit Franzens Ausbruch kann ich mir gut vorstellen, wie wenig dazu gefehlt hat, dass er den Mann vor den Bus gestoßen hätte. Nur, dass er sich beherrschen konnte, im Gegensatz zu Bremer, Wegscheidt und Rossinger. Entweder, der Strippenzieher hat sich in dem Mann verschätzt, was ich eher nicht glaube, oder er ist noch nicht ganz mit ihm fertig. So oder so sollte sich mal jemand anderes mit ihm unterhalten. «Weiß jemand von euch, ob Dr. Peterson im Haus ist?», frage ich Nina und Marc.

«Ich glaube nicht», antwortet Nina. «Aber wir haben seine Nummer. Er sagte, wir können ihn jederzeit anrufen.»

«O.k., dann tu das sofort. Sag ihm, wir brauchen ihn hier.»

Ich ignoriere Ninas vernichtenden Blick angesichts meines Kommandotons und warte, bis sie den Raum verlassen hat, dann wende mich wieder Franzen zu. «Gleich wird jemand zu Ihnen kommen, der sich mit Gemütsverfassungen, wie Sie sie uns beschrieben haben, gut auskennt. Bis er hier ist, können Sie meinem Kollegen hier noch ein bisschen von diesem Kerl erzählen, der Ihnen seit Wochen nachstellt. Und uns zeigen, was er in dem Forum über Sie geschrieben hat.»

Ich nicke Marc zu. «Übernimmst du? Und schreib alles mit, was wichtig sein könnte.»

Auf dem Flur kommt mir Hanke entgegen, stellt sich mir den Weg und sagt: «Da wäre noch was.»

Fängt er schon wieder an? Langsam habe ich die Nase wirklich voll von ihm. Ich stemme die Hände in die Hüften. «Was?»

Zu meiner Verblüffung streckt er mir die Hand entgegen. «Ich möchte mich bei dir entschuldigen. Du hast recht, das war eine bescheuerte Aktion heute Morgen. Und nein, ich möchte mich auf keinen Fall zwischen Nina und dich drängen. Sie ist deine Partnerin und wird das auch bleiben. Also bitte … tut mir echt leid.»

Ich schüttele seine Hand und frage mich, wie ich seine Entschuldigung einschätzen soll. Mir ist sie zu schleimig und damit unglaubwürdig.

Den Rest des Tages gehe ich Nina aus dem Weg, wo es nur möglich ist. Wenn wir uns unterhalten müssen, tun wir das auf sachliche und fast schon unpersönliche Art. Irgendwann sagt sie «Ich mach Feierabend» und ist im nächsten Moment verschwunden.

Isabell klingelt exakt zum vereinbarten Zeitpunkt an meiner Tür. Entweder ist sie wirklich auf die Minute angekommen, oder sie hat vor der Tür gewartet, bis es genau acht Uhr war.

Sie hat eine Flasche Wein mitgebracht, erneut einen guten, der genau meinem Geschmack entspricht.

Nachdem ich die Flasche geöffnet und Gläser aus dem Schrank geholt habe, setze ich mich zu ihr auf die Couch. Sie sieht wieder toll aus an diesem Abend, und ihr Lächeln ist bezaubernd, als wir uns zuprosten.

«Worauf möchtest du trinken?», frage ich.

Sie überlegt nur einen kleinen Moment. «Auf einen schönen Abend, an dem wir weder über Schwangerschaft noch über deinen Fall reden. Auf einen wunderschönen Abend, an den wir anschließend gerne zurückdenken. O. k.?»

«Ja, o. k.», sage ich und überlege, dass sich das gerade ein bisschen nach Abschied angehört hat.

Wir schaffen es tatsächlich, uns über Gott und die Welt zu unterhalten und dabei die genannten Themen auszuklammern. Isabell trinkt langsam, schenkt mir aber immer wieder nach. Ich kann spüren, wie schön sie es findet, mich zu sehen. Eine knappe Stunde dauert es, bis wir uns küssen. Nur fünf Minuten später kommt der Anruf.

Bremer hat in seiner Zelle Selbstmord begangen.

17

Daniels Angeberauto wartet schon vor der Tür, als ich am nächsten Morgen aus dem Haus trete, aber mir ist überhaupt nicht danach zumute, ihn damit aufzuziehen.

Ich glaube nicht, dass ich vergangene Nacht geschlafen habe, stattdessen habe ich versucht, mein Gespräch mit Bremer Wort für Wort zu rekonstruieren.

Ich habe meine Zweifel daran, dass der Druck, unter dem Sie standen, so unerträglich war. Und dann noch mein Hinweis auf Hilbrecht, der trotz Berufsstress keine Patienten killen musste. Waren es meine Bemerkungen gewesen, die das Fass zum Überlaufen gebracht haben?

Daniel begrüßt mich knapp, als ich einsteige, danach sagt er nichts mehr, konzentriert sich nur auf den Verkehr. Das macht es nicht besser, sein Schweigen ist ein einziger stummer Vorwurf.

«Los», fordere ich ihn auf, als ich es nicht mehr aushalte. «Sag schon was. Sag, dass ich schuld bin. Ich sehe dir doch an, dass du das denkst.»

Daniels Blick bleibt stur nach vorne gerichtet. «Wie soll ich das beurteilen? Ich war nicht dabei. Und es wäre sowieso jeder Rückschluss vorschnell, bevor wir nicht mit den Beamten in der Anstalt gesprochen haben.»

Ich versinke noch tiefer in meinem Sitz. Daniels Stimme ist kälter, als ich das gewohnt bin. Liegt es daran, dass er mich doch für mitverantwortlich an Bremers Tod hält? Oder ist er immer noch sauer darüber, dass ich mit Philipp zusammengearbeitet habe?

Normalerweise würde ich ihn fragen, aber heute kann ich mich nicht dazu überwinden.

In der JVA werden wir ins Büro des Direktors gebeten. «Das hätte nicht passieren dürfen», erklärt der uns ohne Umschweife. «Wir treffen eigentlich alle erdenklichen Vorkehrungen, damit die Häftlinge keinen Suizid begehen können, aber Dr. Bremer hat leider trotzdem einen Weg gefunden.»

Sicher erhängt, denke ich. Irgendein Kleidungsstück zerrissen und sich daraus eine Schlinge geknüpft.

«Wie hat er es getan?», fragt Daniel.

Der Direktor blickt auf seine auf dem Tisch gefalteten Hände. «Er hat sich einen Kugelschreiber beschafft, woher, wissen wir noch nicht genau. Er hat die Metallspange abmontiert und sich damit die Halsschlagader geöffnet.»

Ach verdammt. Und als Gefäßchirurg wusste er natürlich genau, wo und wie man das am besten macht.

«Sie können sich vorstellen, wie es in seiner Zelle aussah. Wir hatten keine Chance mehr, ihn zu retten, er muss innerhalb von Minuten tot gewesen sein.»

Ich schlucke trocken und hoffe, meine Frage stellen zu können, ohne dass meine Stimme heiser klingt. Doch Daniel kommt mir zuvor.

«Gab es Vorzeichen, die man hätte erkennen können? Einen plötzlichen Stimmungsumschwung? Hat Bremer einen Abschiedsbrief hinterlassen?»

«Kein Abschiedsbrief.» Der Direktor schüttelt den Kopf. «Aber – es gab eine Begegnung, die ihn wohl aus dem Gleichgewicht gebracht hat. Ich gebe zu, wir hätten aufmerksamer sein müssen.»

So. Jetzt kommt es. Ein paar Worte noch, und Bremers Tod wird für ewig auf meinem Gewissen lasten.

«Seine Frau war gestern noch hier und hat ihn besucht. Unter Aufsicht natürlich, aber die beiden Beamten haben im Anschluss nichts Ungewöhnliches an Bremers Verhalten bemerkt, deshalb wurden keine Maßnahmen in die Wege geleitet.»

Ich war nicht die Letzte, die den Chirurgen besucht hat. Vielleicht war ich da auch nicht ausschlaggebend, eigentlich logisch, ich habe ja gar keine Rolle in seinem Leben gespielt. Ganz anders als *der Mensch, der ihn am besten kannte.* Es ist, als würde sich etwas in mir lösen.

«Worüber hat er mit seiner Frau gesprochen?», melde ich mich erstmals zu Wort, und es ist mir egal, dass Daniel die Erleichterung in meiner Stimme vermutlich hören kann.

«Sie hat ihm erklärt, dass das ihr letzter Besuch bei ihm ist. Dass sie ihn verlassen wird.»

Tatsächlich überwiegt jetzt mein Mitleid für Bremer die Erleichterung, die ich in Anbetracht dieser Eröffnung empfinden müsste. Möglicherweise zu Unrecht – ich habe schließlich ganz offen die Tragfähigkeit seiner persönlichen Beziehungen angezweifelt. Und peng, kurz darauf bestätigt seine Frau, was ich so locker behauptet habe.

«Die Beamten, die dabei gewesen sind, haben aber beide erklärt, dass Bremer nicht zusammengebrochen ist», fährt der Direktor fort. «Er soll ihr gesagt haben, dass es so wahrscheinlich am besten ist, dass er ihre Entscheidung gut verstehen kann und ihr viel Glück wünscht.»

Kein Ausbruch also. Den hatte er ja vorher schon, mir und Philipp gegenüber.

«Wollen Sie ihn sehen?», fragt der Direktor. «Er wird jetzt erst in die Rechtsmedizin gebracht.»

Daniel schüttelt den Kopf. «Das ist nicht nötig, denke ich.»

Auf dem Weg nach draußen habe ich Mühe, mit Daniel Schritt zu halten. «Ich weiß nicht, wie es dir geht, aber ich möchte mit der Witwe sprechen. Bremer war der erste Täter der Serie, vielleicht ist seine Frau das Bindeglied», sage ich.

Daniel lächelt und seufzt. «Hältst du das wirklich für wahrscheinlich?» Er wirft mir einen kurzen Blick zu. «Oder möchtest du vor allem sehen, wer von euch beiden eher geeignet ist, jemanden in den Selbstmord zu treiben?» Mein Gesicht muss Bände sprechen, denn er blickt sofort betreten zu Boden. «Tut mir leid, das war geschmacklos.»

Es ist eine dieser weißen Villen in Eppendorf, vor der wir haltmachen. Bremer, steht in geschwungener Schrift auf dem Messingschild über der Klingel am schmiedeeisernen Zaun. Wir haben uns telefonisch angemeldet, der Türöffner wird sofort betätigt.

Der Eindruck, den die Frau erweckt, die uns in der marmorverkleideten Diele erwartet, ähnelt dem des Hauses: schneeweiß. Der Hosenanzug, die Schuhe, die Perlen. Das Haar ist platinblond gefärbt, all das kontrastiert stark mit Frau Bremers gebräunter Haut. Daniel in seinem Anzug lächelt sie zu, mich mustert sie, als überlege sie, den Kammerjäger zu rufen.

«Unser Beileid zum Tod Ihres Mannes», eröffnet Daniel das Gespräch. Statt einer Antwort geleitet Nora Bremer uns in die schneeweiße Halle, die ihr Wohnzimmer ist. Einige wenige beige Sofakissen bilden die einzigen Farbtupfer – wenn man das so nennen kann.

«Dürfen wir Ihnen ein paar Fragen stellen?» Daniel wirkt entspannt, so viel makellose Sauberkeit muss ihm ein inneres Volksfest sein.

«Selbstverständlich.»

«Sie haben sich gestern von Ihrem Mann getrennt?»

In Nora Bremers Gesicht zuckt kein Muskel. Kaltschnäuzigkeit oder Botox oder beides. «Das ist richtig. Was er getan hat, ist unverzeihlich, das sehen Sie doch sicherlich auch so. Er hat diesem armen Mann das Leben genommen und gleichzeitig meines und das meiner Kinder zerstört. Ich bin sogar schon bedroht worden, aber das ist nicht das Schlimmste. Wenn Sie wüssten, was Luise und Gustav in der Schule durchmachen müssen.» Sie streicht eine nicht existente Falte in ihrer Hose glatt. «Niemand sagt es mir ins Gesicht, aber sie sind dort nicht mehr gerne gesehen. Wer so viel Schulgeld zahlt, möchte das eigene Kind nicht mit den Kindern eines Mörders in der gleichen Klasse wissen.»

Ich merke, dass mir gleich etwas Unangebrachtes über die Lippen kommt. Was Nora Bremer ihrem toten Mann in erster Linie übel nimmt, ist der Prestigeverlust, den seine Tat nach sich zieht. Wahrscheinlich haben auch die sogenannten Freundinnen aus dem Golfclub plötzlich keine Zeit mehr.

«Wie hat Ihr Mann reagiert, als Sie ihm Ihren Entschluss mitgeteilt haben?»

Beinahe hätte sie die Schultern gezuckt, doch sie bremst sich. «Er hatte damit gerechnet. Hat mir bestätigt, dass ich die richtige Entscheidung treffe. Wenn Sie also glauben, ich hätte absehen können, was er in der darauffolgenden Nacht tun wird, irren Sie sich.» Kein Bedauern in der Stimme, nur Eis. Ich warte nicht mehr ab, bis Daniel seine nächste höfliche Frage formuliert, sondern beuge mich zu der frischgebackenen Witwe vor.

«Sagen Sie, kennen Sie zufällig einen gewissen Udo Rossinger? Oder jemanden namens Erwin Wegscheidt?»

Sie denkt tatsächlich nach, oder wenigstens tut sie so. «Nicht, dass ich wüsste. Aber mein ... mein Mann hatte so viele Patienten, gut möglich, dass die beiden Herren darunter waren. Und auch unser Freundes- und Bekanntenkreis ist sehr groß. Oder vielleicht sollte ich besser sagen, er war es.» Sie lacht bitter auf, und mein Mitleid mit dem toten Bremer wächst ein weiteres Stück. Möglicherweise zu Unrecht, möglicherweise hat er ihr jedes Mal mit Scheidung gedroht, wenn sie ein halbes Kilo zu viel hatte, aber das spielt jetzt keine Rolle mehr.

«War Ihr Mann ein Segler?», erkundigt sich Daniel. «Uns gegenüber hat er behauptet, er hätte für so etwas keine Zeit, aber ...»

«Er war gelegentlich segeln», unterbricht ihn Bremer, «aber er hatte kein eigenes Boot. Die Einladungen von Kollegen hat er allerdings gerne angenommen.»

Daniel und ich wechseln einen kurzen Blick, dann stehen wir beinahe gleichzeitig auf. «Das war es schon, Frau Bremer. Danke, dass Sie sich die Zeit genommen haben. An einem so ... schwierigen Tag wie heute.» Daniel schüttelt ihr die Hand. Genug Höflichkeit für uns beide, finde ich und gehe voraus zur Tür. Angewidert und beruhigt zugleich. Wer jahrelang mit der Schneekönigin persönlich verheiratet war, den treibt ein bisschen Provokation von Nina Salomon nicht in den Selbstmord.

Auf der Rückfahrt wirkt Daniel versöhnlicher, vermutlich hat er die gleichen Schlüsse gezogen wie ich. «Du weißt noch gar nicht, dass Philipp gestern bei mir war. Er hat mir erklärt, dass er nicht vorhat, unsere Partnerschaft zu sprengen.» Vor uns springt die Ampel auf Rot, und Daniel wendet sich zu mir. «Ich hoffe, das enttäuscht dich nicht.»

Ich bin versucht, ihn freundschaftlich, aber fest zu knuffen, ahne aber, dass er das nicht schätzen würde. «Nein, bin ich nicht. Absolut nicht. Für mich stand das nie zur Debatte.»

«Dann ist es ja gut.» Er klopft mit den Fingern gegen das Lenkrad. «Ich glaube nicht, dass wir in Nora Bremer das Bindeglied zwischen den Morden finden werden.»

«Nein, ich auch nicht. Aber wir sollten trotzdem noch eine Sache überprüfen.» Ich fische mein Handy hervor und rufe im Büro an. Pia geht ans Telefon.

«Hallo, Pia, kannst du mir einen Gefallen tun? Wir haben eben herausgefunden, dass Dr. Bremer doch gelegentlich segeln war, und es wäre gut zu wissen, ob er dabei theoretisch Kontakt mit Martin Rauch gehabt haben könnte. Oder sogar mit Olaf Richter. Das wäre …»

«Lass mich in Frieden», zischt Pia. «Ich mache die ganze Drecksarbeit, und du heimst die Lorbeeren ein, ja? Das könnte dir so passen. Denkst du, ich merke nicht, wie du mich immer mehr in die Ecke drängst? Aber damit ist jetzt Schluss, du bist nicht meine Vorgesetzte!» Sie knallt den Hörer auf.

Ich starre verblüfft auf mein Handy. «Wow.»

«Was ist los?», erkundigt sich Daniel. «War das Pia?»

«Ja. Ich schätze, sie hat zu viel Druck.» Das habe ich jetzt echt diplomatisch formuliert. «Und sie hat den Eindruck, ich mache ihr den, indem ich ihr die undankbaren Jobs aufhalse.»

«Quatsch», sagt Daniel entschieden. «Aber vielleicht ist es Zeit für eine Runde Supervision. Pia kann die gut gebrauchen und Christoph auch, habe ich den Eindruck.»

«Nimm Vogelbusch dazu, dann sind es drei», schlage ich vor.

«Kann aber sein, dass das bis nach der Klärung des Falls warten muss.» Daniel biegt auf den Parkplatz vor dem Präsidium ein. «Ich kann nicht mein halbes Team zum Psychologen schicken, solange wir nicht einen großen Schritt weitergekommen sind. Oder den Drahtzieher gefasst haben.»

Der Motor kommt zum Stillstand, ich schnalle mich ab. «Okay, wenn wir so lange warten, dann setz mich gleich mit auf die Liste.»

Im Büro angekommen, finde ich eine Notiz auf meinem Schreibtisch. Arendt will mich umgehend sprechen. Oha.

Sie ist gerade am Telefon, als ich an ihre Türe klopfe, winkt mich aber trotzdem herein.

«Frau Salomon», sagt sie, nachdem sie aufgelegt hat. «Ich habe den Bericht zu Ihrer Vernehmung von Paul Bremer gelesen, und ich komme nicht umhin, mich zu fragen, wie es um Ihre Menschenkenntnis bestellt ist. Wozu diese aggressive Vorgehensweise? Dass der Mann den Mord an Olaf Richter begangen hat, ist doch erwiesen.» Sie schüttelt missbilligend den Kopf. «Haben Sie nicht gesehen, in welcher Verfassung Bremer war?»

Ich versuche, locker stehen zu bleiben. Nicht die Arme vor der Brust zu verschränken. «Bremer war aufgebracht, das ist wahr, aber meine Fragen waren nicht der Grund für seinen Selbstmord. Seine Frau hat sich ein wenig später von ihm getrennt.»

Arendt blickt hoch. «Ah», sagt sie. «Ja, das dürfte wohl schwerer ins Gewicht gefallen sein. Trotzdem, Salomon.» Sie tippt mit dem Zeigefinger auf ein paar zusammengeheftete Computerausdrucke, die vor ihr liegen. «Hankes Bericht ist sehr sachlich, aber er schreibt, dass Bremer geweint hat, als die Vernehmung beendet war.»

«Sie wissen aber, dass das immer wieder vorkommt», verteidige ich mich nun doch. «Das schlechte Gewissen, die Aussicht auf eine lange Gefängnisstrafe, der Gesichtsverlust –»

«Ja, ich weiß.» Arendt verschränkt die Finger ineinander. «Aber ich weiß auch, dass gelegentlich die Pferde mit Ihnen durchgehen. Schalten Sie einen Gang zurück, Salomon. In Ihrem eigenen Interesse.»

18

Als Nina von Arendt zurückkommt, lege ich den Bericht zur Seite, den Hanke über die Vernehmung von Rossinger und Bremer geschrieben hat, und deute darauf.

«Eines muss man deinem Freund Philipp lassen: Er beschönigt nichts in seinen Berichten. Zumindest nicht, was deinen Part betrifft.»

Sie nickt und lässt sich auf ihren Stuhl fallen. «Ja, das habe ich gerade bei Arendt zu spüren bekommen. Sie hat den Bericht auch schon gelesen. Außerdem ist Philipp nicht mein Freund, sondern ein Kollege.» Nach einer Weile, in der sie mich auf ganz seltsame Art und Weise ansieht, fügt sie hinzu: «Wenn ich jemanden aus dem Kollegenkreis als Freund bezeichnen würde, dann am ehesten dich.»

Noch während ich versuche, mir meine Überraschung über diesen für Ninas Verhältnisse tiefgehenden Gefühlsausbruch nicht ansehen zu lassen, verzieht sie den Mund zu einem Grinsen. «Ich sagte: *wenn*!» Dann lächelt sie breit, und dieses Lächeln ist ansteckend.

«O.k., da dein ... unser Kollege Hanke in Bezug auf Rossinger also nicht sehr erfolgreich war, schlage ich vor, wir versuchen das noch mal als Team. Was hältst du davon?»

Statt darauf zu antworten, steht sie auf. «Eine gute Idee. Lass uns fahren.»

Rossingers Gesicht spricht Bände, als zwei Justizangestellte ihn zu uns in den Besucherraum bringen.

«Was wollen Sie denn schon wieder?», schnauzt er Nina an, als ihn die Männer auf den Stuhl uns gegenüber gedrückt haben. «Mich kriegen Sie nicht dazu, dass ich mir den Hals aufschneide. Können Sie vergessen.»

«Lassen Sie diese Anspielungen», sage ich bewusst scharf. «Wir sind hier, weil wir uns noch einmal mit Ihnen über das Motiv für den Mord an Frank Wacht unterhalten möchten.»

«Ach, jetzt geht das wieder los.» Rossinger lässt sich im Stuhl zurückfallen. «Ich wüsste ja mal zu gerne, was das soll.»

«Was das soll?», fahre ich ihn an. «Sie bringen kaltblütig einen Menschen um und zeigen keinerlei Reue. Wir versuchen zu verstehen, wie es dazu kommen konnte – was letztendlich in Ihrem eigenen Interesse sein müsste –, und Sie fragen sich, was das soll? Bei Ihnen läuft offensichtlich noch viel mehr schief, als ich es sowieso schon angenommen hatte.»

«Also, versuchen wir es noch einmal», sagt Nina, legt die Unterarme auf dem Tisch ab und verschränkt die Finger ineinander. «Was genau hat den Ausschlag zu Ihrem Entschluss gegeben, Frank Wacht zu töten?»

«Jetzt habe ich aber die Schnauze voll.» Auf Rossingers Wangen entstehen rote Flecken. «Wenn Sie sich mit mir unterhalten wollen, dann hören Sie jetzt mit diesem Frank-Wacht-Scheiß auf, verdammt.»

Ich schaue Nina an, in deren Blick ich das gleiche Unverständnis sehen kann, wie ich es selbst gerade empfinde.

«Was meinen Sie mit *Frank-Wacht-Scheiß*?», wende ich mich wieder an Rossinger, der den Kopf schüttelt und ein humorloses Lachen ausstößt.

«O.k., spielen wir Ihr Spielchen. Wie sollte ich denn Ihrer Meinung nach jetzt darauf reagieren? Soll ich fragen, wer dieser Frank Wacht ist? Also gut: Wer zum Henker ist Frank Wacht?»

«Ich denke, der Einzige, der hier gerade Spielchen spielt, sind Sie», sagt Nina kalt. «Aber bitte, wir können auch darauf eingehen. Frank Wacht ist der arme Kerl, den Sie an den Landungsbrücken vor den Augen Hunderter Zeugen mit einem Baseballschläger totgeprügelt haben. So, und jetzt sind Sie wieder dran.»

Ich weiß nicht, was in diesem Moment in dem Mann vor sich geht, aber ich bin mir sicher, die Überraschung, die ich auf seinem Gesicht sehe, ist nicht gespielt.

«Was reden Sie denn da für einen Unsinn?» Aus seiner Stimme ist jegliche Aggression gewichen. «Ich kenne keinen Frank Wacht. Der Mann, der mich dazu getrieben hat, ihm in einer Art Notwehr zuvorzukommen, bevor er meine Verlobte vergewaltigt oder ihr noch Schlimmeres antut, heißt nicht Frank Wacht. Er heißt Oliver Faber.»

Die Stille nach diesem Satz ist fast greifbar. Meine Gedanken überschlagen sich, während mein Verstand schon an der Antwort auf die Frage arbeitet, die sich in meinem Kopf formuliert: *Wie kann das sein?*

«Wie kommen Sie darauf?» Nina hat sich offenbar schneller wieder gefangen als ich.

«Pfff», macht Rossinger. «Weil ich seine dämliche Visage leider kenne.»

Nina zieht ein kleines Notizbuch aus der Tasche und klappt es auf. «Oliver Faber, sagten Sie?»

«Ja, klar. Jetzt tun Sie doch nicht so, als wüssten Sie das nicht.»

«Wir tun nicht so», kläre ich ihn auf und nicke den Justizbeamten zu. «Sie können Herrn Rossinger jetzt zurückbringen.»

«Was? Zurückbringen? Sie haben mir noch keine Fragen gestellt. Ich dachte, Sie wollten was über mein Motiv hören, das mir vielleicht helfen könnte. Jetzt fragen Sie gefälligst auch.» Die Männer haben ihn erreicht und sehen ihn auffordernd an. Rossinger steht widerwillig auf.

«Kommen Sie mir nicht noch mal mit irgendwelchen Versprechungen, die Sie dann doch nicht halten», ruft er uns noch zu, als sie schon an der Tür sind. «Darauf falle ich nicht noch mal rein.»

«Er hat den Falschen umgebracht», sage ich und starre dabei noch immer auf die Tür, durch die die drei den Raum verlassen haben.

«Ja, das ist an Zynismus nicht mehr zu überbieten. Nicht nur, dass er einen Menschen ermordet aus einem Grund, der gar keiner ist. Er erwischt dabei auch noch den Falschen.»

«Also dann …» Ich stehe auf. «Finden wir heraus, wie es um das eigentliche Ziel steht.»

Sobald wir das Auto erreicht haben, beginnt Nina zu telefonieren. Es dauert keine fünf Minuten, dann haben wir zwei Adressen und Telefonnummern, unter denen Männer mit dem Namen Oliver Faber eingetragen sind. Einer davon ist Ende zwanzig und Junggeselle, der andere siebenundsiebzig und verwitwet. Da Rossinger offenbar Frank Wacht mit ihm verwechselt hat, kommt also nur der jüngere Oliver Faber in Frage.

Ninas Anruf bei ihm ist jedoch erfolglos. Als das Tuten zum zwölften Mal aus dem Lautsprecher der Freisprechanlage tönt, beendet Nina die Verbindung. «Soll ich trotzdem mal den Älteren anrufen?»

«Nein, der scheidet aus. Wir fahren mal zu der Adresse. Finde du heraus, ob und wo dieser Faber arbeitet, und versuche es dort mal.»

Nina braucht drei Telefonate und sieben oder acht Minuten, dann hat sie den Arbeitgeber von Oliver Faber in der Leitung. Der Mann ist der Geschäftsstellenleiter einer Versicherungsagentur und heißt Martin Paulus.

«Oliver Faber? Tut mir leid, aber der ist seit drei Tagen nicht mehr hier aufgetaucht. Ich wüsste selbst mal gerne, wo er ist.»

«Verstehe ich das richtig?», hakt Nina nach. «Ihr Mitarbeiter kommt, ohne Sie zu informieren, seit drei Tagen nicht zur Arbeit, und Sie fragen sich, wo er bleibt, anstatt nachzuforschen, was da los ist?»

«Moment, so ist das nicht. Oliver arbeitet zwar hier in meiner Geschäftsstelle, aber er ist nicht mein Angestellter. Er ist selbständiger Versicherungskaufmann und muss mir keine Rechenschaft ablegen. Vielleicht ist er ein paar Tage im Außendienst und hat nur vergessen, mir Bescheid zu sagen? Wer weiß?»

«Also gut. Danke für die Auskunft.» Nina beendet das Gespräch und steckt das Telefon ein. «Ist es nicht immer wieder herzerfrischend, wie sehr sich die Menschen um ihre Mitmenschen sorgen? So ein ignoranter Sack.»

«Na ja», versuche ich, sie etwas zu bremsen. «Wenn das öfter vorkommt …»

«Dann rufe ich trotzdem nach drei Tagen mal an und höre, ob alles o. k. ist. Schließlich gibt es Handys.»

Aus den Augenwinkeln bemerke ich, dass sie zu mir herüberschaut. «Sein Handy. Mist.»

Sie zieht ihr Telefon erneut hervor.

«Ja, Salomon noch mal», unterbricht sie Paulus, als der nach dem Abheben damit beginnt, neben seinem Namen auch den seiner Geschäftsstelle und alle seine Tätigkeitsbereiche aufzusagen. «Ich brauche bitte mal die Handynummer von Herrn Faber.»

«Hm …», macht Paulus. «Kleinen Moment.» Der Moment dauert etwa zwanzig Sekunden, dann sagt Paulus die Nummer durch. Nina bedankt sich, legt auf und versucht direkt im Anschluss, Faber auf dem Handy zu erreichen. Schon nach dem ersten Klingeln schaltet sich die Voice-Mailbox ein. Ein Zeichen dafür, dass das Gerät nicht am Netz ist. «Entweder hat er das Ding ausgeschaltet …», beginne ich.

«Oder es war irgendwann der Akku leer», führt Nina den Satz fort.

«Genau. Ich habe gerade ein ganz dummes Gefühl.» Ich werfe einen Blick auf das Navi. «Wir sind in ein paar Minuten an seiner Wohnung. Wenn er nicht öffnet, gehen wir da rein.»

Fabers Wohnung liegt im Souterrain eines verklinkerten Mehrfamilienhauses in Hamburg-Nord. Als sich auf mein Klingeln hin nichts tut, hämmert Nina mehrmals mit den Fäusten gegen die Tür und ruft laut Fabers Namen. Auch das führt zu keinem Erfolg.

Schließlich steigen wir die Treppe zum Erdgeschoss hoch und klingeln dort an der Wohnungstür. Der Name auf dem Klingelschild lautet Dagowski.

Eine Frau um die sechzig in bunter Kittelschürze öffnet und beäugt uns misstrauisch. «Guten Tag, mein Name ist Buchholz, das ist meine Kollegin Salomon. Wir sind von der Hamburger Kriminalpolizei und würden gerne mit Herrn Faber sprechen. Unten öffnet niemand, und an seinem Arbeitsplatz hat man ihn auch schon seit drei Tagen nicht mehr gesehen. Wissen Sie vielleicht, wo er sein könnte?»

Das Gesicht der Frau hellt sich auf. Ob das daran liegt, dass wir von der Polizei sind oder weil wir sie befragen, kann ich nicht einschätzen.

«Nein, das weiß ich nicht, aber mir geht es genauso wie seinen Arbeitskollegen. Ich habe Oliver auch schon ein paar Tage nicht mehr gesehen. Das ist sehr ungewöhnlich. Oliver ist ein sehr freundlicher junger Mann, müssen Sie wissen. Wir begegnen uns täglich mindestens ein- oder zweimal, und er grüßt nicht einfach so, sondern nimmt sich immer die Zeit für ein kurzes Gespräch. Auch wenn etwas in seiner Wohnung gemacht werden muss – mein Mann ist der Hausmeister hier, müssen Sie wissen –, ist er immer sehr freundlich. Wirklich ein sehr netter Mensch, der Herr Faber. Auch wenn er …»

«Das heißt, Ihr Mann hat einen Schlüssel zu der Wohnung unten?», unterbricht Nina den Redeschwall der Frau.

«Ja, aber selbstverständlich. Den muss er haben, als Hausmeister.»

«Das ist gut. Wir müssen in die Wohnung, um nachzusehen, ob dort alles in Ordnung ist. Ist Ihr Mann da?»

«Nein, er hat was in der Stadt zu erledigen. Aber das macht nichts. Ich weiß, wo die Schlüssel sind, und kann mit Ihnen gehen. Ich bin sozusagen seine Stellvertreterin, wenn Herbert nicht da ist.»

Sie verschwindet kurz im Inneren ihrer Wohnung und taucht eine Minute später mit einem Schlüssel in der Hand wieder auf. «So, hier ist er. Allerdings kann ich Sie nicht alleine da reingehen lassen. Ich muss schon dabei sein.»

Interpretiere ich die Vorfreude darauf, die Nase in eine fremde Wohnung stecken zu können, in ihren Gesichtsausdruck hinein, oder ist sie wirklich da?

Die Frau geht vor uns die Treppe hinunter und klingelt mehrmals an Fabers Wohnungstür, bevor sie schließlich den Schlüssel ins Schloss steckt und die Tür öffnet.

«Moment», sage ich und schiebe mich an ihr vorbei. «Ich gehe vor.»

Nach wenigen Schritten bestätigt sich meine Ahnung. Oliver Faber liegt in seinem kleinen Wohnzimmer mit dem Gesicht nach unten in einer schon eingetrockneten, großen Blutlache. Unmengen von Fliegen umschwirren seine Leiche und hocken in glänzenden Klumpen in der großen Wunde an seinem Hinterkopf. Der Geruch, der von der Leiche ausgeht, ist bestialisch.

«Nein, bitte», sagt hinter mir Nina. «Sie müssen die Wohnung bitte sofort verlassen, kommen Sie.» Ich höre, dass die Frau protestiert, dann aber doch tut, was Nina gesagt hat.

«Da hat wohl jemand anderes an Rossingers Stelle den Richtigen erwischt», sagt sie trocken, als sie zurück ist, zieht ein Taschentuch aus ihrer Hosentasche und hält es sich vor Mund und Nase.

«Ja, sofern man vom *Richtigen* sprechen kann. Rufst du an?»

Nina nickt und verlässt zum Telefonieren den Raum.

Ich schaue mich im Zimmer um, das mit einer kleinen Couch, einem Tisch, einem Sessel sowie einem Schrank mit Fernseher darin und einem schmalen Bücherregal recht ausgefüllt ist. In einem Regalfach stehen drei gerahmte Fotos. Ich mache einen Bogen um die Blutlache und sehe mir den mittleren Bilderrahmen an. Beim Anblick des jungen Mannes auf dem Foto wird mir einiges klar.

«Erledigt», sagt Nina neben mir. «SpuSi und Rechtsmedizin sind informiert. Arendt ebenfalls. Wie sieht's hier aus? Irgendwas gefunden?»

Ich zeige auf das Foto. «Ja. Schau mal hier, dann weißt du, warum Rossinger Frank Wacht und Oliver Faber verwechseln konnte.»

19

Daniel ist in der Wohnung geblieben, gemeinsam mit der Spurensicherung und dem Rechtsmediziner, die vor knapp zehn Minuten eingetroffen sind. Ich habe mich entschuldigt und bin in den winzigen Park geflohen, der ein paar Schritte die Straße runter liegt. Dort sitze ich auf einer zerkratzten und beschmierten Bank und versuche, Bilanz zu ziehen.

Paul Bremer tötet Olaf Richter, vor den Augen eines ganzen Operationsteams und vor laufender Kamera.

Erwin Wegscheidt metzelt Martin Rauch in dessen Wohnung nieder, ohne sich darum zu scheren, dass er dabei zahllose Spuren hinterlässt. Immerhin macht er sich die Mühe, im Anschluss an seine Tat abzuhauen. Nicht viel später tobt noch jemand vor Rauchs Wohnung herum: Dietmar Kohlmann, der unverrichteter Dinge wieder abziehen kann, weil das Objekt seines Hasses schon tot ist.

Udo Rossinger erschlägt Frank Wacht an den Landungsbrücken, vor Hunderten Menschen. Er hat aber gar nicht ihn gemeint, stellt sich heraus, sondern wollte Oliver Faber töten, der in diesem Moment mit eingeschlagenem Schädel in seinem Wohnzimmer liegt und Wacht so ähnlich sieht, als wären sie Brüder. Wer das getan hat, werden wir sicher auch bald wissen.

Ich ziehe die Knie hoch zur Brust und schlinge die Arme darum. Keiner der Täter kannte sein Opfer von Angesicht zu Angesicht. Keiner der Täter kannte einen der anderen Täter. Von den Opfern kannten sich immerhin Richter und Rauch, wenn auch nur flüchtig. Aber es muss jemanden geben, der sie alle kennt. Die Opfer, die er tot sehen möchte. Und die Täter, bei denen er genau weiß, wie er sie anpacken muss, um sie zur Weißglut zu bringen.

Wobei Weißglut und Blutrausch immer noch zwei verschiedene Dinge sind. Ich denke an das Forum, in dem Peter Franzen sich über seine Probleme austauscht – soweit ich es auf den ersten Blick sehen konnte, sind das hauptsächlich Probleme psychischer Natur. Menschen mit Depressionen, Angststörungen, Borderline-Syndrom und ähnlichen Krankheitsbildern haben sich einen virtuellen Treffpunkt geschaffen.

Wir sollten uns dort genauer umsehen. Außerdem nachforschen, wie viele unserer Täter bereits in Therapie waren. Und bei wem.

Nach einer Viertelstunde habe ich ausreichend Luft geschnappt und einen deutlich klareren Kopf als vorher. Ich gehe zurück zu Fabers Wohnung, wo die Arbeiten noch in vollem Gange sind. Daniel steht auf dem Flur und spricht mit der Nachbarin, deren Name mir wieder entfallen ist. Sie weint und schüttelt immer wieder den Kopf.

Hier werde ich nicht gebraucht, also werde ich mit den Spurensicherern reden, die bisher noch keine Tatwaffe sicherstellen konnten. «Die hat der Täter wohl mitgenommen», erklärt mir einer der beiden. «Er muss etwas sehr Schweres benutzt haben, denn laut Dr. Diewald hat nur ein einziger Schlag den Schädel zertrümmert.»

Der Doktor, der noch neben der Leiche kniet und bisher nichts gesagt hat, dreht kurz den Kopf zu mir. «Kein Baseballschläger diesmal, aber eventuell ein Vorschlaghammer, jedenfalls etwas mit Kanten.»

Der Gedanke, wie unpraktisch und auffällig es ist, einen Vorschlaghammer mit sich zu führen, spielt bei diesem Fall keine Rolle, stelle ich für mich fest. Der Täter wird etwas genommen haben, das er zu Hause hatte und ihm geeignet erschien ist. Punkt. Keine Planung, kein zweites Mal überlegen.

«Wie lange ist Faber schon tot?», frage ich. «Ungefähr?»

Wie erwartet seufzt der Rechtsmediziner. Genau wissen sie es nie, und sie hassen es zu schätzen. «Zwischen drei und vier Tagen. Werden Sie bei der Leichenöffnung dabei sein?»

«Nicht, wenn ich nicht muss.» Ich wende mich ab und nehme den Rest der Wohnung genauer unter die Lupe. Nur eine Zahnbürste im Badezimmer. Keine Frauenkleidung im Schrank, keine Kondome in der Nachttischschublade. Alles deutet darauf hin, dass Faber Single war. Dafür sieht es hier allerdings ziemlich ordentlich aus.

«Ich möchte noch einmal zu Rossinger fahren», eröffne ich Daniel, als er mit der Hausmeistersfrau fertig ist. «Er wird ausflippen, wenn er uns schon wieder sieht, aber das ist vielleicht gar nicht so schlecht. Dann …»

«Du willst wieder jemanden aus der Reserve locken?», fällt Daniel mir ins Wort. «War dir Bremer nicht genug?»

Ich schnappe nach Luft, bin versucht, ihm zu sagen, wie unfair das von ihm ist. Aber ich schätze, damit würde ich heute auf Granit beißen.

«Ich will ihm erzählen, dass Faber tot ist. Außerdem möchte ich wissen, ob er vielleicht auch ab und zu bei *Dein Problem ist mein Problem* zu Besuch war.»

«Auf einer Seite für Spinner? Die sich bei anderen Spinnern ausheulen wollen?» Rossinger lacht laut und wirkt dabei wie ein schlechter Schauspieler. «Was soll ich denn da? Sehe ich aus, als wäre ich schwul?» Er bremst sich, offenbar ist ihm eben etwas eingefallen. «Aber es könnte sein, dass ich – warten Sie, wie heißt das? Wahrnehmungsstörungen habe. Mein Anwalt sagt, ich habe bestimmt keinen Mord begangen, es war höchstens Totschlag, und Affekt war es auch. Er meint, allein daran, dass ich den falschen Mann erwischt habe, kann man sehen, in welchem Zustand ich war.»

Daniel fletscht die Zähne zu einem Lächeln und holt zwei Fotos aus seiner Tasche. «Welchen der beiden haben Sie denn getötet?»

In einem ersten Impuls will Rossinger auf Fabers Foto zeigen, doch dann zögert er. «Die sehen sich wirklich sehr ähnlich.»

«Sahen», sage ich kalt. «Dieser Mann hier ist tatsächlich Oliver Faber, den Sie so gerne tot sehen wollten. Was Sie jetzt theoretisch könnten, denn jemand hat ihn erschlagen.»

«Aber nicht ich!», platzt Rossinger heraus.

«Ja, das ist uns klar.» Daniel nimmt die Fotos wieder an sich. «Vielleicht haben Sie trotzdem eine Idee. Hat Faber sich noch andere Feinde gemacht? Auf eine Art, von der Sie wissen?»

Rossinger überlegt kurz, dann schüttelt er entschieden den Kopf. «Kann ich mich nicht erinnern, aber das heißt gar nichts. Dass er ein Arschloch ist, haben sicher auch andere Leute gemerkt. Ich glaube nicht, dass er nur mir gedroht hat.»

Auf dem Weg nach draußen ist Daniels Frustration fast körperlich greifbar. «Nein, natürlich hat er nicht nur ihm gedroht, sondern er hat zumindest noch einen anderen so provoziert, dass der ihm den Schädel eingeschlagen hat.» Er schließt den Dienstwagen auf. «Der Drahtzieher setzt auf jedes seiner Opfer mindestens zwei potenzielle Täter an, sind wir uns da einig? Um die Chancen zu erhöhen, dass einer davon wirklich loszieht und das Zielobjekt tötet.»

Ich steige ein. «Wir sind uns einig. Und ich wünschte, Peter Franzen wäre ein bisschen früher zu uns gekommen.»

Daniel scheint meinem Gedankengang noch nicht zu folgen, also rede ich weiter. «Dann hätten wir das Profilbild von Tom Ate gesehen, als es noch ein Gesicht gezeigt hat. Denn das ist klar, oder? Dieser Mann ist das nächste … wie sagtest du so schön? Zielobjekt. Franzen hat es geschafft, ihn nicht vor den Bus zu stoßen, aber ein anderer tut es vielleicht.»

Daniel wischt sich müde über die Stirn. «Du hast recht», sagt er. «Wir müssen versuchen, das Foto über den Betreiber der Website zu bekommen, das muss zu machen sein.» Er tritt auf die Bremse, gerade noch rechtzeitig, bevor wir auf den schwarzen BMW vor uns aufgefahren wären. Der Verkehr wird zusehends dichter.

«Soll ich fahren?»

Er sieht mich an, als überlege er ernsthaft, mich aus dem Wagen zu werfen. «Nein. Du sollst dich um das Foto kümmern. So schnell wie möglich.»

Den Rest der Fahrt über schweigen wir. Ich habe keine Lust mehr, den Puffer für Daniels schlechte Laune abzugeben, ich werde ihn erst morgen fragen, warum er eigentlich so großen Wert auf mich als Partnerin legt, wenn er mich dann bei jeder Gelegenheit anfährt.

Oder – ich frage ihn doch lieber nicht, überlege ich, als wir am Parkplatz des Präsidiums ankommen und auf dem Weg hinein an Daniels Jaguar vorbeikommen.

Der Kratzer ist leider unübersehbar, jemand muss sich wirklich Mühe damit gegeben haben. Er zieht sich über die gesamte linke Seite und über ein Stück des Hecks, an manchen Stellen ist er breiter, als hätte der Verursacher nicht nur die Schlüsselspitze, sondern den ganzen Schlüsselbart eingesetzt. Die Beifahrertüre ist leicht eingedellt, als hätte jemand dagegengetreten.

Es ist keine Katastrophe, natürlich nicht, und das muss auch Daniel wissen. Trotzdem weckt dieser Vandalenakt mehr Wut in ihm als meine Extratour mit Philipp. Mehr als jeder Tote, mit dem wir es in diesem Fall bisher zu tun hatten.

«Welches Arschloch war das?», brüllt er. «Wenn ich den erwische, kann er sich freuen, dann mache ich noch eine Delle in die andere Tür. Mit seinem Kopf.»

Er zieht seine Jacke aus, wirft sie auf den Boden und kniet sich neben das Auto, um sich den Schaden näher zu betrachten.

Ich stehe bloß daneben, einigermaßen ratlos. Ich kenne Daniel schon relativ gut, aber ich weiß nicht, welches Verhalten jetzt angebracht ist. Ihn beruhigend tätscheln? Eher nicht. Mit ihm gemeinsam rumbrüllen? Vermutlich auch keine gute Idee. Stumm rumzustehen ist aber erst recht keine Lösung.

«Wir fotografieren jetzt den Schaden», erkläre ich, «und dann ...»

Daniel ist aufgesprungen. «Natürlich», zischt er. «Dieser miese kleine Wicht. Denkt, ich traue ihm so etwas nicht zu, aber der kann jetzt etwas erleben.»

Er stürmt davon, so schnell, dass ich rennen muss, um ihm hinterherzukommen. Erst in der Eingangshalle des Präsidiums hole ich ihn ein. «Was wird das?»

Er schiebt mich zur Seite. «Geh mir aus dem Weg, okay?»

Ich denke überhaupt nicht daran. «Erklärst du mir bitte, was du vorhast?»

«Na, was glaubst du?» Er steigt als Erster in den Aufzug ein. «Kannst du dir nicht denken, wer das war? Wem ist mein Auto denn schon seit Jahren ein Dorn im Auge? Wer hält sich für den moralischen Kompass der Abteilung und glaubt, er habe das Recht, die anderen mit seinen Ansichten zu terrorisieren?»

«Du meinst ... Helmut?»

«Wen sonst? Vogelbusch, der miese Drecksack. Aber das kläre ich jetzt, ein für alle Mal.»

«Daniel, hör mal, du kannst doch nicht –»

Er wirft mir einen mörderischen Blick zu, dann gleiten die Fahrstuhltüren auf, und er ist mit einem großen Schritt draußen. Sekunden später bricht in einem der Büros das zu erwartende Unwetter aus.

Ich lege erst meine Sachen ab, dann folge ich widerwillig Daniels Geschrei.

«... dich nicht für so hinterhältig gehalten! Für bescheuert, ja. Für einen der schwächsten Köpfe im Team, auch ja. Aber nicht für so ein charakterloses Arschloch!»

Als ich das Büro betrete, hat Daniel Vogelbuschs Drehstuhl bis zur Wand geschoben und steht über ihn gebeugt da, beide Hände auf den Armstützen, das Gesicht nur Zentimeter von Vogelbuschs Gesicht entfernt. «Ich werde Anzeige gegen dich erstatten, und dann sehen wir mal, was aus deiner sogenannten Karriere wird, du ...»

«Daniel!» Ich kann auch laut sein, wenn ich muss. «Komm erst mal runter und lass ihn in Ruhe! Was du hier aufführst, ist Kindergarten!»

Erst denke ich, er wird jetzt mich ins Visier nehmen, doch nach ein paar Sekunden richtet Daniel sich auf. Dreht Vogelbusch den Rücken zu und marschiert auf die Tür zu, wo sich bereits eine kleine Gruppe Schaulustiger versammelt hat. Pia, Marc, Christoph.

«Ich dachte, wir wären ein Team», sagt er, deutlich leiser jetzt. «Wir müssen einander ja nicht mögen, aber dass der eine dem anderen böswillig schadet, das hätte ich nicht erwartet. Scheißerkenntnis.»

«Ich weiß überhaupt nicht, wovon er redet.» Vogelbusch ist knallrot im Gesicht, er sieht aus, als würde er nur mit Mühe Luft bekommen. «Was soll der Quatsch? Was habe ich ihm denn getan?»

Daniel dreht sich in der Tür um. «Tut mir leid, dass ich so ausgerastet bin, das ist es nicht wert, aber es freut dich, nehme ich an?»

«Was? Was, zum Teufel?»

Daniel gibt ihm keine Antwort, er geht einfach.

«Ist er jetzt völlig verrückt geworden?», japst Vogelbusch. «Der spinnt doch. Hast du gesehen, wie er auf mich losgegangen ist?»

Ich mag Helmut nicht sonderlich, seine belehrende Art ist nervtötend, aber jetzt tut er mir leid, wie er so kläglich dasitzt und um einen Rest von Würde ringt.

«Du warst das wirklich nicht?»

«Scheiße, sagt mir vielleicht endlich jemand, worum es geht?»

Ich seufze. «Sein Auto. Jemand hat ihm den Lack zerkratzt, und zwar mit Absicht, das kann man deutlich sehen. Das ist kein kleiner Schaden, das wird richtig teuer.»

Ein paar Sekunden lang ist Vogelbuschs Gesicht völlig ausdruckslos, dann überzieht ein breites Grinsen seine Züge. «Sein Auto, diese englische Dreckschleuder? Ach. Nein, das war ich nicht.» Er beginnt zu lachen. «Ich war es wirklich nicht. Aber da hat ja mal jemand eine richtig gute Idee gehabt.» Er nickt den anderen zu. «Jemand von euch? Pia vielleicht? Dann könntest du zur Abwechslung doch mal ein bisschen weniger frustriert dreinschauen.»

Niemand lacht. Pia sieht erst Vogelbusch, dann mich voller Abscheu an, bevor sie kehrtmacht und wortlos verschwindet.

Als ich ins Büro zurückgehe, ist von Daniel keine Spur. Ich ertappe mich dabei, wie ich erleichtert aufatme. Im nächsten Moment wird mir klar, dass Erleichterung in diesem Zusammenhang kein gutes Gefühl ist.

Wow. Aus uns ist wirklich ein tolles Team geworden.

II.

Der erste Zeitungsartikel hatte ihn noch amüsiert, irgendwie - dieser hier tat es nicht mehr. Wieder ein bekannter Name. Man musste kein Genie sein, um die Zusammenhänge zu kapieren, und die ließen dann nur einen Schluss zu: dass er auch irgendwann dran war.

Besser gesagt: dass man versuchen würde, ihn dranzukriegen, denn er würde sich nicht so einfach überrumpeln lassen wie die anderen.

Er trank seinen Kaffee aus, der kalt geworden war. Zahlte, ohne Trinkgeld zu geben - für kalten Kaffee gab er keins -, und schlenderte nachdenklich zu seinem Auto.

Auf dem Weg zu seinem nächsten Termin reihte sich eine rote Ampel an die nächste, also nutzte er die Zeit, um Gregors Nummer aus dem Telefonspeicher zu suchen.

«Hey», sagte er. «Ich bin's. Lange nicht gehört.»

Mehrere Sekunden lang blieb es am anderen Ende der Leitung still. «Oh», sagte Gregor dann. «Du.» Es klang alles andere als begeistert.

«Überraschung, nicht wahr?» Er hupte den Idioten vor sich an, der es nicht schaffte, aufs Gas zu steigen, obwohl die Ampel schon grün war.

«Ich weiß genau, warum du dich meldest.» Gregors Stimme war heiser. «Ich habe es vorhin gelesen. Scheiße, aber echt.»

«Du hältst es auch nicht für Zufall?»

«Nein. Natürlich nicht. Um das zu glauben, müsste man schon sehr dämlich sein.»

Dämlich? Er trat abrupt auf die Bremse, weil der Typ vor ihm plötzlich langsamer wurde. Grundlos. Solche Leute sollte man mit einer Panzerfaust von der Straße schießen.

«Du willst jetzt nicht andeuten, dass du mich für dämlich hältst?»
«Nein, natürlich nicht.» Gregor klang genervt. «Aber herzlichen Glückwunsch, wenn das dein größtes Problem ist.»
So hatte er früher nicht mit ihm geredet. Musste sich ganz schön sicher fühlen, der kleine Fettwanst.
«Wie ist es in Stuttgart?», fragte er und heuchelte ehrliches Interesse.
«Ganz gut. Ruhiger als in Hamburg, aber ich fühle mich wohl hier.»
Ruhig, das passt zu dir, dachte er. «Du weißt schon, dass man dich auch dort findet, wenn man es darauf anlegt, nicht wahr?»
Er hörte Gregor angestrengt ausatmen. «Ich glaube nicht, dass ich irgendwie im Visier bin», sagte er. «Wenn überhaupt jemand, dann doch du.» Er lachte kurz auf. «Ganz ehrlich, ich finde es wirklich erstaunlich, dass ausgerechnet du noch lebst.»

20

Nachdem ich einen großen Teil der Nacht damit verbracht habe, mir den Kopf nicht nur über den Fall, sondern auch über mein Verhalten Vogelbusch gegenüber zu zerbrechen, fahre ich am Donnerstagmorgen mit gemischten Gefühlen ins Büro.

Dass jemand meinen Wagen zerkratzt hat, empfinde ich nach wie vor als Ungeheuerlichkeit, und ich würde auch alles daransetzen herauszufinden, wer das war, wenn wir im Moment nicht wirklich wichtigere Dinge zu tun hätten. Dabei ist es weniger die Tatsache, dass die Reparatur ein recht teurer Spaß wird, die mich so wütend macht, als die Sinnlosigkeit dieser Tat.

Trotzdem hätte ich nicht so ausrasten dürfen, und ich verstehe auch jetzt noch nicht, wie mir das passieren konnte. Es muss dieser Fall sein, der mich und alle anderen langsam zermürbt.

Nina ist schon im Büro, als ich dort ankomme. Sie lehnt sich zurück und schaut mich nachdenklich an. Gestern hatte ich ihr keine Gelegenheit mehr gegeben, etwas zu der Sache mit Vogelbusch zu sagen. Nach meinem Ausbruch war ich immer noch so wütend gewesen, dass ich es vorgezogen hatte zu verschwinden.

«Guten Morgen, Partner. Geht's dir wieder besser?»

«Moin, es geht so», antworte ich einigermaßen überrascht. Keine spitze Bemerkung von Nina Salomon bei der Vorlage, die ich ihr gestern geliefert habe? «Ich habe wenig geschlafen.»

Sie nickt. «Das denke ich mir. Vorschlag: Wenn du darüber reden möchtest – jederzeit.»

«Ich habe noch mal darüber nachgedacht, wer das eigentliche Ziel unseres Drahtziehers im Hintergrund ist», weiche ich aus und setze mich an meinen Schreibtisch. «Wenn wir davon ausgehen, dass auf jedes Opfer mindestens zwei potenzielle Täter angesetzt werden, dann geschieht das doch, um sicherzustellen, dass es auf jeden Fall stirbt. Also geht es auf jeden Fall um die Opfer.»

«Das denke ich auch, aber was nützt uns das, solange wir das Motiv für diesen ganzen Mist nicht kennen? Und nicht wissen, wie es der Initiator der Taten schafft, bisher unbescholtene Menschen dazu zu bringen, jemanden zu ermorden?»

«Ah, da sind Sie ja, Buchholz.» Arendt steht in der offenen Tür. «Ich habe gehört, es gab hier gestern einen kleinen ... Zwischenfall? Müssen wir darüber reden?»

«Nein», sage ich und spüre schon wieder Zorn in mir aufsteigen, einfach nur, weil sie mich darauf anspricht. Was zum Teufel ist bloß mit mir los?

«Gut. Ich habe gerade einen Anruf vom NDR bekommen. Die wollen Sie heute Abend in einer Sondersendung zur Entwicklung des Falles dabeihaben. Eine Diskussionsrunde, an der neben Ihnen der Innensenator, ein Fallanalytiker und – wenn ich das richtig verstanden habe – ein Mentalist teilnehmen werden.»

Das hat mir gerade noch gefehlt. «Was? Eine Diskussionsrunde? Da wird doch nur wieder von allen Seiten auf uns herumgehackt, weil wir so unfähig sind und zu wenig unternehmen und was weiß ich noch alles. Und dann noch mit dem Innensenator. Der wird sich die Chance nicht entgehen lassen klarzustellen, dass nicht die Politik versagt, weil wir durch deren Spar-Wahn permanent unterbesetzt sind, sondern wir, weil wir unfähig sind. Das bringt doch nichts. Und dann auch noch ein Mentalist. Kann nicht jemand anderes daran teilnehmen?»

Arendt hat die Arme vor der Brust verschränkt. «Sind Sie fertig? Gut. Die wollen den leitenden Ermittler dabeihaben, und der sind nun mal Sie. Die Sendung beginnt um zwanzig Uhr fünfzehn, Maske um neunzehn Uhr. Sehen Sie also zu, dass sie spätestens achtzehn fünfundvierzig dort sind.»

Damit wendet sie sich ab. Als ich Nina ansehe, klimpert sie mit den Wimpern und haucht: «Kriege ich ein Autogramm?»

Ich lerne die anderen Teilnehmer – vom Innensenator abgesehen – in der Maske kennen. Der Fallanalytiker, ein Dr. Peter Osmann, redet fast ununterbrochen und versucht schon jetzt, mir meinen Beruf zu erklären. Er weiß natürlich genau, worauf wir hätten achten müssen und welche Fehler wir schon im Ansatz unserer Ermittlungen gemacht haben. Ohne dass er die geringste Ahnung hat, wie wir bisher gearbeitet haben.

Der Mentalist heißt Dirk Seiwert. Im Gegensatz zu Osmann redet er recht wenig und beschränkt sich darauf, uns andere lächelnd zu beobachten.

Während eine junge Frau meine Gesichtshaut mit Make-up zukleistert, wirft die Moderatorin der Sendung einen kurzen Blick in den Raum, stellt sich uns als Monika Steingrube vor und erklärt uns mit wenigen Worten den Ablauf der Sendung.

Um kurz vor acht holt uns ein Produktionsassistent zum *Verkabeln* ab, womit gemeint ist, dass zwei Techniker uns mit Ansteckmikros und Sender ausstatten. Hier treffen wir auch Innensenator Hoffmann, der offenbar in einem separaten Raum geschminkt worden ist. Er erscheint mir kleiner, als ich ihn von unserer bisher einzigen Begegnung bei einem Polizeiball in Erinnerung habe.

Schließlich werden wir von dem Assistenten in das Studio geführt, in dem die Live-Sendung stattfinden soll. Es gleicht einer Arena. Auf einem von allen Seiten angestrahlten Podest sind fünf rote Sessel um einen ovalen Glastisch gruppiert, auf dem schon Gläser und Wasserkaraffen stehen. Das Publikum, höchstens sechzig oder siebzig Personen, sitzt im Halbkreis in nach hinten ansteigenden Reihen mit etwa zehn Plätzen. Und gleich vorne in der ersten Reihe hockt … Nina. Sie grinst mir zu, als sich unsere Blicke treffen, und zeigt mir den erhobenen Daumen.

Das hat mir gerade noch gefehlt. Ich werde darauf achten, sie während der Sendung nicht anzusehen.

Die verbleibenden Minuten redet der Fallanalytiker auf die Moderatorin ein und versucht, ihr zu sagen, welche Fragen sie ihm unbedingt stellen muss. Dann wird es auf ein Zeichen der Produktionsleiterin hin ruhig, und die letzten Sekunden werden heruntergezählt.

Steingrube begrüßt das Publikum zu Hause und im Studio und erklärt, dass es in der Sendung um die Reihe furchtbarer Mordfälle in Hamburg geht, bei der wechselnde Täter offenbar wahllos Menschen umbringen. Sie verzichtet nicht darauf, zu erwähnen, dass die Polizei zwar bereits einige der Täter fassen konnte, aber noch vollkommen im Dunkeln tappt, was die Motive betrifft. Dann stellt sie uns nacheinander vor.

«Beginnen wir gleich mit der wohl wichtigsten Frage an Hauptkommissar Buchholz, die uns alle brennend interessiert: Gibt es neue Erkenntnisse in dieser mehr als außergewöhnlichen Mordserie?»

Eigentlich ist die Frage logisch, aber ich hatte trotzdem gehofft, dass nicht ausgerechnet ich den Anfang machen muss. «Sie werden verstehen, dass ich nur bedingt Auskunft über den Stand unserer Ermittlungen geben kann», antworte ich. «Aber ich kann Ihnen sagen, dass wir leider noch keinen Hinweis auf den gemeinsamen Hintergrund der Morde haben. Wir sind aber überzeugt davon, dass es einen geben muss.»

Die Moderatorin nickt wissend und wendet sich an den Politiker. «Herr Innensenator, wie ist es aus Ihrer Sicht um die Sicherheit der Menschen in Hamburg bestimmt? Hat die Polizei die Lage im Griff?»

Hoffmann lächelt milde. «Ich kann auf jeden Fall versichern, dass wir unsere ganze Energie in die Aufklärung dieser tragischen Ereignisse stecken. Es gab ja schon eine Reihe von Festnahmen. Als Senator der Hamburger Polizeibehörde habe ich vollstes Vertrauen in unsere Beamtinnen und Beamten und weiß, dass sie ihr Bestes geben, um diesen Fall schnellstmöglich zu lösen. Mit Hauptkommissar Buchholz habe ich einen unserer erfahrensten und erfolgreichsten Ermittler mit der Leitung der BAO betrauen lassen.»

«Vielleicht erklären Sie für unsere Zuschauer kurz, was genau eine BAO ist?», spricht Steingrube mich erneut an.

«BAO steht für eine Besondere Aufbauorganisation», erkläre ich und fange nun doch einen Blick von Nina auf, die mir demonstrativ lauscht, mit aufgerissenen Augen, als würde ich ihr etwas völlig Neues erzählen. «Sie wird errichtet, wenn eine Lage durch die Polizei wegen erhöhten Kräftebedarfs oder der erforderlichen Einsatzdauer nicht bewältigt werden kann. Sie können eine BAO mit einer Sonderkommission vergleichen.»

Als Nächstes soll Dr. Osmann sich vorstellen und die Tätigkeit eines Fallanalytikers erklären, was er derart ausschweifend tut, dass Steingrube ihn irgendwann unterbricht und sich an den Mentalisten wendet. «Herr Seiwert, Menschen, die sich bisher noch nichts zuschulden kommen ließen, ermorden andere Menschen, weil sie sich von ihnen gestalkt oder öffentlich gedemütigt oder bedroht fühlen. Im Nachhinein stellt sich heraus, dass zumindest ein Teil dieser Demütigungen oder Drohungen offenbar bewusst von jemandem im Hintergrund eingesetzt wurde, um eine gewalttätige Reaktion hervorzurufen. Wahrscheinlich gibt es also jemanden, der unsichtbar die Fäden zieht. Sie sind ein Meister darin, Menschen zu beeinflussen. Könnte ein Mentalist jemanden dazu bringen, einen anderen Menschen zu töten?»

Seiwert wiegt den Kopf hin und her. «Das ist schwer vorstellbar. Ein guter Mentalist beherrscht eine ganze Reihe von Techniken, die es ihm erlauben, Verhaltensweisen zu beeinflussen oder die Gedanken anderer zu erraten. Wenn man die Beeinflussung tatsächlich so weit treiben wollte, müsste man jemanden vor sich haben, der ohnehin zu Gewalttaten neigt.»

«Ich stelle mir ehrlich gesagt die Frage, warum Herr Seiwert überhaupt in dieser Runde sitzt», bemerkt Dr. Osmann. «Es geht hier schließlich nicht um Zauberei, sondern um eine Reihe brutaler Morde.»

Ich finde Osmann zwar unausstehlich, gebe ihm in diesem Punkt allerdings recht.

«Wie ich eben schon sagte», antwortet Seiwert ruhig, «beherrscht ein guter Mentalist eine ganze Reihe von Techniken, die es ihm erlauben, Verhaltensweisen vorauszusehen. Vielleicht kann mein Wissen ja der Polizei in diesem Fall nützlich sein?»

«Das glaube ich ehrlich gesagt kaum», sage ich und frage mich nicht zum ersten Mal, warum ich mich auf diesen Blödsinn überhaupt eingelassen habe, statt an dem Fall zu arbeiten. «Nichts für ungut, aber mit Effekthascherei und Zauberkunststückchen werden wir diesen Fall sicher nicht lösen. Dahinter steckt viel mehr als einfach nur gut trainierte Menschenkenntnis.»

Seiwert nickt und zieht aus der Tasche seiner Jacke einige weiße Pappkärtchen und einen Stift.

«Menschenkenntnis ist oft gar nicht nötig», sagt er halb zu mir, halb ins Publikum gewandt. «Sehen Sie, wenn ich den Zuschauern in meiner Show sage, sie sollen zeichnen, woran sie gerade denken, dann kommt manchmal etwas Außergewöhnliches heraus wie zum Beispiel das hier.» Mit schnellen Strichen skizziert er etwas auf die oberste Karte und hält es dann hoch. Es ist das markante «S», das man aus dem Kino kennt.

«Superman. Oder aber etwas Simples wie dieses.» Nun malt er mit zwei Strichen ein Kreuz und hält es hoch. «Oder eine Zahl.» Er malt eine Drei. «Oder einen Hasen.» Nun zeichnet er einen etwas verunglückten, stilisierten Hasenkopf mit langen Ohren, hält ihn hoch und dreht ihn mehrmals um. «Na ja, egal, wie herum man ihn hält, er wird nicht schöner.» Lächelnd schreibt er auf die nächste Karte ein «N» und sagt: «Oder einen Buchstaben.»

Ich werfe der Moderatorin einen Blick zu in der Hoffnung, dass sie diesen Blödsinn endlich beendet, doch sie beobachtet Seiwert fasziniert. Na gut, meinetwegen müssen wir nicht beim Thema bleiben.

«Herr Hauptkommissar, wenn ich *Sie* bitten würde, etwas auf eine Karte zu malen, was wäre das dann wohl? Lassen Sie es uns versuchen. Hier, bitte.» Er legt eine leere Karte und seinen Stift vor mir auf den Tisch. «Zeichnen Sie, was Ihnen spontan einfällt. Ich möchte Ihnen einfach etwas zeigen.»

So weit kommt es noch. Wieder schaue ich zu Monika Steingrube hinüber, die mir jedoch auffordernd zunickt. «Bitte, tun Sie uns den Gefallen. Mich interessiert auch, worauf Herr Seiwert hinausmöchte.»

Selbst der Innensenator hebt die Schultern, als ich ihn ansehe. Ich nehme mir vor, Arendt morgen ein paar deutliche Worte zum

Thema TV-Diskussionsrunde zu sagen. «Also gut. Soll ich es verdecken?»

«Nein, malen Sie einfach was. Ganz offen.»

Ich überlege kurz, male mit ein paar Strichen einen Stern und schiebe die Karte dann zu Seiwert hinüber. «Bitte. Und was soll das jetzt?»

«Das kann ich Ihnen zeigen. Schauen Sie mal.» Seiwert greift seine Karten und legt sie nebeneinander auf den Tisch. Links das «S», dann das Kreuz, die Drei hat er um 180 Grad gedreht, sodass sie jetzt wie ein «E» aussieht, der seltsame Hasenkopf steht auf dem Kopf und wirkt nun wie ein «R», und schließlich folgt das «N».

Fassungslos starre ich auf die Karten, während ein Raunen durchs Publikum geht. Dort auf dem Tisch liegt das Wort STERN.

«Sie sehen, ich kann nicht zaubern, aber ich weiß, wie man Menschen dazu bringen kann, Dinge zu tun, ohne dass sie merken, dass sie beeinflusst worden sind.»

Es fällt mir schwer, meinen neutralen Gesichtsausdruck beizubehalten. Nicht genug damit, dass diese ganze Sendung bisher ziemlicher Blödsinn ist, nun habe ich mich auch noch von Seiwert vorführen lassen.

«Ein schönes Beispiel für die Beeinflussbarkeit von Menschen», erklärt Steingrube. «Und vielleicht ein Aspekt, den man bei den Ermittlungen in diesem Fall nicht außer Acht lassen sollte.»

Anschließend wendet sie sich an Dr. Osmann mit der Frage, wie ein Fallanalytiker an eine so außergewöhnliche Mordserie herangehen würde. Ich höre seinen Ausführungen nur noch mit halbem Ohr zu und muss mir selbst eingestehen, dass mich nicht mehr loslässt, was mir der Mentalist gerade auf peinliche Art vorgeführt hat.

Nach fünfundvierzig Minuten und viel sinnlosem Gerede ist die Sendung endlich vorüber.

Als mich ein Techniker gerade von dem Mikrophon befreit,

kommt Seiwert auf mich zu und streckt mir die Hand entgegen. «Ich hoffe, Sie nehmen mir meine kleine Vorführung nicht übel. Sie sind nicht beeinflussbarer als andere Menschen, wenn Ihnen das Sorgen macht. Es ging mir nur darum zu zeigen, welche Einflussmechanismen es gibt und wie wenig wir sie bemerken.»

Ich gebe ihm die Hand und nicke. «Schon gut. Es war wirklich beeindruckend.»

Er lässt meine Hand erst los, als ich sie zurückziehe. «Ich verstehe, wenn Sie als Polizist Vorbehalte haben, aber ich möchte Ihnen trotzdem meine Hilfe anbieten. Eben weil ich viele der Mechanismen kenne, erkenne ich sie auch ziemlich schnell. Rufen Sie einfach an, wenn Sie es möchten.» Er zieht eine Visitenkarte aus der Innentasche seines Sakkos und hält sie mir hin.

Ich stecke sie ein. «Danke, vielleicht komme ich darauf zurück.»

Das meine ich in diesem Moment auch so.

Beim Verlassen des Studios schaue mich um und stelle fest, dass Nina wohl schon gegangen ist.

Eine Viertelstunde später sitze ich gerade wieder im Auto, als ich eine Nachricht von ihr erhalte. Sie besteht nur aus einem Wort:

Abrakadabra.

21

Stern.

Ich liege im Bett, starre in die Finsternis und frage mich, ob ich das Gleiche gezeichnet hätte wie Daniel, wäre ich an seiner Stelle gewesen. Keine Ahnung, das Wort *Stern* ist mir jedenfalls nicht durch den Kopf gegangen, aber was heißt das schon. Hätte ich zeichnen müssen, hätte ich wohl auch nach der erstbesten Idee gegriffen, und genau das war es, was Seiwert geliefert hat. Einen Anstoß, so sanft, dass er nicht einmal bis ins Bewusstsein vorgedrungen ist.

Bevor ich mich in Schlafposition drehe, nehme ich noch einmal mein Handy vom Nachttisch und öffne WhatsApp. Zwei blaue Häkchen, Daniel hat meine Nachricht gesehen, aber keiner Antwort für würdig befunden. Ihm war wahrscheinlich nicht nach Witzchen zumute, und im Grunde kann ich das verstehen.

Hey, ich wollte dir noch sagen, dass du in der Sendung gut rübergekommen bist. Stern oder nicht Stern, schreibe ich. *Du warst ruhig, kompetent und vertrauenerweckend. Also kein Grund, die Nacht durchzugrübeln.*

Ich schicke die Nachricht ab, will das Handy wieder weglegen, kann dann aber doch nicht widerstehen, noch etwas anzufügen.

Was deine Krawattenwahl angeht, hast du allerdings echten Beratungsbedarf.

Daniel schreibt nicht zurück, wie ich am Morgen feststelle, und erwähnt meine Nachrichten auch am nächsten Tag mit keinem Wort. Er nimmt den Kaffee, den ich ihm unaufgefordert bringe, schweigend entgegen und telefoniert sonst hauptsächlich. Mit der Rechtsmedizin, der Staatsanwaltschaft, seiner Versicherung. Wegen des Kratzers im Lack. Die zwei oder drei Fragen, die ich ihm zwischendurch stelle, beantwortet er so kurz wie möglich und ohne den Blick von seinem Computerbildschirm zu wenden.

Gegen Mittag wird es mir dann zu dumm. Ich schnappe mir ein Blatt Papier, zeichne einen Nagel, einen Igel, noch einen Nagel und einen Apfel darauf und halte ihm mein Kunstwerk unter die Nase. Meine Zeichenkünste entsprechen denen einer unbegabten Vierjährigen, aber das ist egal. Man kann erkennen, was ich meine.

«Spinnst du jetzt?» Daniel sieht mich aus verengten Augen an. «Was soll das?»

«Verbinde die Anfangsbuchstaben, meinetwegen gern in deinem Unterbewusstsein. N-I-N-A. Das bin ich. Deine Partnerin. Mit der du auch dann sprechen solltest, wenn dein Ego gerade angekratzt ist.» Ich grinse ihn an. «So wie dein Auto.»

Er schließt die Augen, als bräuchte er seine ganze Konzentration, um nicht loszubrüllen. «Du machst es gerade wirklich, wirklich nicht besser.»

«Das tut mir leid, aber das liegt an dir. Wenn du ein bisschen über dich selbst lachen könntest, würdest du sehen, dass nichts Dramatisches passiert ist.» Ich stupse ihn sanft gegen die Schulter. «Du bist doch eigentlich gar nicht mehr so humorlos wie früher.»

In diesem Moment kommt Marc zur Tür herein und legt ein paar Akten auf Daniels Tisch, während er *Ein Stern, der deinen Namen trägt* summt.

«Beschissener Musikgeschmack», sage ich und manövriere Marc schnellstmöglich wieder raus.

«Siehst du?» Daniel wirft seinen Kugelschreiber auf den Tisch. «Ich soll dieses Team leiten, verdammt, und es nicht unterhalten, auch noch auf eigene Kosten.»

«Am besten ignorieren, dann vergeht ihnen der Spaß von selbst.»

Daniel sieht mich lange und durchdringend an. «Genau das versuche ich ja. Ignorieren. Aber speziell eine meiner Kolleginnen lässt das einfach nicht zu.»

Touché. «Ich gehe mal zu Andressen, vielleicht hat er ja schon das alte Profilfoto von Tom Ate aufgetrieben», sage ich und stoße in der Tür beinahe mit Vogelbusch zusammen. «Hey, Nina!» Er grinst mich an. So viel gute Laune bin ich von Helmut sonst gar nicht gewohnt, aber ich schätze, auch er hat die Diskussionsrunde gestern gesehen.

«Kann ich etwas für dich tun?» Ich versuche ganz bewusst, ihn von Daniel fernzuhalten – wenn jemand im Team derzeit ein rotes Tuch für ihn ist, dann Vogelbusch.

«Wir haben die Nachbarn in Oliver Fabers Haus befragt, ich habe einen Bericht geschrieben.» Ausdrucke hat Helmut nicht dabei, er spart Papier. «Habe ich euch schon vor einer halben Stunde gemailt, aber es reagiert ja keiner.»

«Weil wir auch noch anderes zu tun haben», kommt es gereizt aus Daniels Richtung. «Knappe mündliche Zusammenfassung? Ohne Selbstbeweihräucherung? Klappt das?»

Helmuts Lächeln ist wie weggewischt. «Aber sicher, Chef. Niemandem ist im vermuteten Todeszeitraum etwas oder jemand Verdächtiges aufgefallen. Ausgenommen einer Nachbarin, die über Faber wohnt. Sie sagt, in der Nacht von Samstag auf Sonntag sei sie von einem Poltern aufgewacht, und jemand habe geschrien, aber nicht laut. Eher so, als wäre er im Dunkeln gegen ein Möbelstück gelaufen und hätte sich dabei das Knie angestoßen.» Helmut kratzt sich im schütteren Haar. «Das hat die Frau dann auch vermutet, und sie hat dann keinen Gedanken mehr daran verschwendet.»

Daniel hat mit steinerner Miene zugehört. «Sonst nichts?»

«Nein. Sonst nichts.»

«Schon Ergebnisse von der Spurensicherung? Fingerabdrücke, Schuhabdrücke, irgendwas?»

Vogelbusch zögert. «Nicht, dass ich wüsste. Aber ich hake gleich noch mal nach.»

«Gute Idee. Das war's dann. Danke.»

Ich ziehe Helmut mit mir hinaus, bevor er impulsiv auf Daniels eisiges Verhalten reagieren kann. Er lässt es geschehen.

«Glaubt er immer noch, dass ich das war mit seinem Auto?»

«Keine Ahnung. Für ganz unwahrscheinlich hält er es nicht.»

Vogelbusch schüttelt den Kopf. «So was würde ich nie machen. Dass er mir das unterstellt, finde ich wirklich enttäuschend.»

Philipp kommt an uns vorbei, hebt grüßend die Hand und verschwindet in der Kaffeeküche. Wenigstens einer, der lächelt.

Ganz im Gegensatz zu Christoph Janning, bei dem ich noch auf einen Sprung vorbeischaue. Christoph ist eigentlich – trotz seines kurzen Körperbaus – eine der Säulen des Teams. Ein kluger Kopf, besonnen, sehr effizient, mit einem feinen Humor. Seit wir an unserem aktuellen Fall arbeiten, habe ich ihn vor lauter Stress aber kaum zu Gesicht bekommen und noch weniger von ihm gehört. Erst jetzt wird mir bewusst, wie untypisch das ist.

«Hey», sage ich und setze mich an die Kante seines Schreibtischs. «Wie läuft es bei dir?»

Er hebt langsam den Kopf. «Nina. Es … geht so.»

«Viel zu tun, hm? Darf ich dich trotzdem um deinen Rat bitten?»

Ich erwarte ein aufmunterndes Nicken, bekomme aber nur ein müdes Schulterzucken. «Wenn du das möchtest.»

Puh. Echt nicht einfach im Moment. «Also. Falls du gestern die Diskussion im Fernsehen gesehen hast, weißt du, dass dort ein Mentalist zu Gast war, der Daniel als Versuchskaninchen missbraucht hat. Ja?»

«Ja. Habe ich gesehen.»

«Die Sache ist die: Soweit ich weiß, hat er Daniel auch seine Hilfe angeboten, und ich finde die Idee nicht schlecht. Ungewöhnlich, aber wirklich nicht schlecht. Ich weiß nur nicht, wie ich sie Daniel unterbreiten soll, ohne dass er mir an die Kehle springt.»

Janning seufzt. «Am besten einfach geradeheraus», sagt er. «Es ist ein guter Gedanke, jemanden hinzuzuziehen, der eine andere Perspektive auf das hat, was da offenbar im Hintergrund abläuft.» Er schaut zur Seite. «Von mir ist in der Hinsicht leider nicht viel zu erwarten derzeit.»

Ich betrachte Christoph genauer. Die blasse Haut, die dunklen Augenringe. «Geht es dir nicht gut?»

Wieder seufzt er. «Kann man so sagen. Ich komme morgens kaum aus dem Bett, das Denken fällt mir schwer – ich weiß auch nicht.»

«Warst du schon beim Arzt?» Warum habe ich ihn das nicht schon früher gefragt? Wenn ich es mir recht überlege, sieht Christoph seit Tagen schlecht aus. Auch etwas, worüber ich mit Daniel sprechen sollte.

«Nein, war ich noch nicht.» Jetzt lächelt er doch. «Aber meine Frau fragt mich das auch jeden Tag, allerdings weniger einfühlsam.»

Ich lege meinen Arm um Christoph, hoffentlich ist er nicht wirklich krank, er ist einer der wenigen Kollegen, die mir am Herzen liegen. «Pass auf dich auf, hm? Und geh wirklich zum Arzt. Wenn es nötig ist, nimm dir ein oder zwei Tage frei. Bitte.»

Ganz kurz lehnt er seinen Kopf gegen meinen, als wäre er unendlich müde. «Danke, Nina.»

«Nichts zu danken. Wenn du etwas brauchst, sagst du es mir, ja?»

Draußen begegne ich wieder Philipp, der gerade aus meinem und Daniels Büro kommt. «Boah, bei euch ist aber dicke Luft», stellt er fest. «Ich glaube, ich muss für ein paar Minuten raus.» Er wirft einen Blick auf seine Armbanduhr. «Eigentlich wäre jetzt Zeit für die Mittagspause. Wie sieht's aus? Gehen wir gemeinsam auf ein Häppchen?»

Der Gedanke, das Büro und seine Stimmung wenigstens für kurze Zeit hinter mir lassen zu können, ist verlockend. «Gute Idee. Ich hole noch schnell meine Jacke.»

Es ist eine Mischung aus Café und Bistro, die Philipp vorschlägt. Obwohl der Laden recht nah am Präsidium liegt, war ich bisher noch nie hier.

Wir bestellen jeweils Salat und Quiche, Philipp strahlt mich an, seine gute Laune ist ansteckend. «Ich bin da in ein ziemliches Minenfeld geraten, was?», sagt er.

«Du meinst unser Team? Na ja, das ist nicht immer so. Aber diesmal gehen die Emotionen und die persönlichen Befindlichkeiten ziemlich hoch, da hast du recht.» Ich nehme einen Schluck von meinem Wasser. «Das wird auch wieder besser.»

Er nickt. «Bestimmt. Aber ich finde, du hältst dich wirklich gut in all dem Chaos.» Er zwinkert mir zu. «Das wollte ich dir sagen.»

Kurz geht mir Daniels Warnung durch den Kopf. «In deinem Bericht zu Bremers Vernehmung hast du mich dafür aber nicht so gut dastehen lassen.»

Er sieht ehrlich erstaunt drein. «Was? Wieso?»

«Na ja, du schreibst, dass Bremer geweint hat, nachdem ich mit ihm fertig war. Das wirkt, als hätte ich ihn psychisch misshandelt, und zeigt kein tolles Bild von mir, wenn man sich vor Augen führt, dass er sich kurz darauf umgebracht hat. Arendt war nicht begeistert.»

Philipp lässt die Schultern hängen. «Tut mir leid, ich habe es einfach geschrieben, wie es war. Ich wollte dich nicht kritisieren, absolut nicht.»

Unser Salat wird serviert. «Schon okay», sage ich.

Eine Weile essen wir schweigend, dann legt Philipp die Gabel zur Seite. «Kommst du eigentlich gut mit Arendt klar?»

Interessant, darüber habe ich noch nie richtig nachgedacht. «Schon, im Grunde. Aber meistens ist Daniel der, der direkt mit ihr zu tun hat.»

«Ich frage eigentlich nur, weil du gewissermaßen Arendts Gegenteil bist. Sie ist extrem korrekt, ein wandelndes Vorschriftenverzeichnis, und du … eher nicht.»

Wir lachen beide. «Ja, das stimmt, aber zum Glück gab es noch nie *wirkliche* Schwierigkeiten deswegen.» Von der Verwarnung, die ich im letzten Jahr bekommen habe, muss er ja nichts wissen.

Die Quiche ist himmlisch. Genau die richtige Mischung aus Zwiebeln, Speck, Käse und Ei. Ich esse viel zu schnell, fällt mir auf, was sich aber als gut herausstellt, denn noch bevor ich fertig bin, klingelt mein Handy. Daniel.

«Kannst du mir verraten, wo du steckst?», blafft er anstelle einer Begrüßung.

«Entschuldigung, ich mache Mittagspause. Was ich dir auch gesagt habe.»

«Das war nicht meine Frage.»

Ich atme tief durch. «In einem Bistro. Philipp hat es mir gezeigt, wir sind gerade beim …»

«Ist mir egal, wobei ihr gerade seid. Komm zurück ins Büro, und zwar schnell.»

Ich weiß, er hat einen schlechten Tag, aber dieser Ton geht trotzdem nicht.

«Ich esse jetzt auf, und dann –»

«Nein, nicht dann. Sofort. Verstanden, Salomon?» Er legt auf, und ich muss mich sehr beherrschen, um mein Handy nicht durchs Lokal zu schleudern.

Philipp sieht besorgt drein. «Was ist los?»

So schnell ich kann, stopfe ich mir noch zwei Bissen Quiche in den Mund und greife nach meiner Jacke. «Keine Ahnung», murmele ich undeutlich. «Der Chef befiehlt mich zurück. Ohne Angabe von Gründen, aber das macht nichts, er ist ja der Chef.»

Philipp legt den Kopf schief und lacht. «Nimm's nicht zu schwer. Er sieht dich einfach nicht gerne mit mir, aus welchen Gründen auch immer. Geh ruhig, ich übernehme die Rechnung.»

«Danke! Bis später.»

Bevor ich davonsprinten kann, steht er auf und umarmt mich kurz. «Ich würde das Gespräch gerne fortsetzen», sagt er. «Aber abends und in Ruhe. Ohne Anrufe von lästigen Chefs. Isst du gerne italienisch?»

22

In dem Moment, in dem ich das Telefon auf den Schreibtisch werfe, wird mir klar, dass ich gerade übers Ziel hinausgeschossen bin. Wieder einmal. Zum ich weiß nicht wievielten Mal in den letzten Tagen.

Ja, es ärgert mich, dass Philipp es immer wieder schafft, Nina mit seiner aufgesetzten Strahlemann-Art um den Finger zu wickeln, aber so sollte ich trotzdem nicht mit ihr reden.

Sie verbringt ihre Mittagspause mit einem Kollegen in einem Restaurant, das ist ihr gutes Recht. Dass ausgerechnet jetzt dieser Anruf kommt, kann sie ja nicht ahnen.

Und dennoch – ich begreife einfach nicht, dass Nina nicht spürt, dass mit Hanke etwas nicht stimmt. Und das Allerschlimmste ist, dass sie alles, was ich gegen ihn vorbringe, als Eifersüchtelei auslegen und sich noch mehr auf seine Seite stellen wird.

Es ist zum Verrücktwerden. Dieser Fall, bei dem die Aufklärung noch Lichtjahre entfernt scheint, obwohl wir die Mörder haben. Isabells Schwangerschaft, Hanke und Nina, mein mutwillig zerkratztes

Auto ... All das zusammen weckt ein merkwürdiges Gefühl in mir. Es ist, als sei plötzlich alles fremd, was vorher sicher und vertraut erschien. Ich betrachte mich wie ein Außenstehender dabei, wie ich unbeholfen durch einen Film stolpere, dessen Drehbuch ich plötzlich nicht mehr verstehe.

Die Tür wird mit einem Ruck aufgestoßen, und Nina steht im Büro. Ich sehe ihr an, dass es in ihr brodelt, aber das war auch nicht anders zu erwarten.

«Ich weiß, du bist mein Vorgesetzter», beginnt sie, und ihr Ton lässt keinen Zweifel daran, dass es ihr jetzt absolut egal ist, ob das, was sie zu sagen hat, irgendwelche Folgen nach sich zieht. «Aber das gibt dir noch lange nicht das Recht, so mit mir zu reden. Dieses Recht hat niemand, auch kein Daniel Buchholz auf dem Kriegspfad gegen alles und jeden. Es geht dich gelinde gesagt einen Scheiß an, mit wem ich meine Mittagspause verbringe, und es ist mir auch vollkommen egal, was du darüber denkst, solange du deine Meinung für dich behältst.» Sie atmet so schnell, als hätte sie gerade einen Spurt hingelegt.

«Arendt war eben hier», erkläre ich ihr mit ruhiger Stimme. «Wir müssen ins Krankenhaus. Susanne Rauch ist übel zusammengeschlagen worden.»

Für einen Moment habe ich das Gefühl, dass Nina mich nicht verstanden hat, doch dann atmet sie tief durch und nickt. «O.k. Lass uns fahren.»

Ich nehme mir vor, mich an diese Professionalität zu erinnern, wenn ich das nächste Mal wütend auf sie bin. Ich stehe auf und gehe auf sie zu, doch sie macht keine Anstalten, mir aus dem Weg zu gehen. Also bleibe ich vor ihr stehen. Wir sehen uns direkt in die Augen, bis ich schließlich nicke. «Du hast recht, und es tut mir leid.» Dann gehe ich in einem Bogen um sie herum und verlasse das Büro.

Auf dem Flur kommt mir Hanke entgegen. «Daniel. Ich habe

dein Telefonat mit Nina eben mitbekommen und muss dir sagen …»

«Jetzt nicht», kanzele ich ihn ab und möchte weitergehen, doch er stellt sich mir in den Weg. «Wo wollt ihr hin?»

«Zu Susanne Rauch. Und bevor du fragst: Nein, du kannst nicht mitkommen, weil wir nicht zu dritt am Krankenbett einer misshandelten Frau auflaufen werden. Gehst du mir jetzt bitte aus dem Weg?»

Sein Blick richtet sich auf etwas hinter mir. Offenbar gibt Nina ihm ein Zeichen, worauf Hanke sich mit einem «Also gut» abwendet und mich vorbeilässt.

Während der Fahrt hängen wir beide schweigend unseren Gedanken nach.

Susanne Rauch ist schlimm zugerichtet worden. Als wir das Einzelzimmer in der fünften Etage betreten, in dem man sie untergebracht hat, stöhnt Nina bei ihrem Anblick leise auf.

Rauchs Gesicht ist bis zur Unkenntlichkeit geschwollen und fast vollkommen blau verfärbt, die Lippen sind aufgeplatzt und blutverkrustet. Ein Arm liegt in einer Schlinge.

«Guten Tag», sage ich leise, als wir neben ihrem Bett stehen und sie langsam den Kopf dreht. «Wissen Sie, wer Ihnen das angetan hat?»

In einer zeitlupenartigen Bewegung bewegt sie den Kopf hin und her, was wohl Nein bedeuten soll.

«Es fällt Ihnen schwer zu sprechen?»

«Ja», nuschelt sie. «Die Zähne.» Sie öffnet die Lippen ein wenig, und ich sehe, dass die Vorderzähne fehlen.

«Ich weiß, es kostet Sie Mühe, aber denken Sie, Sie könnten uns beschreiben, was passiert ist?»

«Zu Hause. Es hat geklingelt. Zwei Männer. Haben sofort auf mich eingeschlagen. Weiß nicht, warum.» Sie ist nur sehr schwer zu verstehen.

«Können Sie die Männer beschreiben?»

Sie zögert, wendet den Blick ab. «Nein … Kapuzen.»

Ich habe das Gefühl, dass sie lügt, und ein schneller Blick zu Nina lässt mich vermuten, dass sie es genauso empfindet.

«Und ihre Statur?», versuche ich es weiter. «Groß, klein, dick, schlank?»

Wieder das Zögern. «Normal. Unauffällig.»

«Welchen Grund könnte jemand haben, Ihnen so etwas anzutun?», versucht Nina es nun. «Gab es im Vorfeld Drohungen? Streit mit irgendwem? Haben Sie Feinde?»

«Nein.»

«Und Sie haben ganz sicher keine Vorstellung davon, wer das getan haben könnte?», hake ich noch einmal nach, woraufhin Rauch wieder vorsichtig den Kopf schüttelt.

Eine Schwester betritt den Raum und schiebt einen Wagen mit Verbandszeug vor sich her. «Ich muss Sie bitten, den Raum kurz zu verlassen», sagte sie geschäftig und geht um das Bett herum.

«Ja, sicher, wir wollten sowieso gerade gehen.» Ich wende mich noch mal an Susanne Rauch und lege ihr die Hand auf den gesunden Unterarm. «Wir kommen noch einmal, wenn es Ihnen wieder bessergeht.»

«Was denkst du?», frage ich, als ich die Tür hinter mir geschlossen habe.

«Sie weiß mehr, als sie sagt. Ich glaube, sie hat Angst.»

«Das denke ich auch. Vielleicht haben diejenigen, die sie zusammengeschlagen haben, ihr gedroht zurückzukommen, wenn sie etwas sagt.»

«Ja, vielleicht. Oder sie hat einen oder beide erkannt und weiß jetzt, wer hinter dieser ganzen Sache steckt.»

Wir haben den Aufzug erreicht und warten, nachdem ich den

Knopf gedrückt habe. «Susanne Rauch ist die Exfrau eines Opfers. Was, wenn alle Familien der Opfer gefährdet sind?»

Die Aufzugstür öffnet sich, und wir betreten die Kabine. Ich habe gerade den Knopf für das Erdgeschoss gedrückt, als Nina mir ihre Hand auf den Unterarm legt. «Sag mal ... dieses Schneeweißchen, Bremers Witwe ... sagte die nicht, dass sie bedroht worden sei?»

«Ja, du hast recht, ich erinnere mich. Aber ihr Mann war kein Opfer, er war Täter.»

Nina nickt. «Das stimmt zwar, aber das muss in diesem Fall nicht unbedingt etwas heißen.» Auch damit liegt sie wahrscheinlich nicht falsch. «Statten wir also der Witwe Bremer noch einen Besuch ab.»

Als wir das Erdgeschoss erreicht haben, schüttele ich den Kopf und kann mir ein Grinsen nicht verkneifen. «Schneeweißchen ...»

Nora Bremer ist zu Hause und öffnet uns nach dem zweiten Klingeln. Allerdings scheint sie von unserem Besuch nicht allzu begeistert zu sein, wie man an ihrer Miene deutlich erkennen kann.

«Ach, Sie ...», sagt sie zur Begrüßung. Sie trägt einen ultrakurzen, weißen Tennisrock und dazu ein enges, gelbes T-Shirt und weiße Tennisschuhe. Ich komme nicht umhin festzustellen, dass sie für ihr Alter eine bemerkenswert gute Figur hat.

Ich räuspere mich. «Guten Tag, Frau Bremer, wir würden uns gerne noch mal kurz mit Ihnen unterhalten.» Ich deute auf ihre Kleidung. «Ich hoffe, wir stören nicht?»

«Ich wollte gerade zur Tennisstunde, Sie stören also tatsächlich. Aber das sind Sie ja wahrscheinlich gewohnt.»

«Nein, eigentlich nicht», antwortet Nina an meiner Stelle. «Normalerweise sind die Menschen froh, wenn wir alles daransetzen, Verbrechen aufzuklären. Aber Sie haben natürlich recht, dabei handelt es sich meist um Hinterbliebene von Opfern.»

Bremer verdreht die Augen und macht keine Anstalten, uns hereinzubitten. «Also, was wollen Sie von mir?»

«Bei unserem Besuch am Mittwoch erwähnten Sie, Sie seien bedroht worden.» Ich werde versuchen, das Gespräch mit ihr ab jetzt alleine zu führen. Ninas Aversion der Frau gegenüber ist fast greifbar. «Wir würden gerne wissen, von wem und in welcher Art diese Bedrohung stattgefunden hat.»

Sie zieht eine Augenbraue hoch, was den Ausdruck der Überheblichkeit in ihrem Gesicht auf groteske Art verstärkt. «Bedroht? Sagte ich das?»

«Ja, das sagten Sie, ganz sicher. Und wir würden nun gerne wissen, wer Ihnen womit gedroht hat.»

«Ach, das sagte ich wahrscheinlich nur so. Ich bin nicht bedroht worden. Also zumindest nicht im wörtlichen Sinn. Aber man sieht den Menschen meist ja auch ohne Worte an, was sie über einen denken.»

Bei Nina scheint ihr das nicht zu gelingen, sonst hätte sie uns sicher schon die Tür vor der Nase zugeschlagen.

«Also das verstehe ich nicht.» Ninas Stimme klingt so unschuldig wie die eines Kindes. «Sie sagten am Mittwoch ganz sicher, Sie seien bedroht worden, und heute, nur zwei Tage danach, wissen Sie nichts mehr davon. Hatten Sie schon öfter mit solchen Erinnerungslücken zu tun? Sind Sie deswegen in ärztlicher Behandlung?»

Nora Bremers Augen schießen gleich eine ganze Salve glühender Pfeile auf Nina ab. «Nein, ich habe keine Probleme mit meinem Gedächtnis. Wer weiß, vielleicht haben Sie ja welche mit dem Zuhören? War das alles?»

«Ja, das war alles», sage ich schnell und nicke Nina zu.

Noch während wir uns umdrehen, fällt die schwere Haustür ins Schloss.

«Was für eine Schnalle», zischt Nina.

«Da hast du sicher recht. Aber davon abgesehen scheint es mir fast, als sei sie auch eingeschüchtert worden.»

«Ich weiß nicht.»

Wir haben den Wagen erreicht und steigen ein. Ich schnalle mich an und schaue Nina an. «Was weißt du nicht?»

«Ich bin mir nicht sicher, ob sie uns heute oder am Mittwoch angelogen hat. Der traue ich ohne weiteres zu, dass sie das mit der Bedrohung am Mittwoch als zusätzliche Rechtfertigung dafür erfunden hat, ihren Mann zu verlassen.»

«Das kann durchaus sein.» Ich starte den Wagen und fahre los. «Aber wir sollten auch ein ganz anderes Szenario in Betracht ziehen. Was, wenn sowohl Rauch als auch Bremer denjenigen kennen, der hinter alldem steckt, ihnen das aber nicht bewusst ist?»

Nina wirft mir einen zweifelnden Blick zu. «Ich weiß nicht … Die Wahrscheinlichkeit halte ich nicht für sehr groß.»

«Das mag sein, aber in diesem Fall sollten wir wirklich jede denkbare Möglichkeit untersuchen.»

Auf halbem Weg zum Präsidium spüre ich Ninas Blick auf mir. «Ja?», frage ich, ohne die Augen von der Straße vor uns zu nehmen.

«Können wir uns darauf einigen, zukünftig in einem vernünftigen Ton miteinander zu reden? Obwohl du mein Vorgesetzter bist?»

Ich nicke. «Ja. Und können wir uns auch darauf einigen, dass ich dir nichts Böses möchte, sondern lediglich ein ganz dummes Gefühl habe, was den Kollegen Hanke betrifft?» Und nach einer Sekunde füge ich hinzu: «Und dass das definitiv nichts mit Eifersucht zu tun hat.»

«Ja, das weiß ich.»

«Gut. Partner?»

«Partner.»

Keine zehn Minuten nachdem wir im Büro angekommen sind, kommt Philipp herein, lehnt sich an Ninas Schreibtischkante und schaut sie ernst an. «Wie war euer Gespräch mit Susanne Rauch? Was genau ist eigentlich passiert? Ist sie schlimm verletzt?»

Ich konzentriere mich auf meinen Monitor und überlasse es Nina, ihm zu antworten. Sie lehnt sich in ihrem Stuhl zurück. «Man hat sie ziemlich zugerichtet, aber wir konnten nicht allzu viel von ihr erfahren. Sie sagt, sie sei von zwei Männern zusammengeschlagen worden, die sie nicht erkennen konnte. Wir sind aber nicht sicher, ob sie uns die Wahrheit sagt.»

«Hm … warum sollte sie lügen?»

«Vielleicht, weil sie Angst hat. Vielleicht haben die Typen ihr gedroht?»

Hanke nickt. «Ja, das kann natürlich sein. Aber was anderes: Bleibt es bei unserem Abendessen beim Italiener?»

«Ja, klar.»

Ich sehe aus den Augenwinkeln, dass sie zu mir herüberschaut. «Aber nicht heute. Ich denke, ich brauche mal einen ruhigen Abend.»

Hanke richtet sich auf. «Kein Problem, dann vielleicht morgen.»

Ich warte, bis er aus dem Büro ist. «Das hast du aber jetzt nicht meinetwegen gemacht, oder?», frage ich sie.

Statt einer Antwort schüttelt sie nur grinsend den Kopf und schaltet ihren Monitor ein.

23

Der Tag war lang und hat mich stärker mitgenommen, als ich mir selbst gegenüber zugeben will. Als Daniel mir anbietet, mich nach Hause zu fahren, sage ich ohne Zögern ja. Schon deshalb, weil es vermutlich ein weiteres Friedensangebot ist. Knapp zehn Minuten, nachdem wir losgefahren sind, klingelt sein Handy. *Isabell,* zeigt das Display an.

Daniel ringt kurz mit sich, dann geht er ran. «Hallo! Ich bin gerade auf dem Weg nach Hause, ich melde mich, sobald –»

«Bitte», kommt es gepresst aus dem Lautsprecher. «Bitte, Daniel, kannst du zu mir kommen? Jetzt gleich?» Bei den letzten Worten kippt ihre Stimme, sie schluchzt auf. «Es ist wichtig.»

«Was ist passiert?» Daniel hat bereits die Route geändert, ist nach links abgebogen, statt geradeaus weiterzufahren. Ich habe keine Ahnung, wo Isabell wohnt, aber egal. Ich werde auch von dort irgendwie nach Hause kommen.

«Es ist … ich blute, Daniel. Stark. Ich glaube …» Sie kann nicht weitersprechen.

«Okay, Isabell, ich bin in fünf Minuten da. Leg dich hin, bleib ganz ruhig, ja?»

Leises Wimmern. «Ich habe solche Angst. Was, wenn es wirklich … du weißt schon.»

«Ich bin schon fast bei dir. Egal, was passiert, du bist nicht alleine.»

Er beendet das Gespräch, steigt aufs Gas, die Zähne so fest zusammengebissen, dass die Kiefermuskeln hervortreten. Ich mache mich auf dem Beifahrersitz so klein wie möglich und versuche, die Stimmen in meinem Kopf zum Schweigen zu bringen. Alles, was ich jetzt sagen könnte, wäre falsch. Alles.

Daniel quetscht den Wagen in die letzte knappe Parklücke vor einem gepflegten Mehrfamilienhaus. «Nina.» Seine Stimme klingt merkwürdig. «Kommst du kurz mit hoch? Vielleicht kann eine Frau in so einer Situation besser –»

«Meinst du das im Ernst?» Fast hätte ich aufgelacht. «Daniel, ich glaube nicht, dass Isabell mich besonders mag. Sie wird nicht begeistert sein, mich zu sehen.»

Wir steigen aus. Bevor er an der Tür klingelt, dreht Daniel sich noch einmal um, sein Blick ist eine einzige stumme Bitte.

«Okay, ich komme mit hoch, ganz kurz. Aber du wirst sehen, sie wird dir nicht dankbar dafür sein.»

Isabell wohnt im zweiten Stock, und sie reißt die Tür auf, kaum dass Daniel die letzte Treppenstufe genommen hat. «Ich bin so froh, dass du hier bist.» Sie klammert sich an ihn. Über seine Schulter hinweg fällt ihr Blick auf mich. Nur ganz kurz, dann schließt sie die Augen. Mir fällt auf Anhieb etwas auf, das Daniel sicher entgangen ist, aber das tut jetzt nichts zur Sache.

Er führt sie behutsam zurück in die Wohnung, ich folge ihnen widerwillig. Egal, wie die Dinge wirklich stehen, ich bin hier fehl am Platz.

Während Daniel Isabell auf der Couch in den Arm nimmt, hole ich aus der Küche ein Glas Wasser und stelle es auf den kleinen, gläsernen Beistelltisch. Die Wohnung wirkt neu und ist geschmackvoll eingerichtet – ein bisschen Shabby-Chic, ein bisschen Landhaus. Unmengen an Kerzenleuchtern und Sofakissen.

«Es tut mir so leid, Isabell», murmele ich. Sie hat sich an Daniels Schulter geschmiegt und nickt. «Okay, ich denke, ich gehe jetzt.»

Wieder nickt Isabell, diesmal mit mehr Nachdruck. «Danke, dass du hier warst», sagt sie leise.

«Gern geschehen.» Ein letzter Blick zu Daniel, der Isabells Haar streichelt. Ich kenne ihn gut genug, um zu wissen, dass er gerne etwas tun würde und nur schwer mit der Tatsache zurechtkommt, dass das in diesem Fall nicht möglich ist.

Außer …

«Ihr solltet ins Krankenhaus fahren», sage ich, schon halb aus der Tür.

Vehement schüttelt Isabell den Kopf. «Das möchte ich nicht.»

«Aber es wäre wirklich wichtig», widerspreche ich sanft. «Sieh mal – dann hast du auf jeden Fall Klarheit. Manchmal kommt es zu Blutungen, und die Schwangerschaft ist trotzdem intakt. Das war bei einer meiner Freundinnen so.» Ich beobachte Isabell genau, aber da ist kein hoffnungsvolles Aufleuchten in ihrem Gesicht. Eher das Gegenteil. «Und wenn nicht», fahre ich fort, «kann es gut sein, dass du ärztliche Hilfe brauchst.»

«Ich brauche jetzt nur Daniel», flüstert sie. «Das ist allein eine Sache zwischen ihm und mir. Schon die Vorstellung, jetzt in ein Krankenhaus zu müssen, ist furchtbar.»

Ich glaube ihr aufs Wort, dass sie das so empfindet. Allerdings könnte es dafür auch andere Gründe geben als die offensichtlichen. «Es wäre wirklich vernünftig», beharre ich also. «Daniel, sag doch auch mal was. Es geht um Isabells Gesundheit und wie gesagt – vielleicht stehen die Dinge ja gar nicht so schlimm. Eine kleine Ultraschalluntersuchung, und ihr wisst es.»

Zärtlich streichelt Daniel über Isabells Gesicht. «Sie hat recht», sagt er. «Komm. Wir fahren gemeinsam hin, ich bleibe bei dir, wenn es nötig ist, auch die Nacht über.»

Ich kann sehen, wie fieberhaft Isabell nach Argumenten sucht, mit denen sie diesen Krankenhausbesuch abwenden kann. «Ihr wisst ja nicht, wie sich das anfühlt», sagt sie schließlich. «Ich kann jetzt keine fremden Menschen um mich herumhaben. Nicht böse sein, Nina, aber kannst du bitte gehen?»

Nichts lieber als das. «Klar, bin schon weg. Aber überleg es dir bitte noch einmal, Isabell. Vielleicht kann ja auch dein Frauenarzt schnell nach dir sehen, der ist kein Fremder. Wenn du möchtest, rufe ich ihn an. Oder ist es eine Ärztin?»

Für den Bruchteil einer Sekunde steht jetzt blanker Hass in Isabells Augen. Sie ahnt, dass ich ahne, was Sache ist, einen ersten Verdacht muss sie schon bei ihrem Besuch in unserem Büro gehabt haben. «Es ist mein Körper», sagt sie bestimmt, aber immer noch mit so viel Beben in der Stimme, dass Daniel seine Umarmung nicht lockert. «Misch dich nicht ein. Auch wenn du es gut meinst, du hilfst mir nicht.»

Ja, da bin ich sicher. «Okay», sage ich. «Deine Entscheidung, gar keine Frage. Tut mir leid, ich wollte mich nicht einmischen.»

«Das wollte sie wirklich nicht», meldet Daniel sich zu Wort. «Ich habe sie gebeten, mit raufzukommen, weil ich dachte, gerade in solchen Dingen kann eine Frau einer anderen besser beistehen.» Er küsst Isabells Stirn. «Wie du siehst, bin ich gerade ziemlich hilflos. Und mache wahrscheinlich alles falsch, aber mir wäre viel wohler, wenn wir ins Krankenhaus fahren könnten. Um sicherzugehen. Es ist dein Körper, natürlich, aber deine Gesundheit ist mir wichtig.»

Unter normalen Umständen würde sich keine Frau jetzt noch dagegen sträuben, außer sie hätte ein ausgewachsenes Krankenhaustrauma.

Oder sie wüsste, dass dort eine Falle zuschnappt.

Prompt bricht Isabell in Tränen aus. «Krankenhäuser machen mich einfach fertig», schluchzt sie. «Schon dann, wenn es mir gut geht. Im Moment würde ich das einfach nicht aushalten. Ehrlich.»

Daniel, selbst mit einer ausgewachsenen Abneigung gegen Krankenhäuser gesegnet, schließt sie fester in seine Arme. «Okay», murmelt er beruhigend. «Ist okay. Was hältst du denn davon: Ich habe eine sehr nette Bekannte, sie ist mit einem guten Freund von mir verheiratet, und sie ist Frauenärztin. Wenn ich sie anrufe und ihr die Situation erkläre, kommt sie bestimmt gerne her. Hm? Wäre das nicht eine Lösung?»

Theoretisch ja, für Isabell aber nicht. Was bisher nur ein Gefühl war, ein Verdacht, festigt sich mit jeder Minute, die vergeht, zur Gewissheit. Sie weint jetzt lauter, drückt Daniel von sich weg. «Du stehst auf ihrer Seite! Das denke ich schon seit Wochen, immer Nina, Nina, Nina. Und sogar jetzt hörst du mehr auf sie, obwohl es um mich geht, merkst du das eigentlich nicht?»

Spätestens jetzt sollte ich einfach abhauen. Falls ich mich wider Erwarten doch irre, ist das hier einfach nur grausam, und ich werde mich nie angemessen bei Isabell dafür entschuldigen können.

Aber ich glaube es nicht. Es war einfach zu geschickt, wie sie das Gespräch gerade auf einen Nebenschauplatz gelenkt und Daniel in die Defensive gedrängt hat.

«Es geht mir nur um dich!», verteidigt er sich. «Ich zerbreche mir doch bloß den Kopf darüber, wie ich dir das Krankenhaus ersparen und trotzdem beruhigt sein kann, weil ein Arzt nach dir gesehen hat.»

Isabell weint jetzt wirklich, die Tränen ziehen schwarze Mascaraspuren über ihre Wangen. Überhaupt sieht sie jetzt viel mitgenommener aus als zu dem Zeitpunkt, als sie uns die Tür geöffnet hat.

«Ich brauche keinen Arzt. Mein Körper kommt wieder in Ordnung, das fühle ich. Was meine Seele angeht, bin ich nicht so sicher.»

In mir pocht das schlechte Gewissen, obwohl ich immer noch sicher bin, dass ich richtigliege. Aber Isabells Angst ist spürbar, sie ist echt. Sie will Daniel nicht verlieren, sie liebt ihn wirklich, und sie weiß genau, dass ihre Beziehung auf Messers Schneide steht. Ein falscher Schachzug, und sie wird ihn nie wiedersehen.

Unauffällig, Schritt für Schritt, ziehe ich mich Richtung Wohnungstür zurück.

«Ich gehe morgen zu meiner Ärztin», sagt Isabell. «Ich verspreche es dir. Aber jetzt will ich einfach nur in deiner Nähe sein und spüren, dass du bei mir bist.»

«Ist ja gut», sagt Daniel. «Dann geh morgen. Aber dann wirklich, versprichst du mir das? Wenn ich es irgendwie einrichten kann, komme ich mit.»

«Wenn du das gern möchtest», murmelt Isabell. «Danke, mein Liebling.»

Ich drücke vorsichtig die Türklinke nach unten. Nein, ich werde jetzt nicht direkt nach Hause fahren, sondern auf dem Weg noch irgendwo ein Bier trinken. Oder mehr als ein Bier.

Ich versuche gerade, lautlos nach draußen zu schlüpfen, als ich höre, dass mir jemand nachkommt. Daniel.

«Es tut mir leid, dass ich dich da mit reingezogen habe», sagt er leise. «Muss unangenehm für dich gewesen sein. Und ich finde, dass du wirklich recht hast mit der Krankenhaussache, aber», er hebt die Arme in einer hilflosen Geste, «du siehst ja, dass da nichts zu machen ist.»

Ich nicke. «Sehe ich. Mir tut das alles sehr leid für euch. Und egal, wie es weitergeht, ich glaube, dass Isabell sehr viel für dich empfindet.» Ich zögere. «Vielleicht ein bisschen zu viel», füge ich leiser an.

«Wie meinst du das?»

«Ich meine, dass sie bereit ist, unglaublich viel für dich zu tun. Für eure Beziehung.» Ich hoffe wirklich, dass ich leise genug spreche, um im Wohnzimmer unhörbar zu sein. «Aber das sind möglicherweise Dinge, die du gar nicht so gern möchtest.»

Ich kann Daniel am Gesicht ablesen, dass er nicht mal im Ansatz versteht, was ich meine. Vielleicht war es doch ganz gut, dass ich mit raufgekommen bin.

«Denk an den Zettel.» Ich male mit beiden Zeigefingern ein Rechteck in die Luft. «Jetzt wäre der richtige Zeitpunkt, ihn zu lesen.»

24

Ich sehe Nina nach, bis sie die Treppe nach unten erreicht hat, bevor ich mich abwende und die Tür schließe. Allerdings gehe ich nicht sofort zurück zu Isabell, sondern lasse mir Ninas Worte noch einmal durch den Kopf gehen.

Denk an den Zettel … Eigentlich habe ich jetzt andere Sorgen als diesen Zettel, den sie mir zugesteckt hat, aber wenn Nina ihn in dieser Situation erwähnt, muss er etwas bedeuten. Ich ziehe ihn aus dem Seitenfach meiner Brieftasche und falte ihn auseinander.

Die Tatsache, dass du das jetzt liest, kann zwei Gründe haben. Erstens: Du warst zu neugierig, um dich an unsere Abmachung zu halten. Zweitens: Isabell ist plötzlich nicht mehr schwanger.

Ich lese die Worte noch zwei Mal und lasse die Hand sinken. *Isabell ist plötzlich nicht mehr schwanger …* Woher konnte Nina das wissen? Alles in mir wehrt sich dagegen, aber im Grunde weiß ich, dass es nur eine Erklärung geben kann: Sie hat recht früh etwas erkannt, das ich nicht für möglich gehalten, das ich nie in Betracht gezogen habe. Falls sie sich nicht geirrt hat.

Ich zerknülle Ninas Zettel und stopfe ihn in meine Hosentasche, dann gehe ich zurück zu Isabell.

Als ich das Wohnzimmer betrete, liegt sie in Embryonalhaltung auf der Couch und hat das Gesicht in ihren Händen vergraben.

Sie sieht so hilflos und verletzt aus, dass ich mich ungeachtet der Gedanken, die mir gerade durch den Kopf rasen, zu ihr setze und sie in den Arm nehme. Sie schmiegt sich an mich. «Es tut mir so leid.»

Ich drücke sie ein wenig zurück und schaue sie an. «Was tut dir leid?»

«Dass ich ... dass das passiert ist. Ich habe mich so gefreut, dass da etwas in mir heranwächst, das ...» Ihre Stimme bricht, und ich frage mich, ob mir das nur wegen Ninas Nachricht eine Spur zu theatralisch erscheint.

Behutsam streichle ich ihr über die Haare. «Da gibt es nichts, was dir leidtun müsste.»

Sie sieht mich an. «Aber ...»

«Nein, kein Aber.» Ich kann und will nicht glauben, was mir seit Ninas Nachricht im Kopf herumspukt, aber ich weiß auch, ich muss mir jetzt Gewissheit verschaffen. Hoffentlich muss ich mich danach nicht selbst dafür hassen. «Trotzdem bestehe ich darauf, dass du dich untersuchen lässt. Du hast gerade eine extreme emotionale Erfahrung gemacht. Ich könnte es mir nie verzeihen, wenn ich nicht sicherstellen würde, dass du vollkommen in Ordnung bist. Also bitte, wenn du es schon nicht um deiner selbst willen möchtest, dann tu es für mich. Lass uns ins Krankenhaus fahren, damit dich ein Gynäkologe untersucht.»

Isabell schiebt mich von sich weg und rückt ein Stück von mir ab. «Ich kann das überhaupt nicht glauben. Du übergehst einfach, wie es mir geht und was ich fühle, aber auf Nina hörst du. Um jeden Preis, nicht wahr?»

Etwas bohrt sich in meinen Magen. Noch nicht so, dass es mir Übelkeit verursacht, aber doch schon ausreichend, um unangenehm zu sein.

«Isabell», sage ich noch immer sanft. «Das hat nichts mit Nina zu tun, sondern mit meiner Sorge um dich und um das Kind, das du vielleicht ja tatsächlich noch immer …»

«Es ist mein Körper», stößt sie mit nun unverhohlener Wut aus. «Und es ist mein Empfinden. Du kannst dich darüber doch nicht einfach hinwegsetzen, nur weil deine Nina dir einen Floh ins Ohr gesetzt hat.»

Mein Magen krampft sich immer mehr zusammen. «Und ich kann nicht glauben, mit welcher Vehemenz du gegen alles bist, was eine Fehlgeburt beweisen würde. Oder eben nicht.»

«Was?» Isabell reißt ungläubig die Augen auf. «Was soll das heißen?»

«Das heißt, dass ich mich sehr wundere, wie beharrlich du dich dagegen sträubst, vernünftig zu sein und dich untersuchen zu lassen. Mir ist das wirklich wichtig. Heute kann ich dabei sein, morgen vielleicht nicht. Ganz ehrlich, dass du dich so gegen den Vorschlag wehrst, gibt mir zu denken. Und ich frage mich, ob es dafür nicht einen ganz bestimmten Grund gibt.»

Isabell schafft es nur noch zwei, drei Sekunden lang, mir in die Augen zu sehen, dann richtet sich ihr Blick an mir vorbei.

«Ich habe gerade unser gemeinsames Kind verloren, und anstatt mir zur Seite zu stehen, sagst du so unglaublich gemeine Sachen.»

Genauso fühle ich mich tatsächlich gerade. Gemein. Aber ich kann die Dinge jetzt nicht auf sich beruhen lassen. Ich lege die Hände auf ihre Schultern und schaue sie ernst an.

«Isabell. Ich möchte jetzt von dir wissen, ob du sicher bist, dass du heute Abend eine Fehlgeburt hattest. Und ich bitte dich inständig, dir deine Antwort gut zu überlegen, denn davon kann viel abhängen.»

Sie schaut mich an. Tränen rinnen über ihre Wangen. Als ihr Blick sich senkt, ahne ich, was jetzt kommen wird, und eine Faust presst meinen Magen zusammen.

«Ich … Meine Periode war überfällig.» Sie hält den Blick gesenkt. «Nach ein, zwei Tagen habe ich noch nicht weiter darüber nachgedacht, obwohl sie normalerweise sehr pünktlich ist. Als dann daraus drei und vier Tage wurden, war mir klar, was das bedeuten musste, und ich war unbeschreiblich glücklich. Ein Kind. Mit dir. Mit dem Mann, den ich wirklich liebe, und mit dem ich mein Leben verbringen möchte.» Nun sieht sie mich doch an, ein paar Sekunden lang. «Ja, da bin ich mir sicher, auch wenn wir uns erst kurze Zeit kennen.»

Sie schluchzt, hat plötzlich ein Papiertaschentuch in der Hand und putzt sich die Nase. «Und dann kam sie plötzlich doch. Du kannst dir nicht vorstellen, wie enttäuscht ich war.»

Ich wende meinen Blick von ihr ab, suche mir irgendetwas, das ich anstarren kann, nur um Isabell nicht ansehen zu müssen. Was sich da gerade anbahnt, ist so ungeheuerlich …

«Ich liebe dich so sehr und hatte mich in der kurzen Zeit, in der ich wirklich dachte, ich sei schwanger, so sehr darauf gefreut, es dir sagen und mit dir gemeinsam unser Leben planen zu können …» Plötzlich liegt ihre Hand an meiner Wange und dreht meinen Kopf so, dass ich sie ansehen muss. «Daniel. Ich liebe dich mehr, als ich beschreiben kann, und dass ich dir nicht gesagt habe, dass ich nicht schwanger bin …»

Ich habe das Gefühl, dass etwas in mir implodiert und mein Innerstes zu einem winzigen Klumpen zusammenzieht.

«Als du mir von deiner angeblichen Schwangerschaft erzählt hast … hast du da schon gewusst, dass es nicht stimmt?»

Sie antwortet nicht und senkt wieder den Blick.

«Also ja. Du hast mir nicht einfach nur verheimlicht, dass du nicht schwanger bist, Isabell. Du hast mir gesagt, du seist schwanger, als dir schon völlig klar war, dass du es nicht bist.» Ich schüttele den Kopf, als könne es mir damit gelingen, diese Situation einfach abzuschütteln.

«Du hast die ganze Zeit über gewusst, in welcher Situation ich bin. Dass dieser Fall mir wirklich alles abverlangt und mich so sehr belastet, dass er mich an meine Grenzen bringt. Und trotzdem hast du mich auf eine Art und Weise angelogen, die so unfassbar ist ...»

«Nein!» Es ist fast ein Aufschrei. «Ich wollte doch nur, dass du dich auf etwas freuen kannst, das dir Halt gibt. Auf eine gemeinsame Zukunft mit mir, auf ein Kind, eine Familie. Ich wollte dich doch nicht belügen, Daniel. Ich liebe dich so sehr ... Ich werde ganz sicher wirklich schwanger, wenn wir das möchten. Du wirst sehen, das geht ganz schnell. Und dann haben wir wirklich etwas, worauf wir uns freuen können. Den Beweis unserer Liebe füreinander. Wir wissen doch jetzt beide, wie es sich anfühlt. Wir müssen uns nur wollen.»

Einen Moment lang überlege ich ernsthaft, ob ich an ihrem oder an meinem Verstand zweifeln soll. Es kann doch nicht sein, dass sie in dieser Situation tatsächlich denkt ...

«Sag mal, hast du eigentlich den Verstand verloren?» Ich schüttle sie von mir ab und stehe auf. «Wie hast du dir denn vorgestellt, dass das weitergeht? Dachtest du, du wirst schnell noch schwanger, und das fällt dann gar nicht auf – das Kind kommt eben ein bisschen später? Und weil das leider nicht geklappt hat, hast du heute dieses kleine Drama inszeniert, um deinen Kopf aus der Schlinge zu kriegen.» Ich lache wider Willen auf. «Du kannst doch nicht ernsthaft glauben, dass ich nach dem, was du da getan hast, so tue, als sei alles in bester Ordnung und anfange, mit dir eine Familie zu planen?!»

Auch Isabell erhebt sich und steht so dicht vor mir, dass unsere Gesichter nur Zentimeter voneinander entfernt sind. «Ich liebe dich, Daniel. Das habe ich noch bei keinem Mann so tief empfunden. Du bist alles, was ich mir wünsche. Ja, ich habe mir diese Schwangerschaft so sehr gewünscht, dass ich deswegen nicht die Wahrheit gesagt habe. Aber du musst doch auch sehen, was ich alles auf mich genommen habe, nur um dich bei mir zu halten und mit dir zusammen sein zu können. Es muss doch ein wunderschönes Gefühl sein, so sehr geliebt zu werden. Kannst du mir diese kleine Lüge nicht verzeihen?»

Ich schaue sie an. Entsetzt, fassungslos, und nach und nach auch immer wütender.

«Isabell … Ich gehe jetzt besser.» Ich höre selbst, dass meine Stimme rau und heiser klingt vor unterdrücktem Zorn. «Und unter uns gesagt, ich denke, du brauchst psychologische Hilfe.»

Sie hebt die Arme, legt sie um meinen Hals, zieht mich an sich. «Nein, bitte nicht. Du kannst mich doch jetzt nicht einfach alleine lassen, Daniel. Bitte! Bitte, bleib heute Nacht hier bei mir. Ich verspreche dir, du wirst es ganz bestimmt nicht bereuen. Ich werde ich verwöhnen und dafür sorgen …»

Mit einem Ruck befreie ich mich aus ihrer Umklammerung, stoße sie unsanft von mir weg, so wie ich gerade von ihr abgestoßen bin. «Mit dir die Nacht zu verbringen ist so ziemlich das Letzte, was ich möchte. Ich verstehe wirklich nicht, was in deinem Kopf vor sich geht. Wie du annehmen kannst, nach dem, was du dir da geleistet hast, würde ich mich mit dir ins Bett legen und mich von dir … *verwöhnen* lassen, als sei alles in bester Ordnung. Nein, Isabell. Ich möchte das weder jetzt noch überhaupt irgendwann wieder.»

Dieser Blick … ungläubig, entsetzt, als wäre das, was ich gerade gesagt habe, wirklich eine vollkommene Überraschung für sie. «Aber … Daniel, ich liebe dich doch.»

«Nein, das tust du ganz sicher nicht. Zumindest nicht auf eine normale und gesunde Art und Weise. Wenn man jemanden liebt, ist man bestrebt, ihn glücklich zu machen und nicht, ihn schamlos anzulügen, um ihn damit an sich zu binden. Ich hätte mit vielem leben können, Isabell, auch damit, Vater zu werden, obwohl ich das ganz sicher noch nicht auf dem Plan hatte. Aber von dem Menschen, der mich angeblich liebt, auf eine solch niederträchtige und unfassbare Art angelogen zu werden ist etwas, womit ich weder leben möchte noch kann. Mach's gut.»

Ich wende mich ab und spüre das übermächtige Bedürfnis in mir, so schnell wie möglich eine möglichst große Strecke zwischen Isabell und mir zurückzulegen. Ich möchte sie einfach nicht mehr sehen. Kurz bevor ich die Wohnungstür erreicht habe, werde ich am Arm gepackt.

«Du kannst jetzt nicht einfach gehen, als wäre nichts zwischen uns gewesen.» Die Verzweiflung in ihrer Stimme ist nicht zu überhören – und sie lässt mich vollkommen kalt.

«Nein», sage ich. «Das tue ich auch nicht. Ich weiß sehr gut, was zwischen uns gewesen ist. Deshalb fällt es mir auch so leicht, jetzt zu gehen.»

Sekunden später fällt die Tür hinter mir ins Schloss. Ohne Zögern gehe ich zur Treppe und bin aus dem Haus, bevor Isabell noch auf die Idee kommen kann, mir nachzulaufen.

Als ich mich endlich in meiner Wohnung auf die Couch fallen lasse, kann ich mich an kaum einen Gedanken mehr erinnern, den ich auf dem Weg hierher gehabt habe. Aber ein Grundgefühl ist hängen geblieben: eine Mischung aus maßloser Enttäuschung und Wut auf mich selbst wegen meiner Naivität.

Ich mixe mir einen Gin Tonic, trinke ihn auf ex und mache mir gleich einen neuen, und es ist mir ziemlich egal, ob das gut für mich ist oder nicht. Zumindest entspannt es mich.

Beim dritten Glas bekomme ich eine Nachricht von Nina. Es ist nur ein Satz:

Tut mir leid für dich.

III.

Er war auf der Hut gewesen, die ganze Zeit über schon. Wenn man aufmerksam war, stellte er fest, erkannte man Untypisches im Verhalten anderer sofort. Im Gang, der plötzlich eine Spur langsamer wurde. Im Blick, der eine Sekunde zu lang verharrte.

Er wusste daher, dass mit dem Mann etwas nicht stimmte, schon als er ihn an der Straßenecke stehen sah. Er hatte damit gerechnet, dass er ihm folgen würde, und in gewisser Weise freute er sich darüber. Er war vorbereitet.

Langsam ging er auf den Eingang der Tiefgarage zu, bedacht darauf, es seinem Verfolger leicht zu machen. In den spiegelnden Schaufenstern sah er, dass der Mann etwa sechs oder sieben Meter hinter ihm ging. Eine hochgewachsene, schlaksige Gestalt mit kahlem Schädel, aber einem langen, blonden Zopf, der erst am Hinterkopf ansetzte, und einem ebenso blonden Ziegenbärtchen. Verschlissene Jeansjacke, helle Sportschuhe.

Da war sie, die Tiefgarage. Er würde nicht den Aufzug nehmen, sondern die Treppen. Der Bereich, wo die Autos parkten, war kameraüberwacht, das Treppenhaus vermutlich nicht. Es war besser, wenn das Geschehen nicht aufgezeichnet wurde, fand er.

Er hörte, wie die schwere Tür sich hinter ihm schloss und unmittelbar danach wieder geöffnet wurde. Die Schritte des

Verfolgers waren lautlos, dank der Turnschuhe, das machte die Sache gefährlich.
Keinesfalls durfte er sich hinterrücks überrumpeln lassen.
Also drehte er sich um, den Taser schon in der Hand. Sah den Mann mit dem blonden Zopf bloß vier Treppenstufen hinter sich, das Gesicht wutverzerrt, in der Hand ein kurzes Stahlrohr, das schon zum Schlag erhoben war.
Doch er war schneller. Er drückte dem Kerl den Taser in die Seite, hörte, wie sein Opfer nach Luft schnappte, sah, wie es zuckte und schließlich zusammenbrach, das Stahlrohr klirrend zu Boden fiel. Der Strom jagte immer noch durch den am Boden gekrümmten Körper, das sah unfassbar komisch aus.
Er versetzte dem Mann einen Tritt. «Wer hat dich geschickt?»
Keine Antwort. Nur Stöhnen und Zucken.
«Ich habe dich etwas gefragt!» Noch ein Tritt. «Wer hat dich geschickt?»
Der Mann versuchte, etwas zu sagen, doch es kamen nur abgehackte Laute aus seinem Mund, kein einziges verständliches Wort. Das war leider zu erwarten gewesen.
Er hockte sich neben ihn und packte ihn am Bart. «Ich weiß sowieso, wer es war, aber wenn du klug bist, bestätigst du es mir. Los.»
Keine Antwort. Nur Sabber, der dem Typen aus dem Mundwinkel lief.
Den zweiten Stromstoß versetzte er ihm in den Bauch. Tja, selbst schuld, wenn man so ungeschickt und stur war. Dann geschah es einem recht, dass man mal ein wenig die Kontrolle über den eigenen Darm verlor.
Er richtete sich auf, steckte den Taser wieder ein und ging ein Stockwerk tiefer, zu seinem Wagen.

Keiner würde es schaffen, ihn zu killen. Jeder, der es versuchte, würde einen Denkzettel bekommen, der ihn mindestens ins Krankenhaus beförderte. Er war einfach zu clever.

25

Das Büro ist dünn besetzt, als ich um kurz nach acht ankomme. Noch keine Spur von Daniel, was mich nicht wundert, aber auch Christoph ist nicht hier, und sogar Marc fehlt. Untypisch, aber verständlich. Es ist Samstag, und diese Mordserie zehrt an uns, der Gedanke, dass jederzeit wieder jemand ausrasten und einen x-beliebigen Unbekannten töten könnte, schwebt über uns allen wie ein Fallbeil.

Ich stelle meine Tasche auf dem Schreibtisch ab und schalte den Computer ein. Auf den Nebenschauplätzen hat sich in der Nacht viel getan. Natürlich sind die Morde Thema Nummer eins in der Presse, und die Aufrufe, sich Hilfe zu suchen, wenn man das Gefühl hat, dass einem demnächst die Sicherungen durchbrennen, kommen nicht mehr nur von uns. Sieben Hotlines gibt es mittlerweile. Gemeinnützige Organisationen, Kirchen, Stadtverwaltung.

Interessanterweise ist die Angst in der Bevölkerung bei weitem nicht so groß wie damals, als Trajan sein Spiel mit uns gespielt hat. Wahrscheinlich, weil es nichts live anzuschauen gibt. Dass aber diese Bedrohung objektiv gesehen größer ist, begreifen die wenigsten, und vielleicht ist das gut so.

Ich werde mir zuallererst Kaffee holen und dann damit anfangen, die Meldungen aufzuarbeiten. Zwei oder drei der Hilfesuchenden sollten wir uns näher ansehen, einer war angeblich schon mit dem Küchenmesser auf der Suche nach seinem Opfer (blond, Ende zwanzig, schütteres Haar), hat dann aber doch kehrtgemacht.

Auf dem Weg zur Kaffeeküche höre ich Stimmen aus einem der Büros – Pia und Philipp. Ich will schon hineingehen und guten Morgen sagen, als ich höre, dass mein Name fällt.

«– kommen doch alle ganz gut mit Nina aus, nicht wahr?»

Ich bleibe stehen, die Frage kam von Philipp, und Pia reagiert wie erwartet. Mit verächtlichem Auflachen. «Na ja, wie man's nimmt», sagt sie. «Sie schafft es eben, Leute auf ihre Seite zu ziehen. Daniel ist das beste Beispiel, er tanzt nach ihrer Pfeife, ohne es zu merken. Der war ohne sie ein viel besserer Polizist, wenn du mich fragst.»

«Hm. Hast du denn je mit ihm zusammengearbeitet?»

Pia antwortet nicht sofort. «Ja, schon», sagt sie dann. «Wir waren keine Partner oder so, aber er hat mich stärker in alles mit einbezogen. Jetzt machen die beiden ihr Ding, und der Rest des Teams wird mit dem Kram zugeschüttet, für den die beiden sich zu gut sind.»

Nun ist es Philipp, der kurz auflacht. «Ach komm, das klingt aber ganz schön bitter.»

«Nein, das ist bloß die Wahrheit», beteuert Pia. «Du hast doch selbst gesehen, was los war, als du für einen Tag mit Nina zusammengearbeitet hast. Daniel fand das gar nicht witzig, und früher hätte er bei so etwas nur die Schultern gezuckt.» Kurze Pause. «Ich sage dir, da ist irgendwas zwischen den beiden.»

«Ach was.» Philipp klingt amüsiert. «Den Eindruck hatte ich überhaupt nicht.»

«Wäre dir nicht recht, oder?» Ein neuer Ton hat sich in Pias Stimme gemischt. «Kann es sein, dass du interessiert an Nina bist?»

Unwillkürlich halte ich die Luft an. Gute Frage, die habe ich mir selbst schon mal gestellt.

Philipp lässt sich Zeit mit seiner Antwort. «Hm. In gewisser Weise könnte man das so sagen. Ja, wahrscheinlich.»

Pia reagiert wie erwartet. «Na klar. Du auch. Deshalb also das Croissant, der Cappuccino und das freundliche Grinsen, nicht wahr? Es geht mal wieder um Nina. Wahrscheinlich muss man eben ständig die Regeln über den Haufen werfen, um *interessant* zu sein.»

«Tut sie das denn?»

«Ach, frag sie doch selbst. Es ist noch nicht so lange her, dass sie eine Verwarnung bekommen hat, und da hat Arendt noch beide Augen zugedrückt …»

Bevor ich mir weiter anhöre, wie Pia über mich lästert, ziehe ich mich vorsichtig in mein Büro zurück. Schritt für Schritt, möglichst leise. Kein Kaffee also. Die beiden sollen nicht auf die Idee kommen, ich hätte auch nur ein Fitzelchen dieses Gesprächs mithören können. Besser für alle.

Ich muss wohl versuchen, Pia davon zu überzeugen, dass ich ihr nichts Böses will.

Daniel trifft eine knappe Stunde später ein, macht einen gehetzten Eindruck und wirkt, als hätte er in der letzten Nacht keine Minute lang geschlafen. Er lässt sich auf seinen Stuhl fallen, ohne auch nur die Jacke auszuziehen. «Woher wusstest du es?»

«Hatte ich denn recht?»

«Ja, sie hat es mir schließlich erzählt. Ein paar Tage lang dachte sie, sie sei schwanger, dann hat sich das als falsch herausgestellt, aber sie hat mir die frohe Kunde trotzdem überbracht. Und daran festgehalten, bis es eben nicht mehr ging. So. Und du sagst mir jetzt, woher du das wusstest.»

Ich rufe mir noch einmal ins Bewusstsein, was Daniel mir alles erzählt hat. Außerdem Isabells Verhalten, damals, als sie hier zu Besuch war.

«Es waren lauter Kleinigkeiten, aber in der Summe haben sie ein komisches Bild ergeben. Dass sie mit dir zusammen eine Flasche Wein leer gemacht hat, zum Beispiel. Das tun Schwangere eher selten. Oder dass sie kein Ultraschallbild mit dabeihatte, obwohl es angeblich eines gab. Ich habe sie danach gefragt, und sie ist mir ausgewichen. Glaube mir, ich hatte schon mit einigen schwangeren Frauen zu tun, und die verriegeln normalerweise Tür und Tor, damit du nicht abhauen kannst, bevor du nicht die Ultraschallbilder gesehen hast.»

Das lässt jetzt wenigstens ein kleines Lächeln auf Daniels Gesicht erscheinen. «Aha. Da habe ich offenbar eine Wissenslücke.»

«Dann die Geschichte mit der Pille und dem Magen-Darm-Virus. Das passiert sicher gelegentlich, ist aber auch eine gute Ausrede, wenn man in Wahrheit die Pille abgesetzt hat und still und heimlich schwanger werden möchte. War auch ein Gedanke, der mir zwischendurch kam.»

Daniel lehnt sich zurück und legt die Hand über seine Augen. «Ich bin ein Idiot», stellt er in sachlichem Ton fest.

«Nein, bist du nicht. Ich finde es ganz normal, dass du bei unserem Beruf nicht auch im Privatleben ständig misstrauisch sein willst. Außerdem hatte ich ein Gespräch mit Isabell, bei dem du nicht dabei warst. Hier, im Büro, als sie die Cremeschnitten mitgebracht hat. Sie erzählte mir, dass sie am nächsten Tag einen Ultraschalltermin habe, und ich habe ihr angeboten, dir den Rücken freizuhalten, damit du mitkannst. Sie war so geschockt, als hätte ich vorgeschlagen, ihr den Kopf zu rasieren. Du siehst, lauter Kleinigkeiten, aber in Summe …»

«In Summe», sagt Daniel müde, «hast du jedenfalls die richtigen Schlüsse gezogen.»

«Dazu muss man kein Mentalist sein.» Das Wort allein genügt, um auf Daniels Stirn eine steile Falte entstehen zu lassen, aber darauf kann ich jetzt keine Rücksicht nehmen. «Und weißt du, was? Den rufe ich jetzt an. Er macht sein Geld damit, Leute zu beeinflussen, er soll uns gefälligst ein paar seiner Geheimnisse verraten.»

Dirk Seiwert wird erst gegen fünfzehn Uhr Zeit haben. Ich stürze mich in die Bearbeitung der wichtigsten Mails, telefoniere viel und vermeide es tunlichst, auch nur das Geringste an Pia zu delegieren.

Als wir gegen halb drei aufbrechen, habe ich das Gefühl, schon einen vollen Arbeitstag hinter mir zu haben.

Wir treffen Seiwert im Café *Alex* am Jungfernsteg. Er wartet bereits auf uns, und weil das Wetter relativ freundlich ist, hat er sich nach draußen gesetzt, an einen der Tische direkt am Wasser.

Die frische Luft bessert meine Laune beträchtlich, und als Seiwert mich fragt, ob er Kaffee für mich bestellen soll, schüttle ich fröhlich den Kopf. «Danke, ich hätte lieber Orangensaft. Und ich muss zugeben, dass ich jetzt ein bisschen enttäuscht bin von Ihren Gedankenlesefähigkeiten. Hätten Sie das nicht wissen müssen?»

Er lächelt. «Nicht unbedingt. So funktioniert das nicht.»

«Vielleicht funktioniert es bei mir ja gar nicht», sage ich mit einem Seitenblick auf Daniel.

Seiwert breitet in einer einladenden Geste die Arme aus. «Gut möglich. Wir können es gern versuchen. Alle Theorie ist schließlich grau, nicht wahr?»

«Stimmt.» Ich verschränke die Arme vor der Brust.

«Wir sollten uns aber nicht groß mit diesem Experiment aufhalten, deswegen mache ich es mir so schwer wie möglich und verzichte auf lange Vorbereitungen, gut?» Er holt einen Zettel und einen Stift aus seiner Tasche, schreibt etwas auf das Papier, faltet es zusammen und drückt es Daniel in die Hand. Mir reicht er anschließend ebenfalls Stift und Zettel, dann beugt er sich vor und sieht mich an. «Ich möchte, dass Sie an ein Tier denken, Nina. Ich weiß, Sie haben heute schon fleißig gearbeitet, obwohl Samstag ist. Sie sammeln seit Wochen Indizien und Informationen zu diesem Fall, all das muss Ihren Kopf zum Schwirren bringen wie verrückt. Ich kenne das. Aber jetzt möchte ich, dass Sie innerlich ruhig werden und sich entspannen. Denken Sie an ein Tier und schreiben Sie das Wort auf diesen Zettel.»

Ich hätte nicht gedacht, dass er es mir so leicht machen würde. Ich habe ihn schon nach dem ersten Satz durchschaut. Er will, dass ich an ein Tier denke, er verwendet Worte wie *fleißig, sammeln* und *Schwirren* – zudem ist der Kugelschreiber, den er mir gegeben hat, gelb mit schwarzer Schrift. Er will, dass ich *Biene* schreibe, aber den Gefallen tue ich ihm nicht.

Innerlich grinsend schreibe ich in großen Buchstaben ELEFANT auf den Zettel und lege dann meine flache Hand darauf.

«Sind Sie fertig?», fragt Seiwert.

«Ja.»

«Ganz sicher, dass Sie es sich nicht noch einmal anders überlegen wollen?»

«Absolut.»

«Würden Sie uns dann zeigen, was Sie geschrieben haben?»

Er tut mir fast ein bisschen leid, als ich meine Hand von dem Zettel ziehe und ihn gut sichtbar in die Mitte des Tisches lege. Aber er behält sein Pokerface, das muss man ihm lassen. Kann ja auch nicht das erste Mal in seiner Karriere sein, dass ein Trick schiefgeht.

«Herr Buchholz, könnten Sie jetzt nachsehen, was auf dem anderen Papier steht?»

Daniel entfaltet den Zettel. Lacht auf. Legt ihn neben den ersten. ELEFANT.

Ich höre mich selbst nach Luft schnappen. «Das ist doch … Quatsch», sage ich. «Sie wollten, dass ich Biene schreibe. Ihre Worte waren genau darauf ausgerichtet.»

«Tja, und Sie waren auf der Hut, das wusste ich. Also habe ich das, was ich Ihnen wirklich einpflanzen wollte, schon vorher gesagt. Als Sie noch keine Schutzschilde hochgefahren hatten. Grau, groß, schwer, lang … das ist Ihnen nicht bewusst gewesen, und genau deshalb hat es funktioniert.»

Ich versuche, mich zu erinnern, aber es gelingt mir nur halb. Ja, graue Theorie, die Floskel ist gefallen.

Daniel grinst, ihm ist anzusehen, dass sein Tag gerade um einiges besser geworden ist. «Und so macht das unser Drahtzieher auch, denken Sie?»

«Zumindest könnte das ein Teil seiner Vorgehensweise sein. Allerdings bewegt er die Menschen zu viel weitreichenderen Dingen als nur dazu, an einen Elefanten zu denken.»

Mein Orangensaft wird serviert, ich nippe nachdenklich daran. «Könnten Sie das auch? Jemanden dazu bringen, dass er einen Mord begeht? An einem Menschen, den er gar nicht kennt?»

Seiwert nimmt sich Zeit, darüber nachzudenken. «Vielleicht», sagt er schließlich. «Aber dazu könnte ich mir nicht einfach jemand Beliebigen aus der Menge greifen. Es müsste jemand sein, der von seiner Persönlichkeitsstruktur her fähig ist zu töten.»

«Das bedeutet, Sie müssten ihn kennen?»

Seiwert nickt und rührt Zucker in seinen Espresso. «Ziemlich gut sogar. Ich müsste einschätzen können, auf welche Reize er womit und in welcher Intensität reagiert. Und ich würde keine Erfolgsgarantien abgeben. Ein Tötungsakt erfordert das Überwinden einer großen naturgegebenen Hemmschwelle, zumindest beim ersten

Mal.» Er legt den Löffel ab, greift aber nicht nach der Tasse, sondern blickt aufs Wasser hinaus. «Ich müsste ihn so gut kennen, als hätten wir schon einmal zusammengelebt.»

Noch während wir mit Seiwert zusammensitzen, fühle ich mein Handy in der Jackentasche vibrieren. Ich warte, bis wir aufgestanden sind und uns verabschiedet haben, dann erst ziehe ich es heraus.

Eine SMS, verschickt über eine Nummer, die ich nicht eingespeichert habe.

Herzlichen Dank, dass du alles zerstört hast. Ich weiß übrigens auch, warum. Weil du Daniel für dich selbst haben willst. Aber das kannst du vergessen, er interessiert sich nicht für dich, und ich werde ihn nicht so einfach aufgeben.

Ich wünschte, du wärst tot.

Wow. Ich stecke das Gerät schnell weg. Woher Isabell meine Nummer hat, werde ich bei Gelegenheit klären. Fürs Erste denke ich nicht daran, Daniel auch nur das Geringste von ihrer freundlichen Nachricht zu erzählen.

26

Ich sehe Seiwert nach, bis er um die Ecke gebogen ist, und stelle fest, dass mein erster Eindruck von ihm wohl falsch war. Vielleicht kann er uns tatsächlich noch nützlich sein. Zudem ist er recht sympathisch.

Als ich mich wieder Nina zuwende, lässt sie ihr Smartphone gerade sinken und verstaut es in der Hosentasche. Fast im gleichen Moment verkündet mir ein *«Bling»*, dass ich eine Nachricht erhalten habe. Ich hebe mit einem entschuldigenden Lächeln die Schultern und schaue nach. Isabell. Die Nachricht ist verhältnismäßig lang.

Ich weiß, dass ich einen nur schwer wiedergutzumachenden Fehler begangen habe, der mir unendlich leidtut. Aber bitte, Daniel, sei so fair und überlege dir, warum ich all das getan habe. Würde mir nicht so enorm viel an dir liegen, hätte ich doch diese quälenden Tage gar nicht auf mich genommen.

Man sagt, man kann sich oft verlieben, aber seine wirklich große Liebe trifft man nur ein Mal im Leben. Du bist meine große Liebe, Daniel.

Und ich bitte dich, ich flehe dich an: Denke über alles noch mal nach und gib mir die Chance, dir zu beweisen, dass ich dich nie wieder anlügen könnte.

Isabell

Ich muss nicht lange darüber nachdenken, mein Gefühl spricht eine eindeutige Sprache. Also tippe ich:

Tut mir leid, aber ich sehe keine Chance mehr für uns. Ich möchte dich nicht mehr wiedersehen.

Ich lese den Satz noch einmal durch und schicke ihn dann los, obwohl ich weiß, wie hart er ist und wie sehr er Isabell wahrscheinlich treffen wird.

«Von Isabell?», fragt Nina, als ich das Telefon wieder wegstecke. Offenbar hat sie es meinem Gesicht angesehen.

«Ja.»

«Und?»

Ich deute in Richtung Straße. «Lass uns gehen.»

Sie nickt und geht mit mir an den anderen Tischen vorbei. «Möchtest du nicht darüber reden?»

Ich horche in mich hinein. Möchte ich? «Sie bettelt mich regelrecht an, ihr noch eine Chance zu geben, weil ich angeblich ihre große Liebe bin.»

«Und? Was wirst du tun?»

«Ich werde es nicht tun.»

Wir haben die breite Holztreppe erreicht, die mit ein paar Stufen von der Terrasse des *Alex* zur Straße hinunterführt. Nina bleibt stehen. «Ich weiß ja nicht, ob es für dich wichtig ist, aber ich habe …»

«Können wir bitte das Thema wechseln?», unterbreche ich sie, woraufhin sie beide Hände hebt. «Ja, sicher. Also los, gehen wir.»

Am späten Nachmittag – wir sind längst wieder im Büro – bekomme ich einen Anruf, der mich sehr überrascht. Als ich auf dem Display *P. Buchholz* lese, frage ich mich, von welchem Strand dieser Welt mein Vater mich wohl gerade anruft.

«Guten Tag, mein Sohn», eröffnet er das Gespräch mit der gewohnten Formel. «Ich hoffe, es geht dir gut.»

«Ja, alles bestens», lüge ich. «Wo bist du?»

«In Hamburg.»

«Was?» Das ist wirklich eine Überraschung. «Du bist hier? Seit wann? Wie lange bleibst du? Wo wohnst du?»

Mein Vater stößt ein kurzes, trockenes Lachen aus. «Polizist mit Leib und Seele, was? Ich bin leider nur heute hier, deswegen würde ich dich gerne sehen. Ich sitze auf unserem Stammplatz und warte auf dich.»

Der Stammplatz ist ein Tisch in einem Restaurant unweit der Reeperbahn, in dem wir uns meistens treffen, wenn er in Hamburg ist. Nur dass wir das normalerweise schon Wochen vorher verabreden.

Ich schaue zu Nina herüber, die auf der Computer-Tastatur herumklappert und so tut, als höre sie dem Gespräch nicht zu. «O.k., ich komme. Ich brauche etwa zwanzig Minuten. Bis gleich.»

«Mein Vater», erkläre ich, als Nina fragend hochschaut. «Er ist nur heute in der Stadt. Ich wusste nichts davon. Ich werde mal zu ihm fahren. Wenn irgendwas sein sollte …»

«Komme ich schon damit zurecht.» Nina macht eine Handbewegung, als wolle sie mich verscheuchen. «Also los, lass ihn nicht so lange warten.»

Ich stehe auf. «Ich habe in meinem Leben schon so oft auf meinen Vater gewartet – manchmal vergebens –, dass es ihm nicht schaden wird, auch mal ein paar Minuten auf mich zu warten.»

Er trägt wie meist ein dunkles Sakko über einem weißen Hemd, dazu eine beigefarbene Baumwollhose und ein Paar seiner geliebten Leder-Sneakers. Als ich das Lokal betrete, steht er auf und breitet die Arme aus. «Sohn! Wie schön, dich zu sehen.»

«Ja», sage ich und meine es ernst. Es tut mir wirklich gut, meinem Vater gegenüberzustehen, auch wenn unser Verhältnis nicht immer das beste war. Ich umarme ihn und klopfe ihm mit der flachen Hand auf den Rücken. «Wo kommst du her? Warum bleibst du nur so kurz? Und warum bist du allein?»

Er drückt mich zurück und deutet auf den Tisch. «Setzen wir uns erst einmal.»

Wir haben gerade die Stühle zurechtgerückt, als auch schon der Kellner zu unserem Tisch kommt. Mein Vater bestellt als Aperitif zwei Martini Rosso, wartet, bis der Mann weg ist, und wendet sich mir dann wieder zu.

«Ich komme aus Venetien und reise morgen früh weiter nach Bremen. Da treffe ich mich mit einem Geschäftspartner.»

«Und warum bist du alleine? Wo ist ... die Französin? Wie hieß sie noch schnell?»

Er lacht. «Du meinst Martine? Ach, sie hat beschlossen, dass der Altersunterschied zwischen uns doch zu groß ist. Immerhin sechsunddreißig Jahre. Sie ist wieder nach Toulouse zurück.»

«Das heißt, du bist im Moment allein?», frage ich ungläubig, denn das wäre tatsächlich ein äußerst seltener Zustand.

Mein Vater wiegt den Kopf hin und her und grinst. «So gut wie. Zumindest nichts Festes.»

Ich nicke verständnisvoll. «Ja. Dafür ist es mit knapp siebzig Jahren ja auch wirklich noch etwas früh.» Wir lachen beide. Mit seiner gebräunten Haut und dem fast weißen, aber immer noch vollen Haar sieht er blendend aus.

Mein Telefon vibriert. Ich habe es beim Betreten des Lokals

stumm geschaltet. «Moment», sage ich und werfe einen Blick auf das Display. Unbekannte Nummer. Ich nehme das Gespräch an.

«Ja, Susanne Rauch hier.» Ihre Stimme klingt dünn. «Ich … ich habe Sie zu dem Überfall auf mich angelogen. Können Sie kommen?»

Ich bin wie elektrisiert. Das könnte ein entscheidender Schritt sein. Wenn Susanne Rauch den oder die Männer erkannt hat … «Tut mir leid», sage ich zu meinem Vater und deute auf das Telefon. «Das ist extrem wichtig. Beruflich. Ich muss los.»

Das Gesicht meines Vaters verändert sich sofort. Der schelmische Zug, der fast immer über ihm liegt, ist verschwunden. «Geht es um diese entsetzlichen Morde?»

«Ja.»

Er nickt und deutet zum Ausgang. «Dann mal los.»

Ich gehe um den Tisch herum, beuge mich zu ihm hinunter und umarme ihn. «Bis bald. Sag Bescheid, wenn du wieder hier bist.»

Auf dem Weg zum Auto wähle ich Ninas Nummer. Es dauert eine Weile, bis sie das Gespräch annimmt. «Was ist los?», fragt sie statt einer Begrüßung. «Ich dachte, du bist mit deinem Vater beim Essen?»

«Da war ich auch. Susanne Rauch hat angerufen. Sie hat es sich anders überlegt und möchte nun doch die Wahrheit darüber sagen, was genau passiert ist, als sie zusammengeschlagen wurde. Bist du noch im Büro? Ich komme dich abholen.»

«Nein, ich … das ist jetzt ganz schlecht. Ich habe Philipp versprochen, dass wir zusammen ins *La Luce Due* essen gehen. Vielleicht kann ich ihm ein wenig dabei helfen, sich besser im Team zurechtzufinden.»

Ich kenne das *La Luce Due.* Gemütliche Atmosphäre und phantastisches Essen. Wie sie ihm dort dabei helfen möchte, ins Team zu finden, ist mir schleierhaft.

«Ach», mache ich nur. «O. k., dann ... will ich euch nicht stören. Fahre ich eben alleine zur Rauch.»

«Das ist lieb, danke. Bis morgen.»

Klick. Das Gespräch ist beendet.

So einfach kann man also seine beruflichen Verpflichtungen beiseiteschieben. Um sich mit einem Kollegen, der sich gerade ebenfalls einen Teufel um seinen Job schert, zum Essen in einem gemütlichen Restaurant zu treffen. Ich widerstehe dem Drang, mir auszumalen, wie die beiden sich amüsieren, und konzentriere mich auf das bevorstehende Gespräch mit Susanne Rauch.

Die Frau sieht nur unwesentlich besser aus als bei unserem ersten Besuch in ihrem Krankenzimmer.

«Danke, dass Sie gekommen sind», sagt sie, als ich den Raum betrete. Zumindest ihre Aussprache ist wieder etwas deutlicher. Vielleicht hat man ihr ein Provisorium für die ausgeschlagenen Zähne eingesetzt.

Ich setze mich auf einen Stuhl neben ihrem Bett. «Nun ja, da Sie sich ja offenbar dazu entschlossen haben, nun doch die Wahrheit zu sagen ...»

«Es tut mir leid. Ich hatte einfach große Angst. Er hat mir gedroht, dass er wiederkommt, wenn ich der Polizei etwas sage.»

Ich nicke. «Ja, so was habe ich mir schon gedacht. Also, dann erzählen Sie doch jetzt, wie es wirklich war und wen Sie erkannt haben.»

«Ich habe niemanden erkannt, aber es waren keine zwei Männer, sondern nur einer. Und er war unglaublich wütend.»

Wütend? Das kommt mir doch bekannt vor.

«Woran haben Sie bemerkt, dass er wütend war?»

Sie denkt einen Moment nach. «Als ich die Tür geöffnet habe, schlug er gleich zu. Ich bin rückwärts hingefallen. Er war sofort über mir und hat mir die Hände um den Hals gelegt. Und dann hat er gesagt, ich sei ein Miststück und er werde sich nicht länger von mir bedrohen und öffentlich diffamieren lassen.»

«Haben Sie jemanden bedroht oder diffamiert?»

«Nein. Ich dachte, er verwechselt mich. Das habe ich ihm auch gesagt, aber da ist er noch wütender geworden und hat auf mich eingeschlagen. Dabei hat er geschrien, er werde mich jetzt totschlagen wie einen räudigen Köter. Dann ist ein Auto gekommen. Der Mann ist panisch aufgesprungen und weggerannt. Mehr weiß ich nicht.»

Ich nicke. «In dem Auto saßen Ihre Nachbarn, die dann den Krankenwagen gerufen haben. Gibt es sonst noch etwas, das Sie gesehen oder gehört haben? Denken Sie nach.»

Sie schüttelt vorsichtig den Kopf. «Nein, das ist alles. Jetzt würde ich gerne schlafen.»

«Ja, das verstehe ich.» Ich stehe auf. «Danke, dass Sie die Wahrheit gesagt haben, obwohl der Kerl Ihnen gedroht hat. Sie müssen jetzt keine Angst mehr haben, ich werde Sie hier im Krankenhaus unter Polizeischutz stellen.»

Ich verabschiede mich von ihr und gehe zurück zum Auto.

Was Susanne Rauch erzählt hat, passt ziemlich genau auf die Beschreibung der Täter, die wir gefasst haben. Wut, das Gefühl, bedroht und diffamiert zu werden …

Ich nehme mein Telefon heraus und möchte schon Ninas Nummer wählen, als ich es mir anders überlege. Ich werde sie nicht anrufen. Ich werde den beiden einen kleinen Überraschungsbesuch abstatten und sie auf den neuesten Stand bringen.

Das *La Luce Due* ist wie an jedem Abend gut gefüllt. Trotzdem entdecke ich Nina und Philipp sofort. Sie sitzen sich nicht weit vom Eingang entfernt an einem Zweiertisch gegenüber und essen gerade.

«Guten Appetit», sage ich, als ich sie erreicht habe. Beide schauen mich an, als sähen sie einen Geist. Nina fängt sich als Erste. «Was … machst du denn hier?»

«Arbeiten», sage ich und bemühe mich, mir meine Verwunderung über ihr Aussehen nicht anmerken zu lassen. Zum ersten Mal, seit ich Nina kenne, sehe ich sie in einem raffinierten, figurbetonten Kleid. Ebenso wie die hochhackigen Schuhe, die sie trägt, ist es dunkelblau. Die Haare hat sie kunstvoll hochgesteckt und deutlich mehr Make-up aufgetragen als sonst. Alles in allem sieht meine Partnerin an diesem Abend nicht nur ungewohnt weiblich, sondern auch noch richtig gut aus.

Zu dieser Erkenntnis gesellt sich auch gleich noch eine weitere: dass sie sich für Philipp Hanke regelrecht herausputzt. Für mich hat sie das noch nie getan.

«Daniel?», fragt sie jetzt.

Ich schiebe meine Gedanken beiseite und erzähle von meinem Besuch bei Susanne Rauch.

Als ich damit fertig bin, deute ich auf die Teller vor ihnen und sage: «Das war's schon. Ihr solltet jetzt weiteressen, bevor alles kalt wird.»

Ohne eine Reaktion abzuwarten, wende ich mich ab und verlasse das Lokal.

Nina Salomon kann also tatsächlich nicht nur weiblich, sondern auch sehr verführerisch aussehen, wenn sie es möchte, und sie möchte es, wenn sie sich mit Philipp Hanke zum Essen trifft. Bei mir nicht. Ich frage mich, warum das so ist, und habe im nächsten Moment auch schon eine mögliche Antwort: Könnte daran liegen, dass ich sie noch nie zum Essen eingeladen habe.

27

Bis auf Daniels unerwartetes Auftauchen und die vorwurfsvollen Blicke, die er mir zugeworfen hat, war der Abend wirklich gelungen. Mein schlechtes Gewissen hält sich in Grenzen, ich habe mit Philipp wirklich vor allem über den Job gesprochen, man könnte also gewissermaßen sagen, es war ein Arbeitsessen. Und die Steinpilznudeln in Trüffelsoße waren himmlisch.

Sie sind einer der Gründe dafür, dass ich mir den Wecker eine Stunde früher gestellt habe, als ich müsste; ich will endlich wieder joggen gehen. Auch um den Kopf frei zu bekommen von all den Toten, den Spannungen im Team und neuerdings auch von Isabell, die mir gestern noch zwei ausgesprochen herzerwärmende Textnachrichten geschickt hat.

Ich laufe hinunter in Richtung Elbe. Acht Kilometer habe ich mir vorgenommen, mal sehen, wie schnell ich die schaffe.

Das Wetter ist perfekt. Kein Regen, kaum Wind. Ich finde beinahe sofort meinen Rhythmus, es macht mehr Spaß, als ich mir erhofft hatte, es fühlt sich an, als würde ich alle meine Probleme hinter mir lassen.

Stimmt natürlich nicht. Auf dem Rückweg, nach drei Viertel der Strecke, holen sie mich ein, in Form eines Anrufs von Daniel.

«Bist du schon auf dem Weg ins Büro?»

«Nein», keuche ich. «Bin laufen. In zehn Minuten wieder zu Hause, aber dann ...»

«Ich hole dich in zwanzig Minuten ab. Wir wissen jetzt, wer Faber getötet hat, nämlich ein gewisser Gerd Emmerich. Eine Einheit ist schon auf dem Weg zu ihm, wir sollen dazukommen. Bis gleich!»

Er legt auf, bevor ich noch fünf Minuten mehr heraushandeln kann, also lege ich an Tempo zu. Als ich die Treppen zu meiner Wohnung hinauflaufe, habe ich zwar Seitenstechen, bin aber wirklich stolz auf meine Zeit.

Neun Minuten für duschen und umziehen, Daniel ist pünktlich wie eine ganze Schweizer Uhrenmanufaktur, dafür bin ich aber schnell. Tatsächlich biegt er gerade im Dienstwagen um die Ecke, als ich aus der Haustür trete, perfektes Timing – das nehme ich als Zeichen für einen guten Tag.

«Na, noch einen schönen Abend gehabt?» Sein Blick bleibt an meinem notdürftig geföhnten Haar hängen, von dem es noch gelegentlich auf den Autositz tropft.

«Ja, war nett. Das Essen war bombastisch.»

Er blickt zum Haus hinüber, als erwarte er, Philipp ebenfalls gleich aus der Tür treten zu sehen, dann gibt er Gas. «Wir müssen nach Lohbrügge, Emmerich lebt dort in einem dieser Wohnblocks, die Kollegen haben sein Auto gefunden, aber sie wissen nicht, ob er zu Hause –»

In diesem Moment läutet Daniels Telefon. Er stellt es auf Lautsprecher. «Berweiler hier. Ich habe beschissen schlechte Nachrichten. Emmerich hat den Braten offenbar gerochen und sich in einer der Nachbarwohnungen verschanzt. Er ist bewaffnet und hat Geiseln genommen, eine Frau und ihre zweijährige Tochter. Das SEK ist schon informiert, die sind gleich hier.»

«Wir auch.» Daniel tritt aufs Gas, ignoriert, dass die Ampel vor uns gerade von Gelb auf Rot springt, und wirft mir einen warnenden Blick zu. «Ich weiß ja nicht, wie du in solchen Situationen tickst, aber damit das klar ist: Du wirst jetzt keine deiner Spontanaktionen durchziehen, Nina Salomon. Du hältst dich schön im Hintergrund.»

Es ist ein Wohnblock aus den Siebzigern. Nicht heruntergekommen, aber trotzdem hässlich mit seiner weißgrauen Plattenfassade und den gleichförmigen Balkonreihen. An manchen sind Blumenkästen angebracht, auf anderen steht Gerümpel.

Berweiler kommt schon herangelaufen, als Daniel den Motor noch gar nicht ausgeschaltet hat. «Er ist im zweiten Stock. Jemand von der Verhandlungsgruppe ist da und versucht, Kontakt aufzunehmen. Wir haben Emmerichs Handynummer, aber er geht nicht mehr ran.»

«Ist das SEK schon hier?», will Daniel wissen.

«Ja. Sie sondieren gerade die Lage, es sind Scharfschützen dabei. Möglicherweise wird die Wohnung gestürmt.»

Drei Polizeiwagen mit eingeschaltetem Blaulicht sperren die Zufahrt zum Gebäude ab, es beginnen sich bereits Menschentrauben zu bilden, die uns aber bereitwillig durchlassen. Es ist ruhig, kaum jemand spricht, alle Blicke sind auf die Fenster im zweiten Stock gerichtet. Eines davon ist mit Fensterfarbe bemalt: Winnie Pooh und zwei Luftballons.

Ein Einsatzbus steht auf dem Gehweg vor dem kleinen Rasenstück, das wie ein schmutziggrüner Teppich vor dem Haus liegt. Der Leiter der SEK-Gruppe schüttelt uns kurz die Hand, dann geht er ein Stück zur Seite und spricht in sein Funkgerät. Er macht Platz für einen zweiten Mann, den ich auf Anfang sechzig schätze. Volles graues Haar, gepflegter Schnurrbart, wache, blaue Augen. «Ich bin Holger Seehusen, Verhandlungsgruppe.» Er reicht erst mir, dann Daniel die Hand. «Sie sind mit der Mordserie beschäftigt, in die auch Herr Emmerich verwickelt ist?»

«Ja», sagt Daniel. «Es ist sehr wahrscheinlich, dass er Oliver Faber getötet hat. Erschlagen, mit einem noch nicht identifizierten Gegenstand. Wir wissen noch nicht viel über den Mann.»

«Das könnte allerdings wichtig werden. Ich hatte kurz Kontakt mit ihm, aber er dürfte nur abgenommen haben, um uns klarzumachen, wie ernst er es meint. Er hat mir die Frau ans Telefon gegeben, die er festhält. Sie spricht allerdings kaum Deutsch, im Hintergrund konnte man das Kind weinen hören. Er verlangt freien Abzug und zwanzigtausend Euro.»

«Klingt nicht, als hätte er es gut durchdacht», sage ich, gehe ein Stück zur Seite und hole mein Handy heraus. Jemand im Büro soll mir alle interessanten Daten zu Emmerich heraussuchen – am besten Marc. Oder doch Pia? Wird sie begreifen, dass das eine wichtige Aufgabe ist, auch wenn der Auftrag von mir kommt?

Verdammt, das kann doch echt nicht wahr sein! Es geht um Menschenleben, nicht um die Befindlichkeiten meiner Kollegen. Kurz entschlossen wähle ich Marcs Nummer. «Wir brauchen alles, was es über Gerd Emmerich zu wissen gibt. Vorstrafen, Familienstand, alles eben. Er hat eine Frau und ihr kleines Kind in seiner Gewalt. Mach schnell, bitte.»

Marc war ganz klar die richtige Wahl. «Geht okay», sagt er und legt sofort auf.

Ich kehre zu Daniel und Seehusen zurück, recke einen Daumen hoch. «Marc recherchiert. Wir wissen bald mehr.»

Der Morgen ist grau geworden. Das blaue Aufblitzen der Lichter auf den Einsatzfahrzeugen ist die einzige Lichtquelle um uns herum.

Die anderen Bewohner des Hauses sind größtenteils bei der Arbeit, der Rest wurde evakuiert.

Warten. Darin war ich noch nie gut. Insgeheim muss ich zugeben, dass Daniel mit seiner Ermahnung recht hatte. Ich halte es kaum aus, nichts zu tun, nicht selbst zu Emmerich Kontakt aufzunehmen.

«Er ist gefährlich, weil er weiß, dass er nichts mehr zu verlieren hat», meint Seehusen. «Er wusste, weswegen die Polizei heute Morgen angerückt ist, er muss damit gerechnet haben.» Er fährt sich durch sein graues Haar. «Sicher überlegt er auch, was er tut, wenn die Dinge nicht so laufen, wie er möchte.»

«Und was?» Daniels Stimme klingt ein wenig heiser. «Was wäre Ihrer Ansicht nach typisch?»

«Mord und anschließend Selbstmord», sagt Seehusen, ohne zu zögern. «Er würde ...»

Im zweiten Stock wird ein Fenster geöffnet. Nicht ganz, nur auf Kipp, aber das genügt, um uns lautes, verzweifeltes Kinderweinen hören zu lassen.

Durch Seehusen geht ein Ruck – ein offenes Fenster ist für ihn eine Chance. Er verständigt sich kurz mit dem Einsatzleiter, dann greift er sich das Megaphon aus dem Wagen und tritt auf die kleine Wiese.

«Herr Emmerich, können Sie mich hören?»

Ich balle unwillkürlich die Hände zu Fäusten. Das Kind schreit weiter, ob aus Angst oder gar aus Schmerz kann ich nicht sagen, ich kann auch den Blick nicht von Winnie Pooh auf der Fensterscheibe wenden. Ob derjenige, der all das losgetreten hat, weiß, welche Kettenreaktion er auslöst? Opfer, die einfach verwechselt wurden, die gar nicht gemeint waren, wie Frank Wacht. Opfer wie diese Frau und ihr Kind, die bloß das Pech haben, neben einem der Täter zu wohnen.

Und ein Mann im Schatten, ein Manipulator, der Menschen kennt, bei denen die Schwelle zum Töten niedriger ist als bei anderen. Wie bei Gerd Emmerich. Etwas in meinem Inneren beginnt zu zittern. Wenn ich hier stehen bleiben muss, während er im zweiten Stock das tut, was Seehusen beschrieben hat …

Aus der Wohnung kommt keine Antwort, nur weiterhin verzweifeltes Brüllen. Hoffentlich macht das Emmerich nicht wütend, hoffentlich irritiert es ihn nicht so sehr, dass er es aufhören lassen will, um jeden Preis.

Mein Handy vibriert. Marc. «Emmerich ist dreiunddreißig Jahre alt, einmal vorbestraft wegen Körperverletzung. Er hat aus einer früheren Beziehung eine fünfjährige Tochter, Victoria. Ich habe mit seiner Expartnerin telefoniert, die bereit wäre, zu intervenieren und mit ihm zu sprechen, sie hat aber Angst, etwas Falsches zu sagen und die Dinge noch schlimmer zu machen. Das sei früher auch oft passiert. Sie sagt, er habe sie immer geschlagen, wenn er wütend war.»

Das passt ins Bild. «Gib mir ihre Nummer. Es ist jemand von der Verhandlungsgruppe hier, der möchte sicher gern mit ihr sprechen.»

Ich notiere die Telefonnummer und alle Eckdaten, die Marc mir gegeben hat, dann gehe ich zu Seehusen auf die Wiese und drücke ihm den Zettel in die Hand. Er liest und nickt.

Von hier aus kann ich sehen, wo die Scharfschützen sich positioniert haben: einer hinter einem Holunderbusch zu meiner Rechten, ein zweiter hinter geparkten Autos zu meiner Linken. Ich bin überzeugt davon, dass auch in dem Haus hinter mir jemand Position bezogen hat, so, dass er freien Blick auf die Fenster der Wohnung hat, falls Emmerich dort auftauchen sollte.

Zurück an meinem Platz hinter dem Einsatzwagen, bleibt mir wieder nichts anderes übrig, als zu warten. Seehusen unternimmt noch keinen weiteren Kontaktversuch zu Emmerich, er ist um die Hausecke gegangen und telefoniert jetzt, wahrscheinlich mit der Mutter von Emmerichs Tochter.

Das Kind schreit. Und schreit. Ich lehne meine Stirn gegen das kalte Blech des Wagens. «Was, wenn ihm die Nerven durchgehen?», murmele ich, mehr an mich selbst als an Daniel gerichtet.

Sein Arm legt sich um meine Schultern, nur kurz, aber tröstlich. Dass er nichts sagt, bestätigt mir, dass er das gleiche furchtbare Szenario für möglich hält wie ich: einen Knall und das gleichzeitige Ende des Schreiens. Kurz darauf abgelöst von neuen Schreien, denen der Mutter.

Seehusen ist auf die Wiese vor dem Haus zurückgekehrt. «Herr Emmerich», ruft er durchs Megaphon. «Bitte sprechen Sie mit mir. Es ist nichts verloren, wir tun alles, um Ihnen zu helfen. Ich habe eben mit Victoria gesprochen, sie lässt Sie grüßen. Ich soll Ihnen ausrichten, sie hat ein Bild für sie gemalt.» Er macht eine kurze Pause, wartet auf eine Reaktion, doch es passiert nichts. «Diese Situation ist schwierig für uns alle», fährt er fort, «aber Sie haben es in der Hand, sie gut ausgehen zu lassen. Wir helfen Ihnen, das verspreche ich. Lassen Sie uns miteinander –»

Im gleichen Moment springt die Balkontür auf. Eine dunkel gekleidete Gestalt taucht auf, mit erhobenen Händen. Eine Frau mit einem Schleier, der ihre Haare bedeckt.

Emmerich steht hinter ihr, kaum sichtbar. Er drückt ihr eine Waffe gegen die Schläfe. Das Kindergebrüll ist laut wie noch nie, aber er übertönt es.

«Haut ab, haut sofort ab, ihr Scheißbullen, oder ich blase der Nutte den Kopf weg!»

Seehusen weicht zurück, auch er hebt die Hände, in der Rechten immer noch das Megaphon. Ein paar Meter entfernt sehe ich den Einsatzleiter hektisch telefonieren, er läuft in unsere Richtung, nickt immer wieder. Dann greift er zum Funkgerät. «Schießbefehl. Sobald ihr freies Schussfeld habt.»

Ein Stück weiter, jenseits der Absperrung, sehe ich jetzt Übertragungswagen eintreffen, aus einem davon springt schon jemand mit einer Kamera auf der Schulter, aber er ist nicht der Erste, der das Geschehen festhält. Die Anwohner, die schon seit unserer Ankunft dort stehen, fotografieren und filmen fast alle.

«Seid ihr taub?», ruft Emmerich. «Ihr sollt abhauen, und zwar schnell. Ich will in einer halben Stunde einen Wagen und das Geld, und dann ist von euch hier nichts mehr zu sehen, kapiert?»

Er tritt einen Schritt vor und drückt der Frau die Pistole fester an die Stirn. «Mir macht es nichts aus, die Alte hier ins Jenseits zu befördern, gibt sowieso viel zu viele von denen.»

Die Frau schluchzt verhalten, ich kann sehen, wie sehr sie um Beherrschung ringt. Darum, Emmerich nicht zu reizen. Ihn vor allem von ihrem Kind fernzuhalten.

Er schubst sie nach vorne, an die Brüstung des Balkons. Mit so viel Schwung, dass ihr Oberkörper ein Stück darüberkippt.

Für den Bruchteil einer Sekunde kann ich sein Gesicht sehen. Dunkles Haar, Dreitagebart. Im nächsten Augenblick ertönt ein Knall. Emmerich fliegt förmlich gegen die gläserne Seitenwand des Balkons und verschwindet aus meinem Sichtfeld.

Auf einen Wink des Einsatzleiters laufen die SEK-Kräfte los und stürmen ins Haus.

Ich lasse mich auf den Boden sinken, so, dass die Meute mit ihren Kameras und Handys mich nicht sehen kann. Das Kind schreit immer noch, und ich würde es so gerne dort rausholen, aber das ist nicht meine Aufgabe.

Die beiden Krankenwagen, die in hundert Meter Entfernung gewartet haben, fahren jetzt los, Sanitäter springen heraus und bringen fünf Minuten später Mutter und Kind nach unten.

Es schreit jetzt nicht mehr, sondern sieht uns mit riesigen, dunklen Augen aus einem tränennassen Gesicht entgegen. Seine Locken kleben schweißnass am Kopf, seine Arme sind um den Hals seiner Mutter geschlungen, die es über den Weg zum Krankenwagen trägt.

Ich nicke beiden zu, versuche ein Lächeln, das niemand erwidert.

Dann gehen wir nach oben. Emmerich liegt halb auf dem Balkon, halb ist sein Körper ins Innere der Wohnung gerutscht. Der Scharfschütze hat ganze Arbeit geleistet. Kopfschuss, direkt neben dem linken Auge. Es muss der Mann hinter dem Holunderbusch gewesen sein.

Gemeinsam mit der Spurensicherung betreten wir Emmerichs Wohnung. Spärliche Einrichtung, aber ein ziemlich neuer Computer mit riesigem Bildschirm. Und ein großer Flachbildfernseher.

Daniel und ich wechseln einen resignierten Blick. Kaum noch etwas zu ermitteln hier. Und trotzdem nichts geklärt.

28

Arendt schaut von ihrem Notebook hoch, als wir ihr Büro betreten, und deutet mit versteinerter Miene auf die Besucherstühle schräg vor ihrem Schreibtisch. «Setzen Sie sich.»

Sie wartet, bis Nina und ich Platz genommen haben, dann klappt sie den Computer zu und deutet mit dem Kinn darauf. «Ich habe die letzte halbe Stunde damit verbracht, auf den Onlineplattformen verschiedener Zeitungen quasi live zu verfolgen, was da draußen los war.»

«Ja, die Presse kam fast zeitgleich mit uns dort an. Ich dachte mir schon ...»

«Haben Sie auch mitbekommen, wie die Berichterstattung gelaufen ist, Buchholz?», unterbricht sie mich eisig. «Wie der Einsatz dort dargestellt wird?»

Ich wechsle einen Blick mit Nina und hoffe, sie versteht mich stumm und sagt jetzt nichts.

«Nein, wir hatten bei Gott anderes zu tun», bekomme ich in

halbwegs normalem Ton heraus, obwohl ich Arendt am liebsten gefragt hätte, ob sie noch alle Sinne beisammenhat. Ob wir während einer Geiselnahme verfolgt haben, was die Zeitungen schreiben? Also bitte.

Sie nickt. «Ja, das denke ich mir. Wie immer sind die Zeitungsleute bestens informiert. Sie wussten offenbar recht früh, dass es sich bei dem Geiselnehmer um den mutmaßlichen Mörder von Oliver Faber handelt. Ich frage mich, wie sie das wissen konnten, aber das ist eine andere Geschichte. Ich gebe Ihnen gerne einen kurzen Abriss darüber, was sie sonst so schreiben. Neben Attributen wie *inkompetent, harmlos und verschlafen*, mit denen die Hamburger Polizei bedacht wird, tauchen überall die gleichen Fragen auf. Zum Beispiel, wie es sein kann, dass sich unsere Leute Emmerichs Wohnung so plump und mit derart lautem Getöse genähert haben, dass er vorgewarnt war und Zeit hatte, Geiseln zu nehmen. Oder ob die Mörder, die wir aufgrund gerade genannter Attribute nicht stoppen können, nun noch Unterstützung aus unseren Reihen bekommen, in dem wir selbst damit beginnen, Menschen zu erschießen.»

«Presse!», stoße ich verächtlich aus.

«Ja, Presse. Aber wissen Sie, was, Buchholz? Die eine oder andere Frage stelle ich mir auch. Was war da draußen verdammt noch mal los?»

«Wir sind doch selbst erst eingetroffen, als er die Frau und das Kind schon in seiner Gewalt hatte», erklärt Nina neben mir, woraufhin Arendt nickt.

«Ja, ich weiß. Es geht mir auch nicht darum, Ihnen beiden die Schuld für diese Katastrophe zuzuweisen, sondern Ihnen die Stimmung aufzuzeigen, die nicht nur in Hamburg, sondern bundesweit und auch schon über die Grenzen hinaus herrscht. Man hält uns schlicht für unfähig, diesem Irrsinn ein Ende zu setzen. Der Druck, dem die Staatsanwaltschaft ausgesetzt ist, ist enorm. Und das sind Politiker, wie Sie wissen. Was also werden die wohl tun?»

«Sie schieben die Schuld auf uns», knurre ich.

«Ganz genau. Und wenn das nicht reicht, müssen *Personalentscheidungen getroffen werden,* wie es in deren Sprache so schön heißt. Was das bedeutet, muss ich Ihnen nicht erklären.»

Nein, das muss sie nicht. Dieser ganze Irrsinn macht mich gerade so wütend, dass ich es kaum noch schaffe, auf dem Stuhl sitzen zu bleiben.

«Wir werden alles tun, was in unserer Macht steht», sage ich und stemme mich hoch. «War es das?»

Sie schaut mir eine Weile mit unbewegter Miene in die Augen, dann nickt sie. «Ja, Sie können gehen.»

«Puh», stößt Nina aus, als wir in unserem Büro angekommen sind. «Es ist doch immer dasselbe.»

Mir schwirren so viele Dinge im Kopf herum, dass ich nicht weiß, was ich auf diese Floskel entgegnen soll. Mein Handy enthebt mich einer Antwort mit dem Ton, der den Erhalt einer Nachricht verkündet. Sie stammt von Isabell.

Daniel,
ich kann und will nicht akzeptieren, dass du alles hinwerfen möchtest. Du bist im Moment überarbeitet und hast deshalb überreagiert. Das wird sich wieder legen, und dann wirst du einsehen, dass wir zwei zusammengehören. Das weiß ich.
Isabell.

Das hat mir jetzt gerade noch gefehlt. Ich frage mich, was im Kopf eines Menschen vor sich geht, der so konsequent ignoriert, was man ihm sagt. Ich stecke das Telefon wieder weg und bemerke erst jetzt, dass Nina das Büro verlassen hat. Ich schalte den Computer ein, um mir einen Überblick über die Berichterstattung zu verschaffen, von der die Chefin gesprochen hat, als Hanke den Kopf hereinstreckt.

«Hi, Daniel.»

«Nina ist nicht hier», versetze ich wenig begeistert und richte meine Aufmerksamkeit demonstrativ wieder auf den Bildschirm. «Keine Ahnung, wo sie gerade steckt.»

«Hast du mal einen Moment?» Er kommt herein und zieht die Tür hinter sich zu.

«Worum geht's?»

«Um den Einsatz heute. Ich wollte nur mal hören, wie das gelaufen ist.»

Ich frage mich, was Hanke tatsächlich will. «Das kannst du in Kürze in unserem Bericht lesen.»

«Ja, klar. Aber du weißt selbst, dass das etwas ganz anderes ist. Außerdem stehen da viele Sachen gar nicht drin. Was habt ihr beiden denn während des Einsatzes gemacht?»

«Nichts», antworte ich, was grob der Wahrheit entspricht.

Hanke lächelt. «Das kann ich mir bei Nina gar nicht vorstellen. Hat sie sich tatsächlich zurückgehalten?»

Aha. Nun sind wir also beim eigentlichen Thema. Nina.

«Wie ich schon sagte.»

«So ganz leicht hast du es mit ihr auch nicht immer, stimmt's?»

Ich atme genervt aus und lehne mich zurück. «Sag mal, was willst du eigentlich wirklich? Egal, um welches Thema es geht, du schaffst es, nach spätestens zwei Sätzen bei Nina zu sein. Spiel doch einfach mit offenen Karten und sag, worum es dir geht.»

«Nein, ich wollte einfach nur wissen, wie der Einsatz gelaufen ist. Ich mag Nina, aber ich sehe auch, dass es nicht immer einfach mit ihr ist. Das ist alles.»

Er will also nicht mit der Sprache rausrücken.

«Wenn das also alles war … ich habe zu tun», sage ich.

Hanke scheint zu spüren, dass er nicht mehr aus mir herausbekommen wird, und wendet sich zum Gehen. Bevor er die Bürotür erreicht hat, wird sie von der anderen Seite geöffnet. Nina steht mit zwei dampfenden Tassen im Zimmer.

Hanke zwinkert ihr zu und verlässt das Büro.

«War was?» Sie stellt eine der Tassen vor mir ab.

«Nein. Er wollte wissen, wie der Einsatz gelaufen ist.»

«Ah, o. k. War das eben eine Nachricht von Isabell?»

Ich stehe auf. «Ja, aber ich möchte jetzt nicht über sie reden.»

Ich verlasse das Büro und klopfe kurz an Arendts Tür, bevor ich sie öffne. Sie ist allein. «Darf ich?», frage ich und schließe die Tür hinter mir, ohne eine Antwort abzuwarten.

Sie macht einen entnervten Eindruck. «Was ist noch? Geht es um die Presse?»

«Nein, es geht um den Kollegen Hanke.» Ich bleibe vor ihrem Schreibtisch stehen und stemme die Hände in die Hüften.

Ihr Gesichtsausdruck verhärtet sich noch mehr. «Ich denke, darüber ist schon alles gesagt.»

«Das sehe ich anders.» So leicht lasse ich mich jetzt nicht mehr abspeisen. «Ich leite die BAO und trage die Verantwortung für die Kolleginnen und Kollegen. Deshalb ist es meine Pflicht, es zu äußern, wenn ich das Gefühl habe, dass jemand die Teamarbeit gefährdet. Und genau das habe ich in Bezug auf Hanke. Seit er dabei ist, läuft es nicht mehr richtig rund. Die Stimmung ist komplett umgeschlagen, und ich erlebe immer öfter ein Agieren gegeneinander. Viele Kollegen wirken deprimiert und gereizt.»

«Sie meinen: so wie Sie in Bezug auf den Kollegen Vogelbusch?»

So einfach ist das nicht. «Nein, ich meine die allgemeine Stimmung. Hanke ist wie Sand, den jemand in das Getriebe des Teams gestreut hat. Mir wäre es am liebsten, er wäre nicht mehr dabei.»

Arendt legt die Hände auf dem Schreibtisch übereinander.

«Buchholz. Ich schätze Sie und Ihre Arbeit sehr, das wissen Sie. Aber was Hanke betrifft, muss ich Ihnen sagen, dass Sie es ihm in Ihrer Funktion als Leiter der BAO auch nicht gerade leicht machen. Das sehen auch die Kollegen. Wenn er seitens seines Disziplinarvorgesetzten von Anfang an abgelehnt wird, ist es für ihn natürlich sehr schwer, sich im Team zurechtzufinden. Ich schlage vor, Sie konzentrieren sich jetzt, so wie eben besprochen, mit aller Kraft auf den Fall. Alles andere wird sich von selbst klären, da bin ich sicher.»

Ich verlasse das Büro noch ärgerlicher, als ich hineingegangen bin. Dass Arendt aus irgendwelchen unerfindlichen Gründen die Hand über Hanke hält, durfte ich ja schon einmal erfahren. Dass sie jetzt aber mir die Schuld dafür gibt, dass der Kerl für Unruhe sorgt, ist unerträglich.

«Du siehst aber nur mäßig zufrieden aus», kommentiert Nina, als ich ihr gegenüber an meinem Schreibtisch stehe und meinen Computer ausschalte. «Wo warst du denn?»

«Noch mal kurz bei der Chefin. Ich habe die Nase für heute gestrichen voll und mache mich auf den Heimweg. Wenn noch was ist, ruf an. Wir sehen uns morgen.»

Ich will nur noch möglichst viel Raum zwischen das Präsidium und mich bekommen.

Auf dem Weg nach Hause denke ich darüber nach, dass ich mich noch nie so unzufrieden und unwohl mit meinem Job gefühlt habe wie im Moment. Und ich weiß nicht, ob das nur an diesem Fall liegt.

Zu Hause mache ich mir Rührei und öffne eine Flasche Rotwein aus Chile. Nach dem Essen nehme ich das Glas mit an den Computer und öffne das Mailprogramm.

Zwölf ungelesene Mails, anscheinend ausschließlich Spam und Werbung. Ich frage mich, wie viele Filter und Scanner ich noch einsetzen muss, um diesen ganzen Müll nicht mehr zu bekommen. Ich klicke drei, vier der Nachrichten an und überfliege den Inhalt, dann lösche ich alle bis auf eine von meiner Werkstatt. Es handelt sich um eine Rundmail, die offenbar an alle Kunden herausgegangen ist und in der es um eine Sonderaktion zur Lackaufbereitung geht. Ausgerechnet. Der Ärger über den Kratzer an meinem Auto ist mit einem Schlag wieder da. Ich denke an Vogelbusch, diesen scheinheiligen Möchtegern-Naturschützer. Er hat noch keine Gelegenheit ausgelassen, sich über mein Auto aufzuregen und mich mit erhobenem, grünem Zeigefinger zu belehren. Er war es, da bin ich ganz sicher. Es kann nur er gewesen sein. Ich greife nach dem Glas und trinke es in einem Zug leer.

Ich sollte ihn anrufen und ihm klipp und klar sagen, was ich von ihm halte. Das sollte ich jetzt sofort tun.

Mit grimmiger Entschlossenheit greife ich nach meinem Smartphone, das neben der Tastatur auf dem Tisch liegt, und will gerade seine Nummer heraussuchen, als das Gerät in meiner Hand vibriert. Ein Anruf von Isabell.

«Verdammt noch mal», schimpfe ich und nehme das Gespräch an. «Ja? Was willst du noch?»

«Du hast meine Nachricht nicht beantwortet», sagt sie mit deutlich hörbarem Vorwurf in der Stimme.

«Doch, das habe ich. Schon vor Tagen. Ich weiß nicht, warum wir das gleiche Gespräch immer wieder führen müssen, Isabell. Ich habe dir deutlich gesagt, was ich von deinem Betrug halte. Dem gibt es nichts mehr hinzuzufügen.»

«Daniel, nun sei doch mal vernünftig und überlege dir, was für eine tolle Zeit wir miteinander hatten.»

«Tolle Zeit? Überlege du dir mal, wie kurz wir uns erst kennen. Und den größten Teil dieser kurzen Zeit haben wir damit verbracht, über deine angebliche Schwangerschaft zu reden.»

«Ach, nun lass doch mal diese dumme Sache aus dem Spiel. Deswegen kannst du doch unsere Beziehung nicht aufs Spiel setzen.»

Dummme Sache? Ich habe das Gefühl, nach Luft schnappen zu müssen. «Du belügst mich nach Strich und Faden und nennst das eine dumme Sache? Sag mal, hast du vollkommen den Verstand verloren? Such dir jemand anderen, der dir ein Kind macht. Das scheint ja der einzige Weg für dich zu sein, um einen Mann dauerhaft an dich zu binden. Bei mir hätte es ja auch fast geklappt. Kleiner Tipp: Vielleicht solltest du mal darüber nachdenken, wirklich schwanger zu werden. Darin, wie man Männer ins Bett bekommt, hast du ja Erfahrung. Und jetzt zum allerletzten Mal: Lass mich in Ruhe.»

Ich beende das Gespräch und knalle das Telefon auf den Tisch. Schon in der nächsten Sekunde habe ich ein schlechtes Gewissen wegen der Dinge, die ich gerade gesagt habe. Auch wenn Isabell mich belogen hat … das ist einfach nicht meine Art. Was zum Teufel ist nur mit mir los?

Ich hoffe inständig, dass es tatsächlich die Auswirkungen der enormen Belastung sind, der wir durch diesen Fall ausgesetzt sind. Aber auch wenn … Ich erkenne mich selbst nicht wieder.

29

Dienstag. Neuer Tag, neues Glück, versuche ich mir einzureden, während ich mit dem Aufzug nach oben fahre. Heute brummt es förmlich in unserer Etage, Marc rennt mich beinahe um. Er hat eine Menge zu tun, denn der Schuss, der Emmerich das Leben gekostet hat, ist auf verschiedenen Plattformen abrufbar, natürlich immer mit dem Hinweis, dass zartbesaitete Menschen sich das besser nicht ansehen sollten, trotzdem hat jeder Zugriff, der das gerne möchte.

Daniel ist am Telefon, als ich hereinkomme, wahrscheinlich ist er das schon, seit er das Büro betreten hat. Wenigstens mit den Medien muss er sich derzeit nicht herumschlagen, das macht der Pressesprecher, aber Staatsanwaltschaft, Bürgermeister, Stadtsenat – die hat hauptsächlich er im Genick sitzen. Ich hole ihm Kaffee, ich bin ziemlich sicher, er braucht ihn. Als ich mit zwei Tassen zurückkomme, steht da schon Andressen, mit breitem Lächeln.

«Gute Nachrichten!», ruft er. «Soll ich warten, bis Buchholz sie auch hören kann?»

Ich stelle die Tasse vor Daniel ab, der mit einer Hand den Hörer hält, mit der anderen seinen Kopf. «Ich schätze, das kann länger dauern», sage ich. «Aber gute Nachrichten sind sehr willkommen. Was hast du für uns?»

Andressen hält ein Foto hoch, es zeigt einen etwa fünfzigjährigen Mann mit Stirnglatze, blondem Resthaar und kleinen Augen über einer breiten Nase.

«Ach, ist das ...»

«Genau. Das ist Tom Ate, der angebliche Provokateur aus dem Problemforum. Ich habe den Computer mit dem Bild einen Fotodatenbankabgleich machen lassen und kann dir jetzt verraten, dass der Mann weder Tom noch Ate heißt, sondern Richard Lau. Er ist Diplompsychologe mit Spezialgebiet Familien-, Kinder- und Jugendtherapie. Lebt in Ottensen, gar nicht weit entfernt von dir.»

Ich nehme Andressen das Foto aus der Hand. Er hat recht, das ist eine wirklich gute Nachricht, denn wenn wir den Mann richtig identifiziert haben, können wir erstmals ein potenzielles Opfer schützen.

Daniel legt auf und greift nach dem frischen Kaffee. Er sieht noch erschöpfter aus als gestern. «Danke, Nina. Was habt ihr da?»

Ich gönne es Andressen, dass er seinen Jagderfolg noch einmal präsentieren kann, und suche in der Zwischenzeit Laus Privat- und seine Praxisadresse heraus.

«Ausgezeichnet», höre ich Daniel sagen. «Damit können wir hervorragend weiterarbeiten, vielleicht kennt Lau eines der Opfer, oder sogar mehrere, das wäre ein Riesenschritt.»

Andressen geht beschwingt hinaus, ich tippe Laus Praxisnummer ins Telefon. «Ich kündige uns an, okay? Vorausgesetzt, du kannst überhaupt weg hier.»

«Kann ich.» Entschlossen schiebt Daniel das Telefon weg. «Ich leite die Ermittlungen, nicht die Anrufzentrale. Sag ihm, wir sind in einer halben Stunde in der Praxis, er soll notfalls Termine absagen.»

Ich bekomme ein Freizeichen, dreimal, viermal. Dann meldet sich eine Frauenstimme. «Praxis Richard Lau. Es tut mir leid, wir haben heute geschlossen.»

Ihr Tonfall bremst meine Freude über unsere neue Erkenntnis unmittelbar aus. Die Frau klingt, als wäre sie stark erkältet. Oder als hätte sie geweint.

«Mein Name ist Salomon, ich bin von der Kriminalpolizei Hamburg. Kann ich bitte Herrn Lau sprechen?»

Die Frau antwortet nicht sofort. «Kriminalpolizei?», fragt sie vorsichtig.

«Ja, allerdings, und es ist wichtig. Ist Herr Lau im Haus? Oder soll ich es unter seiner Privatnummer versuchen?»

Ein tiefer, zittriger Seufzer. «Sie können nicht mit ihm sprechen. Er hatte einen Unfall.»

«Oh. Welche Art Unfall?»

Sie schluckt hörbar. «Er wurde von einem Auto umgefahren, gestern Abend. Angeblich ist die Fahrerin vor dem Zebrastreifen aufs Gas gestiegen statt auf die Bremse.»

Nein. Oh nein. Wir dürfen einfach nicht zu spät gekommen sein. «Heißt das, er ist tot?»

Ich kann Daniels und Andressens Reaktion spüren, auch wenn ich die ganze Zeit über den Schreibblock vor mir fixiere.

«Nein, aber es geht ihm sehr schlecht. Er hat schwere Kopfverletzungen, Organquetschungen … es sieht nicht gut aus.» Die Frau ist mit jedem Wort leiser geworden. «Er liegt auf der Intensivstation im UKE. Ich bin nur in der Praxis, um die Klienten zu informieren, die heute Termine hätten.»

«Verstehe. Und Ihr Name ist?»

«Stedtler. Nicole Stedtler.»

Der leichte Druck auf meine Schläfen, der vor ein paar Sekunden eingesetzt hat, verdichtet sich zu Kopfschmerzen. Wieder ein

Rückschlag. «Gut, Frau Stedtler, mein Kollege und ich werden demnächst bei Ihnen vorbeikommen, wir melden uns noch.»

Autounfall, Name des Opfers Richard Lau. Name der Unfallverursacherin?, habe ich auf einen Zettel gekritzelt, den ich jetzt Daniel in die Hand drücke. «Wenn Pia das recherchieren soll, sag lieber du es ihr.»

Er sieht mich verwundert an, zuckt dann aber die Schultern und nimmt seine Jacke vom Haken. «Erst fahren wir ins Krankenhaus, ich will aus erster Hand wissen, wie es um Lau steht», sagt er. Und kurz danach, leiser: «Es ist wirklich zum Aus-der-Haut-Fahren.»

Sie lassen uns nicht bis zu Lau vor, aber das hätte auch gar keinen Sinn, versichert uns der behandelnde Arzt. «Er hat ein schweres Schädel-Hirn-Trauma und eine Schädelfraktur», erklärt er uns. «Dazu kommen Organverletzungen und drei Wirbelbrüche, die anderen Knochenbrüche sind da schon fast zu vernachlässigen.»

Daniel blickt in Richtung der Sicherheitstür, hinter der sich die Station befindet. «Wird er es überleben?»

Der Arzt lässt sich Zeit mit seiner Antwort. «Sie sind keine Angehörigen», sagt er langsam. «Daher muss ich nicht verbrämen, wie ich die Sache sehe. Es kann sein, dass Herr Lau trotz seiner vielen Verletzungen weiterleben wird. Wir werden alles dafür tun. Aber ich weiß nicht, ob man es ihm wirklich wünschen sollte.»

Auf dem Weg nach draußen ruft Pia bei Daniel an. Sie habe Name und Adresse der Unfallfahrerin, ob er mitschreiben könne?

Der Ton, den sie ihm gegenüber anschlägt, ist so anders als der, mit dem sie mir begegnet, dass ich ihre Stimme kaum erkenne, obwohl Daniel die Freisprechfunktion eingeschaltet hat. Sie fasst kurz und prägnant zusammen, was in dem Polizeibericht zu dem Vorfall steht und was die Quintessenz der Zeugenaussagen ist. «Kann ich sonst noch etwas für dich tun?», erkundigt sie sich am Ende.

«Nein, aber du hast mir sehr geholfen, danke.»

Ich sollte mich darüber nicht ärgern, denke ich und steige in den Wagen. Ich sollte froh sein, dass wenigstens Daniel es schafft, mit Pia richtig umzugehen.

«Ramona Wittrin», sagt er und startet den Motor. «Das ist die Frau, die angeblich nicht weiß, wo die Bremse ist. Das will ich jetzt von ihr persönlich hören.»

Auf den ersten Blick wirkt sie schüchtern, sie öffnet die Tür nur einen Spalt und lugt vorsichtig durch. «Sie sind die Beamten von der Polizei?»

«Ja.» Daniel hält seinen Ausweis hoch. «Daniel Buchholz und Nina Salomon. Dürfen wir bitte hereinkommen?»

Ramona Wittrin tritt zur Seite, eine rundliche Frau in einem hellgrünen Jogginganzug. «Natürlich. Obwohl ich doch die halbe Nacht bei der Polizei war. Ich dachte, es wäre jetzt alles klar.»

«Nicht so ganz.» Daniel ist im Flur stehen geblieben und sieht sich um. Ich kann gut verstehen, warum – die Wohnung ist vollgestopft mit Kitsch. Bilder von traurigen Clowns, im Sonnenuntergang galoppierenden Pferden und über Regenbogen springenden Delfinen ergänzen sich perfekt mit einer Sammlung pastellfarbener Teddybären, die die Wohnzimmercouch bevölkern. Ramona Wittrin führt uns in die Küche und deutet auf die Essecke. «Möchten Sie gerne Kaffee?»

Ich schüttle entschieden den Kopf, was erstaunlich schmerzhaft ist. Ich bitte um ein Glas Wasser, aber ich habe die Tabletten in der Schreibtischschublade liegen gelassen. Egal. Daniel schließt sich mir an.

«Frau Wittrin, Sie haben gestern Richard Lau auf einem Zebrastreifen überfahren, ist das richtig?»

Sie blinzelt ein paarmal und nickt. «Ja. Und es tut mir aufrichtig leid.»

Daniel mustert sie konzentriert. «Tatsächlich? Die Zeugen, die den Unfall beobachtet haben, sagen einhellig, Sie hätten beschleunigt, als Lau auf die Straße getreten sei. Er habe noch versucht auszuweichen, aber Sie waren so schnell, er hatte keine Chance.»

Die Frau holt Luft. «Aber – das habe ich doch schon Ihren Kollegen erklärt. Ich wollte auf die Bremse steigen und habe das Gas erwischt. Das ist mir vorher noch nie passiert, ich verstehe das überhaupt nicht. Für mich ist das auch eine Katastrophe, glauben Sie mir. Ich wünschte, ich könnte es rückgängig machen.»

Sie wirkt wirklich schuldbewusst, auf den ersten Blick. Auf den zweiten kann ich erkennen, wie sie versucht, unsere Reaktionen einzuschätzen.

«Sie kennen Richard Lau nicht, ist das richtig?»

Wittrin nickt. «Ich bin ihm noch nie begegnet. Er hatte einfach nur Pech. Es tut mir so leid.» Sie verbirgt das Gesicht in den Händen, ihre Schultern beben – ob sie wirklich weint, lässt sich schwer beurteilen.

«Sie hatten auch keinerlei negative Gefühle Herrn Lau gegenüber?», bohrt Daniel weiter. «Er hat Sie nicht gemobbt oder gestalkt oder auf sonstige Art belästigt?»

Als sie aufblickt, sehe ich ihr wahres Wesen, wenn auch nur für den Bruchteil einer Sekunde. Das Kalkül, das in ihren Augen steht. Im nächsten Moment wirkt sie wieder betrübt und schuldbewusst. «Warum hätte er das tun sollen? Er kennt mich doch auch nicht. Ach, ich hoffe, er wird wieder gesund, ich kann mir das sonst nie verzeihen.»

Daniel steht mit einem Ruck auf, beinahe wirft er dabei den Stuhl um. «Vielen Dank, Frau Wittrin. Ich schätze trotzdem, wir werden uns wiedersehen. Sie haben doch sicher nichts dagegen, dass wir demnächst Kollegen vorbeischicken, die sich Ihren Computer näher ansehen?»

Draußen hat es zu regnen begonnen. Daniel kramt in seiner Jackentasche nach dem Autoschlüssel. «Wir sind uns einig, was unsere Freundin Ramona betrifft, oder?»

«Klar. Sie hat das mit voller Absicht getan. Aber im Unterschied zu Bremer oder Rossinger hat sie keine Lust, dafür hinter Gitter zu gehen.»

Daniel hat den Schlüssel gefunden. «Sie ist viel cleverer als die anderen Täter. Und wenn du mich fragst – viel gefährlicher.»

Zurück im Präsidium, wird Daniel umgehend zu Arendt zitiert, Staatsanwalt Mayerhofer ist ebenfalls da und wartet bereits bei der Chefin.

«Mein Beileid», sage ich. Gleichzeitig vibriert mein Smartphone auf dem Schreibtisch. «Solange du weg bist, durchleuchte ich mal unseren Psychologen, einverstanden?»

Ich warte, bis er aus der Tür ist, dann sehe ich mir die Nachricht an, die eben eingetroffen ist.

Ich weiß genau, dass du ihn gegen mich aufhetzt. Du bist das Letzte.

Wieder eine liebevolle Botschaft von Isabell, schon die dritte heute. Vielleicht sollte ich den Kram einfach löschen, andererseits ist es ganz gut, ihn aufzubewahren für den Fall, dass ich irgendwann mal Mitleid mit ihr haben sollte.

Wichtig sind im Moment aber andere Dinge.

Plötzlich einen Psychologen im Spiel zu haben, empfinde ich als überraschende Wendung. Wir haben jemanden im Hintergrund, der Menschen so steuern kann, dass sie andere töten. Ohne psychologische Kenntnisse kann das nicht klappen – und Lau ist bisher der Einzige im Zusammenhang mit diesem Fall, der darüber verfügt.

Die Daten, die ich über ihn finde, lassen auf ein unspektakuläres Leben schließen, das hauptsächlich von seinem Beruf geprägt ist.

Er ist geschieden, es gibt eine siebzehnjährige Tochter. Ein geschiedener Familientherapeut, ob das geschäftsfördernd ist? Ansonsten nichts Besonderes: Lau hat seine Praxis, ist aber auch als Kinderpsychologe an drei verschiedenen Schulen tätig. Sein Lebenslauf ist rein wie frisch gefallener Schnee.

Wie sieht das eigentlich bei den anderen Opfern aus? Ich hole mir die Daten von jedem einzelnen. Olaf Richter war völlig unbescholten, Martin Rauch nicht ganz so sehr – gegen ihn liefen einige Verfahren in Zusammenhang mit seiner Maklertätigkeit. Frank Wacht starb aufgrund einer Verwechslung. Oliver Faber ... wurde einmal wegen Marihuanabesitzes festgenommen, am nächsten Tag aber wieder auf freien Fuß gesetzt. Susanne Rauch ... sieh an. Ihr wurde der Prozess wegen unterlassener Hilfeleistung gemacht, aber sie wurde freigesprochen. Das liegt knapp vier Jahre zurück.

Ich lehne mich zurück, lese genauer. Ein Autounfall, bei dem eine Frau ums Leben gekommen ist, vor vier Jahren. Eine gewisse Karin Michalewski. Rauch musste dem Bericht nach wie betäubt gewesen sein und unfähig, der Sterbenden zu Hilfe zu kommen.

Kann es sein, dass der Angriff auf sie ein Racheakt der Hinterbliebenen ist? Aber warum dann erst jetzt?

Als Daniel nach zwei Stunden sichtlich entnervt zurückkommt und ich ihm meine Erkenntnisse präsentiere, schüttelt er nur den Kopf. «Ich sehe da nirgendwo einen Zusammenhang. Aber gib mir Bescheid, wenn du einen findest.»

30

Am Mittwochmorgen erwischt mich Ninas Anruf im Badezimmer.

Ich steige gerade aus der Dusche, als das Handy auf der Ablage unter dem Spiegel zu vibrieren beginnt. Mit tropfnasser Hand und flauem Gefühl in der Magengegend greife ich danach. Hoffentlich nicht schon wieder ein Toter.

«Guten Morgen!», begrüßt mich Nina in einem Tonfall, der das Gefühl in meinem Bauchraum noch verstärkt.

«Was ist los?»

«Ich ...» Sie zögert einen Moment, bevor sie sagt: «Ach, eigentlich nichts Besonderes», was mich erst einmal beruhigt.

«Ich komme gerade aus der Dusche und stehe pitschnass im Bad. Warum rufst du an?»

«Oh, o.k. Tut mir leid. Ich habe nur gerade daran gedacht, dass wir uns wegen Lau noch mal mit dem Zaubermann unterhalten sollten.»

Ich brauche einen Moment, bis mir klarwird, dass sie mit dem

Zaubermann den Mentalisten meint. «Ja, sicher. Das können wir tun.» Ich bin einigermaßen überrascht, dass sie mich deshalb so früh am Morgen anruft. «Sonst noch was?»

«Nein, das war's schon. Dann also bis gleich.»

Als ich sie eine Dreiviertelstunde später im Büro treffe, habe ich das deutliche Gefühl, dass es da irgendetwas gibt, das sie mir verheimlicht. Ich hoffe nicht, dass sie einen Grund dazu hat.

«Wie hast du denn den Abend verbracht?», frage ich nebenbei und komme mir dabei ziemlich scheinheilig vor.

Sie winkt ab. «Ziemlich unspektakulär. Ich habe mir eine Kleinigkeit zu essen gemacht und mich danach auf die Couch gehauen und mir irgendeinen Quatsch in der Glotze angeschaut.»

Kein Alleingang also. Gut. «O. k. Hast du dich schon mit Seiwert in Verbindung gesetzt?»

Sie wirft einen Blick auf ihre Armbanduhr. «Um Viertel nach acht? Ich weiß ja nicht, wie lange man in Zauberkreisen normalerweise so schläft, aber ich dachte, ich warte noch ein wenig.»

Um neun Uhr versucht Nina schließlich, Seiwert zu erreichen, und hat Glück. Der Mentalist hat nicht nur Zeit, sondern scheint regelrecht erfreut zu sein, dass wir ihn um ein weiteres Gespräch bitten. Er sagt zu, gegen zehn im Präsidium zu sein.

«Was siehst du mich so seltsam an?», fragt sie lächelnd, als sie das Telefon zur Seite legt.

«Ich habe gerade daran gedacht, dass ich bei deinem Anruf heute Morgen das Gefühl hatte, dass du mir den eigentlichen Grund verheimlichst.»

Ihr Lächeln wird breiter. «Du müsstest dir mal selbst zuhören, Daniel Buchholz. Du hast also darüber nachgedacht, dass ich dich angerufen habe, um dir dann nicht zu sagen, warum ich dich angerufen habe. Wie sinnvoll erscheint dir das?»

Ich könnte ihr jetzt erklären, dass sie es sich ja kurzfristig anders überlegt haben könnte, lasse es aber bleiben. Sie wird ihre Gründe haben.

Um kurz vor zehn wird uns mitgeteilt, dass Seiwert mit einem Kollegen auf dem Weg nach oben sei.

Wir kommen fast gleichzeitig mit ihm im Besprechungsraum an und begrüßen ihn mit einem Händedruck. Ich bitte den Kollegen, uns Kaffee zu besorgen. «Danke, dass Sie sich die Zeit für dieses Gespräch nehmen», sage ich zu Seiwert.

«Ich habe es Ihnen doch angeboten. Womit kann ich Ihnen denn helfen?»

«Ich muss gestehen, ich bin noch immer beeindruckt davon, wie Sie erst mich in der Fernsehsendung und danach meine Kollegin dazu gebracht haben, genau das zu tun, was Sie wollten. Und das, ohne dass wir auch nur die leiseste Ahnung davon hatten, dass wir von Ihnen beeinflusst worden sind. Ich möchte noch mal auf das Thema zurückkommen, das wir schon im Alex angeschnitten hatten: Wie gut muss man jemanden kennen, um ihn nicht nur dazu zu bringen, einen Stern auf ein Blatt Papier zu malen oder an einen Elefanten zu denken, sondern einen anderen Menschen zu töten.»

Seiwert nickt, als habe er mit dieser Frage gerechnet. «Das kann man nicht wirklich miteinander vergleichen. Wie erkläre ich Ihnen das am besten ... Nehmen wir eine Skala von eins bis zehn und sagen, das sind Schwierigkeitsstufen. Dann wäre ihr gemalter Stern Stufe eins und das Töten eines Menschen Stufe zehn. Aber die Stufen sind nicht gleich hoch. Wenn wir es zur Veranschaulichung auf das Bild einer Treppe übertragen, dann wäre die erste Stufe – der Stern – vielleicht zehn Zentimeter hoch. Stufe zwei, die nächstkomplexere Aufgabe – wie zum Beispiel die PIN Ihrer Kreditkarte herauszubekommen –, wäre schon doppelt so hoch, die nächste wieder doppelt so hoch und so weiter. Stufe zehn hätte also eine Höhe, die mit normalen Mitteln nicht mehr zu erklimmen wäre. Um also Ihre

Frage zu beantworten: Sie müssten die Interessen dieses Menschen kennen, und zwar alle. Ebenso seine Abneigungen, seine Schwächen und vor allem seine psychische Veranlagung. Sie müssten ihm gewissermaßen vierundzwanzig Stunden am Tag nicht nur über die Schulter, sondern in den Kopf schauen können, und – ganz wichtig – Sie müssten auch das sehen, was er sich zu verbergen bemüht. Erst wenn all dies gewährleistet wäre und vorausgesetzt, Sie haben obendrein die Erfahrung, Ihr gesammeltes Wissen über diesen Menschen auch entsprechend zu deuten, wären Sie eventuell in der Lage festzustellen, ob er potenziell jemanden töten *könnte*. Womit aber auch dann noch nicht sichergestellt wäre, dass er es auch wirklich tut.»

Ich nicke. Das ist in etwa die Antwort, die ich erwartet habe, wenn auch in etwas einfacherer Form.

«Wie ist es mit einem Psychologen?», übernimmt Nina. «Wenn der jemanden über einen längeren Zeitraum therapiert hat, könnte er dann genügend über seinen Patienten wissen, um ihn in seinem Sinne zu *steuern*?»

Seiwerts Blick richtet sich für einen Moment auf die Lücke zwischen Nina und mir, dann hebt er die Schultern. «Das kann man so sicher nicht sagen, aber ich vermute, es wäre zumindest möglich. Allerdings wäre es sicher mit einer Fehlerquote behaftet.»

So wie in unseren Fällen, denke ich.

Wir unterhalten uns noch etwa fünfzehn Minuten mit Seiwert, in denen er uns noch einmal ganz ausführlich beschreibt, wie schwierig es ist, einen Menschen über gewisse Grenzen hinweg zu beeinflussen. Dann verabschiedet sich der Mentalist.

«Wir haben also einen Psychiater, der eventuell als Drahtzieher dieser ganzen Sache in Frage käme», resümiere ich auf dem Weg ins Büro. «Das Dumme ist nur, er ist halb tot und kann uns keine Fragen beantworten.»

«Was, wenn jemand anderes schneller war und vor uns herausgefunden hat, dass Lau hinter allem steckt?»

Ich setze mich und stütze die Ellbogen auf dem Schreibtisch ab. «Hm … keine Ahnung. Was wir aber auf jeden Fall überprüfen sollten, ist, ob einer oder mehrere unserer Täter bei Lau in Behandlung waren.»

Nina setzt sich erst gar nicht hin, sondern schaut mich auffordernd an. «Fragen wir Nicole Stedtler.»

Als wir die Praxis betreten, schaut die Sprechstundenhilfe des Psychologen uns traurig entgegen. Sie ist Ende zwanzig und eine zierliche Person mit langen, blonden Haaren und blauen Augen, die zurzeit allerdings stark gerötet sind. Sie scheint ihren Chef sehr zu mögen. «Es tut mir leid, aber Dr. Lau …»

«Buchholz, Kripo Hamburg», sage ich und halte ihr meinen Dienstausweis entgegen. «Das ist meine Kollegin Salomon, mit der Sie schon telefoniert haben.»

Sie wirft erst Nina und dann mir einen fragenden Blick zu. «Aber ich habe Ihnen doch schon am Telefon gesagt, was passiert ist.»

«Ja, das haben Sie», sagt Nina verständnisvoll. «Aber wir haben noch ein paar Fragen zu den Patienten Ihres Chefs.»

«Zu unseren Patienten darf ich Ihnen aber nichts sagen.»

«Das verstehen wir», versichere ich ihr. «Wir möchten auch keine Details wissen, es geht uns nur darum, dass Sie ein paar Namen überprüfen und nachsehen, ob sie vielleicht bei Dr. Lau in Behandlung waren.» Als sie nicht reagiert, füge ich hinzu: «Das könnte für die Aufklärung des Unfalls Ihres Chefs sehr wichtig sein.»

Man kann sehen, wie es hinter der Stirn der Frau arbeitet. Wie ich erwartet habe, scheint die Aussicht sie schwanken zu lassen, etwas für ihren Chef tun zu können. Schließlich nickt sie zaghaft. «Ich kann ja mal nachsehen.»

Nina legt einen Zettel auf den Tresen, auf dem sie während der Fahrt zur Praxis nicht nur die Namen der Täter, sondern auch die der Opfer untereinander notiert hat.

Nicole Stedtler überfliegt die Liste und schüttelt den Kopf. «Mir kommt keiner der Namen bekannt vor, aber ich schaue mal in der Datenbank nach.»

Die schlanken Finger mit den perfekt rot lackierten Nägeln huschen über die Tastatur, sie schaut eine Weile konzentriert in den Monitor, um anschließend wieder etwas einzutippen. Dieser Vorgang wiederholt sich viermal, dann verengen sich ihre Augen. Sie hat einen Treffer, das sehe ich, bevor sie zu uns aufschaut.

«Hier ist einer der Namen. Oliver Faber. Er war vor drei Jahren hier. Aber … es gibt kein Gesprächsprotokoll. Und er war auch nur dieses eine Mal hier.»

«Kein Gesprächsprotokoll?», fragt Nina ungläubig. «Muss so was nicht von jeder … *Sitzung* angefertigt werden?»

«Ich weiß nicht, ob das sein muss, aber normalerweise macht Dr. Lau handschriftliche Notizen, die ich dann anschließend in die Datenbank eingebe.»

«Und das war in diesem Fall nicht so?»

«Ich weiß es nicht, das war vor meiner Zeit. Ich bin erst seit zwei Jahren hier.»

«Darf ich den Eintrag mal sehen?», frage ich und lehne mich nach vorne. Eine gewisse Aufregung hat mich ergriffen. Die Tatsache, dass es tatsächlich eine Verbindung gibt, lässt mich hoffen, dass wir endlich ein Ende des Fadens gefunden haben, bei dem wir mit dem Aufwickeln beginnen können. Auch wenn es sich bei dem Patienten nicht um einen Täter, sondern um eines der Opfer handelt.

«Tut mir leid, aber das geht nicht. Ich habe Ihnen schon mehr gesagt, als ich darf. Bitte …»

Ich hebe beide Hände. «O. k., ich verstehe. Überprüfen Sie dann bitte wenigstens noch die restlichen Namen?»

Das tut sie, allerdings ohne Ergebnis. Es bleibt dabei, dass Oliver Faber als Einziger Kontakt zu dem Psychologen hatte.

Wir bedanken uns bei der Frau und verlassen die Praxis.

«Glaubst du ihr?», fragt Nina, als wir uns auf den Rückweg machen.

«Dass Faber der Einzige ist, der in der Datenbank steht?»

«Dass es kein Gesprächsprotokoll zu seinem Besuch gibt. Ich meine, das ist doch mehr als seltsam, findest du nicht? Lau hat sicher Hunderte von Patienten, und ausgerechnet bei Faber fehlen die Angaben darüber, warum er bei einem Psychologen war?»

«Ja, das ist wirklich sehr seltsam. Aber warum sollte sie uns anlügen?»

«Gegenfrage: Warum sollte es ausgerechnet zu Faber kein Protokoll geben?»

Die Frage ist berechtigt. Ich halte an einer roten Ampel und schaue zu Nina hinüber. «Dazu fällt mir spontan nur eine Antwort ein: Weil niemand den Grund seines Besuches erfahren sollte.»

31

Ich sitze den ganzen restlichen Tag über wie auf Kohlen, das Gespräch mit Nicole Stedtler lässt mich nicht los. Wahrscheinlich würden wir per richterlichem Beschluss Einblick in die Daten der Praxis bekommen, wenn wir gut genug argumentieren können. Irgendwann. Und bis dahin haben wir ein paar Tote und ein paar Killer mehr.

Das muss doch auch schneller zu bewerkstelligen sein.

Ich werfe einen Blick zu Daniel hinüber, der völlig vertieft in einen Bericht zu der Geiselnahme von gestern ist, inklusive Aussage der Geisel, die sich nicht zurück in ihre Wohnung wagt.

Er war heute Morgen so erleichtert, dass sich sein Verdacht, ich könnte auf eigene Faust losgezogen sein, nicht bestätigt hat. Meine eigene Schuld, dass er überhaupt auf eine solche Idee kommen konnte – Grund für meinen morgendlichen Anruf war eigentlich Isabell, deren immer liebevollere Nachrichten mittlerweile im Stundentakt eintreffen. Erst fand ich, Daniel müsste das wissen, doch sobald er abgehoben hatte, kam ich mir dämlich vor. Sollte er beschließen, ein paar klare Worte mit ihr zu reden, würde das die Sache nur schlimmer machen. Keine Reaktion ist in diesem Fall bei weitem die beste Reaktion.

Als Philipp kurz den Kopf zur Tür reinsteckt, blickt Daniel doch auf. «Ja, was gibt's?»

«Nichts Besonderes.» Er zwinkert mir zu. «Nina, hast du eine Minute Zeit?»

Ich gehe zu ihm nach draußen, im vollen Bewusstsein, wie das jetzt aussieht. Nina und Philipp stecken wieder die Köpfe zusammen und verabreden ihr nächstes Date.

«Ich wollte nicht, dass jemand das mithört», erklärt Philipp leise, «aber ich hatte neulich ein Gespräch mit Pia. Sie lässt kein gutes Haar an dir, wusstest du das?»

«Ach, sie gibt sich keine besondere Mühe zu verbergen, wie sehr sie mich mag», sage ich lächelnd. «Sollte ich mir Sorgen machen? Verbreitet sie irgendwelche dummen Gerüchte?»

Philipp blickt zur Seite, es wirkt beinahe verlegen. «Na ja, sie hat angedeutet, dass zwischen dir und Daniel mehr sei als bloß kollegiale Freundschaft.» Er zuckt die Schultern.

«Und du fragst dich jetzt, ob du das glauben sollst?» Ich verschränke die Arme vor der Brust. «Es geht zwar weder dich noch Pia etwas an, aber tatsächlich ist gar nichts zwischen uns. Sonst noch Fragen?»

Philipp schüttelt den Kopf. «Ich hatte gar keine Fragen, ich wollte dir bloß eine Information geben. Vielleicht möchtest du die Situation mit Pia ja mal klären, wäre sicher gut fürs ganze Team.» Er lächelt mich an. «Wenn du Lust hast, könnten wir wieder mal essen gehen. Diesmal vielleicht asiatisch?»

«Mal sehen.» Ich deute mit einer unbestimmten Geste in Richtung Bürotür. «Jetzt muss ich jedenfalls weiterarbeiten.»

Aber es hält mich nicht lange auf meinem Platz. Ein schneller

Blick ins Netz, und ich weiß, dass Laus Praxis heute bis achtzehn Uhr geöffnet hat beziehungsweise hätte. Vielleicht bleibt Stedtler in ihrem Pflichtbewusstsein ja tatsächlich so lange vor Ort.

«Schluss für heute», verkünde ich, schalte meinen Rechner ab und stehe auf. «Ich muss endlich mal wieder einkaufen, ich habe seit Wochen nichts Essbares mehr zu Hause.»

Daniel nickt müde. «Ist gut. Ich muss gleich noch zu Arendt. Sie meint, wir müssten die Ermittlungsstrategie ändern.» Er dreht sich ein Stück weiter zu mir herum. «Was wollte Hanke denn so Wichtiges?»

«Nichts Wichtiges.» Ich schlüpfe in meine Jacke. «Er wollte bloß Büroklatsch loswerden – ausgerechnet an mich.»

Zehn Minuten vor sechs stehe ich vor der Psychotherapiepraxis, drücke die Klingel und mir selbst die Daumen. Mit Erfolg. Ein paar Sekunden später summt es, die Tür springt auf, und ich laufe die Treppen in den zweiten Stock hinauf.

Stedtler macht sich gerade zum Gehen fertig. «Sie noch mal?», sagt sie verwundert. «Es gibt nichts Neues, tut mir leid.»

«Das macht nichts.» Ich sehe mich möglichst unauffällig in der Praxis um. «Wissen Sie, ich dachte nur … Sie haben heute Morgen so mitgenommen gewirkt, und ich weiß genau, wie es Ihnen geht. Ich wüsste sehr gerne, was für ein Mensch Dr. Lau ist, und bin sicher, Sie kennen ihn mit am besten.» Ich mache einen Schritt auf die Tür zu. «Wie wär's, wollen wir noch etwas trinken gehen? Ich lade Sie ein, und Sie erzählen ein bisschen.»

Erst zögert Stedtler. Dann sagt sie ja. Glück gehabt, wahrscheinlich lebt sie allein, und ihr graut vor einem einsamen Abend voller düsterer Gedanken.

Sie schlägt ein kleines Lokal um die Ecke vor und bestellt Wein. Ausgezeichnet. Beim ersten Glas halte ich mit, danach trinke ich

Wasser und höre aufmerksam zu, während Stedtler redet wie aufgezogen. Darüber, wie sie ihren Job bekommen hat, wie sehr sie ihn mag und dass das vor allem an Dr. Lau liegt, der so ein wunderbarer Mensch ist.

Wir trinken auf ihn, kurz danach sind wir per du. Nach ihrem dritten Wein verwischen ihre harten Konsonanten beim Sprechen, und ich gehe zum Angriff über. «Weißt du, es gibt ein paar Fragen, die ich dir vor meinem Kollegen nicht so gerne stellen wollte», sage ich. «Er ist ein bisschen – na ja. Verkrampft.»

Nicole lacht. «Das ist Pech, oder? Der sieht nämlich ganz schön interessant aus.»

«Ach. Das täuscht.» Vor meinem geistigen Auge sehe ich Daniels empörten Blick und entschuldige mich stumm. «Aber er ist der Typ, der sofort Krach schlägt, wenn mal ein paar Unterlagen nicht zu finden sind. Ist dein Chef auch so?»

Jetzt sieht sie wieder traurig aus. «Nein, gar nicht. Bei uns bin ich diejenige, die Wert auf Ordnung legt, bei ihm verschwinden immer wieder mal Sachen. Zum Beispiel eben Behandlungsprotokolle. Er ist ein toller Psychologe, aber ein ziemlicher Chaot.»

«Hm.» Ich tue, als würde ich nachdenken. «Dieses eine Protokoll, das du nicht gefunden hast – denkst du, das gibt es noch? Oder hat er gar keines angelegt?»

Sie stützt ihr Kinn in die Hände. «Weissichnicht. Er schreibt eigentlich immer mit. Aber vor drei Jahren habe ich ja noch nicht bei ihm gearbeitet, sonst wüsste ich, wo ich suchen muss.»

«Aha. Und wo?»

Sie schließt die Augen, als wäre sie müde. «Es gibt ein paar Mappen, da schmeißt er Sachen rein, die er später wegordnen will, und dann kümmert er sich nie wieder drum. Da habe ich schon oft Unterlagen gefunden, die wir dringend gebraucht haben.»

Ich bestelle ihr noch ein Glas Riesling, danach sollten wir so weit sein. «Er hört mir immer zu», sagt sie versonnen und nippt an ihrem Wein. «Als mein Freund mich verlassen hat, haben wir stundenlang gesprochen, und er hat keinen Cent dafür genommen. Er hat mir so sehr geholfen …»

Ich lege meine Hand auf ihre. «Und jetzt werden wir versuchen herauszufinden, was wirklich mit ihm passiert ist.»

Nicoles Augen glänzen feucht. «Ja», flüstert sie.

Die Mappen, von denen Nicole gesprochen hat, stellen sich als einfache Zeitungshalter aus Karton heraus, in die Lau alles Mögliche hineingestopft hat: ungeöffnete Post, Kontoauszüge, Notizen – und Gesprächsprotokolle. Ich parke Nicole auf der Therapiecouch und nehme mir die Halter nacheinander vor. Es gibt zehn davon, in allen Farben.

Richard Lau hat zwar nicht systematisch gearbeitet, aber zumindest einigermaßen chronologisch. In der Mappe ganz außen links befinden sich fünf und sechs Jahre alte Unterlagen. Je weiter man sich nach rechts vorkämpft, desto näher kommt man der Gegenwart.

Ich konzentriere mich also auf die drei Ordner in der Mitte, ungestört, denn Nicole ist mittlerweile eingeschlafen. Nach etwa vierzig Minuten werde ich fündig und muss mich beherrschen, um einen Siegesschrei zu unterdrücken.

Mein Fund besteht aus zwei handgeschriebenen, aneinandergetackerten A4-Blättern. Auf dem ersten steht in der obersten Zeile *Oliver Faber* und ein etwa drei Jahre zurückliegendes Datum.

Das Protokoll beginnt relativ übersichtlich, in großer, geschwungener Schrift. *Klient klagt über Schlafstörungen und Panikattacken. Hat lange gezögert, sich therapeutische Hilfe zu suchen, ist immer noch unsicher, ob Entscheidung richtig war.*

Dann folgen zwei Zeilen, die ich kaum entziffern kann, wahrscheinlich hat Lau hier Kürzel verwendet, um sich das Mitschreiben zu erleichtern.

Gibt an, er fühle sich verfolgt, weiß aber, dass das nur seine Einbildung ist. Seit vier Wochen ist es unerträglich geworden.

Na, das ist doch mal interessant. Faber fühlte sich also schon drei Jahre vor seiner Ermordung verfolgt? Dann war es wohl doch nicht nur Einbildung.

Gibt an, unter extremen Gewissensbissen zu leiden und das Gefühl zu haben, eine Schuld wiedergutmachen zu müssen.

Frage: Welche Schuld?

Antwort: Etwas, das unwiderruflich ist. Ich kann es nicht rückgängig machen. Sie wissen, wie das ist, oder?

Frage: Ist es Ihnen wichtig, dass ich das weiß?

Anwort: Natürlich. Deshalb bin ich hier.

Danach folgen wieder ein paar Kürzel, und die Seite ist zu Ende. Ich blättere um.

Das zweite Blatt ist nur knapp bis zur Hälfte beschrieben.

Frage: Wissen Sie denn, woher Ihre Schuldgefühle rühren? Gibt es dafür einen konkreten Auslöser?

Darauf erhalte ich keine Antwort. Klient scheint in Gedanken anderswo zu sein.

Frage: Können Sie sich daran erinnern, wann Sie dieses Gefühl zum ersten Mal verspürt haben?

Antwort: Ja. Damals habe ich begriffen, dass ich kein guter Mensch bin. Wann haben Sie das begriffen?

Damit bricht das Protokoll ab. Ich lasse die Blätter sinken und sehe zu Nicole hinüber, die halb sitzend, halb liegend auf dem Sofa schläft.

Zu dumm, dass sie zu der Zeit von Fabers Besuch noch nicht hier gearbeitet hat. Vielleicht hätte sie sich sonst an einen aufgebracht hinausstürmenden jungen Mann erinnern können.

War es so? Hat Faber die Sitzung abgebrochen? Oder gab es für Lau einen anderen Grund, das Gespräch nicht weiter zu protokollieren? Ist ihm möglicherweise klargeworden, dass es noch um anderes ging als bloß um Fabers Schlafstörungen und Schuldgefühle?

Ohne lange zu zögern, schalte ich den Kopierer ein, der im Vorzimmer neben Nicoles Schreibtisch steht. Er erwacht lautstark summend zum Leben, ich schaue um die Ecke, ob Nicole noch schläft, warte, bis er betriebsbereit ist, dann kopiere ich die beiden Seiten und schalte ihn wieder aus.

Die Originalmitschrift stopfe ich zurück in die Mappe, dann rüttle ich Nicole wach. «Hey», sage ich, als sie mich verwirrt ansieht. «Das war ein wirklich schöner Abend, nicht wahr? Aber wir sollten jetzt echt nach Hause fahren. Wo wohnst du?»

Sie nennt mir eine Adresse in Altona und hustet, als wir auf die Straße treten. «Was haben wir denn im Büro gemacht?», fragt sie undeutlich.

«Ach, ich musste noch mal aufs Klo, und du warst so nett und hast mich auf das in der Praxis gelassen», erkläre ich ihr fröhlich. «Und dann bist du eingeschlafen. War ja auch ein echt heftiger Tag.»

«Das stimmt», flüstert sie. Die kühle Nachtluft macht sie mit jedem Schritt wacher, das ist gut.

Einmal um die Ecke finden wir den nächsten Taxistand, ich bugsiere Nicole auf den Rücksitz, versichere mich, dass sie ihre Wohnungsschlüssel hat, nenne dem Fahrer die Adresse und drücke ihm zwanzig Euro in die Hand.

«Bis bald», sage ich und mache mich auf den Weg zur U-Bahn.

32

Als ich am Donnerstagmorgen das Büro betrete, sehe ich sofort, dass Nina irgendetwas herausgefunden hat. Ich kenne diesen Blick, diese Mischung aus Triumph und dem gleichzeitigen Versuch, dieses Gefühl so weit zu unterdrücken, dass sie nicht sofort mit den Neuigkeiten herausplatzt.

«Moin.» Ich setze mich ihr gegenüber und lasse sie dabei nicht aus den Augen. «Na los, erzähl schon, was dich kaum noch auf dem Stuhl sitzen lässt.»

Sie lächelt. «So schlimm ist es nun auch wieder nicht, aber ich habe tatsächlich etwas herausgefunden, was uns vielleicht weiterhelfen kann.»

«Ich bin ganz Ohr.»

«Es gibt doch ein paar handschriftliche Notizen, die Lau während des Gespräches mit Faber gemacht hat. Und ich habe sie gelesen.»

Eine Alarmglocke klingelt irgendwo in meinem Kopf. Noch ist sie leise, aber sie ist da. Dennoch lasse ich Nina erst einmal weiterreden.

«Da steht sinngemäß drin, dass Faber noch immer von einem

schlechten Gewissen geplagt wird, weil er irgendwann *damals* verstanden hat, dass er ein schlechter Mensch ist. Dass er deswegen nachts nicht schlafen kann und wenn doch, dann mit schrecklichen Albträumen.»

«Und was soll diese Sache von damals sein?»

Sie zuckt mit den Schultern. «Das weiß ich eben nicht, aber ich halte es für sehr gut möglich, dass diese *Sache* der Schlüssel zu allem ist, was im Moment passiert. Wenn Faber deshalb ein schlechtes Gewissen hat und denkt, er sei ein schlechter Mensch, dann muss es sich um etwas handeln, das er angestellt hat. Vielleicht ein Verbrechen. Und wenn ich das Ende des Protokolls richtig deute, hat Lau auch etwas auf dem Kerbholz. Beide wurden jetzt Opfer von Angriffen. Wir müssen nur noch herausfinden, was diese *Sache* war, die Faber so zu schaffen gemacht hat.»

Ihr Blick sagt: Lobe mich. Mein Verstand sagt allerdings etwas ganz anderes. Ich nicke bedächtig. «O.k., das klingt recht vielversprechend. Aber eines interessiert mich dabei: Wie bist du an dieses Protokoll herangekommen?»

Die Enttäuschung huscht nur ganz kurz über ihr Gesicht, aber ich sehe sie trotzdem. Nina winkt mit einem etwas aufgesetzten Grinsen ab. «Ach, es gibt da immer Mittel und Wege, du weißt schon ...»

Die Alarmglocke wird so laut, dass sie nicht mehr zu überhören ist. «Nein, Nina, ich weiß nicht. Also?»

Sie schaut mir in die Augen mit einem Blick, der fragt, ob das denn jetzt wirklich sein muss. Ja, muss es.

«Also gut, wenn du es unbedingt wissen möchtest.»

Sie lehnt sich zurück und verschränkt die Arme vor der Brust. Abwehrhaltung. Und dann erzählt sie mir von ihrem Abend. Schon an der Stelle, als sie mit Nicole Stedtler *ein paar Gläschen* getrunken hat, würde ich ihr am liebsten ins Wort fallen, aber ich reiße mich zusammen und lasse sie weiterreden. Und es wird nicht besser ...

Als sie schließlich fertig ist, platzt aus mir heraus, was sich in den letzten Minuten und mit jedem Satz mehr und mehr angestaut hat.

«Hast du eigentlich vollkommen den Verstand verloren?», fahre ich sie an. Ich kann nicht mehr auf meinem Stuhl sitzen bleiben. Wutentbrannt springe ich auf, stecke die Hände in die Hosentaschen und beginne, hinter dem Schreibtisch auf und ab zu gehen.

«Aber ich wollte doch nur ...»

«Es ist mir völlig egal, was du wolltest, Nina. Wir hatten eine klare Abmachung. Keine Alleingänge mehr, und schon zehnmal nicht, wenn sie sich mal wieder meilenweit außerhalb der Dienstvorschriften bewegen. Kann ich mich denn überhaupt nicht mehr auf dich verlassen? Ist das deine Vorstellung von einer Partnerschaft?»

«Ach, jetzt stell dich doch nicht so an. Immerhin habe ich etwas Wichtiges herausgefunden.»

«Was uns eine ganze Menge Ärger einbringt, wenn herauskommt, *wie* du es herausgefunden hast. Und dann machst du auch noch Kopien von Material, das du dir illegal besorgt hast.» Meine Stimme ist jetzt so laut, dass ich Nina regelrecht anbrülle.

«Na und? Dann gibt es eben Ärger, verdammt. Ich mache mir deswegen jedenfalls nicht gleich in die Hose.» Auch sie ist nun laut geworden.

«Kapierst du nicht, dass das nichts damit zu tun hat, sich in die Hose zu machen, sondern damit, dass kein Gericht dieser Welt Beweise oder Ermittlungsergebnisse anerkennen wird, die wir uns auf illegalem Weg besorgt haben?»

Auch Nina springt jetzt auf. «Und kapierst du nicht, dass diese Arschlöcher da draußen uns gegenüber immer im Vorteil sind, weil sie sich an keine gottverdammten Dienstvorschriften halten müssen, wir uns aber wohl? Das ist ein derart ungleicher Kampf, dass wir ihn nur verlieren können, gerade in einem so extrem schwierigen Fall wie diesem.» Und nach einer kurzen Pause fügt sie lautstark hinzu:

«Immerhin tue ich was und setze mich nicht hin, lege die Hände in den Schoß und rezitiere die Dienstvorschriften.»

Ich bin gerade auf dem Weg zum Fenster, halte jetzt aber an und drehe mich zu ihr um.

«Wie wer?»

«Wie … wie …» Sie winkt wütend ab. «Ach, wie niemand, verdammt.»

Die Kollegen in den Nachbarbüros müssen uns hören, die Wände hier sind dünn. Also atme ich ein paarmal tief durch, gehe wieder zu meinem Schreibtisch zurück und senke meine Stimme deutlich.

«Ich verstehe, was du über das Ungleichgewicht zwischen den Verbrechern und uns gesagt hast, und ich gebe dir sogar recht, aber das ändert nichts daran, dass wir das Gesetz vertreten und das nur glaubhaft tun können, wenn wir uns selbst daran halten. Das ist das Rechtsstaatsprinzip.»

Auch Nina lässt sich wieder auf ihren Stuhl fallen und senkt den Blick. «Ich weiß ja. Aber ich habe nichts Schlimmes gemacht. Die Kleine hat sich ganz allein so zugerichtet und mich dann in die Praxis eingeladen und mir angeboten, doch selbst mal im Aktenschrank nachzusehen, ob ich etwas finden kann, was sie vielleicht übersehen hat.»

Ich beuge mich ein Stück nach vorne. «Hat sie das wirklich?»

Für einen Augenblick geschieht nichts, dann umspielt der Anflug eines Lächelns Ninas Mund. «Zumindest würde ich es so erzählen, denn die liebe Nicole war definitiv so blau, dass sie nichts anderes sagen kann, weil sie es nicht mehr weiß. So, und jetzt sag mir, dass ich schlau bin.»

Trotz aller Wut kann ich nicht anders, als den Kopf zu schütteln und zu lächeln. «Das habe ich nie bestritten. Aber trotzdem …»

«Werde ich es nicht mehr tun. Versprochen. Keine Alleingänge mehr.»

Ich könnte ihr jetzt sagen, dass ich das schon einmal von ihr gehört habe, lasse es aber bleiben. «Also gut. Belassen wir es dabei. Und das, was du herausgefunden hast, muss ich jetzt erst einmal sacken lassen und darüber nachdenken. Ich drehe mal eine Runde in Richtung Kaffeeautomat. Für dich auch einen?»

«Nein danke.» Sie klingt erleichtert.

Ich gehe auf direktem Weg zum Automaten und setze mich dann mit der dampfenden Tasse in der Hand an einen der Tische. Was Nina da herausgefunden hat, könnte tatsächlich der Schlüssel zu allem sein. Nun müssen wir versuchen, eine Verbindung der anderen Opfer zu Lau herzustellen. Vielleicht ist er der Dreh- und Angelpunkt.

Ich hoffe nur, seine Sprechstundenhilfe erinnert sich wirklich nicht daran, was Nina da mit ihr gemacht hat.

Nach etwa zehn Minuten bin ich zurück im Büro. Nina sieht kurz auf und widmet ihre Aufmerksamkeit dann wieder ihrem Monitor.

Ich sitze gerade wieder hinter meinem Schreibtisch, als ihr Telefon läutet. Sie hebt ab, hört kurz zu, sagt «Ja, okay» und legt wieder auf. «Arendt. Wir sollen zu ihr rüberkommen. Sofort.»

Sofort? Hoffentlich nicht wieder ein Mord. Aber wieso ruft die Chefin bei Nina an?

Zu meiner Überraschung ist die Chefin nicht alleine. Hanke lehnt mit verschränkten Armen an der Fensterbank und schaut uns ungewohnt eisig entgegen. Mein Gefühl sagt mir, dass hier etwas ganz und gar nicht stimmt.

«Kommen wir gleich zur Sache», beginnt Arendt und deutet auf die Stühle vor ihrem Schreibtisch. Sie wartet, bis wir sitzen, und schaut dann Nina an. «Salomon, wie mir berichtet wurde, haben Sie gestern Abend einen Alleingang unternommen, bei dem Sie gleich eine ganze Serie an Dienstvorschriften missachtet haben. Was haben Sie dazu zu sagen?»

Ich starre Arendt an und frage mich, wie es sein kann, dass sie davon weiß. Da muss einer der Kollegen, der unseren lautstarken Streit mitgehört hat, zur Chefin gelaufen sein. Verdammt, warum musste ich auch so herumschreien, dass es wirklich jeder hören konnte! Ich schaue zu Nina herüber und … zucke zurück. Sie sieht mich an, und in ihrem Blick liegen Enttäuschung, Unglauben und Wut gleichzeitig. «Wie konntest du nur.» Sie flüstert es fast, und ihre Augen füllen sich tatsächlich mit Tränen. Es vergehen einige Sekunden, bis ich verstehe. Und zwar nicht nur Ninas Blick.

«Ich war das nicht», sage ich. «Aber vielleicht solltest du mal deinen neuen Freund Philipp fragen.» Nun wende ich mich an Hanke. «Du hast unser Gespräch belauscht, stimmt's?»

«Belauscht?» Er stößt ein humorloses Lachen aus. «Das war nicht nötig. Ihr beiden habt so herumgeschrien, dass man mithören *musste,* wenn man auf dem Flur stand.»

«Philipp …» Ninas Stimme ist plötzlich ganz dünn. «Stimmt das?»

Hanke stößt sich von der Fensterbank ab. «Natürlich stimmt es. Und ich kann dir versichern, dass ich froh bin, dass das jetzt endlich erledigt ist und ihr mir die Beweise, nach denen ich gesucht habe, frei Haus geliefert habt.»

«Dass es erledigt ist? Beweise? Ich verstehe nicht …»

Das glaube ich sofort. Nina steht vollkommen neben sich. Ich hingegen verstehe nun alles. Mein Gefühl hinsichtlich Hanke, sein Interesse an Nina, seine Fragen über sie … Ich weiß, dass körperliche Gewalt nie eine Lösung ist, und trotzdem kann ich das Bedürfnis nur schwer unterdrücken, Hanke die Faust ins Gesicht zu hämmern.

«Herr Hanke kommt vom Innenministerium», erklärt Arendt. «Es hat während Ihrer Zeit in Bremen zwei Dienstaufsichtsbeschwerden gegen Sie gegeben, wie Sie ja sicher wissen. Als nun eine interne

Beschwerde von hier dazugekommen ist, hat das Innenministerium reagiert und Hanke hier eingeschleust.»

«Sie wussten davon?», frage ich überflüssigerweise, denn natürlich musste Arendt als Ninas Vorgesetzte davon wissen.

Erwartungsgemäß nickt sie. «Ja, ich wusste es.»

«Philipp ... ich kann nicht glauben, dass du das getan hast. Ich meine ... du hast mich außerhalb des Dienstes zum Essen eingeladen, du warst so verständnisvoll ... hast mit mir geflirtet ... Das war alles nur gespielt, um etwas zu finden, womit du mich drankriegen kannst?»

Hanke zuckt mit den Schultern und grinst tatsächlich. «Job ist Job. Und ich bin gut, das musst du zugeben.»

Ich stehe kurz vor der Explosion. «Du bist nicht gut. Du bist ein hinterhältiges, verlogenes Arschloch, das sich seine Sporen verdient, indem es sich in das Vertrauen von Kollegen einschleicht, um sie dann ans Messer zu liefern. Kollegen, die täglich ihr Leben auch für dich riskieren. Du bist das Allerletzte. So, und jetzt kannst du von mir aus auch eine Beschwerde gegen mich einleiten. Und wer weiß, vielleicht sogar bald noch wegen eines tätlichen Angriffs.»

Wieder ein kurzer Lacher. «Soll das eine Drohung sein?»

Ich schaue zu Arendt hinüber, die kaum merklich den Kopf schüttelt. Obwohl ich gerade so enttäuscht von ihr bin, dass ich auch ihr am liebsten ein paar deutliche Worte sagen würde, spare ich mir eine Antwort.

«Wie ... geht es jetzt weiter?» Nina bemüht sich, ihrer Stimme einen festen Klang zu geben, aber es will ihr nicht gelingen.

«Ganz einfach», sagt Hanke im Plauderton. «Ich werde meinen Bericht schreiben und dem Innensenator vorlegen, es wird ein Disziplinarverfahren gegen dich eröffnet, und so wie ich die Sache sehe, wirst du in Zukunft bestenfalls noch im Archiv Ordner entstauben.»

Langsam, wie in Zeitlupe, wendet sich Nina mir zu. «So funktioniert also unser Rechtssystem. Jetzt verstehe ich, was du meintest.»

«Buchholz, Salomon, das wäre erst einmal alles. Sie können gehen.»

«Ich möchte später ein Einzelgespräch mit Ihnen», sage ich zu Arendt. Dann erhebe ich mich und verlasse gemeinsam mit Nina den Raum. Auf dem Flur stehen Vogelbusch und Marc zusammen und schauen uns fragend an. Nina geht an ihnen vorbei, verschwindet in unserem Büro und wirft die Tür hinter sich zu.

«Was war denn los?», fragt Marc vorsichtig.

«Offenbar hat sich jemand aus dem Team über Nina beschwert», sage ich und schaue Vogelbusch intensiv in die Augen. «Irgendjemand scheint nicht den Mumm zu haben, die Probleme offen anzusprechen, die er hat, sondern reicht lieber gleich Beschwerde bei der Dienstaufsichtsbehörde ein.»

Vogelbusch tritt einen Schritt zurück und hebt die Hand. «Fängst du schon wieder an, mich zu beschuldigen? Ich habe nichts damit zu tun.»

Natürlich nicht. Feiglinge, die so etwas tun, sind auch anschließend zu feige, es zuzugeben.

«Habe ich das gesagt?», frage ich mit eisiger Stimme.

In diesem Moment wird die Tür von Arendts Büro aufgerissen, Hanke stürmt mit hochrotem Kopf heraus und an uns vorbei, ohne uns eines Blickes zu würdigen.

«Wartet mal hier.»

Vor der geöffneten Tür bleibe ich stehen und sehe Arendt fragend an, die meinen Blick bewegungslos erwidert. Ich trete ein und schließe die Tür hinter mir. «Was ist denn mit Hanke los?»

«Der Vorfall von gestern Abend wird in Hankes Bericht nicht erwähnt und auch sonst nichts. Hier ist alles in bester Ordnung.»

«Was? Jetzt verstehe ich gar nichts mehr.»

«Wie Sie schon sagten, ich habe von Anfang an gewusst, was Hanke hier tut. Ich hatte Zeit, mich auf alle Eventualitäten vorzubereiten. Und wissen Sie, was, Buchholz? Wenn man lange und intensiv genug sucht, findet man in jedem Keller eine Leiche.»

«Sie haben ... aber wie ...», stottere ich vollkommen überrascht.

«Das tut nichts zur Sache. Und nun gehen Sie und klären diese Morde auf, bevor wir alle in irgendeinem Archiv Akten abstauben müssen.»

Ich habe die Tür schon erreicht, als sie mir nachruft: «Und sehen Sie zu, dass Sie Ihre Partnerin in den Griff bekommen.»

33

Ich bin eine Idiotin. Eine naive, hirnlose Idiotin ohne Instinkt. Deshalb ist es in Wahrheit gut, dass sie mich auf einen Idiotenposten versetzen werden. Es ist die logische Konsequenz.

In Arendts Büro habe ich meine ganze Kraft gebraucht, um so etwas wie Haltung zu bewahren, doch damit ist es vorbei, kaum dass sich die Tür hinter mir geschlossen hat. Ich sinke auf meinen Stuhl, drehe mich zur Wand und gebe den Kampf gegen die Tränen auf.

Ich kann mich nicht erinnern, dass ich mich schon einmal so geschämt habe. Nicht wegen meiner Extratour in die Psychologenpraxis, dazu stehe ich, sondern wegen meiner Blauäugigkeit Philipp gegenüber.

Was muss er sich insgeheim über mich amüsiert haben. *Job ist Job. Und ich bin gut darin.* Meine Güte, warum habe ich nicht gesehen, was da läuft? Daniel, ja, der hat es irgendwie gespürt, hat sogar versucht, mich zu warnen, aber ich habe ihn nicht ernst genommen.

Dachte, das wäre so etwas wie kollegiale Eifersucht – ich könnte mich ohrfeigen.

Draußen im Gang herrscht immer noch lautstarkes Kommen und Gehen; ich hoffe inständig, dass nicht gleich irgendjemand reinplatzt und mich heulen sieht. Und dann Mitgefühl heucheln muss.

In meiner Schreibtischschublade finde ich eine Packung Taschentücher. Ich wische mir das Gesicht ab und putze mir die Nase, aber ein Blick in den Handspiegel verrät mir, dass das kaum geholfen hat. Andererseits – auch schon egal. Ich werde nicht mehr lange hier arbeiten.

Kaum habe ich den Spiegel wieder in der Schublade verschwinden lassen, springt die Tür auf. Daniel. Ich drehe mich weg, ich will jetzt nichts hören. Er kann mir nicht helfen, egal was er sagt.

Vielleicht weiß er das, denn er bleibt stumm, kommt zu mir und legt mir die Hände auf die Schultern. Was leider noch schlimmer ist, denn jetzt kommen die Tränen zurück. Ich kann spüren, wie mein Rücken bebt; Daniel muss das auch fühlen, verdammter Mist, gleich werde ich aufspringen und rausrennen.

«Es ist alles in Ordnung», sagt er.

Macht er sich jetzt über mich lustig? Ich würde gern irgendetwas Schnippisches sagen, aber dann kippt meine Stimme, das weiß ich.

Der Druck seiner Hände verstärkt sich. «Arendt hat die Sache wieder hingebogen. Sie hat irgendwas gegen Hanke in der Hand, deshalb wird er den Mund halten. Du behältst deinen Job, und ich bin sehr froh darüber.»

Ich sollte jetzt erleichtert sein, aber etwas in mir bäumt sich dagegen auf. Immer noch habe ich Philipps Gesicht vor mir, dieses kalte Lächeln, als er die Falle zuschnappen ließ. Diesen Wesenszug hätte ich doch hinter seiner freundlichen Fassade schon früher erahnen müssen. «Arendt hat sich wirklich so für mich eingesetzt?» Ich versuche, meiner Stimme einen sachlichen Klang zu verleihen, und scheitere kläglich. «Ich dachte, sie wäre froh, wenn sie mich los ist.»

«Offenbar verschätzt du dich öfter in letzter Zeit. Behalte das doch im Hinterkopf und höre künftig einfach auf mich, dann ist alles gut.»

Dass Daniel mich aufzieht, ist mir viel lieber als der Mitgefühlsmist, den jeder andere wahrscheinlich serviert hätte. «Ist eine Möglichkeit», sage ich. «Ich werde mir das überlegen.»

Er lässt meine Schultern los, was ich beinahe schade finde. «Okay. Dann zeig mir doch mal deine Beute von gestern. Wenn sie uns schon so viel Ärger macht, soll der sich wenigstens gelohnt haben.»

Ich reiche Daniel die beiden Seiten hinüber und warte ab, bis er sie gelesen hat. Eigentlich hätte ich mir in der Zwischenzeit gern Kaffee geholt und mir das Gesicht gewaschen, aber ich traue mich nicht vor die Tür, so lächerlich das ist. Ich möchte niemandem über den Weg laufen, und wenn mir Hanke begegnet, kann ich für nichts garantieren.

«Das ist tatsächlich interessant.» Daniel lächelt mir über den Schreibtisch hinweg zu. «Faber hielt sich und Lau also für schlechte Menschen, und kaum hat er das festgestellt, hört Lau auf mitzuschreiben.»

«Genau.»

«Dann können wir davon ausgehen, dass Faber etwas über Lau wusste, was wir noch nicht wissen?»

«Genau.»

«Wir sollten also ein bisschen nachgraben. In beiden Biographien.»

«Ge–»

«Nina, lass das bitte, so viel Zustimmung bin ich von dir nicht gewöhnt, das macht mir Angst.»

Ich würde Daniel gerne sagen, wie dankbar ich ihm bin, für seine ehrliche Empörung, vorhin, in Arendts Büro, und dafür, dass er jetzt so tut, als wäre das alles keine große Sache gewesen, obwohl wir beide wissen, dass das nicht stimmt. «Okay», sage ich stattdessen. «Ich fange mit Faber an. Mal sehen, ob ich die dunklen Flecken in seinem Lebenslauf finde.»

Doch sosehr ich mich auch bemühe, da ist nichts. Oliver Faber hat Versicherungen verkauft und scheint dabei mittelmäßig erfolgreich gewesen zu sein. Ich telefoniere mit seinem Chef, der Faber als sehr umgänglich beschreibt, als fair und fleißig. Der gewisse Funke habe gefehlt, sagt er, der aus einem guten einen großartigen Verkäufer macht. «Aber das wäre vielleicht noch gekommen. Er war ja noch jung.»

Ich male mit meinem Bleistift kleine Kreise auf das Papier vor mir. «Wo hat Faber eigentlich gearbeitet, bevor er bei Ihnen begonnen hat?»

«Puh», kommt es vom anderen Ende der Leitung. «Das weiß ich nicht auswendig. Aber ich habe einen Lebenslauf von ihm, soll ich Ihnen den vielleicht schicken?»

Gute Idee. Darauf finden sich mit Sicherheit andere Kontakte, mit denen man sprechen kann.

Doch auch dieser Lebenslauf ist eine Enttäuschung. Faber besuchte die Grundschule Kirchdorf und danach das Cornelius-Gymnasium, beide in Hamburg. Danach begann er ein BWL-Studium, brach es nach drei Semestern ab und suchte sich stattdessen einen Ausbildungsplatz bei einer mittelgroßen Versicherung. Nach seinem Abschluss begann er unmittelbar, als selbständiger Makler zu arbeiten.

«Das Verwegenste, das Faber in seinem Leben getan hat, war, ein Studium abzubrechen.» Ich habe die Vita ausgedruckt und schiebe sie Daniel hinüber. «Zumindest den trockenen Fakten nach.»

«Könnte natürlich sein, dass er regelmäßig Kunden über den Tisch gezogen hat, aber würde er deshalb einen Psychologen aufsuchen? Und Albträume haben?» Daniel schüttelt resigniert den Kopf. «Und warum ausgerechnet diesen Psychologen? Der hat sich auf Familien spezialisiert, und Faber hat keine. Keine Frau, keine Kinder, nicht einmal mehr Eltern. Der Vater ist gestorben, da war Faber dreizehn, die Mutter neun Jahre später.» Er tippt auf den Lebenslauf. «Deshalb dürfte er auch sein Studium abgebrochen haben, das war im gleichen Jahr.»

«Gestorben woran?»

«Der Vater Herzinfarkt, die Mutter Brustkrebs. In der Hinsicht hat Faber sich bestimmt nichts vorzuwerfen.»

Damals habe ich begriffen, dass ich kein guter Mensch bin.

«Könnte es nicht sein, dass er sich trotzdem deshalb psychologische Hilfe gesucht hat? Schuldgefühle haben oft die merkwürdigsten Ursachen.»

«Drei Jahre später?» Daniel zieht ein skeptisches Gesicht, während er die Zettel auf seinem Tisch ordnet. Und plötzlich innehält. «Aber … das hier ist interessant.» Er winkt mich zu sich. «Sieh mal, Faber hat das Cornelius-Gymnasium besucht. Dort war auch Lau beschäftigt, als Schulpsychologe.»

Ich werfe einen Blick auf die Unterlagen, die wir zu Lau zusammengetragen haben. Tatsächlich, er hat das Cornelius-Gymnasium betreut, neben drei anderen Schulen. Sein und Fabers Leben haben sich also mindestens zwei Mal gekreuzt.

Drei Minuten später habe ich die Schulleiterin am Telefon. «Salomon hier, Kriminalpolizei. Ich wüsste gerne, ob es Unterlagen dazu gibt, welche Schüler Ihr Schulpsychologe beraten hat und wann.»

Die Frau ist erst widerwillig, taut aber auf, als ich ihr die Umstände erkläre. «Also, Dr. Lau ist schon seit einigen Jahren nicht mehr für uns tätig. Und da die Gespräche mit dem Schulpsychologen vertraulich sind, haben wir dazu keine Unterlagen. Ich fürchte also, ich kann Ihnen nicht weiterhelfen.»

Das war leider zu erwarten. «Vor etwa zehn Jahren müsste ein Schüler namens Oliver Faber bei Ihnen Abitur gemacht haben. Gibt es irgendeine Möglichkeit herauszufinden, ob er Lau je konsultiert hat?»

Die Schulleiterin seufzt vernehmlich. «Nein, wie schon gesagt, das wird sich nicht herausfinden lassen. Vom Zeitraum her wäre es allerdings möglich, soweit ich weiß. Ich bin seit fünf Jahren an dieser Schule und kenne Dr. Lau noch.»

Faber ist sie demnach aber nicht mehr begegnet. Sie wird mir nicht groß weiterhelfen können, trotzdem möchte ich noch nicht aufgeben. «Wäre es Ihnen möglich, mir eine Liste mit den Namen aus Oliver Fabers Abschlussjahrgang zu mailen? Seine Klassenliste, die Namen seiner Lehrer – damit wäre mir sehr geholfen. Ach, und dann vielleicht noch die Klassenliste aus dem Jahr, in dem er die achte Klasse besucht hat. Vielen Dank.»

Ich lege auf und begegne Daniels fragendem Blick. «Na ja, er hat seinen Vater verloren, als er in der Achten war. Wenn er zu Schulzeiten einen Psychologen gebraucht hat, dann in diesem Jahr.»

Es dauert eine gute halbe Stunde, bis die Mail der Schulleiterin eintrifft. Zeit genug für mich, um wieder in meinen Abgrund aus Wut und Scham zu stürzen. Solange ich Arbeit habe, ertrage ich diesen Tag, aber Leerlauf ist tödlich.

Umso fieberhafter stürze ich mich auf die Unterlagen, als sie endlich eintreffen. Zwei vollständige Listen des Lehrkörpers aus den entsprechenden Jahren, inklusive Beratern, Seelsorgern und sogar Schulwarten, sowie zwei Klassenlisten. Ich drucke alles aus und greife mir einen Marker vom Tisch, beuge mich über die Papiere und beginne, nach bekannten Namen zu suchen, egal ob Opfer oder Täter. Bremer, Richter, Rauch, Rossinger, Emmerich …

Je weiter ich komme, desto schneller schwindet meine Hoffnung. Nichts. Keine Übereinstimmung, keine einzige. Oliver Faber und Richard Lau sind die einzigen beiden Bekannten.

«Es ist zum Verrücktwerden», sage ich leise.

«Wieder nichts?»

«Nein. Kein Treffer. Bloß eine neue Sackgasse.» Ich schiebe meinen Stuhl zurück, stehe auf und lege die Ausdrucke vor Daniel hin. «Du kannst gerne selbst noch mal alles überprüfen, ich muss mal kurz raus.»

Ich öffne die Tür zum Gang, in Angriffshaltung, bereit, jedem die Meinung zu sagen, der mir dumm kommt. Einer von ihnen hat schließlich die Beschwerde gegen mich eingebracht. Wäre interessant zu wissen, wer, nicht wahr?

Doch auf dem Weg zur Toilette begegnet mir niemand außer Janning, der noch grauer im Gesicht ist als zuletzt und mir nur matt zunickt.

Von Daniel abgesehen ist er der Einzige, bei dem ich mir sicher bin, dass er mich nicht angeschwärzt hat.

34

Gegen halb sechs merke ich, dass ich am Ende meiner Kraft angelangt bin. Ein Zustand, den ich in dieser Form zuletzt während des Studiums erlebt hatte, als ich nächtelang für Klausuren büffeln musste. Ich schaffe es nicht einmal mehr, den Sinn der Worte zu erfassen, die ich am Bildschirm lese.

Also schalte ich den Monitor aus und lasse mich mit einem Seufzer gegen die Rückenlehne des Stuhls fallen.

Nina schaut zu mir herüber. «Was ist los? Müde?»

«Das ist die Untertreibung des Jahrhunderts. Ich kann und will heute nicht mehr. Höchste Zeit, Feierabend zu machen. Was ist mit dir?»

«Ich bleibe noch.»

«Du musst doch auch am Ende sein.»

Sie hebt die Schultern. «Ja, schon. Aber ... zu Hause habe ich Zeit nachzudenken, das ist nicht gut. Die Arbeit lenkt mich wenigstens ab.»

«O. k., das verstehe ich. Dann bis morgen.»

Zu Hause habe ich Zeit nachzudenken … ich habe schon den halben Heimweg zurückgelegt, als mir klarwird, dass das ein Hilferuf war. Die angedeutete Hoffnung, dass sie nicht alleine zu Hause, aber auch nicht im Büro sitzen muss.

Erschüttert über meinen Mangel an Sensibilität, wende ich bei der nächsten Gelegenheit und fahre zum Präsidium zurück.

Nina steht am Fenster, als ich das Büro betrete, und fährt erschrocken herum. Ihre Augen glänzen verdächtig.

«Ich hab's mir anders überlegt», sage ich und bleibe stehen.

«Wie? Was hast du dir anders überlegt?» Mit einer hastigen Bewegung wischt sie sich übers Gesicht.

«Ich möchte eigentlich auch noch nicht nach Hause. Was hältst du davon, wenn wir noch was zusammen essen gehen?»

«Es lässt dir wohl keine Ruhe, dass der Arsch vom Innenministerium mich ins Restaurant eingeladen hat und du noch nicht, was?» Ihr Grinsen wirkt ein bisschen hölzern, aber immerhin …

«Stimmt. Also?»

Sie geht zum Schreibtisch und schaltet den Monitor aus. «Ich hätte Lust auf Pasta mit Parmesan und schwarzen Trüffeln, und ich weiß auch, wo es das gibt.»

Auf dem Weg zum Auto hoffe ich, dass sie mich nicht zu dem Laden dirigiert, in dem sie mit Hanke war. Meine Befürchtung ist unbegründet. Das italienische Restaurant, neben dem ich eine Viertelstunde später den Wagen auf dem dazugehörigen Parkplatz abstelle, kenne ich noch nicht.

Der Besitzer des Lokals hat bei der Einrichtung Wert auf italienisches Flair gelegt, was ihm auf geschmackvolle Art gelungen ist. Wir bekommen einen freien Tisch in einer gemauerten Nische, die das Gefühl von Privatsphäre vermittelt, obwohl das Restaurant gut besucht ist.

Nachdem der Kellner uns mit einem freundlichen *Buona sera* begrüßt und die Speisekarten vor uns abgelegt hat, zündet er die Kerze auf dem Tisch an und verschwindet wieder.

«Warum hast du gemerkt, dass mit ihm etwas nicht stimmt, und ich nicht?» Die Frage kommt so unvermittelt, dass ich Nina einen Moment irritiert anschaue, bis ich verstehe, wovon sie spricht.

«Mir kam es von Anfang an komisch vor, dass er sich so intensiv für dich interessiert hat.»

«Oh, danke. Du bist ja ein Charmeur.»

Wieder brauche ich einen Moment, um zu verstehen. Ich bin wirklich nicht mehr fit.

«Du weißt, wie ich das meine. Er hat von Anfang an seltsame Fragen über dich gestellt. Meist ging es dabei darum, wie du dich in dieser oder jener Situation verhalten hast oder wie die Zusammenarbeit mit dir funktioniert. Das sind keine Fragen, die ein Kollege normalerweise stellen würde. Auch nicht, wenn er sich ehrlich für jemanden interessiert.»

Sie senkt den Blick. «Tja, da war ich wohl zu blauäugig.» Ihre Stimme klingt dünn. Ich beschließe, das Thema zu wechseln, was der freundliche Kellner mir erst einmal abnimmt, indem er mit Block und Stift an unserem Tisch auftaucht. Ich bestelle das gleiche Gericht, das Nina sich ausgesucht hat, und dazu zwei Gläser Chianti Classico. Als der Kellner gegangen ist, legt Nina den Kopf ein wenig schief. «Und jetzt mal im Ernst. Bist du hier mit mir, weil du wirklich noch keine Lust hattest, nach Hause zu fahren, oder weil du das Gefühl hast, Seelentröster spielen zu müssen?»

«Wäre es denn schlimm, wenn ich dich nach diesem Tag nicht alleine im Büro hocken lassen möchte?»

Sie nickt. «Also Seelentröster. Aber das wäre wirklich nicht nötig, ich komme schon alleine klar.»

Ich muss lächeln. Natürlich kommt Nina Salomon alleine klar.

Immer und mit jeder Situation. «Also gut. Ich habe genau wie du den ganzen Tag noch nichts gegessen. Ich habe keine Lust, zu Hause zu sitzen. Und ich habe eine Partnerin, die heute eine extreme Enttäuschung erlebt hat und die ich damit nicht alleine lassen möchte, obwohl ich selbstverständlich weiß, dass sie auch ohne Hilfe sehr gut klarkäme. Ist all das zusammen genommen Grund genug, jetzt mit dir hier zu sitzen und mich auf eine gute Portion Pasta und ein leckeres Glas Wein zu freuen, Partner?»

Ein Lächeln huscht über Ninas Gesicht. «Ja, das ist es.»

Das Essen ist phantastisch, der Wein ebenso. Wir unterhalten uns über Gott und die Welt, und ich bestelle zweimal zwei Gläser nach.

Nina erzählt gerade von einem ehemaligen Kollegen in Bremen, der der Reihe nach jede Kollegin angegraben hat, egal, ob sie verheiratet war oder nicht, als sie das typische *Bling* einer erhaltenen Nachricht auf dem Smartphone unterbricht. Sie zieht es aus der Tasche und wirft einen Blick auf das Display. Sie entsperrt das Telefon, liest die ganze Nachricht, und ihr Gesicht verfinstert sich. Ich schaue sie fragend an.

«Nicht wichtig», sagt sie, blickt an mir vorbei zur Theke und legt das Handy mit dem Display nach unten auf den Tisch.

«Von wem war die Nachricht?»

Ich sehe ihr deutlich an, dass sie mit sich kämpft. «Ach, das …» Sie atmet tief ein. «Das möchtest du jetzt nicht sehen, Daniel. Glaube mir.»

Ich denke an Hanke und spüre Ärger in mir aufsteigen. «Die Nachricht ist von diesem Arsch, oder? Lässt er dich immer noch nicht in Ruhe?»

«Nein, sie ist nicht von ihm, wirklich nicht.»

«Von wem dann?»

Nina spürt offenbar, dass ich keine Ruhe geben werde, bis ich weiß, was ich angeblich nicht sehen möchte. Schließlich greift sie mit einem Seufzer nach dem Telefon, entsperrt es wieder und legt es so auf dem Tisch ab, dass ich die Nachricht lesen kann. Sie ist von Isabell.

Ich weiß, dass Daniel mir den Laufpass nur gegeben hat, weil du ihn dazu gedrängt hast, du Schlampe. Aber freu dich nicht zu früh …

«Das ist ja …» Ich bin gleichzeitig überrascht und so wütend, dass ich gar nicht weiß, was ich sagen soll.

«Vergiss es einfach.» Nina zieht das Handy wieder zu sich. «Sie ist enttäuscht.»

«Das gibt ihr noch lange nicht das Recht, dir solche Nachrichten zu schicken. Ist das die erste dieser Art?»

Nein, ist sie nicht, das sehe ich schon, bevor Nina den Kopf schüttelt.

«Okay. Weißt du, was ich jetzt tue? Ich fahre zu ihr und werde das ein für alle Mal klären.»

«Ach Quatsch, das ist es nicht wert.»

«Das sehe ich anders», antworte ich grimmig. Ich bin entschlossen, Isabell den Kopf so zurechtzurücken, dass sie es sich nie wieder einfallen lässt, Nina oder mich zu belästigen.

«Tja, dann hat sie es ja schon mal geschafft, uns den Abend zu verderben. Sie wird sich freuen.»

Da ist natürlich was dran.

«Außerdem hast du sowieso zu viel Wein getrunken, um noch Auto zu fahren. Glaub mir, ich weiß das. Ich bin Polizistin.»

Ihr Lächeln ist ansteckend, und nachdem wir ausgetrunken haben, bestelle ich noch zwei Gläser.

«Apropos trinken. Da fällt mir ein, ich habe in dem Unfallbericht von damals gelesen, dass Karin Michalewski auch etwas zu viel getrunken hatte. Ihr Blutalkoholwert lag bei 0,9 Promille. Sie hat den Unfall definitiv selbst verschuldet.»

Ich weiß nicht, wovon Nina redet, aber der Name kommt mir seltsam bekannt vor. «Karin Michalewski?»

«Ja, der Unfall, bei dem Susanne Rauch in Verdacht stand, sich wegen unterlassener Hilfeleistung strafbar gemacht zu haben.»

«Ach so, o. k.» Ich weiß noch immer nicht, woher das Gefühl kommt, den Namen zu kennen, aber in dem Unfallbericht habe ich ihn definitiv nicht gesehen, denn den habe ich nicht gelesen. «Haben wir sonst noch jemanden, der so oder so ähnlich heißt?»

Nina denkt kurz nach und schüttelt den Kopf. «Nein, warum?»

«Ach, ich dachte, der Name ist mir schon mal irgendwo begegnet.»

Eine halbe Stunde später lasse ich uns ein Taxi rufen. Der Fahrer hat Probleme, Ninas Adresse zu verstehen. Schließlich buchstabiere ich sie ihm, sodass er sie in sein Navigationssystem tippen kann. Die Anforderungen an Hamburger Taxifahrer scheinen drastisch gesenkt worden zu sein. Früher kannten die Fahrer jede Straße der Stadt.

Beim Abschied drückt Nina mir einen flüchtigen Kuss auf die Wange und bedankt sich für den Abend. Das hat sie noch nie getan, und als ich es geschafft habe, dem Fahrer auch den Straßennamen meiner Wohnung zu buchstabieren, denke ich darüber nach, was ich davon halten soll.

Etwa auf halbem Weg fällt mir Isabells Nachricht wieder ein, und erneut steigt Wut in mir hoch. Ohne lange zu überlegen, beuge ich mich nach vorne und erkläre dem Fahrer, dass ich doch woanders hinmöchte. Seltsamerweise versteht er den Namen der Straße, in der Isabell wohnt, auf Anhieb und setzt mich knappe fünf Minuten später vor dem Haus ab.

Ein Blick auf die Uhr zeigt mir, dass es kurz nach zehn ist. Auf mein Klingeln hin meldet sich Isabell über die Sprechanlage.

«Ja, ich bin's, Daniel», sage ich so neutral, wie es mir möglich ist, schließlich möchte ich, dass sie mir öffnet.

«Daniel!», ruft sie aus. «Wie schön, komm rein.»

Als ich auf ihre Wohnungstür zugehe, öffnet Isabell und lächelt mich an. «Ich wusste, dass du es dir anders überlegst.»

Ohne darauf einzugehen, betrete ich an ihr vorbei die Wohnung und warte, bis sie die Tür hinter mir geschlossen hat. Sie macht einen Schritt auf mich zu und legt mir die Arme um den Hals. Mit einer heftigen Bewegung schüttele ich sie von mir ab und weiche zurück.

«Lass das, deswegen bin ich nicht gekommen.»

«Aber ich dachte ...»

«Machen wir es kurz», falle ich ihr ins Wort. «Ich bin hier, weil ich zufällig danebensaß, als Nina deine Nachricht bekommen hat.»

Isabells Gesicht erstarrt zu einer Maske. «Das hat sie sich selbst zuzuschreiben. Ich weiß genau, dass sie bei dir immer nur gegen mich Stimmung gemacht hat. Was denkst du wohl, warum sie mich so hasst? Siehst du das nicht? Sie will dich für sich.»

«Sag mal, hast du jetzt vollkommen den Verstand verloren?», fahre ich sie wütend an. «Nicht Nina ist schuld daran, dass wir nicht mehr zusammen sind, sondern du und deine Lügen. Glaubst du ernsthaft, ich könnte mit einer Frau zusammen sein, die mich so dermaßen angelogen hat, wie du das getan hast? Ich sage dir jetzt mal was, Isabell, und das solltest du dir gut merken. Wir werden nie wieder zusammen sein, auch nicht, wenn du die einzige Frau in ganz Hamburg wärst. Kapierst du das jetzt endlich? Niemals wieder! Und falls du dir noch ein einziges Mal erlaubst, Nina oder mir eine solche Nachricht zu schicken oder einen von uns anzurufen oder sonst auf irgendeine Art Kontakt mit uns aufzunehmen, dann schwöre ich dir, wirst du so viel Ärger bekommen, dass du dir wünschst, mir nie begegnet zu sein.»

Ihre Augen füllen sich mit Tränen, aber das lässt mich vollkommen kalt. Die einzigen Gefühle, die ich ihr gegenüber noch empfinde, sind Wut und Verachtung. Ich verlasse die Wohnung, noch ehe sie dazu kommt, etwas zu sagen.

Auf der Straße angekommen, wende ich mich nach links und marschiere los. Bis zu mir nach Hause werde ich zu Fuß etwa zwanzig Minuten brauchen. Die frische Luft wird mir guttun.

Ich bin über die Kälte erschrocken, die ich während des kurzen Gesprächs mit Isabell in mir gespürt habe. Kann das mit dem Wein zu tun haben, den ich getrunken habe? Beim Gedanken an das Abendessen fällt mir wieder dieser Name ein, den Nina genannt hat. Karin Michalewski. Erstaunlich, dass ich ihn behalten habe, obwohl er alles andere als eingängig ist.

Und plötzlich ist die Erkenntnis da. So deutlich, als hielte ich es in Händen, sehe ich das Blatt Papier vor mir, auf dem ihr Name steht, und der Zusammenhang, der sich daraus ergibt, macht mich mit einem Schlag völlig nüchtern.

35

«Nina!» Ich bin noch nicht einmal aus dem Aufzug raus, als Daniel mir schon entgegenläuft. Er sieht so wach und ausgeruht aus, dass ich meine eigene Erschöpfung doppelt spüre. Widerstandslos lasse ich mich am Arm in unser Büro ziehen.

«Karin Michalewski!» Daniel sieht mich so erwartungsvoll an, als müsste ich bei der Nennung des Namens in lauten Jubel ausbrechen.

«Ja», sage ich müde. «Karin Michalewski, die Frau, die alkoholisiert mit ihrem Auto verunglückt ist. Der Unfall, zu dem Susanne Rauch gestoßen ist, ohne helfend einzugreifen. Weswegen sie und ein paar andere Autofahrer beinahe wegen unterlassener Hilfeleistung zur Rechenschaft gezogen wurden.» Ich habe das runtergerasselt wie eine gelangweilte Schülerin, die von ihrem Lehrer eine viel zu einfache Frage gestellt bekommt, aber mein Ton irritiert Daniel nicht im mindesten.

«So ist es», strahlt er. «Aber Michalewski kommt noch an anderer Stelle ins Spiel.» Er hebt ein Blatt Papier hoch, das ich als die Klassenliste identifiziere, die das Cornelius-Gymnasium mir gestern zugeschickt hat. «Sie war Oliver Fabers Lehrerin.»

Das ist allerdings eine Neuigkeit. Ich nehme Daniel die Liste aus der Hand und frage mich, wieso mir das gestern nicht aufgefallen ist. Verfluche Hanke zum hundertsten Mal, schon allein dafür, dass er es geschafft hat, mich so aus der Bahn zu werfen. «Wir sollten in diese Schule fahren», schlage ich vor. «Wer weiß, welche Verbindungen sich noch finden lassen. Menschen heiraten, ändern ihren Namen – Richter hatte einen Elektromontagebetrieb, nicht wahr? Vielleicht hat er die Installationen in der Schule gemacht. Solche Dinge sollten wir herauszufinden versuchen.»

Wir nehmen diesmal Daniels Jaguar. Der Kratzer im Lack ist noch da. Daniel bemüht sich sichtlich, ihn nicht zu beachten. Bevor wir losgefahren sind, habe ich noch in der Schuldirektion angerufen und über die Sekretärin unser Kommen angekündigt, deshalb bin ich auch nicht überrascht, dass wir schon am Parkplatz erwartet werden. «Mein Name ist Brink, ich bin die Assistentin der Direktion. Es tut mir leid, Frau Lenschow hat leider zu viel zu tun, sie kann Sie heute nicht empfangen.»

Mein Blick lässt die Frau nervös lächeln. «Sehen Sie, es gibt Gesprächstermine mit Eltern, viel Organisationsarbeit zu unserem Schuljubiläum – so kurzfristig ist es einfach schwierig. Aber ich gebe Ihnen gern einen Termin für nächste Wo–»

«Wir werden Frau Lenschow nicht lange aufhalten», fällt Daniel ihr ins Wort und marschiert auf den Eingang zu. «Wir möchten nur ihre Zustimmung, uns ein wenig im Schularchiv umzusehen.»

Wir finden die Direktion im ersten Stock. Vor der Tür ist eine blaue Sitzgruppe aufgebaut, an den Wänden hängen beachtlich gute Zeichnungen von Schülern. Der Michel in Bleistift, die Elbphilharmonie bei Nacht als Aquarell.

Daniel klopft flüchtig an die Tür und tritt ein, bevor von innen eine Rückmeldung kommt. Seine Entdeckung hat ihn sichtlich beflügelt.

Die Frau im Büro ist um die fünfzig, zwar nicht sonderlich attraktiv, wirkt aber enorm gepflegt. Dunkler Pagenkopf, sandfarbenes Kostüm, farblich perfekt abgestimmte Strümpfe.

«Mein Name ist Daniel Buchholz.» Er schenkt der Frau ein hinreißendes Lächeln. «Meine Kollegin Nina Salomon und ich hätten eine große Bitte, wir sind da natürlich auf Ihren guten Willen angewiesen.»

Es ist nicht zu übersehen, dass Daniels Auftritt bei der Frau Eindruck macht.

«Tanja Lenschow», sagt sie. Ihre schmalen Lippen öffnen sich zu einem Lächeln. «Ich bin die Schulleiterin.»

Daniel ergreift ihre Hand und hält sie etwas länger fest als nötig. «Ich weiß.»

Sie bittet uns herein. Daniel setzt sich ihr gegenüber an den Schreibtisch, ich bleibe am Fenster stehen. Mir ist klar, dass meine Gegenwart im Moment eher störend ist.

«Sie waren ja gestern so freundlich, meiner Kollegin zwei Klassenlisten zu schicken», beginnt er. «Uns sind darauf ein paar Dinge aufgefallen, und wir würden jetzt natürlich gerne nachsehen, ob wir auf weitere Erkenntnisse stoßen, wenn wir ein bisschen genauer recherchieren.»

Lenschows Lächeln schwindet ein Stück. «Ja, sehen Sie, mir ist schon klar, worauf Sie hinauswollen. Dr. Lau war an unserer Schule tätig – ich habe gehört, dass er gestern gestorben ist. Und Oliver Faber, einer unserer Absolventen, war als Mordopfer groß in den Medien.» Sie verschränkt die Hände auf dem Tisch. «Sie können sich bestimmt vorstellen, dass ich den Namen unserer Schule nicht gerne im Zusammenhang mit solchen Nachrichten höre. Zumal die beiden Toten ja schon lange nichts mehr mit unserem Haus zu tun haben.» Draußen klingelt das Telefon, und Brink schließt die Tür zwischen Vorzimmer und Direktionsbüro.

«Wir haben in zwei Monaten unsere 75-Jahr-Feier», fährt Lenschow fort. «Ich fände es vor allem für unsere Schüler sehr schade, wenn dieses Fest getrübt werden würde.»

Ich bin versucht, meine Stirn gegen die kühle Fensterscheibe zu legen. Gut, dass nicht ich dieses Gespräch führe, ich hätte Lenschow ein paar Dinge über Prioritäten erzählt.

Daniel dagegen ist das personifizierte Verständnis. «Aber sicher, wir werden uns bemühen, Ihre Schule aus allem herauszuhalten, soweit das möglich ist.»

Fünf Minuten später sitzen wir mit einem Berg von Broschüren und Aktenordnern in einer kleinen Kammer ohne Fenster. Ich suche im Jahresbericht von 2004/05 nach dem Foto von Oliver Fabers Klasse, das der Liste entspricht, die wir gestern geschickt bekommen haben.

Faber ist leicht zu finden, er gehört nicht zu den Großgewachsenen in der Klasse und steht ganz am Rand, mit ernstem Gesicht. Überhaupt lächeln nicht viele der Kinder auf dem Foto, die meisten wirken ein wenig … angestrengt. Das gilt auch für die Lehrerin. Die Frau ist sehr schlank, beinahe dünn, trägt ein unsägliches Blümchenkleid und eine Dauerwelle, von der ich dachte, sie wäre bereits in den 80ern des vergangenen Jahrhunderts ausgestorben.

Unter dem Foto sind die Namen aller Schüler dieser 7B angeführt, auch der der Lehrerin: Karin Michalewski.

In der Liste aller Lehrer der Schule finde ich keinen weiteren bekannten Namen. Auch nicht im Jahr danach oder dem davor. Richard Lau ist als Schulpsychologe angegeben, okay. Schulleiter war damals ein gewisser Bernd Tritscher, ein Mann ohne Haar und – seinem Gesichtsausdruck nach – auch ohne Humor.

Seufzend blättere ich mich durch den Jahresbericht 2003/04. Irgendwo hier auf Olaf Richter zu stoßen, wäre phantastisch. Vielleicht hat sein Elektroinstallationsunternehmen ja die Fußballmannschaft gesponsert, oder –

Ich bin wieder bis zu dem Foto von Oliver Fabers Klasse gelangt, hier sind die Kinder alle ein Jahr jünger und noch sichtlich fröhlicher, da kann man mal wieder sehen, was das Schulsystem anrichtet. Sogar auf Michalewskis Gesicht liegt die Andeutung eines Lächelns.

Und dann bleibt mein Blick an etwas hängen. Dem Kindernamen unterhalb des Fotos. Ich habe Daniel am Arm gepackt, fast ohne es zu merken, mein Blick sucht das Foto ab, aber es ist schwer zu sagen, welches der Gesichter das richtige ist.

«Was ist los?» Daniel beugt sich zu mir.

Ich deute auf die Liste mit den Namen. Zwischen Verena Prasser und Nicolas Rugam ist ein Kind aufgeführt, das ein Jahr später nicht mehr auf dem Klassenfoto zu finden ist.

Jens Rauch.

Ich nehme den Bericht an mich, ebenso wie den aus dem Vor- und dem darauffolgenden Jahr. Es ist Zeit zu gehen, wir haben hier mehr gefunden, als ich zu hoffen gewagt hatte.

Tanja Lenschow blickt lächelnd auf, als wir noch einmal ihr Büro betreten. «Konnte ich Ihnen denn helfen?»

«Es sieht ganz danach aus.» Diesmal führe ich das Gespräch, Charme ist gerade unangebracht. «Wir würden gerne mit einem oder mehreren Lehrern sprechen, die im Schuljahr 2003/04 die 6B unterrichtet haben und immer noch an der Schule sind.»

Lenschow wirft einen kurzen Blick auf die Liste der Lehrer. «Sie haben Glück», sagt sie. «Lars Uhlenbrock war damals der Englischlehrer, er war gerade bei mir und müsste jetzt im Lehrerzimmer sein.»

Fünf Minuten später sitzen wir mit Uhlenbrock in einem kleinen

Besprechungsraum, er wirkt wie einer der Lehrer, die ich früher gerne gehabt hätte. Kompetent und verständnisvoll zugleich.

«Natürlich erinnere ich mich an Jens Rauch», erklärt er. «Das war eine furchtbare Tragödie damals. Ich habe mich lange gefragt, ob ich nicht etwas hätte merken müssen, aber Depressionen bei Kindern sind ja erst seit kurzem überhaupt ein Thema.» Er seufzt. «Lehrer sollten besser psychologisch geschult werden. Wir können so viel kaputt machen, und wir kriegen es oft nicht mit.»

Daniel legt die Stirn in Falten. «Denken Sie denn, dass es die Schule war, die Jens nicht mehr ertragen hat?»

Der bekümmerte Ausdruck in Uhlenbrocks Gesicht vertieft sich. «Ich weiß es nicht. Ich weiß nur, dass er in Mathematik und leider auch in Englisch auf Fünf stand. Wäre er zu mir gekommen, hätte ich ihm gesagt, dass das kein Weltuntergang ist, sondern nur eine blöde Schulnote. Aber er hat nicht sonderlich niedergeschlagen gewirkt, wissen Sie? Eher ruhig. Ein wenig schüchtern vielleicht.» Er dreht nachdenklich einen Stift zwischen den Fingern. «Und wenn ich mich richtig erinnere, war er einige Male krank, bevor … es dann passiert ist. Vielleicht waren das psychosomatische Symptome, habe ich mir danach überlegt.» Er lacht unfroh auf. «Danach – sehr hilfreich, nicht wahr?»

Ich mag ihn. Ich bin fast versucht, meine Hand beschwichtigend auf seine zu legen. «Wissen Sie, ob Jens damals Richard Lau konsultiert hat? Und in welcher Verbindung er zu Oliver Faber stand?»

Der Lehrer zuckt mit den Schultern. «Keine Ahnung, was Lau angeht. Aber Oliver war sein bester Freund.»

Kurz darauf sitzen wir wieder im Auto. Ich habe seit der Verabschiedung von Uhlenbrock kein Wort mehr gesagt, in mir überschlagen sich die Gedanken so rasend schnell, dass ich meine Umgebung kaum noch wahrnehme. Doch jetzt merke ich, dass Daniel mich ansieht. «Es ist klar, wohin wir als Nächstes fahren, oder?»

Ich nicke. «Zu Susanne Rauch. Weißt du, was ich mich die ganze Zeit frage?»

Er startet den Motor und legt den Rückwärtsgang ein. «Was denn?»

«Ob Jens Rauchs Tod wirklich Selbstmord war.»

Susanne Rauch ist mittlerweile aus dem Krankenhaus entlassen und öffnet uns die Haustür im Trainingsanzug. Ihre ausgeschlagenen Zähne sind durch Provisorien ersetzt, aber man sieht und hört, dass das Sprechen ihr immer noch Mühe bereitet. «Kann ich Ihnen etwas anbieten?»

Wir winken gleichzeitig ab. «Vielen Dank, wir möchten Sie nicht lange belästigen», sagt Daniel. «Aber wir würden gerne etwas mit Ihnen besprechen, das Ihnen eigentlich vor allen anderen aufgefallen sein müsste.»

Sie seufzt. «Dass ich zwei der Opfer persönlich gekannt habe? Das war mir bis vor kurzem gar nicht bewusst.»

«Drei», korrigiere ich. «Ihr Exmann wurde getötet und Oliver Faber, der laut einem seiner Lehrer der beste Freund Ihres Sohnes war. Nun ist auch Richard Lau gestorben, ehemals Schulpsychologe am Cornelius-Gymnasium. Er wurde überfahren, vermutlich mit Absicht.»

Rauch wirkt einen Moment lang verunsichert. «Richard Lau … der Name kommt mir überhaupt nicht bekannt vor. Aber ich hatte auch nie mit dem Schulpsychologen zu tun.»

Wir setzen uns ins Wohnzimmer. «Nicht zu vergessen, dass auch Sie niedergeschlagen wurden», sage ich. «Wären Ihre Nachbarn nicht nach Hause gekommen, wäre es Ihnen vielleicht gegangen wie dem Opfer von den Landungsbrücken. Frank Wacht.»

Sie schluckt. «Der Name sagt mir auch nichts.»

«Kann er auch nicht.» Daniel beugt sich vor. «Wir können uns aber darauf einigen, dass ein Großteil der Opfer Berührungspunkte mit Ihrem Sohn hatte, nicht wahr? Sein Vater, seine Mutter, sein bester Freund, der Schulpsychologe … und dann ist da noch jemand.» Daniels Blick bohrt sich in den von Rauch. «Seine Lehrerin. Karin Michalewski. Sie waren bei dem Unfall zugegen, der sie das Leben gekostet hat. Und Sie haben ihr nicht geholfen. Ganz ehrlich, ich finde diesen Zufall ein bisschen zu zufällig.»

Rauch nickt ergeben. «Das kann ich verstehen. Aber wissen Sie, ich habe erst drei Tage danach erfahren, wer in dem Auto gesessen hat. Ich war auch nicht die Erste an der Unfallstelle, wir waren zu sechst, und niemand hat sich so recht an das Auto herangewagt. Einer hat immer geschrien, dass es gleich in die Luft gehen wird … und ich hatte einfach keine Ahnung, was ich tun sollte. Ich habe die Polizei und die Rettung angerufen, das wissen Sie, oder?»

Ja, das wissen wir tatsächlich. Trotzdem …

«Es sind auffällig viele Menschen, die aus dem Umfeld Ihres Sohnes zu Tode oder zu Schaden gekommen sind», hake ich noch einmal ein.

Sie sieht mich ruhig an. «Wenn Sie mir damit Angst machen wollen, ist das vergebliche Mühe. Ich hänge nicht so sehr an meinem Leben, wissen Sie? Als Jens damals gesprungen war, habe ich mir lange Zeit überlegt, ob ich nicht dasselbe tun soll. Ich habe es nur deshalb gelassen, weil ich für meine Tochter da sein musste.» Durch ihren Körper geht ein Ruck. «Denken Sie, sie ist auch in Gefahr?» Ihr Blick fleht um ein Nein. «Sie studiert in Gießen, und sie wollte am nächsten Wochenende herkommen, um mir ein bisschen zu helfen, solange ich noch nicht wieder fit bin, aber –» Ihre Hände zittern. «Nein, ich werde ihr absagen. Ich habe Jens nicht beschützen können, aber Sophia darf nichts zustoßen.»

Die Frage, die wir uns vorhin im Auto gestellt haben, drängt sich wieder in den Vordergrund. «Sagen Sie, Frau Rauch – sind Sie ganz sicher, dass Jens sich selbst getötet hat? Besteht nicht die Möglichkeit, dass noch jemand anders beteiligt war?»

Sie sieht mich an, als hätte ich ihr gerade ein Messer in die Brust gerammt. «Er war zwölf», flüstert sie. «Warum sollte jemand einen Zwölfjährigen töten?»

«Es gibt immer wieder ...»

«Er war mit dem Fahrrad unterwegs, er sagte, er wolle in den Park», unterbricht sie mich. «Und er hat mich noch umarmt, bevor er gegangen ist. Dafür ist er extra die Treppe hochgekommen, das hätte ich seltsam finden müssen, aber ich habe mir nichts dabei gedacht, sondern mich nur gefreut.» Sie schließt die Augen. «Drei Stunden später ist er von einer Brücke auf die Autobahn gesprungen. Er hat vorher noch seinen Fahrradhelm abgelegt, als wollte er sichergehen, dass es auch klappt. Ich habe nie daran gezweifelt, dass er wirklich sterben wollte.»

IV.

Er hatte beschlossen, erst mal aus seiner Wohnung auszuziehen. Rauch hatte es zu Hause erwischt und Faber ebenfalls – man durfte es seinen Jägern nicht zu leicht machen.

Das Hotel, das er gewählt hatte, war groß, unpersönlich und nicht allzu teuer. Nicht, dass Geld eine maßgebliche Rolle gespielt hätte, er verdiente schließlich gut, aber er konnte noch nicht abschätzen, wie lange er hierbleiben würde. Deshalb: lieber sparsam sein.

Auf dem kleinen Schreibtisch vor dem Fenster hatte er sein Notebook platziert und beantwortete Businessmails, war mit den Gedanken aber nicht so richtig bei der Sache. Richard Lau, wie lange hatte er nicht mehr an diesen Namen gedacht?

Bis er gestern in der Zeitung von dem Unfall gelesen hatte, von einem Psychologen namens Richard L., der auf einem Fußgängerübergang niedergemäht wurde.
Den hatte es also auch erwischt, und wer weiß wen noch alles - so aufmerksam konnte man die Nachrichten gar nicht verfolgen, dass man sicher sein konnte, nicht doch etwas zu übersehen ...
Ein heller Glockenton, ein leichtes Vibrieren am Handy. Jemand hatte ihm eine Nachricht über WhatsApp geschickt. Er entsperrte den Bildschirm.
Ich bin es. Der Mann, den du unter Strom gesetzt hast. Na, überrascht, von mir zu hören?
Er schnappte nach Luft. Überrascht, ja, das konnte man wohl so sagen. Blitzschnell überschlug er im Kopf, ob diese Nachricht wirklich von seinem Taser-Opfer stammen konnte.
Die Wahrscheinlichkeit war groß, niemand sonst wusste, dass er es gewesen war, der den Mann außer Gefecht gesetzt hatte. Aber woher hatte der Typ seine private Handynummer?
Ein wenig erstaunt, schrieb er zurück. Der andere wusste, dass er die Nachricht gelesen hatte, dank dieser verräterischen blauen Häkchen. Er wollte nicht den Eindruck erwecken, er würde aus Angst nicht antworten.
Das kann ich mir gut vorstellen. Dann ist dir doch sicher klar, dass zwischen uns noch eine Rechnung offen ist. Du hast zwei Möglichkeiten: Entweder, wir klären das gleich, oder du wirst dich dein ganzes Leben lang immer umdrehen müssen, um sicherzugehen, dass ich nicht hinter dir stehe.
Mit einer Stahlstange, dachte er grimmig. Das Ziegenbärtchen hatte offenbar noch nicht genug, aber das würde sich nach der nächsten Begegnung erledigt haben.

Okay, wenn du das wirklich willst, lass uns die Sache gleich aus der Welt schaffen.
Und deine Eier gleich mit, dachte er boshaft. Rate mal, wo ich den Taser diesmal ansetze.
Er fühlte sich plötzlich erleichtert. Ein Gegner, der sich zeigte, war einer, den man besiegen konnte. Den er besiegen würde.
Ich schicke dir eine Adresse, kam die nächste Nachricht, *das ist ein asiatischer Imbiss an der Frohnestraße. Dort treffen wir uns am Samstag um halb zwölf Uhr nachts. Ich werde diesmal keinen Schlagstock mitbringen, versprochen. Es gibt etwas, das ich dir erzählen möchte, und ich denke, es wird dich interessieren.*
Er grinste vor sich hin. *Na, da bin ich gespannt*, schrieb er. *Am Samstag. Halb zwölf. Ich werde da sein.*
Und danach, dachte er, würde der Ziegenbart keine Lust mehr haben, jemals wieder mit ihm Kontakt aufzunehmen.

36

Der Freitagmorgen beginnt mit einer schlechten Nachricht. Auf dem Weg zum Präsidium erhalte ich einen Anruf aus der Klinik, in dem mir mitgeteilt wird, dass Richard Lau seinen schweren Verletzungen erlegen ist.

Auch Nina weiß schon Bescheid, als ich unser Büro betrete.

«Wenn wir mit unserer Vermutung richtigliegen, dass der Unfall Absicht war, hat Ramona Wittrin jetzt also einen Mord begangen», stellt sie fest. «Wir sollten ihr und ihren Teddybärchen vielleicht einen Besuch abstatten. Mal sehen, wie sie auf die Nachricht vom Tod ihres Unfallopfers reagiert.»

So wie ich die Frau bisher erlebt habe, kann ich mir ihre Reaktion ungefähr vorstellen. «Ich schicke Pia und Marc zu ihr. Wir beide werden uns den angeblichen Selbstmord des Rauch-Jungen vornehmen. In irgendeiner Form muss er der Schlüssel zu dem Ganzen sein. Wenn wir wissen, welchen Grund jemand haben könnte, nach so langer Zeit Leute aus dem Umfeld des Jungen einschließlich seiner Eltern umzubringen, ist der Fall so gut wie aufgeklärt. Also: Ich möchte alles darüber haben. Berichte, Vernehmungen, Protokolle. Kümmerst du dich bitte darum?»

Nina nickt und streckt die Hand nach dem Telefon aus.

«Ach, und noch etwas: Wie geht es dir?»

«Es ging schon mal besser, aber es ist okay.»

Wenn Nina sagt, es ging ihr schon mal besser, heißt das, sie fühlt sich elend. Ich würde ihr gerne helfen, weiß aber, dass es sie eher nerven als ihr helfen würde, wenn ich jetzt nachhake, also lasse ich sie in Ruhe.

Eine halbe Stunde später haben wir alle Unterlagen vorliegen, die es zum Tod von Jens Rauch gibt. Die meisten davon stecken in Schnellheftern, einige wenige sind als Dateien im Archiv der Datenbank hinterlegt.

Nach einer weiteren Stunde wissen wir definitiv, dass die Kollegen damals keinerlei Anzeichen für Fremdeinwirkung gefunden haben, und nach dem, was wir an Berichten haben, finden wir auch keinen Hinweis darauf. Was allerdings bei der Art des Todes nicht zwingend den Tatsachen entsprechen muss. Gerade der Sprung von einer Brücke oder einem hohen Gebäude kann unfreiwillig erfolgt sein, ohne dass man das je nachweisen kann, wenn nicht zufälligerweise ein Zeuge gesehen hat, dass das Opfer gestoßen wurde.

«Viel gebracht hat uns das jetzt nicht», stellt Nina fest und klappt den letzten Ordner zu.

«Nein, aber zumindest können wir den Kreis der potenziellen Opfer jetzt einschränken. Sie müssen Jens damals nicht nur gekannt, sondern zum Zeitpunkt seines Todes auf irgendeine Weise in Kontakt mit ihm gestanden haben.»

«Na super. Du sagst es ganz richtig: auf irgendeine Weise. Das können alle Schüler der Schule inklusive alle Lehrer sein. Die Nachbarn in der ganzen Straße, der Briefträger, der Supermarktkassierer … Was denkst du, wie viele das sind? Zweihundert? Fünfhundert?

Prima, dann müssen wir die ja nur überwachen und können dann – vielleicht – den nächsten Mord verhindern.»

Das ist zwar sehr überspitzt dargestellt, fatalerweise aber kann ich das, was Nina gerade gesagt hat, nicht einfach als Pessimismus aufgrund ihrer gedrückten Stimmung abtun. Sie hat recht.

«Was ist eigentlich mit Richter?»

Ich weiß, was sie meint, und hebe die Schultern. «Wir haben seine Verbindung zu dem Jungen eben noch nicht gefunden. In der Schule liegt sie offenbar nicht, aber immerhin hat Richter das Segelboot von Jens' Vater gekauft. Dabei kann er dem Kleinen durchaus mal begegnet sein.»

«Hm ...», macht Nina. «Das halte ich für unwahrscheinlich. Wenn, dann können die beiden sich höchstens ein oder zwei Mal ganz kurz gesehen haben. Alle anderen Opfer hatten engeren Kontakt zu ihm. Nein, ich denke, es war eine Verwechslung wie bei Wacht und Faber.»

Ich wundere mich, dass Nina das tatsächlich in Betracht zieht, ohne es zu Ende zu denken. Diese Sache mit Philipp scheint sie wirklich noch sehr zu beschäftigen. «Das können wir ausschließen, weil Bremer ganz klar ausgesagt hat, dass es Richter war, den er töten wollte. Er hat also im Gegensatz zu Rossinger den Richtigen erwischt.»

«Autsch! Das hatte ich gerade nicht auf dem Schirm. Verdammt, ich ...»

«Lust auf einen Kaffee?», frage ich.

Nina nickt ohne Zögern. «Ja, das ist eine gute Idee. Vielleicht schafft der es, meinen Verstand aus seinem Dämmerschlaf zu reißen.»

An der Maschine in unserer Kaffeeküche klebt ein Zettel, auf dem handgeschrieben steht: *Defekt.* Wir beschließen, in die Kantine eine Etage tiefer zu gehen.

Als wir uns Kaffee und ein Käsebrötchen an der Theke für Nina geholt haben, setzen wir uns an einen der vielen freien Tische. Um diese Zeit ist hier nie viel los.

Nina umschließt die Tasse mit beiden Händen, als wolle sie sich daran wärmen, sagt aber keinen Ton. Ich warte eine Weile ab und beschließe dann, das Thema doch anzusprechen. Sie hat so offensichtlich damit zu kämpfen, dass ich unmöglich einfach so tun kann, als wäre alles in Ordnung. «Möchtest du darüber reden?»

Erst reagiert sie überhaupt nicht, und ich befürchte schon, sie hat mich nicht verstanden, als sie, ohne den Blick von der Tasse abzuwenden, sagt: «Ich glaube, das war der größte Vertrauensbruch, den ich bisher erlebt habe.» Jetzt erst sieht sie mich an. «Und ich schaffe es einfach nicht, diesen Mist beiseitezuschieben.»

Mir war klar, dass diese Sache sie sehr mitnimmt, aber so dramatisch habe ich es nicht eingeschätzt. Schließlich ist Hanke nur ein Kollege. Ich denke an Isabell und ihre Lügen. War Nina insgeheim in Hanke verliebt und nimmt sich sein Verhalten deshalb so zu Herzen? «Mit Enttäuschungen müssen wir alle hier und da klarkommen, Nina. Aber … es ging hier nicht um Gefühle. Hanke hat dich und uns alle belogen und benutzt, das stimmt, aber er hat nur seinen Job gemacht, zumindest aus seiner Sicht. Gab es denn privat keine Situation, die du als schlimmer empfunden hättest?»

Sie schaut mich verwundert an. «Du verstehst das nicht. Philipp hat sich als Kollege ausgegeben. Als jemand, auf den ich mich verlassen kann, dem ich im Zweifelsfall mein Leben anvertrauen muss. Mein Beruf ist für mich zentraler Bestandteil meines Lebens. Philipp hat sich so intensiv für mich interessiert, war ständig um mich herum, hat mir zugehört. Und alles war von Anfang an nur Lüge und Berechnung, um mir diese wichtige Lebensgrundlage wegzunehmen. Und dabei ist er wahrscheinlich noch der Überzeugung, alles richtig gemacht zu haben. Verstehst du? Philipp hätte einer von den Guten sein müssen, einer von uns. Dachte ich zumindest.»

Andressen geht mit einem Tablett in den Händen an uns vorbei, nickt uns zu und setzt sich an den Nachbartisch. «Und, wie sieht es bei euch aus? Schon irgendwelche neuen Erkenntnisse?»

«Das hängt davon ab, wie dein Wissensstand ist», antworte ich und berichte in ein paar Sätzen vom bisherigen Vormittag. Er nickt. «Bis auf die Tatsache, dass ihr die Akten zu dem Selbstmord noch mal durchgegangen seid, sind wir auf dem gleichen Stand.»

Dann beschäftigt er sich mit seinem Kaffee und den beiden Croissants, die vor ihm auf dem Teller liegen.

«Ich denke gerade wieder daran, was Seiwert gesagt hat», wechsle ich das Thema, denn Andressen sitzt so nah neben uns, dass er unsere Gespräche mithören kann. «Wenn wir Jens als Ausgangspunkt für das nehmen, was passiert ist, müssen wir in seinem Umfeld nach jemandem mit ausgeprägten psychologischen Fähigkeiten suchen. Wie war das noch mal … Um jemanden zu identifizieren, den man so beeinflussen kann, dass er vielleicht einen anderen Menschen tötet, müsste man die Interessen dieses Menschen kennen, und zwar alle. Genauso wie seine Abneigungen und seine Schwächen. Seiwert sagte, man müsste ihm gewissermaßen vierundzwanzig Stunden am Tag in den Kopf schauen können und auch das sehen, was er gerne verbergen möchte. Und damit wäre man dann erst in der Lage festzustellen, ob er überhaupt potenziell jemanden töten *könnte.*»

«Da könnt ihr nach einem Psychologen suchen», sagt Andressen am Nebentisch, «oder gleich nach einem Hellseher. Oder –», er legt eine Kunstpause ein, «nach einem Informatiker.»

Wir sehen ihn beide fragend an. «Einem Informatiker?», fragt Nina. «Warum?»

«Big Data», antwortet Andressen mit vollem Mund.

«Was?» Nina hat ihn entweder akustisch nicht verstanden, oder sie kennt den Begriff nicht. Andressen legt das letzte Croissant-

Stück auf den Teller zurück. «Das, was Daniel da gerade gesagt hat, klingt sehr nach Big Data.»

«Big Data ...», überlege ich laut. «Ich habe das schon mal gehört. Das hat was damit zu tun, dass jeder im Netz Spuren hinterlässt, die andere sich zunutze machen, oder?»

Andressen wendet sich uns noch ein Stück weiter zu. «Extrem vereinfacht, ja. Das ist ein recht komplexes Thema, aber ich versuche, es mal so kurz wie möglich zusammenzufassen. Schon mal was von Psychometrie gehört?»

Offenbar geht er nicht davon aus, denn er redet sofort weiter. «Das ist der wissenschaftliche Versuch, die Persönlichkeit eines Menschen zu vermessen, oder mit anderen Worten gesagt, jemanden bis auf den letzten Millimeter zu kennen. In der Universität in Cambridge beschäftigt man sich schon länger mit dieser Methode, aber es war früher sehr kompliziert und aufwendig, genügend Daten über einen Menschen zu sammeln. Damals nutzte man dafür unter anderem Fragebögen, die man die Probanden ausfüllen ließ – bis das Internet und Mobiltelefone massentauglich wurden. Heutzutage sorgen wir selbst dafür, dass alle Daten über uns verfügbar sind, die man überhaupt haben kann. Jeder Einkauf mit einer Kreditkarte und jede Suchmaschinen-Anfrage wird ebenso gespeichert wie Bewegungen mit dem Handy in der Tasche und jeder Like bei Facebook. Vor einigen Jahren hat ein Mann namens Kosinski ein Programm entwickelt, das aufgrund von ungefähr sechzig Facebook-Likes eines Users vorhersagen kann, welche Hautfarbe er hat oder ob er zum Beispiel homosexuell ist. Auch seine Intelligenz, die Religionszugehörigkeit oder Dinge wie Alkoholkonsum kann man berechnen. Dieses Programm wurde und wird immer noch stetig weiterentwickelt.» Andressens Stimme wird immer emotionaler, man merkt, dass er sich für dieses Thema begeistert.

«Wenn man 150 Likes von jemandem kennt, weiß man beim

heutigen Stand der Software mehr über diese Person als die eigenen Eltern. Mit etwa 300 Likes kann man sie besser einschätzen als sie sich selbst. Sogar die Art des Profilfotos und die Anzahl der Kontakte lassen Rückschlüsse zu, die mit einfließen.»

«Das ist ja irre», sage ich und spüre eine merkwürdige Art von Faszination.

«Aber das ist ja noch nicht alles. Auch wenn wir nicht im Internet unterwegs sind, hinterlassen wir überall Spuren: Stichwort Handy. Die Sensoren an modernen Geräten verraten, wie schnell wir uns bewegen, wohin wir reisen, und, und, und. Dann Kreditkarten. Wo kaufe ich ein, welche Summen gebe ich im Supermarkt, in der Drogerie, für den Friseur aus – eine riesige Datenmenge. Wenn man nun alle diese Daten zusammenfasst und von einem entsprechenden Programm auswerten lässt, hat man die nahezu perfekte Aufschlüsselung aller Persönlichkeitsstrukturen. Würzt man das Ganze dann noch mit einem geschickt ausgearbeiteten Fragebogen, den man zum Beispiel als Onlinequiz tarnen kann, werden auch noch die letzten, winzigen Lücken geschlossen.»

«Wow!» Ich sehe Nina an, dass sie von Andressens Ausführungen ebenso fasziniert ist wie ich.

«Unglaublich», sagt sie. «Könntest du das theoretisch auch?»

Er schüttelt bedauernd den Kopf. «Leider nein. Ich habe nicht den Zugang zu ausreichend Daten, und das, obwohl ich bei der Polizei bin.»

«Und andere haben den?»

Andressen wischt sich mit der Serviette den Mund ab. «Sie beschaffen ihn sich, und dann spielen sie ihr Spiel im Hintergrund. Beeinflussen Kaufverhalten und neuerdings auch Wahlverhalten. Jubeln dir das unter, worauf du anspringst.»

Nina funkelt ihn an. «Und das fällt dir erst jetzt ein?»

Unter ihrem Blick schrumpft der großgewachsene Andressen um

ein gefühltes Drittel zusammen. «Die Verbindung habe ich bisher nicht hergestellt, und um ehrlich zu sein, wüsste ich nicht, wie man über diese Schiene Menschen zum Morden motivieren sollte. Nur weil ich den Begriff jetzt ins Spiel gebracht habe, heißt das noch lange nicht, dass das die richtige Spur ist.»

«Aber man könnte jeden Menschen, auf dessen Computer man zugreifen kann, auf diese Weise völlig durchleuchten?»

«Genau», erklärt Andressen. «Wahnsinn, oder? Und das Verrückte daran ist, es funktioniert auch andersherum. Man kann nicht nur aus den gesammelten Daten perfekte Profile erstellen, sondern umgekehrt auch nach einem ganz bestimmten Typ Mensch suchen.»

«Na gut, und wie bekommt man jetzt Zugriff auf alle diese Daten?», frage ich. Ein wissendes Grinsen legt sich auf Andressens Gesicht. «Das ist für einen IT-Spezialisten mit entsprechender krimineller Energie einfacher, als man denkt. Die meisten Facebook-Profile sind offen, jeder kann also sehen, was der User tut und wie er sich darstellt. Ein Leichtes für einen Roboter, diese Daten zu sammeln, und dabei muss er noch nicht einmal direkten Zugriff auf die Facebook-Datenbank haben. Wenn man dann noch an persönliche Angaben wie Kreditkarten- und Handynummer herankommt, die heutzutage jeder bereitwillig zum Beispiel bei der Registrierung auf Shopping-Portalen hergibt, und sich in der Hackerszene ein wenig auskennt, kann man auch diese Informationen schnell anzapfen. Nun muss man diese riesige Flut nur noch in ein entsprechendes Programm fließen lassen, und fertig ist sie.»

«Ist wer?», fragen Nina und ich fast gleichzeitig.

Andressen grinst beinahe triumphierend.

«Die Menschensuchmaschine.»

37

Menschensuchmaschine. Mördersuchmaschine. Meine Müdigkeit ist wie weggeblasen, ich bin noch vor Daniel zurück im Büro, beginne, nach Big Data zu googeln, und finde Erstaunliches. Auf Datenanalyse spezialisierte Firmen haben Programme entwickelt, mit denen Konzerne die Wahrscheinlichkeit berechnen können, mit der ein Mitarbeiter im nächsten Jahr kündigen wird – damit weiß der Boss es oft früher als der Mitarbeiter selbst. Das Gleiche gilt für Veränderungen im Gesundheitszustand, wenn jemand Fitnesstracker benutzt und die Ergebnisse im Handy oder Computer abgespeichert sind. Natürlich gibt es da jede Menge Datenschutzfragen, aber ich bin ziemlich sicher, dass die unserem Drahtzieher egal sind.

Und wenn er mal den richtigen Kandidaten gefunden hat, manipuliert er ihn so lange, dass er nicht mehr an harmlose Elefanten denkt, sondern an Mord. Mord an einer ganz bestimmten Person.

«Wir sollten uns nach jemandem umsehen, der richtig gute IT-Kenntnisse hat», denke ich laut vor mich hin.

Daniel lacht auf. «Genau das wollte ich auch gerade sagen.»

Computer und Schule, da ist die erste Schnittmenge der Informatiklehrer, und auch die Mathematiker sollten wir nicht außer Acht lassen.

«Aber weißt du», sage ich nachdenklich, «rein gefühlsmäßig würde ich darauf tippen, dass wir einen ehemaligen Schüler suchen. Einfach wegen der langen Zeit, die verstrichen ist.» Ich ziehe mir die Klassenliste heran. «Jens Rauch hat sich vor vierzehn Jahren das Leben genommen – wenn all die Morde mit seinem Tod zu tun haben, warum würde jemand so lange warten, bis er loslegt?»

«Weil er zu dem Zeitpunkt noch zu jung ist, um seinen Plan in die Tat umzusetzen.»

«Genau!» Mein Blick gleitet über all die Namen auf der Liste. «Und weil es zu Beginn vielleicht noch gar keinen Plan gab. Es hat Zeit gebraucht, einen zu entwickeln und ihn schließlich durchzuführen.»

Wir teilen uns die Klassenliste auf, alphabetisch. Daniel übernimmt die ersten, ich die zweiten vierzehn Schüler.

Es ist eine langwierige und zähe Arbeit. Die Meldeadressen herauszufinden, ist der einfachste Teil und kein Problem über den Computer, selbst bei den Mädchen, die in der Zwischenzeit geheiratet und ihren Namen geändert haben. Lebenslauf und Beruf herauszufinden, klappt nicht ganz so reibungslos. Am Ende haben wir vier ehemalige Schüler, die mittlerweile im Ausland leben, und neun, die Hamburg verlassen haben. Das muss natürlich nichts bedeuten. Wenn persönlicher Kontakt zu den Mörderkandidaten nicht nötig ist, ist eine weit entfernte Adresse kein Ausschlusskriterium. Aber von denen hat sich ohnehin niemand auf Informationstechnologie spezialisiert. Wir haben nur zwei Informatiker gefunden: Tamara Wiedholz und Patrick Reese. Beide leben noch in Hamburg, arbeiten auch hier.

Wir hängen uns ans Telefon. Daniel kann Reese nicht erreichen, aber ich habe Wiedholz innerhalb von fünf Minuten am Apparat. Sie erklärt sich bereit, uns kurz nach ein Uhr im Brauhaus auf der Adolphsbrücke zu treffen. «Ich möchte nicht so gerne im Büro mit der Polizei sprechen», erklärt sie mir verlegen. «Unsere Firma ist ein Haifischbecken, irgendjemand würde sofort ein Gerücht in die Welt setzen, das alle anderen voller Begeisterung glauben würden.»

Wir sind pünktlich, aber Wiedholz ist überpünktlich. Sie sitzt auf einem Hocker an einem der hohen Tische am Fenster und blickt hinaus in den leichten Nieselregen, der eben eingesetzt hat. Eine blonde Frau, die ihr Haar in einem fast ballettmäßig strengen Knoten am Hinterkopf fixiert hat. Ich bekomme schon beim Hinsehen Kopfschmerzen.

Ihr Händedruck ist fest, und sie trinkt zu meiner Überraschung Bier. «Ich habe um fünf Uhr noch eine Sitzung und muss eine neue Applikation präsentieren, da kann ein bisschen Alkohol nicht schaden», sagt sie mit schiefem Lächeln.

«Was genau tun Sie denn in Ihrem Job?», erkundigt sich Daniel, der angesichts des Wetters Tee bestellt hat.

«Ich bin Java-Programmiererin.» Tamara Wiedholz lächelt. «Und ich bin ziemlich gut, deshalb habe ich unter den Kollegen nicht allzu viele Freunde. Vor allem unter den männlichen.» Sie zuckt die Schultern. «Klingt jetzt verbittert, ich weiß, stimmt aber trotzdem.»

Ich kann mir gut vorstellen, was die Kollegen an ihr stört: Sie ist hübsch, aber wahrscheinlich zu klug, um zu dummen Anmachsprüchen milde zu lächeln. Oder gar laut zu lachen. Und wenn sie die anderen dann auch noch fachlich vom Platz fegt, nehmen sie ihr das doppelt übel.

«Wir würden gerne mit Ihnen über Ihre Schulzeit reden», sagt

Daniel und holt das Klassenfoto heraus, das wir vergrößert ausgedruckt haben.

«Ja, Sie sagten schon so etwas am Telefon.» Wiedholz zieht das Foto zu sich und tippt mit dem Zeigefinger auf ein trotzig dreinblickendes Mädchen, das einen langen Schlabberpulli über einem knielangen Jeansrock trägt. «Das bin ich. Da muss ich zwölf oder dreizehn gewesen sein.»

Ich zeige auf Jens Rauch, der nicht weit von ihr steht. «Erinnern Sie sich noch an ihn?»

«An Jens? Aber natürlich. Es war furchtbar, was damals passiert ist, es hat mich lange verfolgt.» Sie betrachtet das Bild und schüttelt den Kopf. «Wir waren nicht richtig befreundet, aber ein paarmal war ich bei ihm zu Hause eingeladen, zum Geburtstag und einmal zu einem DVD-Abend. Ich fand seine Eltern sehr nett.» Sie blickt auf. «Der Vater ist vor kurzem ermordet worden, nicht?»

Ich nicke. «Und die Mutter beinahe auch. Hauptsächlich deshalb wollten wir mit Ihnen sprechen.»

«Oh mein Gott. Wie furchtbar.» Sie schiebt ihr Bierglas ein Stück von sich weg. «Wie steht es um die Schwester? Sonja, glaube ich …»

«Sophia. Sie studiert Tiermedizin, in Gießen. Ein paar Kollegen dort haben mit ihr gesprochen, sie ist naturgemäß sehr erschüttert.»

«Kann ich mir vorstellen.» Wiedholz reibt sich die Stirn. «Sie ist ein paarmal in der Schule zusammengebrochen, nach der Sache mit Jens. Die Leitung hat den Eltern dann nahegelegt, sie auf eine andere Schule zu schicken, weil das wohl einfacher für sie wäre.» Wiedholz lacht auf. «Meine Mutter hat damals gemeint, von wegen. Der Schule wäre ihr Ruf am allerwichtigsten, und der Selbstmord eines Schülers macht da kein gutes Bild. Also am besten weg mit allem, was daran erinnert.» Sie senkt ihren Blick wieder auf das Foto.

«Keine Ahnung, ob das zutreffend war. Vielleicht ja, im Nachhinein betrachtet.»

Der Regen draußen wird stärker, ein paar Sekunden lang sagt niemand etwas, dann suche ich die Notiz heraus, die ich mir noch im Büro gemacht habe. «Patrick Reese», sage ich. «Welcher ist das hier auf dem Bild?»

Sie zögert kurz, dann deutet sie auf einen blonden Jungen, der in der letzten Reihe steht und mit den Fingern ein Victory-Zeichen formt. «Das hier ist Patrick.»

«Sie sind in der gleichen Branche gelandet, haben wir festgestellt. Haben Sie noch Kontakt zu ihm?»

Wiedholz sieht mich aus großen Augen an. «Zu dem Arschloch? Ausgerechnet? Nein, ganz sicher nicht.»

Daniel und ich wechseln einen Blick. «Sie mochten ihn nicht?»

«Das kann man so sagen.» Die Frau verschränkt die Arme vor der Brust. «Er war ein wirklich mieser Typ. Vielleicht hat sich das ja in den letzten Jahren geändert, aber eigentlich glaube ich das nicht. Sobald er die Schwächen eines anderen herausgefunden hat, hat er nicht mehr lockergelassen, bis derjenige heulend weggelaufen ist. Oder diejenige.»

Es ist Wiedholz anzusehen, dass sie dazu über ganz eigene, schmerzliche Erinnerungen verfügt. «Die Lehrer haben ihn immer gemocht, er war auch ein ziemlich guter Schüler, mit einem einflussreichen Vater. Wir in der Klasse haben ein paarmal versucht, gegen ihn Front zu machen, aber das hat nie geklappt. Er hat immer das schwächste Glied in der Kette gefunden und dann dort angesetzt.»

Mein Puls hat sich beschleunigt, das klingt ganz nach dem, was unser Drahtzieher tut – die Schwächen seines Opfers finden, dort ansetzen und denjenigen so zu manipulieren, dass er das tut, was er möchte.

Bevor ich meine nächste Frage stellen kann, fühle ich das Handy in meiner Jackentasche vibrieren. Es ist Nicole Stedtler. Sie klingt noch niedergeschlagener als beim letzten Mal.

«Nina? Du hast gehört, dass mein Chef …»

«Ja, Nicole. Es tut mir sehr, sehr leid. Ich hätte ihn gerne kennengelernt.»

«Ich kann es noch immer nicht glauben.» Sie unterdrückt ein Schluchzen. Ich stehe auf und gehe ein paar Schritte vom Tisch weg, zur Bar, hinter der die kupfernen Braukessel glänzen. «Ich sortiere gerade alle Unterlagen und versuche, Ordnung hineinzubringen», fährt sie fort. «Und … ich habe noch etwas gefunden. Das interessiert dich vielleicht. Ein Protokoll, in dem Oliver Faber erwähnt wird.»

Das interessiert mich allerdings. Ich schaue auf die Uhr, das Gespräch mit Wiedholz wird nicht mehr lange dauern, sie muss schließlich zurück in ihr Büro. «Wir können in einer Dreiviertelstunde bei dir sein. Spätestens in einer Stunde.»

«Okay.» Sie schnieft. «Kommt dein verkrampfter Kollege auch mit?»

Ich unterdrücke ein Lächeln. «Ja. Wir müssen uns also benehmen.»

Nicole reißt die Tür schon auf, kaum dass Daniel die Klingel gedrückt hat. Sie fällt mir um den Hals. «Es fühlt sich so komisch an, hier zu sein und zu wissen, dass Richard für immer fort ist.»

«Ja.» Ich führe sie sanft, aber bestimmt in die Büroräume zurück. «Aber du hältst dich toll. Allein dafür, dass du dich diesen Bergen von Papier stellst, müsstest du einen Orden kriegen.»

Sie lächelt zaghaft. «Danke. Okay, dann zeige ich euch jetzt mal, was ich gefunden habe.»

Drei Blätter, einseitig beschrieben in Laus großer Schrift, die ich bereits kenne. Ein Teil davor muss fehlen, und das dritte Blatt kann nicht das letzte gewesen sein, denn der Text hört mitten im Satz auf. Ebenso, wie er beginnt.

... gestern in meiner Straße gewesen, zu dritt. Es war schon fast dunkel, und ich habe sie gesehen, bevor sie mich gesehen haben, also habe ich mich versteckt und gewartet. Aber sie sind nicht verschwunden, obwohl es schon dunkel geworden ist.

F: Könnte es nicht sein, dass sie einfach dort gestanden und sich unterhalten haben, ohne böse Hintergedanken?

A: Das glaube ich nicht. Sie waren ja nicht zum ersten Mal da. Können Sie nicht etwas tun?

F: Am besten wäre es, ihr würdet euch einmal in aller Ruhe zusammensetzen und die Probleme besprechen, da bin ich sehr gerne dabei. Die meisten Dinge lassen sich mit Vernunft regeln.

A: Ich glaube nicht, dass das hilft. Er wird zu allem ja sagen, und danach wird es noch schlimmer werden. Es genügt schon, wenn jemand herausfindet, dass ich mit Ihnen rede.

F: Deine Mutter war doch schon beim Direktor, nicht wahr?

A: Ja.

F: Und?

A: Ich weiß nicht. Oder doch, es war dann zwei Tage Ruhe. Aber gestern waren sie eben wieder da.

F: Oft hilft es, wenn man zu zweit ist. Zusammen mit einem Freund ist die Angst meistens nur noch halb so groß. Du hast ein paar gute Freunde, oder?

A: Na ja, einen. Oliver Faber. Aber der hat selbst Angst. Sie sind vor einer Woche zur Polizei gegangen und haben gesagt, er habe Niklas' Fahrrad gestohlen, und sie haben es wirklich bei seinem Haus gefunden. Aber er schwört, er war's nicht. Ich bin sicher, das stimmt auch.

F: Du denkst, die haben Oliver falsch beschuldigt, damit er Angst bekommt?

A: Ich weiß das. So was machen sie gerne.
F: Und davor hast du nun auch Angst?
A: Ja. Nein. Eigentlich vor anderen Sachen. Ich gehe jetzt nicht mehr in den Leistungsschwimmkurs, weil …

Hier endet die Niederschrift, und ich könnte Lau posthum noch dafür hinten reintreten, dass er seinen Kram nicht besser sortiert hat. Andererseits ist es vermutlich seiner Schlampigkeit zu verdanken, dass überhaupt noch Fragmente von dem Gespräch erhalten sind – ich könnte mir gut vorstellen, dass er das Protokoll entsorgt hat, nachdem sein Klient auf die Autobahn gesprungen war. Denn für mich ist es keine Frage, dass Nicole hier Teile von Aufzeichnungen eines Gesprächs mit Jens Rauch gefunden hat.

38

«Ich schätze, wir wissen beide, aus welcher Zeit das Gesprächsprotokoll stammt, das wir da gerade gesehen haben», sage ich, als ich die Praxistür hinter mir ins Schloss gezogen habe. «Und wer der Patient war.»

«Ja, und das wirft eine neue Frage auf. Oder besser gesagt, es lässt mich an der Theorie von damals zweifeln. Was ich da gelesen habe, spricht weniger dafür, dass der Junge sich wegen Depressionen umgebracht hat, sondern eher, dass er auf übelste Weise gemobbt wurde.»

So sehe ich das auch. «Wenn man dann noch berücksichtigt, was Tamara Wiedholz uns eben erzählt hat, habe ich auch schon eine ganz konkrete Vorstellung davon, wer hinter diesem Mobbing gesteckt haben könnte.»

Wir steigen ein, und während wir uns anschnallen, hält Nina inne. «Moment mal ...»

«Was?

Sie schaut mich nachdenklich an. «Die Mutter des Jungen, Susanne Rauch. Ihr Kind wurde gemobbt, sie war deshalb sogar beim Direktor der Schule, das heißt, sie wusste definitiv davon. Kurze Zeit später springt der Junge von einer Autobahnbrücke in den Tod, und sie glaubt, dass er Depressionen hatte? Sie muss doch auch einen Zusammenhang gesehen haben. Und warum hat sie uns nichts von dieser Mobbing-Geschichte erzählt?»

Ich starte den Motor. «Genau diese Frage werden wir ihr jetzt selbst stellen. Und danach kümmern wir uns um diesen Patrick Reese. Auf das Gespräch mit diesem Typen bin ich schon sehr gespannt.»

Ich fahre los und spreche nach wenigen Metern laut aus, was ich gerade denke. «Wir sind ganz nah dran, Nina. Endlich.»

«Ja. Endlich. Soll ich Rauch anrufen, um zu hören, ob sie zu Hause ist?»

«Nein, besser nicht. Wenn sie da ist, möchte ich sie lieber überraschen, und falls nicht, warten wir, bis sie wiederkommt.»

Wir erreichen das Haus von Susanne Rauch nach einer halben Stunde. Ihr Auto steht zwar in der Einfahrt, im Haus ist jedoch alles dunkel. Ich parke hinter dem Fahrzeug, und wir steigen aus.

Nina schaut sich um und betrachtet eingehend die dunklen Fenster. «Sieht nicht danach aus, als ob sie zu Hause wäre», stellt sie leise fest.

«Vielleicht schläft sie.» Auch ich habe meine Stimme gesenkt, ohne zu wissen, warum.

Wir erreichen die Tür, ich lege meinen Finger auf den Klingelknopf und höre deutlich den Gong.

Fünf Sekunden vergehen, zehn, ohne dass sich im Inneren des Hauses etwas regt. Ich versuche es erneut, jedoch mit demselben Ergebnis.

«Scheint ausgeflogen zu sein», sagt Nina und schaut sich erneut um.

Ich wende mich ab. «Vielleicht macht sie einen Spaziergang. Lass uns im Auto warten, bis sie zurückkommt.»

Als wir wieder im Auto sitzen, starte ich aus einem Gefühl heraus den Motor und lege den Rückwärtsgang ein. Nina schaut mich verwundert an. «Was jetzt? Ich dachte, wir warten hier auf sie?»

«Das tun wir auch, aber vielleicht ist es besser, wenn sie uns bei ihrer Rückkehr nicht gleich sieht.»

Ich lenke den Wagen aus der Einfahrt heraus und stelle ihn so an den gegenüberliegenden Straßenrand, dass wir das Haus beobachten können, ohne dass er sofort ins Auge springt.

Nina rutscht im Sitz neben mir ein Stück nach unten und verschränkt die Arme vor der Brust. «Was, wenn sie in den nächsten Stunden nicht zurückkommt?»

«Das kann ich mir nicht vorstellen. Wo soll sie denn so lange sein ohne Auto? Sie wird schon kommen.»

Die folgenden Stunden verbringen wir damit, schweigend unseren Gedanken nachzuhängen oder über den Fall zu reden. Über den Selbstmord des Jungen und die Gründe für die jetzige Mordserie, die Rolle, die der Psychologe Lau damals und heute dabei gespielt hat, und vor allem über Susanne Rauch. Irgendwann seufzt Nina tief. «Jetzt warten wir schon über drei Stunden. Ziemlich lange für einen Spaziergang, findest du nicht? Wir sollten da reingehen. Was, wenn sie wieder überfallen wurde, und dieses Mal hat der Täter ganze Arbeit geleistet? Vielleicht liegt sie schwer verletzt oder sogar tot in ihrem Wohnzimmer, während wir hier draußen im Auto hocken?»

Damit hat sie recht, der Gedanke ist mir auch schon gekommen. Ich werfe überflüssigerweise einen Blick auf die Uhr und nicke. «Okay, lass uns mal ums Haus herumgehen. Vielleicht sehen wir durch ein Fenster mehr.»

Ich habe die Hand schon am Türgriff, als ein Geräusch unsere Aufmerksamkeit ablenkt. Im nächsten Moment taucht neben

Rauchs Haus ein Motorrad auf, biegt in einem halsbrecherischen Manöver auf die Straße ein und rast mit aufheulendem Motor an uns vorbei.

«Was, zum Teufel ...», stößt Nina aus. Wir schauen der Maschine nach, bis sie Sekunden später in einer Seitenstraße verschwindet.

Meine Gedanken überschlagen sich. Wenn das der Kerl war, der schon einmal versucht hat, Rauch zu töten, liegt die Frau jetzt wahrscheinlich tatsächlich hilflos in ihrer Wohnung. Oder noch schlimmer. Ich öffne die Fahrertür mit einem Ruck und springe aus dem Wagen. «Los, wir müssen nachsehen, was da drin los ist.»

Ohne mich nach Nina umzusehen, laufe ich über die Straße und nähere mich mit gezogener Waffe dem Eingang. Ich drücke den Klingelknopf und wende mich dann sofort nach links. «Geh du rechts herum», rufe ich Nina zu. Wir treffen uns hinter dem Haus. An der Seite gibt es nur ein Fenster, das offensichtlich zum Badezimmer gehört, denn es hat eine Milchglasscheibe, durch die man nicht ins Innere schauen kann.

Ich biege um die Ecke und erreiche gleichzeitig mit Nina die breite Terrasse. Wir drücken die Gesichter gegen die Scheibe des Glaselements und erkennen vage die Umrisse des Wohnzimmer-Mobiliars. Von der Frau keine Spur.

Ich wende mich ab und überlege gerade, auf welchem Weg wir uns am besten Zugang zum Haus verschaffen, als es hinter mir klirrt. Erschrocken fahre ich herum und sehe gerade noch, wie Nina durch ein Fenster einige Meter weiter am Rand des Hauses verschwindet. Sekunden später öffnet sie von innen die Glasschiebetür. Ich lasse die Aktion unkommentiert und nicke ihr zu, als ich an ihr vorbei das Wohnzimmer betrete.

Fünf Minuten später haben wir alle Räume gesichtet. Jetzt steht fest, dass Susanne Rauch nicht im Haus ist.

«Okay. Wenn sie also nicht hier ist ...», beginnt Nina und macht eine Pause, die ich dazu nutze, den Satz zu vollenden. «Dann kann es sein, dass sie es war, die gerade auf dem Motorrad an uns vorbeigerast ist. Und das wiederum kann nur bedeuten, dass sie die ganze Zeit über zu Hause war und uns gesehen hat. Die große Frage lautet: Wo ist sie jetzt hin?»

Nina stößt einen derben Fluch aus und schüttelt den Kopf. «Keine Ahnung. Aber wenn sie vor uns abhaut, wird sie einen Grund haben.»

«Okay.» Ich deute mit dem Kinn in Richtung Eingang. «Lass uns mal sehen, ob dieser Patrick Reese jetzt zu Hause ist. Ich werde das Gefühl nicht los, dass er eine entscheidende Rolle in dieser ganzen Sache spielt.»

Auf dem Weg zum Auto rufe ich im Präsidium an und lasse nachprüfen, ob ein Motorrad auf Susanne Rauch angemeldet ist. Kurz bevor wir Reeses Wohnung erreichen, kommt die Bestätigung: Rauch besitzt eine Honda Africa Twin.

Auch bei Reese haben wir kein Glück. Auf unser Klingeln und Klopfen an seiner Wohnungstür in der ersten Etage eines Mehrfamilienhauses streckt lediglich ein älterer Mann den Kopf aus der Nachbarswohnung.

Ich gehe auf ihn zu und halte ihm meinen Ausweis entgegen. «Mein Name ist Buchholz, Kripo Hamburg. Wissen Sie, wo wir Herrn Reese finden können?»

«Nein, den habe ich selbst schon seit ein oder zwei Tagen nicht mehr gesehen. Ist was mit ihm? Hat er was ausgefressen? Wundern täte es mich ja nicht, so unfreundlich, wie der immer ist.»

Statt ihm eine Antwort zu geben, reiche ich ihm meine Karte. «Rufen Sie mich bitte sofort an, falls er hier auftaucht. Vielen Dank.» Damit lasse ich den verdutzt dreinblickenden Mann stehen und verlasse kurz danach mit Nina das Haus.

«Die Rauch trickst uns aus und verschwindet», sinniert Nina.

«Und der IT-Mann, mit dem ihr Sohn damals in der Klasse war, ist auch nicht aufzufinden. Das *Arschloch,* wie Wiedholz ihn nannte. Zufall?»

Ich versuche, die Gedanken zu ordnen, die wie wild durch meinen Kopf rasen. «Wenn wir mal voraussetzen, Reese ist der Initiator der ganzen Sache, dann war er es, der schon mal versucht hat, Rauch umzubringen. Ich habe zwar keine Ahnung, wohin sie um diese Zeit so schnell will, aber möglicherweise ist sie in Gefahr.»

«Du denkst, er hat sie weggelockt? Kann natürlich sein, aber ihr Verhalten finde ich schon auch ziemlich seltsam. Erst versteckt sie sich in ihrem dunklen Haus, öffnet uns die Tür nicht, und jetzt haut sie mitten in der Nacht ab.»

«Die Frage ist: wohin?»

Nina greift zum Telefon. «Lassen wir doch mal nach dem Motorrad fahnden. Ich habe ein komisches Gefühl, was Rauch angeht, nachdem sie das letzte Mal so offen gesagt hat, dass sie oft darüber nachgedacht hat, sich umzubringen. Wenn Reese die anderen zum Mord manipuliert hat – dann sie vielleicht zum Selbstmord?»

Ich finde Ninas Gedankengang schlüssig. «Vielleicht haben wir sie vorhin mit unserem Klingeln gestört, und jetzt ist sie abgehauen. Wenn du recht hast, gibt es eigentlich nur einen logischen Ort, an dem sie sein kann.»

«Die Brücke.» Nina wirft mir einen auffordernden Blick zu, und ich starte den Motor. Nach wenigen Metern lasse ich die Seitenscheibe hinunter und setze das Magnetblaulicht aufs Dach. Falls Nina recht hat, sollten wir keine Minute verlieren.

Mittlerweile ist es schon nach elf Uhr, doch der Verkehr ist immer noch verhältnismäßig dicht. Immer wieder muss ich mich an Autos vorbeiquetschen, die die Straße blockieren, weil sie wegen Blaulicht und Martinshorn einfach stehen bleiben.

Etwa einen Kilometer vor der Stelle, von der aus wir die Fußgängerbrücke am besten erreichen können, schalte ich beides aus. Als sie in Sicht kommt, stelle ich den Wagen ab und steige aus. Der schmale Aufgang zu der Brücke liegt nur etwa einhundert Meter vor uns, aber hohe Büsche an der Seite verhindern, dass wir von oben gesehen werden. Leider auch, dass wir mitbekommen, was auf der Brücke geschieht.

Der Lärm der Autobahn schluckt das Geräusch unserer Schritte vollkommen. Wir laufen den Weg hoch, bis wir fast oben angekommen sind. Die restlichen Meter legen wir langsam zurück, bis wir freie Sicht haben.

«Scheiße», stößt Nina zischend aus und duckt sich. Das Bild, das sich uns bietet, ist ein völlig anderes, als wir erwartet haben. Von uns aus gesehen im ersten Drittel der Brücke steht eine Gestalt mit ausgestrecktem Arm schräg mit dem Rücken zu uns, eine zweite balanciert auf dem Brückengeländer und hat sichtlich Mühe, sich oben zu halten.

Als hätte man mit einem Ruck eine Glocke über mir weggezogen, höre ich plötzlich Rauchs Stimme, und sie trieft vor Hass: «Ich sage es dir nicht noch einmal. Lauf los. Wenn du das Ende des Geländers auf der anderen Seite erreichst, kannst du gehen. Dann lasse ich dich leben. Das sind doch genau die Spielchen, die dir immer so gefallen haben.»

Der Mann tut einen zögerlichen Schritt. Mit den Armen versucht er, die Balance zu halten, unter ihm donnert der Verkehr der Autobahn vorbei. Als er den Kopf ein Stück hebt, kann ich sein Gesicht sehen – ebenso wie Nina, die mir eine Hand auf den Unterarm legt. «Das ist der Typ, auf den Erwin Wick angesetzt war. Er hat Philipp und mir ein Foto gezeigt.»

Wir haben Patrick Reese vor uns, davon bin ich überzeugt.

Ich wechsle einen schnellen Blick mit Nina, wir ziehen beide unsere Waffen, richten uns auf und zielen auf Susanne Rauch.

«Aufhören», brülle ich in ihre Richtung und setze mich in Bewegung. Sie zuckt nicht einmal zusammen, sondern macht unaufgeregt ein paar Schritte zurück, sodass sie uns mit einem Seitenblick sehen, den Mann auf dem Geländer aber trotzdem mit ihrer Pistole in Schach halten kann.

«Legen Sie sofort die Waffe nieder.»

Sie dreht uns nicht einmal den Kopf zu. «Nein, dafür ist es zu spät.» Auch in ihrer Stimme kann ich keinerlei Nervosität erkennen, sogar der Hass, der gerade noch mitgeschwungen hat, ist verschwunden.

«Gott sei Dank, dass Sie da sind», stößt jetzt der Mann auf dem Geländer aus. Er schwankt gefährlich auf dem schmalen Metallsteg. «Diese blöde Kuh war drauf und dran, mich umzubringen.»

«Ja, leider muss ich das selbst in die Hand nehmen», erklärt Rauch im Plauderton. «Ich hatte mir auch für dich eine elegantere Lösung gewünscht, aber unglücklicherweise waren die Leute, die ich auf dich angesetzt habe, nicht erfolgreich, und die Zeit läuft mir davon.» Mit einer kurzen Bewegung ihres Kopfs weist sie auf uns. «Wie ganz klar zu sehen ist.»

«Versuchen Sie, möglichst ruhig zu stehen.» Ninas Ton ist sachlich und unaufgeregt. Genau richtig. «Und Sie, Frau Rauch, legen jetzt bitte die Waffe weg. Lassen Sie uns reden.»

Rauch blickt kurz auf die Straße unter uns und wendet sich dann wieder dem Mann auf dem Geländer zu. «Was sagst du dazu, Patrick?»

Okay, ich habe also richtig vermutet. Reese wirft uns einen hilfesuchenden Blick zu. «Ich?», schreit er. «Scheiße, sage ich dazu. Ich konnte nichts dafür.»

«Ach. Das wissen wir doch beide besser.» Wieder blickt Rauch kurz zur Straße.

«Ich war ein Kind!» Reeses Stimme kippt, er wird gleich die

Nerven verlieren, er wird fallen, wenn wir nicht schnell eingreifen.

«Du warst ein Monster.» Rauch packt die Pistole fester. «Und nach allem, was ich über dich weiß – und das ist vielleicht mehr, als dir selbst bewusst ist –, bist du es immer noch. Und das sage ich nicht nur, weil du mir die Zähne ausgeschlagen hast.»

Ich versuche, langsam und unauffällig näher zu rücken. Nina ist neben mir; trotz des Verkehrslärms kann ich ihren Atem hören. Kurzes, scharfes Luftholen, als würde sie laufen.

«Wie fühlt sich das an: Angst?» Rauchs Blick gleitet immer wieder zwischen Reese und uns hin und her. «Hässlich, nicht wahr? Du magst keine Höhen, soviel ich weiß.»

Wir sind jetzt auf etwa fünfzehn Meter heran. Reese schwankt auf seinem Geländer, verliert fast den Halt, fängt sich wieder. «Es tut mir so leid!», ruft er. Es hört sich an, als würde er gleich zu weinen beginnen.

«Gut», sagt Rauch, und dann, bevor wir die Chance haben zu reagieren, dröhnt der Knall eines Schusses in unseren Ohren, und Reese kippt hintenüber weg. Mit zwei schnellen Schritten bin ich am Geländer und sehe gerade noch, wie der Körper unter einem vorbeidonnernden LKW verschwindet.

39

Susanne Rauch leistet keinerlei Widerstand, im Gegenteil. Seelenruhig legt sie die Pistole zu Boden und hebt die Hände. Unter uns, auf der Autobahn, ist der Verkehr zum Stillstand gekommen, lautstarkes Hupen mischt sich mit dem Geräusch von zuknallenden Autotüren, von quietschenden Bremsen und sehr schnell auch dem Aufprall von Metall auf Metall. Auffahrunfall.

Ich habe Rauch die Hände mit Handschellen auf den Rücken gefesselt, nun übernimmt Daniel, während ich zögernd zum Brückengeländer gehe.

Von Reese ist nichts zu sehen, zumindest nicht auf der Seite, auf der er hinabgestürzt ist. Auf der anderen steht der LKW quer, nahe der zweiten Achse ragt ein Bein darunter hervor.

Die ersten Kollegen sind innerhalb von fünf Minuten da, eine Viertelstunde später sitze ich mit Rauch im Fond eines Wagens. Sie hat die Augen geschlossen, die Falten in ihrem Gesicht wirken weniger tief als zuletzt. Ab und zu verzieht sie ihren Mund – sie muss immer noch Schmerzen haben, aber insgesamt wirkt sie … zufrieden. Ja, das ist das richtige Wort.

Ich bin heute nicht mehr in der Verfassung für eine Vernehmung, die die ganze Nacht dauern wird. Daniel geht es ähnlich, also beschließen wir, bis morgen früh zu warten. «Acht Uhr», sagt Daniel. «Da sollten wir beide wieder aufnahmefähig sein.»

Am nächsten Morgen versuche ich, so gut es geht, zu verbergen, dass ich mich wie gerädert fühle. Rauch erwartet uns bereits im Vernehmungsraum; noch am Vorabend hat sie uns die restlichen Namen der getriggerten Personen genannt, um die sich jetzt gezielt Psychologen kümmern. Es ist, als würden sie menschliche Zeitbomben entschärfen.

Wir bieten ihr Kaffee an, den sie ablehnt. Ich starte das Aufnahmegerät.

«Frau Rauch, wir möchten –», beginnt Daniel, doch sie unterbricht ihn unmittelbar.

«Wir können das hier sehr viel kürzer machen», sagt sie. «Ich habe Patrick Reese erschossen, oder zumindest angeschossen, und dafür gesorgt, dass er überfahren wird. Ich habe außerdem eine Reihe von Leuten dazu gebracht, meinen Exmann, Oliver Faber und Richard Lau zu töten. Damit müsste doch ein Großteil Ihrer Fragen schon beantwortet sein.»

Ich rücke das Aufnahmegerät zurecht. «Warum beginnen wir nicht am Anfang? Und warum erwähnen Sie Olaf Richter nicht?»

Die Erwähnung dieses Namens scheint ihr unangenehm zu sein. «Olaf Richter – wissen Sie, er war gewissermaßen ein Versuchsballon, bei dem ich nicht gedacht hätte, dass wirklich etwas passieren würde. Ich habe nur einen einzigen Mann auf ihn angesetzt, noch dazu einen Arzt, der wirklich viel zu verlieren hatte. Ich habe vor über einem halben Jahr begonnen, Bremer zu triggern, und festgestellt, dass nichts passierte, daraufhin habe ich das System noch ein wenig adjustiert. Hätte er Richter nicht plötzlich in so unmittelbarer Nähe gewusst, wäre vermutlich nichts passiert.» Sie blickt angestrengt auf die Tischplatte. «Ich war wirklich überrascht, als dann doch noch – also, als Richter starb.»

«Getötet wurde», korrigiert Daniel sie scharf. «Wieso er? Was hatte er mit Ihrem Sohn zu tun?»

«Nicht viel. Eigentlich gar nichts. Die beiden kannten sich kaum.» Rauch sieht Daniel ruhig in die Augen. «Mir ist ganz klar, dass ich eine denkbar schlechte Figur in dieser ganzen Geschichte mache, aber Richters Tod ist der einzige, den ich bedaure. Er hat die *Nixe II* von meinem Mann gekauft. Jens hat das Boot geliebt, er war ein guter Segler; beim Segeln und beim Schwimmen konnte er Martin beeindrucken, und das war ... ihm ein großes Anliegen.» Sie kommt ins Stocken, wenn sie von ihrem Sohn spricht. «Ich habe es Martin sehr übel genommen, dass er das Boot trotzdem verkauft hat, und Richter, dass er es neu gestrichen und eingerichtet hat. Dumm von mir, ich weiß. Aber Grund genug, ihn als Testobjekt zu wählen.»

Sie trinkt ihr Wasserglas halb leer, Daniel beugt sich über den Tisch und schenkt ihr nach. «Wie haben Sie es gemacht?», fragt er und klingt dabei faszinierter, als es ihm vermutlich bewusst ist. «Einer unserer Computerspezialisten hat den Begriff Big Data ins Spiel gebracht, meinte aber gleichzeitig, man müsse Zugriff auf eine Unzahl von Daten haben, die größtenteils auch geschützt sind.»

«Ihr Computerspezialist hat recht», erklärt Rauch. «Aber was heißt schon geschützt? Man kommt an alles heran, wenn man weiß, wie.»

«Und ausgerechnet Sie wissen das?»

Rauch blickt zur Seite. «Ich arbeite bei einer Versicherung – oder ich sollte besser sagen, ich habe dort gearbeitet. Ich bin Datenbankadministratorin, das heißt, ich weiß, wie man Daten schützt. Wie man die Mechanismen umgeht, habe ich in den letzten zehn Jahren Stück für Stück gelernt. Ich hatte viel Zeit in vielen, vielen schlaflosen Nächten.»

Sie will damit nicht unser Mitleid wecken, sie bleibt genauso sachlich, wie sie es letzte Nacht auf der Brücke war.

«Das heißt», schalte ich mich ein, «Sie haben mit Ihrem Rachefeldzug gewartet, bis die technischen Möglichkeiten gestimmt hatten? Bis Sie Ihre Mördersuchmaschine zum Laufen bringen konnten?»

Rauch lächelt. «Mördersuchmaschine! Nicht schlecht, das kommt der Sache recht nahe. Ja, das war einer der Gründe. Ich musste mir gewisse Fähigkeiten zulegen – wenn Sie wollen, können Sie es Hacken nennen. Der rasante Fortschritt in der Computertechnologie hat mir natürlich in die Hände gespielt, vor fünf Jahren wäre das alles noch viel schwieriger gewesen.» Sie atmet tief ein. «Aber vor allem wollte ich warten, bis Sophia auf eigenen Beinen steht. Sie hatte keine unbeschwerte Kindheit, wie Sie sich denken können. Ich wollte, dass sie erwachsen ist, bevor ich tat, was ich tun musste.» Wieder das Lächeln. «Und ich musste es tun, auch wenn Sie das vermutlich anders sehen.»

Dann habe ich mit meinem Rückschluss gar nicht so falschgelegen. Jemand musste erst älter werden, damit der Plan in die Tat umgesetzt werden konnte. Nur war es niemand aus Jens' Klasse, es war seine Schwester.

«Sie haben also ein paar Millionen Datensätze», tastet Daniel sich vor. «Und dann …»

«Dann lege ich darüber einen Algorithmus, der nach einer bestimmten Kombination von Charakterzügen sucht: geringe Fähigkeit zur Empathie, zu Reue und Scham. Übersteigerter Selbstwert, der einen tief liegenden Minderwertigkeitskomplex kaschiert – mit Kritik können diese Menschen überhaupt nicht umgehen. Dazu geringe Impulskontrolle, eine niedrige Frustrationsschwelle und die Unfähigkeit, bei Wut die Folgen des eigenen Handelns zu bedenken. Wenn dann noch ein leichter Hang zur Paranoia dazukommt, ist es perfekt. Dann muss man nur noch die richtigen Reize setzen.»

Sie lehnt sich zurück, als hätte die Erklärung sie erschöpft.

«Und das alles findet ein Programm anhand von Facebook-Postings, Kreditkartendaten und Surfverhalten heraus?», frage ich fassungslos.

«Im Groben, ja. Für das Finetuning sind Psychotests sehr hilfreich, und gerade Menschen, die unsicher sind, lieben diese Tests. Sie erhoffen sich Bestätigung von außen, verstehen Sie? Damit lässt sich der Kreis der Kandidaten weiter einengen. Diese Tests sind ja im Netz allgegenwärtig, die musste ich den meisten meiner Auserwählten gar nicht unterjubeln. Sie wollten alle wissen, welcher griechische Gott sie sind oder welcher Hollywoodstar am besten zu ihnen passt.»

Und dann bekamen sie eine Behandlung analog zu der, die Seiwert uns auf harmlosestem Level vorgeführt hat.

«Wie haben Sie Ihre, äh, *Kandidaten* dann auf die richtigen Opfer angesetzt?», frage ich. «Auf ihnen völlig unbekannte Menschen?»

«Zu Beginn mit ein paar gefälschten Nachrichten des künftigen Opfers, die ich ihnen von ihren eigenen Computern aus geschickt habe.»

Daniel runzelt die Stirn. «Wie funktioniert das?»

«Ganz einfach. Ich habe ihnen eine Mail zu einem Thema geschickt, dem sie nicht widerstehen konnten. Die Einladung zu einem Gewinnspiel zum Beispiel, mit einem Hauptpreis, der exakt den Wünschen der Person entsprochen hat. Beim Anklicken des Links hat sich eine Backdoor auf dem Computer installiert, über die ich ab dem Moment jederzeit Zugriff hatte.»

«Und danach?», frage ich.

«Danach habe ich den Stachel tiefer getrieben, mit Kommentaren, Forumsbeiträgen, die direkt auf die verletzlichste Stelle des- oder derjenigen abgezielt haben. Gespickt mit Reizworten, mit Provokationen, auch mit Drohungen, wenn das am erfolgversprechendsten war.» Sie verschränkt ihre Finger ineinander. «Das war der Teil, in dem ich selbst aktiv werden musste. Aber dann haben die Leute die meiste Arbeit selbst gemacht. Sobald sie einmal davon überzeugt waren, einen Feind zu haben, ging jedes Missgeschick auf sein Konto. Sie erinnern sich an das, was ich über Paranoia gesagt habe? Einige der Kandidaten haben sich tatsächlich verfolgt gefühlt, haben den *Feind* an Orten gesehen, wo er gar nicht war, und ihn schließlich aktiv gesucht. Natürlich war mir von Anfang an klar, dass ich keine hundertprozentige Trefferquote erreichen würde, also habe ich auf jedes meiner Opfer mindestens fünf potenzielle Täter angesetzt, in der Hoffnung, dass einer davon … Erfolg haben würde.»

Erfolg, das Wort schwebt im Raum und klingt fürchterlich falsch.

«Die Liste dieser Leute habe ich Ihnen ja gegeben», fügt sie leise an.

«Und die ist vollständig?», fragt Daniel barsch.

Sie sieht ihn ein paar Sekunden lang ausdruckslos an. «Gewissermaßen», sagt sie dann. «Zumindest, was die Menschen betrifft, die als Täter vorgesehen waren.» Sie legt den Kopf schief. «Aber ein paar Nachwirkungen wird es vermutlich noch geben.»

«Was meinen Sie damit?»

Wieder der ausdruckslose Blick. «Sagen Sie, fühlen Sie sich in letzter Zeit unausgeglichener als sonst? Reizbarer? Neigen Sie verstärkt zu Wutanfällen?»

Ich sehe, wie Daniel nach Luft schnappt, und begreife erst da, was Rauch andeutet. Er wird wohl seinen Privatcomputer neu aufsetzen lassen müssen.

«Tja», sagt er, nachdem er sich wieder gefangen hat. «Wirklich beeindruckend, wie Sie das alles durchgezogen haben. Aber ein gewisser Udo Rossinger hatte – wie sagten Sie vorhin so schön? Durchschlagenden Erfolg bei einem völlig unbeteiligten Mann namens Frank Wacht. Achtundzwanzig Jahre alt, Rechtsreferendar, mit intaktem Familienleben und Freunden, die ihn wirklich mochten. Rossinger hat ihm mit einem Baseballschläger den Schädel zertrümmert. Ist Ihnen nie in den Sinn gekommen, dass so etwas auch passieren könnte?»

Sie antwortet nicht, aber in ihren Augen stehen Tränen. «Das ist es tatsächlich nicht», flüstert sie schließlich doch.

Ich habe auf meiner Liste schon die meisten Punkte abgehakt, ein wichtiger ist allerdings noch offen. «Jens' Lehrerin, Karin Michalewski – bei ihr haben Sie noch eine andere Taktik verfolgt, wie es scheint.»

Entschieden schüttelt Rauch den Kopf. «Nein, ihr bin ich nur gefolgt. Eine Zeitlang habe ich die Menschen beobachtet, die Jens' Tod mitverursacht haben. Michalewski war vor allem darauf bedacht, den Ruf der Schule zu schützen, Lau hat nicht nur in seinem Job versagt, sondern auch in seinem Gutachten gelogen – von wegen kindliche Depression! Wahrscheinlich auch auf Drängen der Schule und natürlich, um sein eigenes Versagen zu kaschieren. Damals wollte ich diese beiden zur Rede stellen, irgendwann, wenn ich mich dazu würde durchringen können. Und dann kam Michalewski ein paar Meter vor mir von der Straße ab. Ich war einfach nur erschrocken und bin ihr vor allem deshalb nicht zu Hilfe gekommen, weil ich Angst hatte, sie würde mich erkennen.» Rauch schluckt und wischt sich die Augen trocken. «Als ich dann erfahren habe, dass sie tot ist, hat das einen neuen Gedankenprozess in Gang gesetzt: Was, wenn ich alle Verantwortlichen töten könnte, ohne selbst zu einer Waffe greifen zu müssen? Ich könnte tun, was nötig war, und danach wäre es vorbei. Ich würde für Sophia da sein können, ich würde weiterhin an Jens' Grab gehen können – es hat bei allen geklappt, nur ausgerechnet bei Patrick Reese nicht. Er hat seinen Angreifer außer Gefecht gesetzt und sich anschließend versteckt, die Zeit wurde immer knapper, also musste ich ihn mit einem Trick zu mir locken, damit ich die Sache selbst zu Ende bringen konnte.»

«All der Aufwand, damit Sie für Sophia da sein konnten, damit sie nicht noch mehr durchmachen muss – und trotzdem lassen Sie zuvor ihren Vater töten?», fragt Daniel fassungslos. «Fanden Sie das wirklich logisch?»

Kurz drückt sie beide Handballen gegen ihre Augen. «Ihn habe ich von allen fast am meisten gehasst», murmelt sie. «Und mich selbst. Wenn Sie wüssten, wie sehr ich mich selbst verabscheue.»

Sie warteten schon auf ihn, als er aus dem Bus stieg. Patrick, Gregor, Niklas und Paul. Er versuchte, so zu tun, als sähe er sie nicht, in der Hoffnung, dass dann vielleicht sie ihn nicht sehen würde. Tatsächlich ließen sie ihn einfach vorbeigehen. Vielleicht war das die beste Taktik. Sich unsichtbar zu machen und …

Ein Rempler in den Rücken, der ihn beinahe stürzen ließ. «Hey, lass das, Mädchen schubst man doch nicht!» Das war Patricks Stimme, die anderen lachten, und Niklas entschuldigte sich mit unnatürlich hoher Stimme. «Oooh, tut mir echt leid, wenn jetzt dein BH verrutscht ist!»

Mehr Gelächter. Jens hatte seine Unterlippe fest zwischen den Zähnen und ging weiter, gewappnet für den nächsten Stoß, der aber nicht kam. Fünf Schritte, sechs Schritte – es waren noch hundertneunundzwanzig, bis er zu Hause sein würde, er hatte sie immer wieder gezählt.

Patrick wohnte fünf Straßen weiter, das war das Hauptproblem, er und seine Kumpels fuhren zwar meist Fahrrad und nahmen nur selten den Bus, aber sie wussten genau, wann er an Jens' Station haltmachte. Und da standen sie dann und warteten.

Fünfundzwanzig, sechsundzwanzig. «Hey, Süße!», rief Niklas wieder. «Jetzt lauf doch nicht so schnell!»

Jens tat weiterhin so, als hätte er nichts gehört. Es würde ihnen irgendwann langweilig werden, wenn er überhaupt nicht reagierte. Das hatte auch Oliver gesagt. *Sie haben nur Spaß, wenn sie merken, dass du Angst hast.*

Er musste jetzt in den schmalen Weg zwischen dem Parkplatz und den großen Müllcontainern einbiegen, und sein Herz begann, schneller zu schlagen. Diese paar Meter konnte man von der Straße aus nicht sehen. Das wusste er, und das wusste auch Patrick.

Schneller. Aber nicht laufen, nicht fliehen –

Der Stoß ließ ihn diesmal vorwärtstaumeln, im nächsten Moment warf sich etwas Schweres gegen ihn, riss ihn nieder und begrub ihn unter sich.

Er fühlte Patricks Atem im Nacken, seine Hände an seinem Körper, wie sie Jacken- und Hosentaschen durchsuchten, schließlich auf den Schlüssel stießen, den Haustürschlüssel. Mit dem Herzanhänger, den er von Oma geschenkt bekommen hatte.

«Hey, schaut mal, an seinem Schlüssel hängt ein *Herzchen*!» Patrick sprang auf, und Jens konnte endlich wieder atmen. Er schloss die Augen. Wenn er jetzt einfach hier liegen blieb, was würde passieren? Würden sie ihn in Ruhe lassen? Würden sie ihn treten, bis er sich krümmte? Würden sie …

«Hey, Jens! Jensiiiii!»

Er bewegte sich nicht. Spürte nur den Asphalt unter seinem Körper, leicht gewärmt von der Sonne. Tröstlich.

«Jensi, schau doch mal, was ich mit deinem Schlüssel mache!»

Nun öffnete er die Augen doch und sah Patrick Reese vor einem Kanalgitter hocken. Den Schlüssel hielt er direkt darüber.

«Wenn ich ihn da reinwerfe, holst du ihn wieder hoch?» Er ließ den Schlüssel kurz los, fing ihn aber mit der anderen Hand wieder auf, bevor er durchs Gitter fallen konnte. «Ups, das wäre beinahe schiefgegangen. Zum Glück habe ich saugute Reflexe!»

Die drei anderen lachten beifällig. Paul kam dazu und zerrte Jens am Kragen seiner Jacke ein Stück hoch. «Du sollst uns ansehen, wenn wir mit dir reden, hat deine Mama dir das nicht beigebracht?»

Mama. Der Gedanke an sie trieb Jens beinahe Tränen in die Augen. Sie würde ihn wieder fragen, ob es heute besser gelaufen war. Manchmal merkte sie nicht, wenn er dann log, und das war fast noch schlimmer als ihr Mitleid.

«Ich würde sagen», grinste Patrick und tat dabei, als würde er scharf nachdenken, «ich gebe dir den Schlüssel zurück, für eine kleine Gegenleistung.» Er kam näher. «Du könntest mir zum Beispiel die Schuhe putzen.» Noch näher. «Mit der Zunge.»

Die drei anderen grölten. «Geile Idee!», rief Niklas. «Meine Schuhe auch gleich, ich glaube, ich bin vorhin durch Hundescheiße gelatscht!»

Mehr Gelächter. Patrick stand jetzt vor Jens, den Paul am Kragen in kniender Position festhielt. Der Schlüssel baumelte vor Jens' Gesicht, nicht einmal einen Meter entfernt. Eine blitzschnelle Bewegung, und er könnte ihn Patrick aus der Hand reißen.

Wenn er sich traute.

Wenn.

«Na los.» Patrick hob einen Fuß. Er trug weiße Sportschuhe mit schwarzen Streifen. «Du kriegst dann auch den Schlüssel.»

Wieder schloss Jens die Augen. Ohne den Schlüssel würde er nicht ins Haus kommen, es war niemand da. Mama und Papa waren bei der Arbeit und Sophia im Kindergarten, bis vier Uhr. Dann gab es keine Fluchtmöglichkeit. Und am Abend Ärger mit Papa.

Er streckte die Zunge heraus, berührte die Schuhspitze. Versuchte, das Gelächter und die Anfeuerungsrufe nicht zu hören. Den Dreck nicht zu schmecken.

Irgendwann klirrte es neben ihm. Der Schlüssel. Dann war Patricks Gesicht plötzlich auf der Höhe seines eigenen.

«Deine Katze streunt ziemlich viel herum, weißt du das eigentlich?»

Jens nickte.

«Ab und zu sehe ich sie vor unserem Haus. Sie lässt sich total gerne streicheln.» Patrick lächelte. «Wenn du uns bei irgendjemandem verpetzt, nagle ich sie euch an den Gartenzaun.»

Den ganzen Nachmittag verbrachte er vor dem Fernseher. Kinderkanal. Zeichentrickserien ließen ihn in die Zeit zurücktauchen, in der alles noch in Ordnung gewesen war. Er hatte sich auf dem Sofa zusammengerollt und hielt die schnurrende Zabou im Arm. Vielleicht konnte er Papa dazu überreden, sie nachts nicht mehr rauszulassen.

Um fünf kam Mama mit Sophia nach Hause, um sieben Papa. Schon beim Geruch des Abendessens verkrampfte sich Jens' Magen. Er würgte zwei Bissen hinunter und fühlte, wie sein ganzer Bauchraum sich verhärtete. Nur noch zwölf Stunden, dann war wieder Schule.

Beim Zubettgehen zog er seine Mutter nah an sich heran. «Mama, kann ich nicht in eine andere Schule gehen?»

Sie betrachtete ihn ernst, strich ihm über die Stirn. «Aber deine ist ganz besonders gut, mein Schatz. Ist es wegen der anderen Kinder? War schon wieder jemand gemein zu dir?»

«Na ja.» Er dachte an Zabou, und ihm kamen die Tränen, er konnte nichts dagegen tun.

«Jens.» Mama klang bestürzt. «Erzähl es mir, ja? Wir bekommen das hin, wir alle gemeinsam.»

Die Versuchung war groß, so groß. Er verbarg seinen Kopf am Hals seiner Mutter, atmete ihren Geruch ein. Sie hatte alles wiedergutmachen können, früher.

«Wer ist es? Patrick, nicht wahr? Ich habe schon mit dem Direktor gesprochen und mit Frau Michalewski. Sie behalten ihn im Auge, hm?»

Er schluckte. «Okay», flüsterte er.

Dann Dunkelheit. Er wünschte sich sein Nachtlicht von früher zurück, den lachenden Plastikfrosch, der leuchtete, wenn man ihn in die Steckdose steckte.

Einschlafen war schwierig. Wenn er wieder aufwachte, würde die Schule bedrohlich nah sein. Außerdem wurden die Bauchschmerzen schlimmer. Er schob die Beine aus dem Bett, öffnete leise die Tür, schlich in Richtung Toilette.

Von unten Stimmen.

«… er nie lernen, mit Konflikten zurechtzukommen. Du verweichlichst ihn, merkst du das eigentlich nicht? Kein Wunder, dass die anderen Jungs ihn sich zur Zielscheibe nehmen. Weil er es mit sich machen lässt, und das hat er dir zu verdanken.»

«Du bist so maßlos unfair.» Mamas Stimme schwankte. «Siehst du denn nicht, welche Angst er hat? Er traut sich noch nicht mal, mir zu sagen, was in der Schule wirklich passiert. Und die Klassenlehrerin ist offenbar blind, oder zu bequem, um auch nur einen Finger zu rühren. Ist ja auch Patrick Reese, mit seinem Vater im Stadtsenat – mit dem will man es sich nicht verscherzen.»

«Du und dein Verfolgungswahn.» Papa war lauter geworden. «Du willst Jens wirklich die Schule wechseln lassen? Was für eine Lektion geben wir ihm denn damit auf den Weg? Dass man am besten den Schwanz einzieht und abhaut, sobald es ein bisschen schwierig wird? Da wird er es ja weit bringen im Leben.»

«Er ist zwölf!» Mama schrie jetzt fast. «Welche Lektion willst du ihm denn mitgeben? Dass einem niemand hilft, dass einen alle im Stich lassen, wenn man verzweifelt ist?»

«Ich will, dass er lernt, sein Leben selbst in die Hand zu nehmen», schrie Papa zurück. «Und dass er sich nicht hinter dir verkriecht, sobald die Dinge anders laufen, als er möchte!»

Jens schlich auf die Toilette, der Durchfall war schlimmer als letzte Nacht. *Sein Leben selbst in die Hand nehmen.* Die Worte gingen ihm nicht aus dem Kopf. Das klang gut. Vielleicht war das etwas, das er tun konnte.

Am nächsten Tag hielt er sich an Oliver, wich ihm nicht von der Seite. «Möchtest du nach der Schule mit mir nach Hause kommen?»

Oliver überlegte kurz und nickte dann. «Wenn meine Eltern einverstanden sind. Oder – du kommst zu mir! Wir haben seit einer Woche ein Au-pair-Mädchen, das kann richtig gut kochen.»

Noch besser, noch viel besser! Patrick würde vergebens an der Haltestelle warten.

Es war der beste Nachmittag seit langem. Sie spielten Xbox-Spiele, aßen Chips, und als Olivers Vater nach Hause kam, fuhr er Jens heim, bis vor die Türe.

«Kann ich heute wieder zu euch kommen?», fragte Jens Oliver am nächsten Tag, und wieder war es kein Problem, ebenso wenig am übernächsten Tag.

Doch dann kam das Wochenende, und am Montag war Oliver wie ausgewechselt. «Tut mir leid, aber ... es geht nicht mehr.» Er betrachtete eingehend die Wand hinter Jens' Kopf. «Meine Eltern sind sauer auf mich. Ich darf erst mal niemanden mehr mitbringen.»

«Schade», murmelte Jens. Leise, weil er fürchtete, dass seine Stimme sonst schwanken würde. «Aber vielleicht – nächste Woche wieder?»

«Hm. Ich ...» Olivers Blick schwenkte zur Seite, Jens drehte den Kopf und entdeckte Patrick und Gregor, die herausfordernd zu ihnen herüberblickten.

Das genügte. Er verstand. «Bis bald», sagte er und ging zu seinem Platz.

Im Laufe des Tages erfuhr er dann, dass Oliver offenbar Niklas' Fahrrad geklaut hatte. Er musste zum Direktor, bekam eine Ermahnung, und die Eltern wurden in die Schule zitiert. Wenn noch einmal etwas vorfiel, würde er fliegen, ging das Gerücht.

Jens sah, wie Patrick und Niklas sich abklatschten, und begriff.

Ich weiß, du warst das nicht, schrieb er auf einen Zettel und steckte ihn Oliver während der Deutschstunde zu.

Nein, aber mir glaubt keiner, schrieb Oliver zurück.

Ich schon.

Danke. Aber wir können trotzdem keine Freunde mehr sein.

Darauf schrieb Jens nichts mehr zurück. Er steckte den zusammengefalteten Zettel in die Hosentasche und tat so, als würde er der Deutschlehrerin zuhören. In seinen Ohren rauschte es.

Am nächsten Nachmittag war Schwimmkurs, und Papa brachte ihn persönlich hin; irgendwie hatte er Wind davon bekommen, dass Jens die letzten Wochen geschwänzt hatte.

«Du hattest letztes Jahr so tolle Zeiten!», schwärmte sein Vater. «Dritter in deiner Altersklasse, das ist super, Jens. Aber jetzt heißt es dranbleiben! Ich bin stolz auf dich, weißt du das?»

Jens fixierte den Verkehr vor ihnen und wünschte sich, sein Vater würde bei der nächsten roten Ampel nicht bremsen, sondern einen Unfall verursachen. Es gab einen Grund, warum er das Schwimmtraining mied: Patrick und Paul gingen da ebenfalls hin.

Beim letzten Mal hatte Jens eine helle Sommerhose getragen, die Oma ihm gekauft hatte und die teuer gewesen war. Nach dem Duschen, beim Anziehen, hatten Patrick und Paul sich vor ihm aufgebaut. Patrick mit einer Pizzaschnitte in der Hand. Tomaten und Käse.

Auf einen Wink hin hatte Paul Jens festgehalten, und Patrick hatte das Pizzastück gegen die helle Hose gedrückt, genau in den Schritt. Damit hin- und hergerieben, bis das Tomatenmark den Stoff durchdrungen hatte.

«Guckt mal!», hatte er gerufen, während er die Schnitte in den Mülleimer warf. «Jens hat schon seine Tage, dabei ist er doch erst zehn, nicht wahr? Hat jemand einen Tampon dabei?»

Es waren kaum noch andere Kinder im Umkleideraum gewesen, und nur einer oder zwei von ihnen lachten. Die anderen verdrückten sich möglichst schnell nach draußen.

Jens heulte, obwohl er sich dafür hasste. Die Hose sah furchtbar aus, so konnte er auf keinen Fall nach Hause fahren. Er wartete, bis alle fort waren, auch Patrick und Paul, dann zog er sie aus und warf sie ebenfalls in den Mülleimer und seine Unterhose gleich hinterher. Er zog die nassen Badeshorts wieder an und stieg damit in den Bus. Zitternd und tropfend, aber niemand schien es zu bemerken.

Er hatte vorgehabt, nie wieder zum Schwimmen zu gehen, aber sein Vater bestand nun mal darauf.

Während des heutigen Kurses lief alles gut, nur dass Patrick am Rand stand und ihn immer wieder anfeuerte, war unheimlich.

«Jens, Jens, Jens! Hey, Spitzenzeit! Cool, Kumpel!»

Er wäre am liebsten unter- und nie wieder aufgetaucht. *Kumpel.* Das machte ihm Angst.

Noch bevor das Training vorbei war, stieg er aus dem Becken, erklärte dem Trainer, er habe es eilig, und lief in den Umkleideraum. Kein Duschen heute, einfach nur die trockenen Sachen anziehen und raus hier.

Er hätte es beinahe geschafft, doch Patrick und Paul erwischten ihn an der Tür. Sie waren beide noch nass, und sie hakten ihn freundschaftlich unter. «Du hast etwas vergessen, Jens!»

Er versuchte, ein paar der Eltern, die gekommen waren, um ihre Kinder abzuholen, mit den Augen um Hilfe zu bitten, doch niemand verstand, was er wollte. Niemand reagierte, sie lächelten alle bloß. Wirkte wahrscheinlich witzig, das alles. Ein Spaß unter Jungs.

«Du hast vergessen runterzuspülen!»

Die Toilette war keine von denen nahe den Garderoben oder dem Schwimmbecken, sie gehörte zum Buffet, das nach achtzehn Uhr geschlossen war.

Patrick stieß Jens in eine der Kabinen und drückte ihn auf die Knie. Das Wasser in der Schüssel war gelb, auf dem Porzellan waren deutliche braune Spuren zu erkennen. Jens fühlte, wie sein Magen sich zusammenzog.

«Hat dir niemand beigebracht, dass man spült und nachputzt? Dann musst du es eben jetzt tun!»

Er wusste nicht, wer es war, der ihm den Kopf in die Klomuschel drückte, und wer die Spülung betätigte. Er wusste nur, dass er die Luft beinahe zu spät angehalten hätte. Das Wasser umfloss sein Gesicht, das Porzellan war kalt an seiner Haut.

«Beim nächsten Mal machst du es richtig», sagte Patrick. Dann gingen sie.

Jens kniete noch vor der Schüssel. Er dachte, er würde kotzen müssen, aber als er es versuchte, kam nichts raus. Also stand er langsam auf, holte sich drei Papierhandtücher aus dem Spender und wischte sich damit langsam übers Gesicht. Dann ging er auf den Ausgang zu, wo gerade der Trainer stand und telefonierte.

Einen Moment lang überlegte er sich, ob er vielleicht mit ihm reden sollte. Ihm sagen, was passiert war.

Aber dann erschien ihm das zu riskant. Es war Petzen. Und letzte Nacht war Jens dabei gewesen, als Papa Zabou rausgelassen hatte.

Frau Michalewski holte Jens nach der Mathestunde zu sich. «Sag mal, bist du krank? Du bist so blass, hast du vielleicht Fieber?»

Jens zuckte die Schultern. Krank wäre gut gewesen. Dann hätte er nach Hause gekonnt, während die anderen den restlichen Schultag hier verbringen mussten.

«Irgendetwas stimmt doch nicht mit dir.» Michalewski drehte ihn an den Schultern zu sich, und Jens nahm seinen ganzen Mut zusammen. «Ich habe Ärger mit ein paar Jungs aus der Klasse.»

Ein Lächeln ging über die Züge der Lehrerin. «Ach so. Ja, so was kommt immer wieder vor. Möchtest du, dass ich mit ihnen rede? Sollen wir uns vielleicht alle mal zusammensetzen?»

Nur das nicht. «Nein, es ist ... anders. Und ich möchte auch nicht, dass meine Eltern etwas mitkriegen. Oder jemand anderes aus der Klasse.»

Zum Beispiel Patrick.

«Das kann ich gut verstehen. Weißt du, was? Vielleicht redest du einfach mal mit Dr. Lau, der ist jeden Montag und Donnerstag für zwei Stunden hier. Er kann dir sicher gute Tipps geben, und –», sie strich ihm kurz übers Haar, «er darf nichts weitersagen, wenn du das nicht möchtest.»

Das klang gut, fand Jens. Das klang sogar sehr gut. Und bis Donnerstag waren es nur noch zwei Tage.

Dr. Lau war wirklich unglaublich nett. Zu allen. Und er hielt von allen nur das Beste. Jens hatte ihm viel mehr erzählt als den anderen. Mehr als seiner Mutter, mehr als Oliver.

Dr. Lau wusste von der Sache mit dem Schlüssel, von der mit der Pizza und sogar von der mit dem Klo. Er hatte viel genickt und nachdenklich an seinem Stift gekaut. Er hatte das Gleiche vorgeschlagen wie Frau Michalewski: Sie sollten doch alle mal miteinander *reden.* «Und du bist sicher, dass Patrick Reese mit dabei war?»

«Ja, er ist der Ärgste von ihnen. Er hasst mich.»

«Ach Jens, er hasst dich bestimmt nicht, ich bin sicher, wir können das alles im Guten klären.» Lau blätterte durch seinen Kalender. «Wir sollten einen Termin finden, an dem sowohl ihr als auch eure Eltern …»

Jens war aufgesprungen. «Das geht nicht. Das ist nicht die Lösung. Die Lösung ist, dass entweder ich oder er von dieser Schule gehen. Ich würde ja, aber mein Vater will es nicht.»

Lau runzelte die Stirn. «Wahrscheinlich denkt er, dass es besser ist, sich den Konflikten zu stellen und sie zu lösen, als einfach wegzulaufen. Du musst dir keine Sorgen machen, Jens, wir bekommen das hin, wir …»

Aber Jens war schon bei der Tür. «Danke», sagte er hastig. «Sie haben mir schon geholfen. Wirklich.» Er verschwand, ohne eine Antwort abzuwarten.

Am Freitag waren sie wieder an der Bushaltestelle. Doch etwas war neu: Oliver war dabei. Er sah unglücklich aus, aber als Patrick Jens die Tasche wegnahm und sie über den Zaun in einen fremden Garten leerte, lachte er mit den anderen.

«Ziemlich ungeschickt von dir, Jens», grölte Patrick.

«Ja», stimmte Oliver unsicher zu.

Sie beließen es diesmal dabei, er musste keine Schuhe ablecken, und sie traten ihn auch nicht; sein Gesicht, als er Oliver an Patricks Seite gesehen hatte, schien zu genügen.

Am Abend erzählte er es Mama, die ihn fest in die Arme nahm. «Ich rede noch einmal mit deinem Vater», sagte sie. «Wir finden eine Lösung, ich verspreche es dir. Notfalls mache ich richtig Krach in der Schule, ich schalte die Presse ein, wenn der Direktor nicht endlich reagiert. Aber vor allem», sie sah ihm tief in die Augen, «möchte ich, dass dir eines klar ist: Es ist nicht dein Fehler. Du bist nicht schuld daran, dass sie sich ausgerechnet dich ausgesucht haben, es hätte auch jeden anderen treffen können.»

«Patrick nicht», antwortete er düster.

Seine Mutter zögerte einen Moment. «Patrick ist auch nicht grundlos so, wie er ist. Aber glaube mir, ich werde alles dafür tun, dass er gebremst wird. Und dich hole ich da raus.»

Jens schlich an diesem Abend mit Absicht zur Treppe, um zu hören, was Mama und Papa besprachen.

Papa war aufgebracht. «Er muss doch lernen, sich durchzusetzen. Sich nicht kleinmachen zu lassen. Lassen wir ihn Karate lernen, dann kommt ihm keiner dieser Kerle mehr dumm. Wenn du ihn jetzt aus dieser Schule nimmst, wird er sein Leben lang den Weg des geringsten Widerstands gehen. Ist das die Lektion, die du ihn lehren willst? Meine Güte, wir mussten doch alle mit Arschlöchern klarkommen.»

«Das hier ist nicht einfach nur ein gewöhnliches Arschloch», erwiderte Mama ruhig. «Ich lasse mir mein Kind nicht kaputt machen.»

«Na gut!», sagte Papa, obwohl er sich nicht anhörte, als fände er irgendwas gut. «Wenn er sich am Ende des Schuljahrs immer noch nicht besser eingefügt hat, suchen wir eine andere Schule. Aber vielleicht lernt er ja bis dahin, sein Leben selbst in die Hand zu nehmen.»

Jens ging in sein Zimmer zurück. Bis zum Ende des Schuljahres, das waren noch vier Monate. Ungefähr siebzig Mal mit dem Bus nach Hause kommen. Ungefähr achtzehn Mal schwimmen gehen. Er atmete tief durch. Das würde er nicht schaffen. Das war einfach nicht möglich.

Er hielt durch, solange er konnte. Am Dienstag war der Schwimmkurs. Montagnachmittag, als Mama mit Sophia nach Hause kam, saß Jens vor dem Fernseher.

«Ich gehe nach oben, bügeln», erklärte Mama. «Bist du heute Abend einverstanden mit Spaghetti?»

«Ja», sagte er. Er wartete, bis die Sendung zu Ende war, dann ging er die Treppen hoch. «Ich gehe noch ein bisschen mit dem Fahrrad in den Park», sagte er. Mama hatte das Bügeleisen gerade weggestellt, und er wandte sich zum Gehen, lief dann aber noch einmal die Treppen hoch und umarmte sie. «Bis später.»

«Aber nicht zu lange, sei um sieben wieder da!», rief sie ihm nach.

Er stieg auf sein Mountainbike und fuhr los. Erst wusste er nicht genau, wohin er am besten fahren sollte, doch dann hatte er eine Idee. Sie waren dort einmal spazieren gegangen, vor langer Zeit. Er würde die Stelle wiederfinden, und wenn nicht die, dann eine, die so ähnlich war.

Es dauerte länger, als er gedacht hatte, so weit war er noch nie alleine gefahren. Es war beinahe ein Abenteuer. Wenn er einfach hätte weiterfahren können, ganz weit ... aber das ging nicht. Es war klar, irgendjemand würde ihn finden. Die Polizei vielleicht. Und dann würde es noch schlimmer werden.

Er sah die Brücke schon aus einiger Entfernung. Wahrscheinlich war es nicht die gleiche wie damals bei ihrem Ausflug, aber sie war da, und sie war hoch.

Er lehnte sein Fahrrad unten gegen das Geländer und nahm den Helm ab. Hängte ihn sorgfältig an die Lenkstange und stieg die Treppen hoch.

Oben blieb er lange stehen. Es war schon dunkel, und er sah die Autos auf der Autobahn nur schemenhaft, die Lichter dafür umso deutlicher. Blendend helle runde Scheiben. So viele davon.

Er wäre noch länger stehen geblieben, aber irgendwann begann er zu frösteln. Jens zog seine Jacke enger um sich und kletterte auf das Geländer. Der Wind wehte ihm das Haar aus dem Gesicht. Kurz blickte er nach oben, doch da waren keine Sterne.

Dann nahm er sein Leben in die Hand und warf es weit, weit weg.

40

Wir sitzen uns in unserem Büro gegenüber, schauen aneinander vorbei und hängen unseren Gedanken nach. Ich zermartere mir das Hirn mit der Frage, wie Rauch es tatsächlich schaffen konnte, mich so massiv zu beeinflussen, ohne dass ich das Geringste gemerkt habe. Es wird wohl so sein, wie Seiwert sagte: dass es nur dann funktioniert, wenn man es nicht mitbekommt.

Vom Flur her dringt heute kaum ein Geräusch zu uns herein. An einem Sonntagnachmittag sind fast alle Kollegen zu Hause, wenn nicht gerade ein dringender Fall ihre Anwesenheit erfordert.

Seit ein paar Stunden haben wir keinen dringenden Fall mehr, aber irgendwie will sich das nicht so richtig gut anfühlen. Die Erleichterung, die sich sonst unmittelbar einstellt, wenn wir einen Täter gefasst haben, will sich angesichts der Ungeheuerlichkeit dessen, was wir von Rauch erfahren haben, und der Konsequenzen, die es nach sich ziehen könnte, noch nicht einstellen.

«Weißt du, was mir gerade durch den Kopf geht?», sagt Nina in die Stille hinein.

«Ich schätze, es hat was mit Susanne Rauch zu tun.»

«Ja, oder vielmehr damit, wie sie vorgegangen ist. Das macht mir ziemliche Angst.»

Ich kann mir denken, dass sie die gleichen Dinge beschäftigen wie mich.

«Dieses Big Data … Jeder Verbrecher, der sich einigermaßen gut in der IT auskennt, so wie die Rauch, und sich wie sie die nötigen psychologischen Grundlagen anliest, kann mit dieser Methode ferngesteuert morden, und wir haben kaum eine Chance, ihn zu fassen. Wir erwischen eventuell die Täter, die letztendlich nichts anderes sind als Werkzeuge, aber der eigentliche Mörder sitzt vielleicht Hunderte oder Tausende Kilometer entfernt am PC und lacht sich ins Fäustchen, weil wir keine Chance haben, eine Verbindung zu ihm herzustellen.»

«Ja, diese Vorstellung ist ziemlich beängstigend, aber ich hoffe einfach darauf, dass es auf unserer Seite gelingt, Methoden zu entwickeln, diesem neuen Typus Verbrecher trotzdem auf die Spur zu kommen.»

«Und wie soll das bitte schön funktionieren?»

Wenn ich das wüsste …

«Diese Frage müsste man eher Andressen stellen. Ich kenne mich in der IT nicht sonderlich gut aus, aber ich denke mir, wenn es möglich ist, mit einer Software diese ganzen Daten zu sammeln und auszuwerten, dann wird es vielleicht auch möglich sein, ein Programm zu entwickeln, das diese Datensammler im Netz aufspürt.»

Nina stößt einen Zischlaut aus. «Na prima, das Programm wird sofort fündig. Apple, Google, Amazon, Facebook … Das sind doch alles Datenkraken.»

«Ich weiß es ja auch nicht. Ich bin nur der Meinung, wir sollten uns nicht von Dingen runterziehen lassen, die noch nicht akut sind.» Bevor Nina etwas entgegnen kann, füge ich schnell hinzu: «Und außerdem bin ich der Meinung, dass es höchste Zeit ist, dass wir beide tatsächlich mal in ein schickes Restaurant essen gehen. Also, Frau Salomon: Darf ich dich heute Abend zum Essen ausführen?»

Sie mustert mich eingehend, als denke sie darüber nach, ob sie es wagen kann, meine Einladung anzunehmen. Dann huscht ein Lächeln über ihr Gesicht. «Ich schätze, das kann ich riskieren.»

«Sehr schön. Allerdings bestehe ich darauf, dass du dich mindestens so toll anziehst wie ... Du weißt schon.»

Ich befürchte schon, jetzt etwas Falsches gesagt zu haben, doch zu meiner Erleichterung lächelt Nina noch immer.

«Lass dich überraschen, Herr Buchholz. Holst du mich ab?»

Ich nicke. «Um halb acht stehe ich vor deiner Tür.»

Als Nina auf mein Klingeln hin aus dem Haus kommt, betrachte ich sie von Kopf bis Fuß und sage, ohne es bewusst zu wollen: «Wow!»

Der Ausschnitt ihres schwarzen, kurz über den Knien endenden Kleides ist gerade so tief, dass er den Brustansatz ahnen lässt. Dazu trägt sie ein kurzes Jäckchen in der gleichen Farbe und Pumps, die ihre schlanken, sportlichen Beine betonen. Ich komme nicht umhin festzustellen, dass sie phantastisch aussieht.

«Was? Du sagtest doch, ich soll mich schick machen», erklärt sie schelmisch lächelnd.

«Das ist dir hervorragend gelungen. Darf ich die gnädige Frau in meinen bescheidenen Wagen bitten?»

Sie lacht. «Ich weiß nicht, was die größere Übertreibung ist. Die gnädige Frau oder der bescheidene Wagen.»

Ich habe das *Carls* ausgesucht, ein Restaurant gleich neben der Elbphilharmonie, und einen Tisch an der großen Fensterfront reserviert, von wo aus man einen herrlichen Blick auf die Elbe und einen Teil des Hafens hat.

Nina ist sichtlich beeindruckt, als der Kellner uns an den Tisch geleitet und ihr den Stuhl zurechtrückt.

«Eins muss man dir ja lassen, du verstehst es, eine Frau zu beeindrucken.»

Verrückterweise macht mich die Tatsache, dass Nina von sich selbst mal nicht als meine Kollegin spricht, sondern als Frau, die ich beeindrucke, ein wenig verlegen.

«Na ja, man tut, was man kann. Ich habe das Lokal selbst vor kurzem erst entdeckt.»

«Ach, warst du mit ...» Nina vollendet den Satz nicht, und ich sehe ihr an, dass es ihr unangenehm ist. «Entschuldige, ist ja auch egal.»

«Nein, schon gut. Ich war nicht mit Isabell hier, sondern mit einem Freund von früher, der für zwei Tage in der Stadt war. Er hat mich hierher eingeladen.»

Wir bestellen zwei Aperol-Spritz als Aperitif und klappen die Karten auf.

Nina entscheidet sich für *Gebratene Brust und Ragout vom Perlhuhn*, ich nehme ein *Filet vom Adlerfisch Label Rouge.* Dazu bestelle ich eine Flasche *Sauvignon Blanc ‹Le Bouc›*.

Das Essen ist so hervorragend, dass Nina nach dem ersten Bissen verzückt die Augen schließt.

Ich hebe mein Glas und proste ihr zu. «Auf unsere Partnerschaft und darauf, dass wir drei Personen heute Abend außen vor lassen: Susanne Rauch, Isabell und Philipp.»

«Den Arsch», kommentiert Nina und stößt mit mir an.

Wir schaffen es tatsächlich, entspannt über alles Mögliche zu plaudern, bis Nina gegen halb zehn in ihre Tasche greift und das vibrierende Handy herauszieht. «Sorry», sagt sie lächelnd und nimmt das Gespräch an.

«Salomon», meldet sie sich, dann verschwindet das Lächeln

aus ihrem Gesicht. «Ist es wirklich so wichtig, dass es nicht bis morgen warten kann? Ich bin gerade in einem Restaurant. ... Ja, mit Daniel. ... Also gut, ich komme. ... Warum denn das? ... Okay, dann bis gleich.»

Sie legt das Telefon zur Seite und schaut mich ernst an. «Das war Pia.»

«Pia? Was möchte die denn um diese Uhrzeit?»

«Sie sagt, es sei etwas passiert, was sie dringend sofort mit mir besprechen muss, aber nicht am Telefon. Ich müsse unbedingt ins Präsidium kommen. Ohne dich, weil sie erst einmal nur mit mir allein reden will.»

«Und du möchtest jetzt tatsächlich ins Präsidium fahren? Um diese Zeit? Die spinnt doch.»

Nina hebt die Schultern. «Sie hat sich irgendwie verzweifelt angehört. Du weißt doch, dass es zwischen ihr und mir nicht wirklich rundläuft. Vielleicht ist das eine Chance, unser Verhältnis zu verbessern. Vorschlag: Ich nehme mir ein Taxi und komme anschließend wieder hierher. Dann gehen wir noch irgendwohin was trinken.»

«Nein, wir machen es anders. Wenn du wirklich zu ihr möchtest, bringe ich dich zum Präsidium, du springst schnell rein, und wir fahren von dort aus ins *Christiansens*, das ist eine hervorragende Cocktailbar.»

Nina nickt ohne Zögern. «Okay, das ist eine gute Idee. Ach, und ... das *Christiansens* kenne ich.»

Ich fahre nicht auf den seitlichen Parkplatz, sondern halte kurz vor der breiten Treppe, die zum Eingang des Präsidiums führt.

«Ich beeile mich», sagt Nina und steigt aus. Ich sehe ihr nach, als sie die Stufen hochsteigt. Es fühlt sich seltsam an, meine Partnerin, mit der ich mich mit schöner Regelmäßigkeit in die Haare bekomme, einmal nur als Frau zu sehen. Seltsam, aber nicht schlecht.

Nach einer Weile beginne ich, jede weitere Minute auf die Uhr zu schauen, und überlege, ob ich Nina anrufen soll. Als ich zwanzig Minuten im Auto gesessen habe, regt sich Ärger in mir. Sie weiß doch, dass ich hier unten warte, und könnte sich wenigstens kurz melden. Ich greife nach meinem Telefon, wähle ihre Nummer und lausche ungeduldig dem Tuten. Nach der zehnten oder elften Wiederholung lege ich auf und versuche es erst mit Pias Handy, dann mit dem Telefon in ihrem Büro, beide Male ohne Erfolg.

Mit einem Seufzen stecke ich mein Smartphone in die Tasche, öffne die Tür und steige aus. Was immer da oben gerade los ist, ich werde es mir jetzt selbst ansehen.

Ich nicke dem Nachtwächter hinter seiner Glasscheibe zu und gehe durch die Schleuse, auf die offene Tür des linken Aufzugs zu. Ich betrete die Kabine und drücke den Knopf für unsere Etage, während ich mich frage, über wen ich mich gerade mehr ärgere. Über Pia, weil sie Nina am Sonntagabend wegen irgendeiner angeblich wichtigen Sache aus einem Restaurant holt, oder über Nina, weil sie es nicht für nötig hält, mir kurz Bescheid zu geben, dass es länger dauert.

Die Aufzugtür öffnet sich, ich betrete den nur zum Teil beleuchteten Flur und steuere direkt auf das Büro zu, das Pia sich mit einem jungen Kollegen teilt.

Nur kurz bleibe ich vor der geschlossenen Tür stehen, dann öffne ich sie, ohne anzuklopfen. Das Bild, das sich mir bietet, trifft mich vollkommen unvorbereitet und lässt mich den Atem anhalten.

Nina sitzt in der Mitte des Raumes auf einem Stuhl. Vor ihr steht Pia und zielt mit einer Pistole auf sie. Beide starren mich an.

«Pia!», stoße ich aus. «Bist du verrückt geworden? Leg sofort die Waffe weg.» Nina wirft mir einen warnenden Blick zu. Angst kann ich in ihrem Gesicht nicht erkennen.

«Ich denke überhaupt nicht dran!» Pias Stimme klingt verzweifelt und weinerlich. «Ich tue ihr nichts. Ich möchte nur, dass sie sich bei mir entschuldigt.»

Sie hat offensichtlich den Verstand verloren. Oder nein. Rauch. Ich atme tief durch. «Dass sie sich entschuldigt? Wofür?»

«Das weißt du ganz genau. Sie redet überall schlecht über mich und behandelt mich wie einen Fußabtreter. Sie hetzt euch alle gegen mich auf, das bekomme ich doch mit!»

«Pia, davon weiß ich nichts, und ich bin sicher, dass das auch nicht stimmt. Nina hat nie etwas Schlechtes über dich gesagt. Leg jetzt die Waffe weg. Sofort.»

«Nein, ich will zuerst eine Entschuldigung. Und ich will, dass sie sich wieder versetzen lässt.» Mit entschlossener Miene macht Pia einen Schritt auf Nina zu und steht jetzt so dicht vor ihr, dass die Mündung der Pistole nur noch Zentimeter von ihrer Stirn entfernt ist. Nun zeigt sich doch Angst in Ninas Gesicht. Offenbar spürt sie, dass Pia es ernst meint.

«Gut, Pia, hör zu», sagt sie mit leicht bebender Stimme. «Was immer ich getan haben soll, ich entschuldige mich dafür. Leg jetzt bitte die Waffe weg und lass uns in Ruhe reden. Wir besprechen alles und dann vergessen wir, was hier gerade geschehen ist, o.k.? Wir sind alle mit den Nerven runter, da kann man schon mal unüberlegte Dinge tun.» Je länger Nina redet, umso fester klingt ihre Stimme. «Du bist ein wichtiger Bestandteil unseres Teams und …»

«Nein! Spar dir das Gesülze. Du sollst dich entschuldigen, sonst gar nichts. Seit du hier bist, läuft alles schief, und es ist völlig klar, dass du genau das möchtest. Und dass du mir Daniel ausgespannt hast. Eigentlich sollte ich seine Partnerin sein, nicht du, aber du intrigantes Miststück hast ihn dir einfach geschnappt.»

«Pia, verdammt noch mal!» Ich höre mich selbst brüllen, was in der Situation völlig falsch ist, aber diesmal bekomme ich mich sofort in den Griff. Ich weiß ja jetzt, wo der Impuls herkommt. «Wir kennen uns schon so lange, und das hier bist nicht du selbst. Komm, bitte, leg die Pistole weg.»

«Nein!», schreit sie. «Du bist auf ihrer Seite, das war mir sowieso klar, sie hat dich doch total um den Finger gewickelt, du kriegst überhaupt nichts mehr mit! Ich will ihr nichts tun, aber sie muss sich jetzt für jedes einzelne verlogene Wort und jedes miese Manöver entschuldigen.»

Ich sehe, dass die Waffe Pias ihren Händen leicht vibriert. Sie ist so aufgebracht, dass sich jederzeit ein Schuss lösen kann. Ich werde die Taktik ändern müssen. Vorsichtig gehe ich einen Schritt näher. «Okay. Ich gebe es ja zu, mit manchem hast du recht.» Ich hoffe, meine Stimme klingt so vertrauenerweckend, wie ich es beabsichtige. «Aber nicht in allem. Ich wollte Nina doch nie als Partnerin. Arendt hat sie mir zugeteilt, und du kannst mir glauben, ich bin alles andere als glücklich drüber. Natürlich solltest du mit mir zusammenarbeiten, Pia, und das wirst du auch bald.»

«Was?» Sie sieht mich ungläubig an.

«Ja. Mein Gott, du kennst doch Ninas Eskapaden und hast mitbekommen, dass sogar der Innensenator sie schon beobachtet. Die nächste Missachtung der Dienstvorschrift wird sie in irgendein Hinterzimmer katapultieren, und dann, Pia, wirst endlich du meine Partnerin. Aber komm, mach jetzt keinen Fehler. Dann bist du es, die ihren Job verliert und in den Knast wandert, und Nina gewinnt. Möchtest du das? Ich nicht.»

Pia schaut mich stumm an. Ich sehe den Kampf, der in ihrem Inneren tobt. Es dauert endlos lange Sekunden, bis sie schließlich die Pistole sinken lässt und in Tränen ausbricht. Vorsichtig und langsam gehe ich auf sie zu, greife nach der Waffe und nehme sie ihr aus der Hand. «Gut so», sage ich ruhig. «Du hast dich richtig entschieden.»

Pia hebt den Kopf und sieht mich an, die Verzweiflung steht ihr ins tränennasse Gesicht geschrieben. Dann wendet sie sich ohne ein weiteres Wort ab und geht.

«Lässt du sie laufen?», fragt Nina hinter mir leise.

«Ja, sie wird nichts anstellen, keine Angst.»

«Sicher?»

«Ja, ganz sicher.» Das bin ich tatsächlich.

«Ein paar Sekunden lang dachte ich, sie tut es wirklich», sagt Nina heiser.

Ich denke an Jannings Depressionen, an mein zerkratztes Auto, an Vogelbusch und daran, was Susanne Rauch gesagt hat.

Ein paar Nachwirkungen wird es wohl noch geben.

41

Ich bin wie in Trance, als wir das Präsidium verlassen. «Hat Ihre Kollegin schlechte Nachrichten bekommen?», fragt uns der Beamte an der Schleuse. «Sie ist weinend hier vorbeigelaufen. Gibt es Ärger?»

«Eine Meinungsverschiedenheit», erklärt Daniel. «Das wird wieder. Gute Nacht.»

Draußen atme ich tief durch. Was passiert ist, scheint mir so unwirklich, dass ich morgen vielleicht daran zweifeln werde, ob ich es wirklich erlebt habe. Aber im Moment sind meine weichen Knie Beweis genug dafür.

Daniel öffnet mir die Autotür. «Das mit dem *Christiansen* lassen wir jetzt besser», sagt er.

«Sehe ich auch so.» Ich verkrieche mich in den Beifahrersitz. Wie soll ich Pia morgen begegnen? Kann ich so tun, als wäre nichts gewesen? Theoretisch denkbar. Dass sie es schaffen wird, mir in die Augen zu sehen, glaube ich schon viel weniger.

«Wenn du willst, bringe ich dich direkt nach Hause, aber wenn du jetzt lieber Gesellschaft möchtest – ich würde mich freuen, wenn wir bei mir noch gemeinsam ein Glas Wein trinken könnten.»

Ich werfe Daniel einen schnellen Blick zu, und er nimmt meine Hand in seine. «Wie fühlst du dich?»

Mein erster Impuls ist, lächelnd zu erklären, dass alles bestens und in Ordnung ist, klar, war doch keine große Sache. «Beschissen», antworte ich.

«Dann fahren wir jetzt zu mir, denke ich.»

Ich nicke stumm. Wahrscheinlich ist das eine gute Idee, denn wenn mich in einer oder zwei Stunden der Wunsch überkommen sollte zu reden, wäre es ohnehin Daniel, den ich anrufen würde.

Auf seiner Couch greife ich mir ein Sofakissen und schlinge meine Arme darum. «Was du zu Pia gesagt hast, war clever, aber ich denke, sie hat längst begriffen, dass es nur eine Finte war.»

Daniel kommt mit zwei Gläsern Rotwein aus der Küche. «Sie hat es sofort gewusst, noch bevor sie die Waffe weggelegt hat. Da bin ich sicher.»

Ich nehme mein Glas entgegen. «Solltest du sie nicht anrufen? Ich bin sicher, sie fühlt sich grauenvoll, und sie hat keine Ahnung, wie sie so aus dem Ruder laufen konnte.» Der Wein schmeckt wunderbar. Weich und samtig. «Sie wird Angst um ihren Job haben. Ich weiß, wie sich das anfühlt. Jemand sollte ihr erklären, was Rauch mit ihr angestellt hat.»

Daniel macht es sich auf dem Sessel mir gegenüber bequem und stellt sein Glas auf den Couchtisch. Ohne Untersetzer! Ich erkenne den Mann kaum wieder. «Okay. Ich rufe sie an, und Janning am besten auch.» Er legt seine Stirn in Falten. «Dich hat Rauch in Ruhe gelassen, wie es scheint, oder? Du warst die ganze Zeit über nicht irrer als sonst auch.»

Ich werfe das Sofakissen nach ihm. «Sehr witzig, Buchholz. Aber um ehrlich zu sein – keine Ahnung, ob sie versucht hat, in mein

System zu kommen, mein privates Notebook ist nämlich seit zwei Monaten kaputt.»

«Ach deshalb.» Er steht auf, das Smartphone schon in der Hand. «Ich gehe ins Nebenzimmer. Wenn Pia wieder anfängt, dich zu beschimpfen, musst du das ja nicht mitbekommen. Ruh dich einfach aus.»

Ich lehne mich zurück. Daniels gedämpfte Stimme dringt nur undeutlich bis zu mir, aber es ist gut, sie zu hören.

Kaum schließe ich die Augen, sehe ich wieder Pia mit ihrer Pistole vor mir. Mit zitternden Händen und blankem Hass im Blick. Was für eine unfassbar lächerliche Art zu sterben wäre das gewesen.

Ich muss eingeschlafen sein, denn ich schrecke hoch, als Daniel meine Schulter berührt. «Du kannst gern heute Nacht hierbleiben, aber du solltest dir etwas Bequemeres anziehen.» Er hat ein perfekt gebügeltes T-Shirt in der Hand, das er mir reicht.

«Was hat Pia gesagt?»

«Dass sie nicht versteht, wie es so weit kommen konnte. Dass sie froh ist, wenn wir nichts sagen, dass sie sich aber vielleicht trotzdem versetzen lässt.» Er hebt das Sofakissen vom Boden auf. «Und dass sie sich bei dir entschuldigen möchte. Für morgen hat sie sich krankgemeldet.»

Keine dumme Idee, vielleicht sollte ich das auch tun. Aber fürs Erste schnappe ich mir das T-Shirt und ziehe mich in Daniels blitzeblankem Badezimmer um. Das Shirt funktioniert als Nachthemd prächtig, und eine originalverpackte Zahnbürste hat Daniel mir auch schon bereitgelegt.

«Hotel Buchholz», sage ich, als ich zurück ins Wohnzimmer komme.

«Genau», erwidert Daniel und grinst. «Wir sind berühmt für unsere Bar.»

Ich ziehe mir die Decke, die er bereitgelegt hat, über die Beine und greife nach meinem Glas. Daniel sieht wahnsinnig müde aus, und er hat die mühevolle Aufgabe vor sich, unser teils zerstrittenes, aber vor allem erschöpftes Team wieder zum Funktionieren zu bringen.

Auf dem Couchtisch vibriert mein Handy. Es liegt mit dem Display nach unten, und ich lasse es so liegen. Dass Isabell mir immer noch reizende Nachrichten schickt, muss Daniel jetzt nicht auch noch beschäftigen.

«Danke für das Essen heute», sage ich. «Das war toll.»

Er lächelt. «Fand ich auch.» In seinen Augen steht eine stumme Frage, und ich brauche ein paar Sekunden, bis ich sie verstehe. Dann antworte ich, ebenso stumm.

Sein Lächeln wird breiter; er steht auf und kommt zu mir herüber. «Gute Nacht, Nina», sagt er und drückt mir einen Kuss auf die Stirn.

MIX
Papier aus verantwortungsvollen Quellen
FSC® C083411

Das für dieses Buch verwendete Papier ist FSC®-zertifiziert.